GOLDMANN

Buch

»Nichts weißt du von mir«, hat sich Daisy Tan einmal bei ihrer Tochter Amy beschwert, »so gut wie nichts.« Doch Amy Tan hat einen wunderbaren Weg gefunden, ihre Mutter zu widerlegen – mit ihrem Roman *Töchter des Himmels.* »Du hast mich einst gefragt, was ich im Gedächtnis behalten würde«, schreibt sie in der Widmung ihres Romans. »All dies, und noch viel mehr.«

Töchter des Himmels erzählt die Geschichte von vier Frauen, die während des Zweiten Weltkriegs aus Rotchina in die USA geflohen sind, um sich dort eine neue Existenz aufzubauen. Und die Geschichte ihrer vier Töchter, die mit neuen Vorstellungen und Träumen aufgewachsen sind und nichts mehr von dem fremden Erbe ihrer Mütter wissen wollen. Dabei haben sie die einmalige Chance, zwei Welten in sich zu verbinden – aber das erkennen sie erst am Ende eines langen Weges.

Wie aus unzähligen bunten Mosaiksteinchen entsteht aus den verschiedenen Erzählungen der Frauen ein faszinierendes, vielgestaltiges Gemälde des Zusammenpralls zweier Kulturen, der Geheimnisse des Ostens und der Verheißungen des Westens und des ewig neuen und doch immer gleichen Konflikts zwischen Müttern und Töchtern. Mit ihrem Romandebüt gelang Amy Tan ein »Juwel von einem Buch« *(New York Times),* das auf Anhieb Rezensenten wie Leser begeisterte – ein Buch, das aus dem Herzen geschrieben ist und dessen Poesie und zarte Magie zutiefst zu Herzen gehen.

Autorin

Amy Tan wurde 1952 als Tochter chinesischer Auswanderer in Oakland, Kalifornien, geboren. Ihr Vater und ihr Bruder starben, als sie fünfzehn Jahre alt war. Ihre Mutter, Tochter einer wohlhabenden Familie in Shanghai, mußte drei Töchter aus erster Ehe in China zurücklassen; sie kehrte erst 1978 zum erstenmal in ihre Heimat zurück. Amy Tan lebt heute mit ihrem Mann in San Francisco. Ihr zweiter Roman *Die Frau des Feuergottes,* erschienen als Hardcover im Goldmann Verlag, war auch in Deutschland monatelang auf der Bestsellerliste.

AMY TAN

TÖCHTER DES HIMMELS

ROMAN

Aus dem Amerikanischen
von Sabine Lohmann

GOLDMANN VERLAG

Die amerikanische Originalausgabe erschien unter dem Titel
»The Joy Luck Club« bei G. P. Putnam's Sons, New York

Umwelthinweis:
Alle bedruckten Materialien dieses Taschenbuches
sind chlorfrei und umweltschonend.

Der Goldmann Verlag
ist ein Unternehmen der Verlagsgruppe Bertelsmann

Genehmigte Taschenbuchausgabe

Umschlaggestaltung: Design Team München
Umschlagillustration: Chris Corr
Druck: Elsnerdruck, Berlin
Verlagsnummer: 9648
G. R. · Herstellung: Heidrun Nawrot/sc
Made in Germany
ISBN 3-442-09648-0

10 9

Meiner Mutter
und der Erinnerung an ihre Mutter

Du hast mich einst gefragt,
was ich im Gedächtnis behalten würde.

All dies, und noch viel mehr.

Federn von Tausend Li weit her

Die sechsundzwanzig Tore des Unheils

Amerikanische Übersetzung

Königinmutter des westlichen Himmels

Der Joy Luck Club

Die Mütter	Die Töchter
Suyuan Woo	Jing-mei »June« Woo
An-mei Hsu	Rose Hsu Jordan
Lindo Jong	Waverly Jong
Ying-ying St. Clair	Lena St. Clair

Federn von Tausend Li weit her

Die alte Frau dachte noch manchmal an den Schwan, den sie vor vielen Jahren für eine unsinnige Summe in Schanghai auf dem Markt gekauft hatte. Dieses prächtige Tier, hatte der Verkäufer geprahlt, sei einst ein Entchen gewesen, das seinen Hals lang und länger gestreckt habe in der Hoffnung, eine Gans zu werden, und siehe da! Nun war es zu schön zum Essen.

Dann fuhren die Frau und der Schwan viele tausend Li weit über den Ozean, und sie streckten ihre Hälse nach Amerika aus. Auf der Reise flüsterte sie dem Schwan zärtlich zu: »In Amerika werde ich eine Tochter bekommen, und dort wird niemand ihren Wert nach den Rülpsern ihres Ehemanns bemessen oder auf sie hinabsehen, denn ich werde dafür sorgen, daß sie perfekt amerikanisch spricht. Sie soll dort keinen Kummer schlucken müssen! Als Pfand meiner Hoffnung will ich ihr diesen Schwan schenken – ein Wesen, aus dem weit mehr geworden ist, als man erwartet hatte.«

Doch kaum war sie in der neuen Heimat angekommen, nahmen die Leute von der Einwanderungsbehörde ihr den Schwan weg und ließen die Frau mit hilflos flatternden Armen stehen. Eine einzige Schwanenfeder blieb ihr als Erinnerung.

Nun war sie eine alte Frau. Und ihre Tochter war englischsprachig aufgewachsen und hatte weit mehr Coca-Cola als Kummer geschluckt. Schon lange hatte die Frau ihrer Tochter die Schwanenfeder geben und ihr sagen wollen: »Diese Feder mag dir wertlos scheinen, doch sie kommt von weit her und soll dich an all meine guten Absichten erinnern.« Und Jahr für Jahr wartete sie auf den Tag, an dem sie ihrer Tochter dies in perfektem Amerikanisch würde sagen können.

Jing-Mei Woo

Der Joy Luck Club

Mein Vater hat mich gebeten, die vierte Ecke im Joy Luck Club zu übernehmen. Es ist der Platz meiner Mutter am Mah-Jongg-Tisch, der leer geblieben ist, seit sie vor zwei Monaten starb. Mein Vater glaubt, daß ihre eigenen Gedanken sie getötet haben.

»Sie hatte eine neue Idee im Kopf«, sagte mein Vater. »Aber bevor sie aus ihrem Mund kommen konnte, ist sie zu groß geworden und geplatzt. Es muß eine sehr schlechte Idee gewesen sein.«

Der Arzt hat ein Aneurisma als Todesursache festgestellt. Und ihre Freunde vom Joy Luck Club haben gesagt, sie sei wie ein Kaninchen gestorben, ganz plötzlich und unverrichteter Dinge. Meine Mutter hätte beim nächsten Clubtreffen die Gastgeberin sein sollen.

In der Woche vor ihrem Tod hatte sie mich noch angerufen, voller Stolz und Lebensfreude: »Bei Tante Lin hat es voriges Mal rote Bohnensuppe gegeben. Ich werde eine schwarze Sesamsuppe machen.«

»Gib bloß nicht an«, hatte ich darauf erwidert.

»Es ist nicht zum Angeben.« Sie sagte, die beiden Suppen seien fast gleich, *chabudwo*. Oder vielleicht sagte sie auch *butong*, gar nicht vergleichbar. Es war jedenfalls ein chinesischer Ausdruck, mit dem man den besseren Teil einer zwiespältigen Absicht bezeichnet. Ich kann mir nie merken, was ich von vornherein nicht ganz verstanden habe.

1949, zwei Jahre, bevor ich geboren wurde, gründete meine Mutter die San-Francisco-Version des Joy Luck Club. Es war das Jahr, in dem meine Eltern China verlassen hatten, mit einem großen Lederkoffer voller feiner Seidenkleider als einzigem Gepäck. Sonst noch etwas einzupacken war ihr keine Zeit mehr geblieben, wie sie meinem Vater erst auf dem Schiff erklärte, als er fieberhaft zwischen den schlüpfrigen Seidenstoffen nach seinen Wollhosen und Baumwollhemden tastete.

In San Francisco angekommen, mußte sie die buntschimmernden Gewänder auf Geheiß meines Vaters verborgen halten. Sie trug immer dasselbe braunkarierte chinesische Kleid, bis sie von der Einwandererwohlfahrt zwei abgelegte Kleider bekam, die für amerikanische Frauen zu weit waren. Die Wohlfahrtsorganisation wurde von einer Gruppe weißhaariger Missionarsfrauen geleitet, die auch die Erste Chinesische Baptistengemeinde gegründet hatten.

Wegen der Geschenke konnten meine Eltern nicht umhin, der Gemeinde beizutreten. Ebensowenig konnten sie das praktische Angebot der alten Damen ablehnen, ihre Englischkenntnisse in den Bibelstunden am Mittwochabend aufzubessern; später nahmen sie auch noch samstags morgens an den Chorproben teil. Dort trafen sie dann die Hsus, die Jongs und die St. Clairs. Meine Mutter fühlte gleich, daß auch die Frauen dieser Familien in China unsägliche Tragödien durchgestanden hatten und daß auch sie von Hoffnungen erfüllt waren, die sie in ihrem holprigen Englisch niemals ausdrücken konnten. Zumindest kam die Abgestumpftheit in ihren Gesichtern meiner Mutter sehr vertraut vor. Und sie merkte, wie ihre Augen aufblitzten, als sie ihnen von ihrer Idee mit dem Joy Luck Club erzählte.

Joy Luck: Freude und Glück. Die Idee stammte aus der Zeit ihrer ersten Ehe in Kweilin, bevor die Japaner kamen. Daher setze ich Joy Luck immer mit ihrer Kweilin-Geschichte gleich. Die erzählte sie mir oft, wenn sie sich langweilte, wenn es sonst nichts mehr zu tun gab, wenn alle Schüsseln abgespült und der Resopaltisch blankgewischt war, wenn mein Vater sich hinter seiner Zeitung verschanzt hatte und eine Pall Mall nach der anderen rauchte, ein sicheres Zeichen, daß er nicht gestört werden wollte. Dann nahm meine Mutter sich ein paar alte Skipullover vor, die irgendwelche nie gesehene Verwandte uns aus Vancouver geschickt hatten. Sie schnitt einen der Pullover am Bund auf, zog einen krumpeligen Faden heraus und befestigte ihn an einem Stück Pappe. Und während sie die Wolle in gleichmäßigem Rhythmus aufrollte, begann sie mit ihrer Geschichte. All die Jahre erzählte sie mir immer die gleiche Geschichte, nur mit unterschiedlichem Ende, das nach und nach düsterer wurde und lange Schatten über ihr Leben warf, wie schließlich auch über meins.

—

»Von Kweilin hatte ich schon geträumt, bevor ich es je zu Gesicht bekam«, begann meine Mutter auf chinesisch. »Ich träumte von spitzen Bergen an einem gewundenen Fluß mit grünen Ufern voller Zaubermoos. Die Berggipfel waren von weißen Dunstschleiern eingehüllt. Man konnte sich auf dem Fluß entlangtreiben lassen und von dem Zaubermoos essen, das einem die Kraft gab, auf die Gipfel zu steigen. Wenn man auf dem Weg ausrutschte, fiel man nur ins weiche Moos und lachte. Und wenn man endlich auf dem Gipfel stand, konnte man alles von oben sehen und war so glücklich, daß man meinte, für immer aller Sorgen ledig zu sein.

In China träumten alle von Kweilin. Und als ich schließlich dort ankam, da merkte ich, wie schäbig meine Träume waren, was für armselige Vorstellungen ich mir gemacht hatte. Als ich die steilen Hügel zum ersten Mal sah, lachte und schauderte ich zugleich. Wie riesige gebratene Fischköpfe, die sich aus einem Ölbottich recken! Hinter jedem Hügel tauchten immer neue schattenhafte Fischköpfe auf, mehr und mehr. Und als sich die Wolken ein wenig verschoben, wurden die Hügel plötzlich zu gigantischen Elefanten, die auf mich zukamen! Kannst du dir das vorstellen? In diesen Hügeln gab es geheimnisvolle Höhlen mit hängenden Felsgärten, in denen steinerne Kohlköpfe, Wintermelonen, Rüben und Zwiebeln wuchsen, so täuschend echt und wunderschön, wie man es sich beim besten Willen nicht ausmalen kann.

Aber ich war ja nicht nach Kweilin gekommen, um mir anzusehen, wie schön es war. Mein damaliger Mann hatte mich und unsere beiden Babys dorthin gebracht, weil er meinte, wir wären da in Sicherheit. Er war Kuomintang-Offizier. Und sobald er ein Zimmer für uns gefunden hatte, im oberen Stockwerk eines kleinen Hauses, mußte er weiter in den Nordwesten, nach Chungking.

Wir wußten, daß die Japaner am Vorrücken waren, obwohl die Zeitungen das Gegenteil behaupteten. Täglich, ja fast stündlich kamen neue Flüchtlingsströme in die Stadt, und in den Straßen wimmelte es von Menschen, die eine Unterkunft suchten. Sie kamen aus allen Himmelsrichtungen, aus Schanghai, aus Kanton, aus dem Norden, Arme wie Reiche, und es waren nicht nur Chinesen, sondern auch Ausländer und Missionare der verschiedensten Religionen. Natürlich waren auch jede Menge Kuomintangleute und Offiziere darunter, die sich allen anderen überlegen vorkamen.

Wir waren lauter Überbleibsel, in einer Stadt zusammengewürfelt. Wenn die Japaner nicht gewesen wären, hätten all diese verschiedenen Menschen genug Anlässe gefunden, miteinander in Streit zu geraten. Stell dir das bloß mal vor! Leute aus Schanghai dicht an dicht mit Reisbauern aus dem Norden, Bankleute neben Barbieren, Rikschafahrer neben Vertriebenen aus Burma. Jeder sah auf jemand anderen hinab. Es spielte keine Rolle, daß alle auf denselben Bürgersteig spucken mußten und an demselben Durchfall litten. Wir stanken alle gleich, doch jeder beschwerte sich, daß ein anderer noch schlimmer stank. Und ich? Na, ich haßte die amerikanischen Air-Force-Offiziere, die mich mit ihrem lauten Habbahabba-Gerede zum Erröten brachten. Aber am widerlichsten fand ich die Bauern aus dem Norden, die sich mit den Fingern schneuzten und alle Leute anrempelten und jeden mit ihren dreckigen Krankheiten ansteckten.

Siehst du, so schnell verlor Kweilin für mich seinen Zauber. Ich kletterte nie mehr auf die steilen Hügel, um mich an der schönen Aussicht zu freuen. Ich fragte mich nur noch, welche Hügel die Japaner wohl schon erreicht hatten. Im dunkelsten Winkel des Hauses kauerte ich, mit einem Baby in jedem Arm, ganz zappelig vor Angst. Wenn die Luftschutzsirenen losheulten, sprangen wir auf, meine Nachbarn und ich, und rannten Hals über Kopf in die Höhlen, um uns wie die wilden Tiere zu verstecken. Doch im Dunkeln hält man es nicht allzulange aus. Es ist, als ob das Leben langsam in einem verlischt, und dann packt einen der Heißhunger nach Licht. Draußen konnte ich die Bombeneinschläge krachen hören. Und den donnernden Steinhagel. Dann verging mir der Appetit auf die Kohlköpfe und Rüben in den Felsgärten. Ich dachte nur noch an die triefenden Eingeweide dieser uralten Hügel, die jeden Augenblick auf mich niederprasseln konnten. Kannst du dir vorstellen, wie einem zumute ist, wenn man weder drinnen noch draußen sein möchte, sondern nirgends mehr, wenn man am liebsten ganz verschwinden würde?

Und wenn der Lärm der Bomben dann endlich verebbte, krochen wir wie neugeborene Kätzchen ans Tageslicht und bahnten uns einen Weg durchs Geröll, zurück in die Stadt. Ich war jedesmal verblüfft, daß die Hügel vor dem flammenden Himmel noch nicht in Trümmern lagen.

Auf die Idee mit Joy Luck kam ich in einer Sommernacht, als es so schwül war, daß sogar die Motten zu Boden taumelten, so schwer lastete die feuchte Hitze auf ihren Flügeln. Ein unerträglicher Kloakengestank drang durch das Fenster im zweiten Stock und stach mir in die Nase. Zu jeder Zeit, Tag und Nacht, waren draußen Schreie zu hören. Ich wußte nicht, ob ein Bauer gerade ein eingefangenes Schwein abstach, oder ob ein Offizier auf einen halbtoten Bauern eindrosch, der ihm auf dem Bürgersteig im Weg lag. Ich schaute nie aus dem Fenster. Wozu auch? Und da stellte ich auf einmal fest, daß ich dringend etwas brauchte, um wieder in Bewegung zu kommen.

So beschloß ich, vier Frauen um meinen Mah-Jongg-Tisch zu versammeln, eine für jede Ecke. Ich wußte auch schon, welche ich dazu bitten wollte. Sie waren alle so jung wie ich, und ihre Augen waren voller Sehnsucht. Eine von ihnen war ebenfalls Offiziersfrau. Die zweite war ein Mädchen mit sehr feinen Manieren aus einer reichen Familie in Schanghai. Sie war fast ohne Geld geflohen. Und dann noch ein Mädchen aus Nangking, mit den schwärzesten Haaren, die ich je gesehen habe. Sie war zwar von niedrigem Stand, aber hübsch und freundlich, und sie hatte sich gut verheiratet, mit einem alten Mann, der inzwischen gestorben war und ihr ein besseres Leben ermöglicht hatte.

Jede Woche sollte eine von uns die drei anderen einladen, zur Auffrischung unserer Geldreserven und unserer Lebensgeister. Die Gastgeberin sollte dann spezielle *dyansyin*-Gerichte als Glücksbringer auftischen: Knödel in der Form von Silberbarren, lange Reisnudeln für ein langes Leben, gekochte Erdnüsse, um Söhne zu bekommen, und natürlich viele Glücksorangen für eine sorgenlose Zukunft.

Was für Festessen brachten wir mit unseren beschränkten Mitteln zustande! Es störte uns überhaupt nicht, daß die Knödel meist nur mit zähem Mus gefüllt und die Orangen wurmstichig waren. Obwohl es von allem reichlich gab, hielten wir uns beim Essen immer zurück, um vor den anderen zu tun, als hätten wir uns zu Hause schon satt gegessen. Wir wußten wohl, daß wir uns einen Luxus gönnten, den sich nur wenige leisten konnten. Wir hatten das Glück auf unserer Seite.

Nachdem wir unsere Mägen gefüllt hatten, legten wir Geld in eine Schüssel und stellten sie so hin, daß alle sie sehen konnten. Dann setzten wir uns an den Mah-Jongg-Tisch. Meiner stammte aus altem Familienbesitz und war aus duftendem rötlichen Holz, nicht das, was man Rosenholz nennt, sondern *hong mu,* so ein edles Holz gibt es hier gar nicht. Wenn die Mah-Jongg-*pai* auf dem Tisch ausgeschüttet wurden, hörte man nur das leise Klicken der Elfenbeinsteine, so dick war die Spielfläche gepolstert.

Wenn wir mit dem Spiel begonnen hatten, durfte niemand mehr etwas sagen, außer *Pong!* oder *Tschau!,* wenn man sich einen Stein nahm. Wir mußten mit vollem Ernst bei der Sache sein und nur daran denken, unser Glück durch Gewinnen zu mehren. Doch wenn sechzehn Runden gespielt waren, gingen wir wieder an die

Festtafel, um unser Glück zu feiern. Und dann unterhielten wir uns bis zum Morgengrauen und erzählten uns von schönen Dingen der Vergangenheit oder der Zukunft.

Ach, was waren das für lustige Geschichten! Wir übertrumpften uns mit komischen Einfällen und lachten uns beinah tot. Der Hahn, der ins Haus gelaufen kam und frech auf einem Stapel Schüsseln krähte, in denen er schon tags darauf ganz still in Stücken lag! Und das Mädchen, das Liebesbriefe für zwei Freundinnen schrieb, die denselben Mann liebten. Und die alberne Ausländerin, die auf dem Klo in Ohnmacht fiel, als daneben ein paar Knallfrösche losgingen!

Die Leute fanden es nicht richtig, daß wir jede Woche ein Festessen veranstalteten, während so viele in der Stadt hungerten und sich von Ratten und Abfällen ernähren mußten. Manche meinten, wir wären von Dämonen besessen – daß wir so unbekümmert feierten, wo doch auch wir so viele Familienangehörige verloren hatten, und unsere Heimat und alles Vermögen dazu, und alle auseinandergerissen waren, die Frau vom Mann, der Bruder von der Schwester, die Tochter von der Mutter getrennt. Hnnh! Wie konnten wir da noch lachen, fragten die Leute empört.

Nun war es ja nicht so, daß all das Elend uns kaltließ. Wir hatten alle Angst. Wir hatten alle unsere Last zu tragen. Aber sich der Verzweiflung hinzugeben hätte bedeutet, das unwiderruflich Verlorene zurückzuwünschen, oder das Unerträgliche noch schlimmer zu machen. Wie sehr kann man sich nach einem molligen Wintermantel sehnen, der im Schrank eines Hauses hängt, das längst abgebrannt ist, mit Vater und Mutter darin? Wie lange kann man noch an Telefondrähten baumelnde Arme und Beine vor Augen haben und den Anblick halbverhungerter Hunde, denen halbzerkaute Hände aus dem Maul hängen? Was war denn schlimmer, fragten wir uns, mit pietätvoller Miene dazusitzen und auf unseren eigenen Tod zu warten? Oder uns für unser eigenes Glück zu entscheiden?

Also beschlossen wir, Feste zu feiern und so zu tun, als wäre jede Woche Neujahr. Jede Woche konnten wir von neuem alles vergessen, was man uns angetan hatte. Wir durften an nichts Böses mehr denken. Wir schmausten, wir lachten, wir spielten, verloren und gewannen und erzählten uns die besten Geschichten. Und jede Woche konnten wir wieder auf unser Glück hoffen. Diese Hoffnung war unsere einzige Freude. Und so nannten wir unsere kleinen Feste Joy Luck, Glück und Freude.«

Meine Mutter ließ ihre Geschichte immer heiter ausklingen, indem sie mit ihrer Geschicklichkeit prahlte: »Ich gewann so oft im Spiel, daß die anderen mich neckten, ich sei so trickreich wie ein schlauer Dieb. Tausende von *yuan* habe ich gewonnen. Aber ich wurde trotzdem nicht reich, denn das Papiergeld war inzwischen vollkommen wertlos. Selbst das Klopapier war mehr wert. Und darüber lachten wir erst recht, daß ein Schein von tausend *yuan* nicht einmal gut genug war, um sich den Hintern damit zu wischen.«

Ich hatte die Kweilin-Geschichte meiner Mutter immer für eine Art chinesisches Märchen gehalten, das jedesmal anders ausging. Manchmal sagte sie, daß sie mit jenem wertlosen Tausender eine halbe Tasse Reis gekauft habe. Den Reis habe sie für einen Topf Haferbrei eingetauscht und diesen für zwei Schweinsfüße. Dafür habe sie ein halbes Dutzend Eier bekommen, und daraus dann sechs Hühner. So wuchs die Geschichte immer weiter.

Doch eines Abends, als ich nach fruchtlosem Betteln um ein eigenes Kofferradio seit einer Stunde stumm in einer Ecke vor mich hintrotzte, sagte sie: »Warum glaubst du, daß dir etwas fehlt, das du nie gehabt hast?« Und diesmal erzählte sie das Ende der Geschichte vollkommen anders.

»Eines Morgens kam ein Offizier zu mir ins Haus und sagte mir, daß ich schnell zu meinem Mann nach Chungking abreisen solle. Ich verstand, daß es ein Rat war, aus Kweilin zu fliehen. Ich wußte ja, was mit Offizieren und ihren Familien geschah, wenn die Japaner kamen. Aber wie sollte ich nach Chungking kommen? Es fuhren keine Züge mehr. Meine Freundin aus Nanking hat mir geholfen. Sie bestach einen Mann, eine Schubkarre zu stehlen, mit der Kohlen transportiert wurden. Und sie versprach mir, unsere anderen Freunde zu warnen.

Ich packte meine Sachen und meine beiden Babys in die Schubkarre und verließ die Stadt, vier Tage, bevor die Japaner kamen. Unterwegs erfuhr ich von Leuten, die mich überholten, von dem furchtbaren Gemetzel dort. Bis zum letzten Tag hatten die Kuomintang behauptet, daß man in Kweilin sicher sei. Doch am Ende des Tages lagen überall in den Straßen Zeitungen mit Meldungen von großartigen Kuomintang-Siegen, und auf den Zeitungen lagen wie Fische auf dem Markt die Leichen aufgereiht – Männer, Frauen und Kinder, die nicht die Hoffnung, sondern ihr Leben verloren hatten. Als ich das hörte, ging ich noch schneller und fragte mich bei jedem Schritt: Waren sie leichtsinnig? Waren sie mutig?

Ich schob meine Karre in Richtung Chungking, bis das Rad zerbrach. Da mußte ich meinen schönen *hong-mu*-Tisch liegenlassen. Aber ich war schon zu erschöpft zum Weinen. Ich band zwei Tücher zu Schulterschlingen, in die ich die Babys setzte. An der einen Hand trug ich eine Tasche mit Kleidern, an der anderen eine mit Proviant. Und schließlich ließ ich sie beide wieder fallen, als meine Hände blutig gescheuert waren und nichts mehr halten konnten.

Den ganzen Weg entlang konnte ich sehen, daß es anderen genauso ergangen war, als sie nach und nach die Hoffnung aufgaben. Der Straßenrand war mit Schätzen übersät, die allmählich immer wertvoller wurden. Ballen von kostbaren Stoffen und Büchern. Ahnentafeln und Schreinerwerkzeug. Dann kam ich an Käfigen voller Entchen vorbei, die schon ganz still vor Durst waren, und später lagen fallen gelassene Silberurnen im Weg, wo die Erschöpfung endgültig über die Zuversicht gesiegt hatte. Bis ich in Chungking ankam, hatte ich alles verloren, außer den drei feinen Seidenkleidern, die ich übereinandertrug.«

»Alles?« fragte ich erschrocken. »Und was ist mit den Babys geschehen?«

Sie entgegnete prompt, in endgültigem Ton, der keine weiteren Fragen zuließ: »Dein Vater ist nicht mein erster Mann. Du bist nicht eins dieser Kinder.«

Als ich bei den Hsus hereinkomme, wo der Joy Luck Club sich heute abend versammelt, sehe ich als erstes meinen Vater. »Da ist sie!« sagt er. »Wie immer unpünktlich!«

Und das stimmt. Die anderen sind schon da, sieben Freunde der Familie, alle über sechzig oder siebzig. Sie sehen mich an und lachen: Der ewige Nachzügler, mit sechsunddreißig immer noch ein Kind.

Ich zittere am ganzen Körper, versuche mich zusammenzunehmen. Als ich sie das letzte Mal sah, auf der Beerdigung meiner Mutter, hatte ich mich nicht beherrschen können und war in lautes Schluchzen ausgebrochen. Jetzt fragen sie sich sicher, wie so jemand jemals ihren Platz einnehmen soll. Eine Freundin sagte mir mal, daß ich meiner Mutter sehr ähnlich sei, die gleichen huschenden Handbewegungen, die Seitenblicke, das helle Lachen. Als ich meine Mutter schüchtern darauf hinwies, meinte sie mit beleidigter Miene: »Du kennst kaum ein paar Prozent von mir! Wie kannst du ich sein?« Sie hatte recht. Wie kann ich bei Joy Luck meine Mutter ersetzen?

»Tante, Onkel«, sage ich mehrmals und nicke ihnen zur Begrüßung zu. Seit eh und je habe ich diese alten Familienfreunde mit Tante und Onkel angeredet. Dann gehe ich durch das Zimmer und bleibe neben meinem Vater stehen.

Er sieht sich gerade die Fotos an, die die Jongs vor kurzem auf ihrer Chinareise gemacht haben. »Schau mal!« sagt er höflich und zeigt auf ein Bild von der Reisegruppe, die auf breiten Steinstufen aufgestellt ist. Nichts in dem Bild deutet darauf hin, daß es in China aufgenommen wurde und nicht in San Francisco oder in irgendeiner anderen Stadt. Aber mein Vater scheint das Foto sowieso nicht richtig zu betrachten. Es ist, als sei ihm alles einerlei, nichts von besonderer Bedeutung. Er war schon immer so höflich teilnahmslos. Doch wie lautet das chinesische Wort dafür, daß man gleichgültig ist, weil man keine Unterschiede mehr *erkennen* kann? So sehr, glaube ich, hat der Tod meiner Mutter ihn getroffen.

»Sieh mal dies hier.« Er zeigt auf irgendein anderes wenig bemerkenswertes Bild.

Bei den Hsus hängt immer ein etwas ranziger Essensdunst im Raum. Zu viele chinesische Mahlzeiten, in einer zu kleinen Küche gekocht, zu viele ehemals appetitliche Gerüche, die sich in einer unsichtbaren Fettschicht verewigt haben. Ich erinnere mich, wie meine Mutter in anderer Leute Häuser und in Restaurants oft die Nase rümpfte und laut flüsterte: »Ich fühl's schon in der Nase, wie hier alles klebt.«

Ich war seit vielen Jahren nicht mehr bei den Hsus, doch das Wohnzimmer sieht noch genauso aus wie damals. Als Tante Anmei und Onkel George von Chinatown in das Sunset-Viertel gezogen sind, haben sie sich neue Möbel gekauft. Unter ihrer vergilbten Plastikhülle sieht die halbrunde Couch aus türkisem Tweed noch ganz neu aus. Zu beiden Seiten stehen kleine Ahorntische im Kolonialstil. Auch die Porzellanlampe mit dem Sprung war früher schon da. Nur der Kalender an der Wand, ein Werbegeschenk der Bank von Canton, wird jedes Jahr ausgetauscht.

Ich erinnere mich so gut daran, weil Tante An-mei uns Kinder ihre neuen Möbel nur durch die durchsichtigen Plastikhüllen anfassen ließ. An den Joy-Luck-Abenden brachten meine Eltern mich immer zu den Hsus mit. Als Gast mußte ich mich um alle jüngeren Kinder kümmern, und es waren so viele, daß eins von den Kleinen immer heulte, weil es sich den Kopf an einem Tischbein gestoßen hatte.

»Du trägst die Verantwortung«, ermahnte mich meine Mutter. Was bedeutete, daß es mir an den Kragen ging, wenn irgend etwas verschüttet, angebrannt, verloren, zerbrochen oder schmutzig gemacht wurde. Ich war verantwortlich, egal, wer es getan hatte. Tante An-mei und sie trugen komische chinesische Kleider, mit Stehkragen und eingestickten Blütenzweigen über dem Busen. Ich fand diese Kleider zu fein für richtige Chinesen, und zu ausgefallen für amerikanische Partys. Damals, bevor meine Mutter mir ihre Kweilin-Geschichte erzählte, hielt ich Joy Luck für einen anrüchigen chinesischen Brauch, etwa wie die geheimen Zusammenkünfte des Ku-Klux-Klan oder die Kriegstänze der Indianer im Fernsehen.

Aber heute abend ist daran nichts Geheimnisvolles mehr. Die Joy-Luck-Tanten haben lange Hosen, buntbedruckte Blusen und bequeme Halbschuhe an. Wir sitzen am Eßtisch unter einer Hängelampe, die wie ein spanischer Kandelaber aussieht. Onkel George setzt seine Brille auf und verliest das Protokoll: »Unser Kapital beläuft sich auf 24825$, das macht 6206$ pro Paar, oder 3103$ pro Person. Wir haben Subaru mit Verlust zu sechs Dreiviertel verkauft. Wir haben hundert Smith-International-Aktien zu sieben angekauft. Wir bedanken uns bei Lindo und Tin Jong für all die guten Sachen. Die rote Bohnensuppe war besonders köstlich. Das Treffen im März mußte verschoben werden. Unsere liebe Freundin Suyuan ist leider von uns geschieden, und wir haben der Canning Woo Familie unser herzliches Beileid zukommen lassen. Hochachtungsvoll vorgelegt durch George Hsu, Vorsitzender und Schriftführer.«

Das war's auch schon. Ich erwarte die ganze Zeit, daß die anderen anfangen werden, über meine Mutter zu reden, über die wunderbare Freundschaft, die sie verband, und warum ich nun an ihrer Statt hier bin, um die vierte Ecke auszufüllen und in ihrem Geiste fortzuführen, was sie sich an einem heißen Tag in Kweilin ausgedacht hatte.

Doch das Protokoll wird nur mit allgemeinem Kopfnicken quittiert, auch mein Vater hat nichts hinzuzufügen. Es kommt mir vor, als sei das Leben meiner Mutter hiermit ad acta gelegt, um neuen Dingen Platz zu machen.

Tante An-mei steht schwerfällig auf und geht in die Küche, um das Essen zuzubereiten. Tante Lin, die beste Freundin meiner Mutter, setzt sich auf das türkise Sofa, verschränkt die Arme und beobachtet die Männer, die am Tisch sitzenbleiben. Tante Ying, die mir jedesmal, wenn ich sie wiedersehe, noch etwas zusammengeschrumpfter vorkommt, holt ihr Strickzeug hervor, einen winzigen blauen Pullover.

Die Joy-Luck-Onkel reden von Aktien, die sie zu kaufen beabsichtigen. Onkel Jack, Tante Yings jüngerer Bruder, rühmt die Vorzüge eines Unternehmens, das Goldminen in Kanada betreibt.

»Damit läßt sich am besten der Inflation gegensteuern«, stellt er mit Entschiedenheit fest. Er spricht von allen das beste Englisch, fast ohne Akzent. Ich glaube, das Englisch meiner Mutter war am holprigsten, aber dafür meinte sie, ihr Chinesisch sei das beste. Sie sprach Mandarin mit einem leichten Einschlag von Schanghaier Dialekt.

»Wollten wir heute abend nicht Mah-Jongg spielen?« flüstere ich laut Tante Ying zu, die ziemlich taub ist.

»Später, nach Mitternacht«, antwortet sie.

»Was ist, meine Damen, nehmt ihr nun an der Besprechung teil oder nicht?« fragt Onkel George.

Nachdem alle für die kanadischen Goldaktien gestimmt haben, gehe ich zu Tante An-mei in die Küche und frage sie, warum der Joy Luck Club sein Geld in Aktien anlegt.

»Früher hat der Gewinner das Geld bekommen. Aber es haben immer dieselben Leute gewonnen und verloren«, erklärt sie. Sie macht gerade die Wonton-Füllungen, setzt mit schnellen Stäbchengriffen je eine Portion ingwergewürztes Fleisch auf dünne Teigstücke, die sie im Handumdrehen zudrückt, so daß sie wie lauter winzige Schwesternhäubchen aussehen. »Man kann kein Glück im Spiel haben, wenn jemand anderer zu geschickt ist. Also haben wir schon vor langer Zeit beschlossen, daß Geld auf dem Aktienmarkt zu investieren. Dazu braucht man kein besonderes Geschick. Sogar deine Mutter war einverstanden.«

Tante An-mei zählt die Teigtaschen auf dem Tablett. Fünf Reihen mit je acht Wontons hat sie schon fertig. »Vierzig Wontons, acht Leute, zehn für jeden, noch fünf Reihen«, murmelt sie vor sich hin, bevor sie fortfährt: »Das war schlau von uns. Jetzt können wir alle das gleiche verlieren und gewinnen. Wir können unser Glück auf dem Aktienmarkt wagen. Und Mah-Jongg spielen wir einfach zum Spaß, nur mit ein paar Dollar als Einsatz. Die kriegt der Gewinner, und die Verlierer dürfen mitnehmen, was vom Essen übrigbleibt. So haben alle ihre Freude daran. Schlau, ha?«

Ich sehe Tante An-mei weiter beim Wontonfüllen zu. Sie macht es so flink und routiniert, daß sie keinen Gedanken daran zu verschwenden braucht. Das war genau, was meine Mutter ihr vorzuwerfen hatte, daß sie nie einen Gedanken an das verschwendete, was sie tat.

»Dumm ist sie nicht«, sagte meine Mutter einmal, »aber sie hat nicht genug Rückgrat. Letzte Woche hatte ich so eine gute Idee! Gehen wir aufs Konsulat, hab ich ihr vorgeschlagen, um die Papiere für deinen Bruder zu beantragen. Fast wollte sie schon alles stehen- und liegenlassen und gleich losrennen. Aber dann hat irgend jemand ihr was eingeredet. Daß ihr Bruder dadurch in China Schwierigkeiten kriegen kann. Und daß sie auf eine FBI-Liste gesetzt wird und nichts als Ärger davon hat. Daß sie keinen Kredit kriegt, wenn sie sich ein Haus kaufen will, weil ihr Bruder Kommunist ist. Ich sagte, aber du hast doch schon ein Haus! Aber sie hatte trotzdem Angst.

Tante An-mei läuft mal hierhin und mal dorthin«, meinte meine Mutter, »und sie weiß nie, warum.«

Nun ist Tante An-mei eine kleine, gebeugte alte Frau über Siebzig, mit mächtigem Busen, dünnen Beinen und abgearbeiteten Händen mit abgeflachten Fingerspitzen. Während ich ihr so zusehe, frage ich mich, womit sie sich eigentlich die lebenslange Kritik meiner Mutter eingehandelt hat. Allerdings hatte meine Mutter an allen ihren Freunden etwas auszusetzen, ebenso wie an mir und an meinem Vater. Irgend etwas war immer verkehrt. Irgend etwas bedurfte immer der Verbesserung. Irgend etwas war nicht ganz im Lot, weil ein Element überwog, ein anderes dafür zu wenig ausgeprägt war.

Meine Mutter beurteilte alles anhand ihrer eigenen Vorstellung von organischer Chemie. Jeder Mensch bestehe aus fünf Elementen, erklärte sie mir. Wenn man zuviel Feuer in sich habe, sei man zu aufbrausend. Das war auf meinen Vater gemünzt, den sie immer wegen des Zigarettenrauchens zurechtwies und der dann zurückraunzte, sie solle ihre Ansichten gefälligst für sich behalten. Ich glaube, jetzt wirft er sich vor, daß er ihr immer so rabiat den Mund verboten hat.

Wenn man zu wenig Holz in sich habe, ordne man sich zu leicht unter und sei unfähig, sich durchzusetzen. So wie Tante An-mei. Und durch zuviel Wasser fließe man nach allen Richtungen auseinander, so wie ich, mit einem abgebrochenen Biologie- und einem abgebrochenen Kunststudium, dann einem Job als Sekretärin und schließlich als Werbetexterin in einer Agentur.

Früher tat ich ihre Ansichten immer als chinesischen Aberglauben ab, der zu jeder Gelegenheit passend zurechtgebogen wird. Als ich knapp über zwanzig war und am College einen Einführungskurs in Psychologie belegt hatte, versuchte ich ihr klarzumachen, warum sie nicht so viel an mir herummäkeln sollte, da es die Lernbereitschaft keineswegs fördere.

»Es ist wissenschaftlich erwiesen«, sagte ich, »daß es nichts bringt, wenn Eltern zuviel an ihren Kindern herumkritisieren. Sie sollten sie mehr ermutigen. Man reagiert immer auf die Erwartungen, die an einen gestellt werden. Und wenn man jemanden kritisiert, stempelt man ihn von vornherein als Versager ab.«

»Das ist ja das Schlimme, du reagierst auf gar nichts«, erwiderte meine Mutter prompt. »Noch nicht mal auf den Wecker. Zu faul zum Aufstehen. Zu faul, Erwartungen zu erfüllen.«

»Jetzt gibt's was zu Essen!« ruft Tante An-mei und kommt mit dem dampfenden Wontontopf ins Wohnzimmer. Auf dem Tisch ist ein üppiges Buffet aufgebaut, genau wie bei den Festessen in Kweilin. Mein Vater nimmt sich schon von dem Chow-mein aus der großen Aluminiumpfanne, die von kleinen Plastikpackungen mit Sojasoße umgeben ist. Das hat Tante An-mei wohl fertig gekauft. Die Wonton-Suppe riecht wundervoll, ein paar zierliche Kräuterzweiglein schwimmen obendrauf. Ich fange bei einer Platte *chaswei* an, pfenniggroße Stücke von gegrilltem Schweinefleisch in süßer Soße, und nehme mir dann aus der reichhaltigen Auswahl ein paar von den sogenannten Fingerhäppchen – kleine Pasteten, mit Hackfleisch, Krabben oder undefinierbarer Farce gefüllt, die meine Mutter immer als »besonders nahrhaft« bezeichnete.

Mit den feinen Tischsitten nimmt man es hier nicht so genau. Als wären alle halb verhungert, schieben sie sich hoch aufgetürmte Gabeln in den Mund und angeln sofort nach weiteren Bissen, kauen hastig und stopfen gleich die nächste Ladung nach. Ganz und gar nicht wie die Damen in Kweilin, von denen ich immer angenommen habe, daß sie ihr Festessen mit einer Art graziösem Desinteresse zelebrierten.

Doch so schnell es angefangen hat, ist das Essen auch schon vorbei. Die Männer stehen vom Tisch auf, und wie auf Kommando picken die Frauen noch geschwind nach den letzten Bissen und tragen die Platten und Schüsseln dann in die Küche, wo sie sich der Reihe nach gründlich die Hände waschen. Wer hat dieses Ritual eingeführt? Auch ich stelle meinen Teller in das Spülbecken und wasche mir die Hände. Die Frauen unterhalten sich über die Chinareise der Jongs, während sie in das hintere Zimmer gehen. Wir kommen an dem früheren Schlafzimmer der vier Hsu-Söhne vorbei, in dem noch die alten Stockbetten mit den abgewetzten Leitern stehen. Die Joy-Luck-Onkel sitzen schon am Kartentisch. Onkel George teilt so geschickt die Karten aus, als hätte er es im Casino gelernt. Mein Vater reicht die Pall-Mall-Schachtel herum, eine Zigarette hat er schon im Mundwinkel.

Im Hinterzimmer schliefen früher die drei Hsu-Töchter. Als Kinder waren wir dick befreundet; doch nun sind sie alle erwachsen und verheiratet, und ich bin wieder da, um in ihrem Zimmer zu spielen. Abgesehen von dem Kampfergeruch kommt mir alles unverändert vor – als könnten Rose, Ruth und Janice jeden Moment hereinkommen, die Haare auf leere Orangensaftdosen wickeln und sich auf die drei schmalen Betten plumpsen lassen. Die weißen Überdecken sind so fadenscheinig, daß sie fast durchsichtig wirken. Rose und ich habe daraus immer die Fäden hervorgezupft, wenn wir über unsere Probleme mit den Jungs redeten. Alles ist beim alten, nur steht jetzt ein Mah-Jongg-Tisch aus Mahagoni mitten im Raum, und daneben eine Stehlampe mit drei ovalen Schirmchen, wie eingerollte Gummibaumblätter an einer schwarzen Stange.

Niemand sagt: »Setz dich da hin, das war der Platz deiner Mutter.« Aber ich weiß es auf Anhieb, noch ehe die anderen sich hingesetzt haben. Der Stuhl, der am nächsten zur Tür steht, wirkt auf seltsame Art leer. Das hat jedoch nichts mit dem Stuhl zu tun. Es ist ihr Platz am Tisch. Ohne daß es mir jemand sagen muß, weiß ich gleich, daß ihre Ecke der Osten war.

Im Osten nimmt alles seinen Anfang, hat meine Mutter mir mal gesagt, da geht die Sonne auf, von da kommt der Wind her.

Tante An-mei, die links von mir sitzt, schüttet die Spielsteine auf dem grünen Filz aus und sagt zu mir: »Jetzt waschen wir die Steine.« Wir schieben sie mit kreisenden Handbewegungen durcheinander. Sie klicken gedämpft auf der Stoffplatte.

»Gewinnst du auch so oft wie deine Mutter?« fragt Tante Lin, die mir gegenübersitzt, ohne zu lächeln.

»Ich hab nur ab und zu im College mit ein paar jüdischen Freunden Mah-Jongg gespielt.«

»Annh! Jüdisches Mah-Jongg!« erwidert sie verächtlich. »Das ist nicht dasselbe.« Genau was meine Mutter auch immer sagte, obwohl sie es nie richtig erklären konnte.

»Vielleicht sollte ich lieber noch nicht mitspielen. Ich kann ja zuschauen«, schlage ich vor.

Tante Lin macht ein ungeduldiges Gesicht, als ob ich schwer von Begriff wäre. »Wie sollen wir denn zu dritt spielen? Wie ein Tisch mit drei Beinen, kein Gleichgewicht. Als Tante Yings Mann gestorben ist, hat sie ihren Bruder gebeten mitzumachen. Und dein Vater hat dich gebeten. Also ist es entschieden.«

»Was ist der Unterschied zwischen jüdischem und chinesischem Mah-Jongg?« habe ich meine Mutter einmal gefragt. Doch ihrer Antwort war nicht zu entnehmen, ob nun die Spiele verschieden waren oder das alles mit ihrer Einstellung gegenüber Juden zu tun hatte.

»Vollkommen andere Art zu spielen«, sagte sie in dem Tonfall, den sie immer annahm, wenn sie etwas auf englisch erklärte. »Jüdisches Mah-Jongg, da achtet man nur auf die eigenen Steine, spielt nur mit den Augen.«

Dann sprach sie auf chinesisch weiter: »Beim chinesischen Mah-Jongg muß man seinen Kopf anstrengen und sehr geschickt vorgehen. Man muß aufpassen, was für Steine die anderen ablegen, und alles im Gedächtnis behalten. Wenn keiner gut spielt, ist es wie beim jüdischen Mah-Jongg. Wozu denn überhaupt spielen, ohne Strategie? Da sieht man die Leute nur Fehler machen.«

Solche Erklärungen machten mir immer bewußt, daß die Sprache meiner Mutter von der meinen grundverschieden war, was ja auch stimmte. Wenn ich etwas auf englisch sagte, antwortete sie auf chinesisch.

»Was ist denn der Unterschied zwischen chinesischem und jüdischem Mah-Jongg?« frage ich Tante Lin.

»Aii-ya«, ruft sie scherzhaft empört, »hat deine Mutter dir denn gar nichts beigebracht?«

Tante Ying tätschelt mir begütigend die Hand. »Du bist doch ein kluges Kind. Schau, wie wir spielen, und mach es genauso. Hilf uns, die Steine in vier Mauerreihen aufzustellen.«

Ich folge Tante Yings Rat, achte aber vor allem auf das, was Tante Lin macht. Sie ist die Schnellste, also kann ich gerade noch mit den anderen mithalten, indem ich mich nach ihr richte. Tante Ying würfelt und sagt mir, daß Tante Lin jetzt der Ostwind ist und ich der Nordwind, der als letzter am Zug ist. Tante Ying ist der Südwind und Tante An-mei der Westwind. Dann werden die Steine an die Spieler verteilt. Ich ordne meine Spielsteine in Kreis- und Bambussequenzen, bunte Ziffernpaare, einzelne Steine, die nicht zusammenpassen.

»Deine Mutter hat am besten gespielt, wie ein Profi«, bemerkt Tante An-mei, während sie langsam ihre Steine sortiert und jeden einzelnen bedächtig mustert.

Nun fangen wir an zu spielen. Wir schauen uns unsere Steinkonstellationen an, werfen der Reihe nach den unbrauchbarsten Stein in der Mitte ab, nehmen neue auf, eine Runde nach der anderen in gemächlichem Tempo. Die Joy-Luck-Tanten unterhalten sich dabei über belanglose Dinge, ohne sich gegenseitig richtig zuzuhören, in einem eigentümlichen Kauderwelsch aus gebrochenem Englisch und ihrem chinesischen Dialekt. Tante Ying berichtet, daß sie irgendwo Strickgarn zum halben Preis bekommen hat. Tante An-mei erzählt stolz von einem Pullover, den sie für das

Baby ihrer Tochter Ruth gestrickt hat: »Sie dachte, ich hätte ihn im Laden gekauft!«

Tante Lin ereifert sich über einen Verkäufer, der ihr einen Rock mit kaputtem Reißverschluß nicht umtauschen wollte. »Ich war ja so *chiszle*«, knurrt sie, »bin fast geplatzt vor Ärger.«

»Gut, daß du noch heil bist, Lindo, sonst wärst du jetzt nicht hier«, neckt Tante Ying sie, und während sie noch über den eigenen Witz kichert, ruft Tante Lin *»Pong!«* und *»Mah-Jongg!«* Sie lacht Tante Ying ins Gesicht, legt ihre Steine auf und zählt die Punkte zusammen. Dann mischen wir die Steine von neuem, und es wird wieder still. Ich fange an mich zu langweilen und werde schläfrig.

»Ach, da fällt mir was ein!« trompetet Tante Ying so unvermittelt, daß wir zusammenzucken. Tante Ying war schon immer etwas wunderlich, in ihre eigene Welt versponnen. Meine Mutter sagte gern, Tante Ying habe keine Hörprobleme, sondern Zuhörprobleme.

»Die Polizei hat letztes Wochenende Mrs. Emersons Sohn festgenommen.« Es klingt, als sei Tante Ying stolz darauf, die außerordentliche Nachricht als erste erfahren zu haben. »Mrs. Chan hat's mir in der Kirche erzählt. Er hatte zu viele Fernseher im Auto.«

»Aii-ya, Mrs. Emerson gute Frau«, sagt Tante Lin prompt, womit sie meint, daß Mrs. Emerson so einen schlimmen Sohn nicht verdient hat. Doch sie meint auch Tante An-mei damit, fällt mir ein, deren jüngster Sohn vor zwei Jahren beim Verkaufen gestohlener Autoradios erwischt wurde. Tante An-mei reibt mit genierter Miene ihren Spielstein zwischen den Fingern, bevor sie ihn ablegt.

Tante Lin wechselt taktvoll das Thema: »In China haben jetzt alle einen Fernseher – sogar mit Farbprogramm und Fernbedienung! Die haben alles! Als wir wissen wollten, was wir ihnen besorgen sollten, haben sie gesagt, gar nichts, es reicht schon, daß wir zu Besuch kommen. Aber wir haben ihnen trotzdem was mitgebracht, einen Videorecorder und einen Sony-Walkman für die Kinder. Sie taten so, als wollten sie es nicht annehmen, aber ich glaube, es hat sie doch gefreut.«

Die arme Tante An-mei reibt immer noch krampfhaft an ihren

Steinen herum. Ich erinnere mich daran, was meine Mutter mir vor drei Jahren über die Chinareise der Hsus erzählte. Tante An-mei hatte zweitausend Dollar zusammengespart, die sie für die Familie ihres Bruders ausgeben wollte. Vor der Abreise hatte sie meiner Mutter ganz stolz den Inhalt ihrer schweren Koffer gezeigt. Einer war mit Süßigkeiten vollgestopft, und der andere enthielt lauter nagelneue, knallbunte Kleidungsstücke: auffällig gemusterte kalifornische Strandanzüge, Baseballkappen, Jogginghosen, Fliegerjakken, Sweatshirts und Ringelsocken.

»Was sollen die mit dem unnützen Zeug anfangen? Die wollen doch bloß Geld«, hatte meine Mutter sie gewarnt. Aber Tante Anmei meinte, ihr Bruder sei so arm und sie dagegen doch so reich. Sie kümmerte sich nicht um die Ratschläge meiner Mutter und nahm die schweren Koffer und die zweitausend Dollar nach China mit. Als die Reisegruppe schließlich in Hangzhou ankam, stand die ganze Familie aus Ningpo schon da, um sie zu empfangen. Nicht nur Tante An-meis jüngerer Bruder, sondern auch die Stiefbrüder und Stiefschwestern seiner Frau, eine entfernte Kusine, ihr Mann und dessen Onkel. Und alle hatten auch noch ihre Schwiegermütter und Kinder mitgebracht und jede Menge Freunde aus dem Dorf, die nicht das Glück hatten, mit Verwandten aus dem Ausland angeben zu können.

Meine Mutter sagte mir: »Bevor sie nach China fuhr, hat Tante An-mei geweint, weil sie glaubte, sie würde ihren Bruder sehr reich und glücklich machen, gemessen an kommunistischen Maßstäben. Doch als sie wiederkam, hat sie sich weinend bei mir beklagt, alle hätten dort gierig die Hand ausgestreckt, und nur sie habe zum Schluß mit leeren Händen dagestanden.«

Die Voraussagen meiner Mutter hatten sich bestätigt. Niemand wollte die Sweatshirts haben, diesen ganzen unnützen Kram. Die vielen bunten Süßigkeiten verschwanden im Nu. Und kaum waren die Koffer leer, wollten die Verwandten wissen, was die Hsus sonst noch mitgebracht hatten.

Tante An-mei und Onkel George wurden ausgenommen wie die Weihnachtsgänse. Es blieb nicht bei den zweitausend Dollar für

Fernseher und Kühlschränke. Obendrein mußten sie für sechsundzwanzig Leute die Übernachtung im Hotel bezahlen, für ein üppiges Bankett in einem teuren Ausländer-Restaurant aufkommen, jedem Verwandten noch drei Extra-Geschenke machen und schließlich dem angeblichen Onkel einer Kusine fünftausend *yuan* in Devisen leihen. Das Geld war für ein Motorrad bestimmt, doch er verschwand damit auf Nimmerwiedersehen. Als der Zug am nächsten Tag aus Hangzhou abfuhr, hatten die Hsus insgesamt neuntausend Dollar an Liebesgaben geopfert. Einige Monate später, nach einem inspirierenden Weihnachtsgottesdienst in der Ersten Chinesischen Baptistenkirche, tröstete Tante An-mei sich damit über den Verlust hinweg, daß Geben seliger sei denn Nehmen, und meine Mutter stimmte zu: Ihre alte Freundin habe freilich Grund genug, bis ans Ende ihrer Tage selig zu sein.

Während Tante Lin mit der Bescheidenheit ihrer Verwandten in China angibt, scheint sie Tante An-meis Betroffenheit gar nicht zu bemerken. Ist sie so rücksichtslos, oder hat meine Mutter die peinliche Geschichte von Tante An-meis habgieriger Familie niemandem außer mir erzählt?

»Du gehst jetzt also aufs College, Jing-mei?« wendet Tante Lin sich an mich.

»Sie heißt June. Die Mädchen haben doch alle amerikanische Namen«, verbessert Tante Ying.

»Jing-mei ist auch o. k.«, sage ich, und das stimmt; inzwischen gilt es bei den in Amerika geborenen Chinesinnen als schick, die chinesischen Namen zu verwenden. »Aber ich bin nicht mehr auf dem College. Das ist schon über zehn Jahre her.«

Tante Lin zieht erstaunt die Augenbrauen hoch: »Vielleicht habe ich das mit der Tochter von jemand anderem verwechselt.« Doch ich merke, daß sie sich nur herausreden will. Meine Mutter muß ihr erzählt haben, ich würde zurück aufs College gehen, um meinen Abschluß zu machen. Erst vor ein paar Monaten hatte es nämlich wieder mal die übliche Auseinandersetzung über mein »Versagen« gegeben. Sie wollte unbedingt durchsetzen, daß ich doch noch die Abschlußprüfung machte.

Und wie so oft hatte ich meiner Mutter gesagt, was sie hören wollte: »Du hast recht. Ich werd's mir vornehmen.«

Ich hatte immer angenommen, es bestünde ein unausgesprochenes Einverständnis zwischen uns: daß sie mich nicht wirklich für einen Versager hielt, und daß ich mich bemühen würde, ihren Standpunkt anzuerkennen. Aber wie ich Tante Lin nun so reden höre, wird es mir wieder bewußt, daß meine Mutter und ich uns nie richtig verstanden haben. Wir versuchten so gut wir konnten, uns gegenseitig unsere Gedanken zu übersetzen. Ich hörte meist weniger heraus, als gemeint war, meine Mutter hingegen mehr. Bestimmt hat sie Tante Lin erzählt, ich würde wieder aufs College gehen und den Doktor machen.

Meine Mutter und Tante Lin waren die besten Freundinnen und gleichzeitig Erzfeindinnen, ewig damit beschäftigt, die Vorzüge ihrer Töchter zu vergleichen. Waverly Jong, Tante Lins ganzer Stolz, war nur einen Monat jünger als ich. Von frühester Babyzeit an verglichen unsere Mütter die Form unserer Bauchnäbel, unserer Ohrläppchen und wie schnell unsere Schürfwunden heilten, wenn wir hingefallen waren, wie dick und dunkel unsere Haare waren, wie viele Schuhe wir im Jahr auftrugen; später dann, wie gut Waverly Schach spielte, wie viele Preise sie wieder gewonnen hatte, wie viele Zeitungen ihren Namen erwähnten, wie viele Städte sie schon besucht hatte.

Ich kann mir vorstellen, wie sauer es meiner Mutter aufstieß, daß sie auf Tante Lins Prahlereien nichts erwidern konnte. Anfangs hatte sie noch versucht, irgendeine verborgene Begabung in mir aufzuspüren. Sie ging bei einem alten pensionierten Klavierlehrer auf unserer Etage putzen, der mich dafür kostenlos unterrichtete und auf seinem Klavier üben ließ. Doch sie mußte bald einsehen, daß ich nicht zur Pianistin taugte, noch nicht einmal als Begleitung für den Kirchenchor. Schließlich behauptete sie, ich sei eben ein Spätentwickler, wie Einstein, den alle für zurückgeblieben hielten, bis er plötzlich eine Bombe entdeckte.

Diese Runde gewinnt Tante Ying. Wir zählen die Punkte und beginnen mit der nächsten.

»Wißt ihr schon, daß Lena nach Woodside umgezogen ist?« fragt Tante Ying in die Runde und strahlt vor Stolz. Dann senkt sie schnell den Blick auf ihre Steine und fügt mit gespielter Bescheidenheit hinzu: »Natürlich nicht gerade das beste Haus weit und breit, kein Traumhaus, das noch nicht. Aber eine gute Geldanlage. Besser als Miete zahlen. Besser, als sich vom Hauswirt schikanieren lassen.«

So, demnach hat Tante Yings Tochter Lena ihr erzählt, daß mir neulich die Wohnung gekündigt worden ist. Lena und ich sind zwar noch befreundet, doch wir erzählen uns lieber nicht mehr allzuviel. Trotzdem kommt das meiste davon um drei Ecken wieder zurück. Es ist das alte Spiel, der Klatsch zieht seine Kreise.

»Es wird langsam spät«, sage ich, als die Runde zu Ende ist, und will aufstehen. Aber Tante Lin schubst mich auf den Stuhl zurück.

»Bleib doch noch ein Weilchen. Wir haben uns so lange nicht gesehen.«

Ich weiß, daß der Protest nur als höfliche Geste gemeint ist, in Wirklichkeit ist es den Joy-Luck-Tanten nur recht, wenn sie endlich unter sich sind. »Nein, ich muß jetzt leider gehen, ich danke euch auch schön«, wehre ich ab, froh, daß ich den Verhaltenskodex noch beherrsche.

»Aber du mußt wirklich noch bleiben! Wir haben dir nämlich was Wichtiges von deiner Mutter auszurichten!« platzt Tante Ying heraus. Die anderen wirken leicht verlegen, offenbar ob dieser unpassenden Art, mir die scheinbar schlechte Botschaft anzukündigen.

Ich setze mich wieder hin. Tante An-mei eilt aus dem Zimmer, kommt mit einem Schälchen Erdnüssen zurück und schließt leise die Tür. Alle bleiben stumm, als traute sich niemand so recht, den Anfang zu machen.

Schließlich gibt Tante Ying sich einen Ruck. »Ich glaube, deine Mutter ist mit einem wichtigen Vorsatz im Kopf gestorben«, beginnt sie zögernd in ihrem holprigen Englisch. Dann fährt sie mit gesenkter Stimme auf chinesisch fort: »Deine Mutter war eine sehr starke Frau, eine gute Mutter. Sie hat dich sehr geliebt, mehr als ihr eigenes Leben. Du kannst sicher verstehen, daß eine solche Mutter auch ihre anderen Töchter niemals vergessen hat. Sie wußte, daß sie noch am Leben waren, und bevor sie gestorben ist, hatte sie sich vorgenommen, ihre Töchter in China ausfindig zu machen.«

Die Babys in Kweilin, fällt mir da plötzlich ein. Ich war nicht eins von diesen Babys, die sie in Tuchschlingen an den Schultern trug. Ihre beiden anderen Töchter! Mir ist auf einmal, als sei ich mitten im Bombenhagel in Kweilin, und ich sehe die verlassenen Babys vor mir, wie sie hilflos zappelnd und schreiend am Wegrand liegen. Irgend jemand muß sie mitgenommen haben. Sie sind wohlauf. Und meine Mutter ist für immer von mir gegangen, nach China zurück, um ihre Kinder zu holen. Vor Bestürzung höre ich kaum mehr Tante Yings Worte.

»Sie hatte schon jahrelang Nachforschungen angestellt und unzählige Briefe verschickt. Letztes Jahr hat sie dann endlich eine Adresse bekommen. Dein Vater hätte es bald erfahren sollen. Aii-ya, wie schade! Ihr Leben lang hat sie darauf gewartet!«

Tante An-mei unterbricht sie aufgeregt: »Also haben deine Tanten und ich mit dieser Adresse Kontakt aufgenommen. Wir schrieben hin, daß eine bestimmte Person, deine Mutter, bestimmte Personen dort treffen wollte. Und die haben uns eine Antwort geschickt. Deine Schwestern, Jing-mei!«

Meine Schwestern, wiederhole ich im stillen. Es klingt eigenartig. Noch nie habe ich diese beiden Worte zusammen ausgesprochen.

Tante An-mei reicht mir einen Briefbogen, so dünn wie Seidenpapier, der mit schnurgeraden, senkrechten Reihen chinesischer Schriftzeichen in blauer Tinte beschrieben ist. Ein Wort ist verwischt. Von einer Träne? Ich halte den Brief zwischen zitternden Fingern. Wie klug meine Schwestern sein müssen, daß sie die chinesische Schrift beherrschen!

Die Tanten sehen mich freudestrahlend an, als sei ich wie durch ein Wunder vom Sterbebett genesen. Tante Ying reicht mir noch einen Umschlag. Er enthält einen Scheck über 1200$, der auf June Wu ausgestellt ist. Ich kann es kaum glauben.

»Was? Schicken meine Schwestern *mir* etwa Geld?«

»Aber nein, du Dummchen!« ruft Tante Lin scherzhaft zurechtweisend. »Wir sparen jedes Jahr unsere Mah-Jongg-Gewinne für ein Festessen im Restaurant auf. Meistens hat deine Mutter gewonnen, also gehört eigentlich fast alles davon ihr. Wir haben nur noch ein bißchen draufgelegt, damit du nach Hongkong reisen kannst, und von da mit dem Zug nach Schanghai, um deine Schwestern zu besuchen. Außerdem sind wir alle sowieso schon reich und fett genug.« Sie klopft sich zum Beweis auf den Bauch.

»Meine Schwestern besuchen«, wiederhole ich benommen. Die Vorstellung hat etwas Beängstigendes. Was mich dort wohl erwarten mag? Und zugleich macht die Ausrede mit dem Festessen mich ganz verlegen; offensichtlich wollen die Tanten damit nur ihre Großzügigkeit verbergen. Die Tränen treten mir in die Augen, ich muß gleichzeitig lachen und weinen angesichts dieser unfaßbaren Freundschaftstreue zu meiner Mutter.

»Wenn du deine Schwestern triffst, mußt du ihnen vom Tod deiner Mutter berichten. Aber vor allem mußt du ihnen von ihrem Leben erzählen. Die Mutter, die sie nie gekannt haben, müssen sie endlich kennenlernen«, meint Tante Ying.

»Meine Schwestern treffen und ihnen von meiner Mutter erzählen.« Ich nicke zustimmend. »Aber was denn eigentlich? Ich weiß doch nichts über sie. Sie war eben meine Mutter.«

Die Tanten sehen mich an, als ob ich vor ihren Augen den Verstand verloren hätte.

»Du weißt nichts über deine eigene Mutter?« ruft Tante An-mei entgeistert. »Wie kannst du sowas sagen? Du hast deine Mutter doch in den Knochen!«

»Erzähl ihnen von deiner Familie hier. Von ihrem Erfolg«, schlägt Tante Lin vor.

»Erzähl ihnen die vielen Geschichten, die du von ihr gehört hast, was sie dir beigebracht hat, alles, was von ihr in dich übergegangen ist«, meint Tante Ying. »Deine Mutter war eine sehr kluge Frau.«

Die Tanten überlegen eifrig, welche Eigenschaften auf keinen

Fall unerwähnt bleiben sollten, und übertreffen sich gegenseitig an Einfällen.

»Ihre Güte.«

»Ihre Klugheit.«

»Ihre Aufopferungsbereitschaft für die Familie.«

»Ihre Hoffnungen, alles, was ihr am Herzen lag.«

»Ihre fabelhaften Kochkünste.«

»Stellt euch mal vor, nichts über die eigene Mutter zu wissen!«

Da fällt es mir wie Schuppen von den Augen: Sie haben Angst. In mir sehen sie ihre eigenen Töchter widergespiegelt, die all ihren Überzeugungen und Hoffnungen mit derselben Unkenntnis und Gleichgültigkeit gegenüberstehen. Töchter, die nur ungeduldig werden, wenn ihre Mütter chinesisch sprechen, die sie für borniert halten, wenn sie in holprigem Englisch etwas zu erklären versuchen. Sie sehen, daß Joy Luck ihren Töchtern nichts bedeutet, daß ihr Konzept von Glück und Freude in die amerikanische Begriffswelt ihrer Töchter nicht mehr hineinpaßt. Und sie fürchten, daß ihre Enkelkinder ohne die generationsverbindende Hoffnung aufwachsen werden, die ihre Kraftquelle ist.

»Gut, ich erzähle ihnen alles«, sage ich nur. Die Tanten sehen mich mit zweifelnden Mienen an.

»Ich werde mich an alles erinnern, was meine Mutter betrifft, und es meinen Schwestern weitererzählen«, wiederhole ich mit Nachdruck. Da fängt eine nach der anderen an zu lächeln und tätschelt mir die Hand. Sie scheinen immer noch etwas aus dem Gleichgewicht geworfen, doch andererseits auch zuversichtlich, daß ich mein Versprechen halten werde. Was könnten sie mehr verlangen? Was kann ich sonst versprechen?

Sie greifen in die Schale mit den weichgekochten Erdnüssen und nehmen den Faden ihrer eigenen Geschichten wieder auf. So wie damals, als sie jung waren und von den guten Dingen der Vergangenheit und der Zukunft träumten. Ein Bruder aus Ningpo, der seine Schwester zu Freudentränen rührt, als er ihr neuntausend Dollar plus Zinsen zurückschickt. Ein jüngster Sohn, der eine Radio- und Fernsehreparaturwerkstatt mit solchem Erfolg betreibt, daß er den Überschuß nach China schicken kann. Eine Tochter in Woodside, deren Kinderchen wie die Fische in ihrem prächtigen Swimming-pool herumschwimmen: So schöne Geschichten! Die besten, die man sich denken kann. Ja, sie haben das Glück auf ihrer Seite.

Und ich sitze auf dem Platz meiner Mutter am Mah-Jongg-Tisch, im Osten, wo alles seinen Anfang nimmt.

An-Mei Hsu
Die Narbe

Als ich ein kleines Mädchen in China war, sagte mir meine Großmutter, meine Mutter sei ein Geist. Das bedeutete nicht, daß meine Mutter tot war. Ein Geist war etwas, über das man nicht sprechen durfte. Ich begriff, daß Popo von mir verlangte, meine Mutter ganz und gar aus meinem Gedächtnis zu löschen, und so kam es, daß ich nun keinerlei Erinnerung mehr an sie habe. Das Leben, das ich kannte, begann in dem großen Haus mit zugigen Fluren und steilen Treppen, in Ningpo. Es war der Familienwohnsitz meines Onkels und meiner Tante, wo ich mit Popo und meinem kleinen Bruder wohnte.

Ich bekam oft Geschichten von Geistern zu hören, die versuchen, Kinder zu entführen, besonders ungehorsame kleine Mädchen. Popo erzählte überall herum, daß mein Bruder und ich aus dem Bauch einer dummen Gans gefallen seien, zwei Windeier, die keiner haben wollte, nicht einmal gut genug, um in den Reispudding geschlagen zu werden. Sie sagte das, damit die Geister uns nicht holen kamen, woraus man schließen kann, daß wir auch Popo sehr viel bedeuteten.

Mein ganzes Leben lang hat Popo mir Angst eingejagt. Ich bekam noch mehr Angst, als sie krank wurde. Das war 1923, als ich neun Jahre alt war. Popo war so aufgedunsen wie ein verdorbener Kürbis, und ihr faulig weicher Körper verbreitete einen scheußlichen Geruch. Oft rief sie mich zu sich in das stinkende Zimmer, um mir lange Geschichten zu erzählen. »An-mei, hör mir gut zu«, sagte sie dann. Sie erzählte mir Geschichten, die ich nicht begreifen konnte.

Eine handelte von einem gierigen Mädchen, dessen Bauch immer dicker wurde. Sie weigerte sich zu sagen, wessen Kind sie trug, und vergiftete sich. Als die Mönche ihren Bauch aufschnitten, fanden sie eine riesige weiße Wintermelone darin.

»Wenn man gierig ist, macht einen das, was man in sich hat, immer hungriger«, sagte Popo.

Ein anderes Mal erzählte sie von einem Mädchen, das nie auf den Rat der Älteren hören wollte. Eines Tages schüttelte dieses widerspenstige Mädchen so heftig den Kopf, daß ihr eine kleine weiße Kugel aus dem Ohr fiel und ihr ganzes Gehirn herausfloß, so dünn und klar wie Hühnerbrühe.

»Der Eigensinn nimmt so viel Platz im Kopf ein, daß er alles andere verdrängt«, beendete Popo die Geschichte.

Kurz bevor die Krankheit so schlimm wurde, daß sie nicht mehr sprechen konnte, zog Popo mich eines Tages dicht an sich heran und begann, über meine Mutter zu reden. »Sprich niemals ihren Namen aus«, mahnte sie. »Ihren Namen auszusprechen heißt, auf das Grab deines Vaters zu spucken.«

Meinen Vater kannte ich nur von einem großen Porträt, das in der Eingangshalle hing: ein stattlicher Mann, der verdrossen dreinblickte, weil er so still und starr an der Wand hängen mußte. Seine ruhelosen Augen verfolgten mich durch das Haus. Selbst aus meinem Zimmer am Ende der Diele konnte ich sehen, wie er mich beobachtete.

Er gebe acht, ob ich mich anständig benehme, sagte Popo. Und manchmal, wenn ich im Schulhof Steine nach anderen Kindern geworfen oder aus Unachtsamkeit ein Buch verloren hatte, ging ich schnell mit unschuldiger Miene an ihm vorbei und versteckte mich in einem Winkel meines Zimmers, wo er mein Gesicht nicht sehen konnte.

Ich fand die Stimmung in unserem Haus so düster, doch meinem kleinen Bruder schien es nichts auszumachen. Er kurvte auf seinem Fahrrad über den Hof, scheuchte die Hühner und andere Kinder vor sich her und lachte über die, die am lautesten kreischten. In dem stillen Haus hopste er vergnügt auf den besten Daunensofas herum, sobald Onkel und Tante ausgegangen waren, um Freunde im Dorf zu besuchen.

Aber selbst meinem unbekümmerten Bruder wurde die Fröhlichkeit ausgetrieben. An einem heißen Sommertag, als Popo schon schwer krank war, standen wir draußen und schauten einem Beerdigungszug zu, der an unserem Hof vorbeikam. Genau vor dem Eingangstor fiel das schwere Bild des Toten aus seinem Rahmen und krachte auf den staubigen Boden. Mein Bruder lachte, und die Tante ohrfeigte ihn.

Meine Tante, die keine Geduld mit Kindern hatte, warf ihm vor, er hätte kein *schou,* keinen Respekt für die Ahnen und die Familie, genau wie unsere Mutter. Die Tante hatte eine böse Zunge, so scharf wie eine hungrige Schere, die sich blitzschnell durch einen Seidenstoff frißt. Als mein Bruder sie trotzig ansah, schrie sie hysterisch, unsere Mutter sei eine gedankenlose Person. Hals über Kopf sei sie in den Norden geflüchtet. Noch nicht mal die Mitgift aus ihrer Ehe mit unserem Vater habe sie mitgenommen, die Möbel, die zehn silbernen Stäbchenpaare. Einfach auf und davon, ohne dem Grab unseres Vaters und denen der Ahnen Ehrfurcht zu zollen!

Und als mein Bruder sie beschuldigte, unsere Mutter hinausgeekelt zu haben, keifte sie noch lauter, heulte, unsere Mutter habe einen Mann namens Wu Tsing geheiratet, der bereits eine Frau, zwei Konkubinen und mehrere andere ungezogene Kinder hatte.

Sie gackere wie ein Huhn ohne Kopf, brüllte mein Bruder aufgebracht zurück. Da stieß sie ihn gegen das Tor und spuckte ihm ins Gesicht.

»Du möchtest wohl den starken Mann spielen! Ein Niemand bist du«, fauchte sie ihn an, »nur der Sohn einer verkommenen Mutter, die so wenig Ehrfurcht in sich hat, daß sie ein *ni,* ein Verräter an unseren Ahnen, geworden ist. Sie ist so tief gefallen, daß sogar der Teufel hinabblicken muß, um sie zu sehen.«

Da begann ich, die Geschichten zu verstehen, die Popo mir erzählt hatte, die Moralpredigten, die ich für meine Mutter einstekken mußte. »Wenn man sein Gesicht verliert, An-mei«, sagte Popo oft, »das ist, wie wenn einem die Halskette in den Brunnen fällt. Man kriegt sie nur zurück, indem man hinterherfällt.«

Jetzt konnte ich mir meine Mutter vorstellen, eine leichtsinnige Frau, die lachte und den Kopf schüttelte und wieder und wieder ihre Stäbchen eintauchte, um süße Früchte zu essen, froh, die alte Popo, den tristen Ehemann an der Wand und ihre zwei unartigen Kinder los zu sein. Ich war unglücklich, daß sie meine Mutter war, und unglücklich, daß sie uns verlassen hatte. Das war es, woran ich dachte, wenn ich mich in dem Winkel meines Zimmers verbarg, wo mein Vater mich nicht sehen konnte.

~

Ich saß oben auf dem Treppenabsatz, als sie hereinkam. Ich wußte, daß es meine Mutter war, obwohl ich keine Erinnerung daran hatte, wie sie aussah. Sie stand im Türrahmen, und ihr Gesicht war nur ein dunkler Schatten. Sie war viel größer als meine Tante, fast so groß wie mein Onkel. Und sie sah ganz fremd aus, wie die Missionarsfrauen, die uns in der Schule herumkommandierten, mit hochhackigen Schuhen, ausländischen Kleidern und kurzen Haaren.

Meine Tante blickte schnell weg, ohne sie beim Namen zu rufen oder ihr Tee anzubieten. Eine alte Dienstmagd eilte mit angewiderter Miene aus der Diele. Ich bemühte mich, mucksmäuschenstill zu sitzen, aber mein Herz rumorte wie ein Käfig voller Grillen. Meine Mutter muß es gehört haben, denn sie schaute hinauf. Mir war, als blicke mein eigenes Gesicht mich an, mit weit offenen Augen, die zuviel sahen.

In Popos Zimmer rief meine Tante abwehrend: »Zu spät, zu spät«, als meine Mutter auf das Bett zutrat. Doch sie ließ sich nicht aufhalten.

»Komm zurück, bleib hier«, flüsterte meine Mutter Popo zu. »*Nuyer* ist da. Deine Tochter ist zurückgekommen.« Popos Augen waren offen, doch ihr Geist war schon zu verwirrt und konnte nichts mehr wahrnehmen. Wäre sie bei klarem Bewußtsein gewesen, hätte sie sicher die Arme erhoben und meine Mutter aus dem Zimmer geworfen.

Ich konnte die Augen nicht von meiner Mutter wenden, dieser hübschen Frau mit der hellen Haut und dem ovalen Gesicht; es war nicht zu rund, wie das meiner Tante, noch zu kantig, wie das von Popo. Sie hatte einen langen weißen Hals, wie die Gans, die mich ausgebrütet hatte. Wie ein Geist schien sie durch das Zimmer zu schweben, während sie Popos aufgedunsenes Gesicht mit feuchten Tüchern kühlte und ihr mit besorgtem Gemurmel in die blicklosen Augen sah. Ich betrachtete sie aufmerksam, doch am meisten faszinierte mich ihre Stimme, wie ein vertrauter Klang aus einem vergessenen Traum.

Als ich später am Nachmittag in mein Zimmer zurückkam, stand sie schon dort. Ich wagte nichts zu sagen, weil Popo mir verboten hatte, ihren Namen auszusprechen. Ich blickte sie nur stumm an. Sie nahm mich bei der Hand und führte mich langsam zum Sofa. Dann setzte sie sich neben mich, als wäre es etwas ganz Alltägliches.

Sie löste mir die Zöpfe und begann, mir mit langen, gleichmäßigen Strichen die Haare zu bürsten.

»Warst du eine brave Tochter, An-mei?« fragte sie mit einem geheimnisvollen Lächeln.

Ich sah sie mit meiner unschuldigsten Miene an, doch innerlich zitterte ich, denn ich war das Mädchen mit der farblosen Wintermelone im Bauch.

»Du weißt doch, wer ich bin, An-mei!« Ein sanfter Vorwurf schwang in ihrer Stimme mit. Diesmal hielt ich den Blick gesenkt, aus Angst, daß mir der Kopf bersten und das Gehirn aus den Ohren fließen könnte.

Sie hielt mit dem Bürsten inne. Dann fühlte ich ihre langen, glatten Finger unter meinem Kinn nach der Stelle tasten, wo die verheilte Brandnarbe war. Während sie leicht darüberstrich, saß ich ganz still. Es war, als reibe sie mir die Erinnerung in die Haut zurück. Und dann ließ sie die Hand sinken und fing an zu weinen. Sie legte die Hände um ihren eigenen Hals und schluchzte herzzerreißend. Da erinnerte ich mich auf einmal an den Traum, den ihre Stimme heraufbeschworen hatte.

~

Ich war vier Jahre alt. Mein Kinn reichte gerade über die Tischkante. Ich konnte meinen kleinen Bruder auf Popos Schoß mit wutverzerrtem Gesicht heulen sehen und hörte sie eine dampfende, dunkle Suppe anpreisen, die auf dem Tisch stand, ein höfliches *Ching! Ching!* – Bitte, greift zu!

Plötzlich brach das Stimmengemurmel ab. Mein Onkel stand von seinem Stuhl auf. Alle wandten sich zur Tür, in der eine hochgewachsene Frau stand. Ich war die einzige, die einen Laut von sich gab.

»Mama!« rief ich und wollte auf sie zulaufen, doch die Tante schlug mir ins Gesicht und stieß mich unsanft auf den Stuhl zurück. Nun sprangen alle auf und schrien durcheinander, und ich hörte meine Mutter rufen: »An-mei! An-mei!« Dann übertönte Popos schrille Stimme den Lärm.

»Wer ist dieser Geist da? Keine ehrbare Witwe. Bloß eine dritte Konkubine. Wenn du deine Tochter mitnimmst, wird sie genauso enden wie du und ihr Gesicht verlieren.«

Meine Mutter rief noch immer nach mir. Jetzt erinnere ich mich ganz deutlich an ihre Stimme. An-mei, An-mei! Über den Tisch hinweg konnte ich ihr verzweifeltes Gesicht sehen. Zwischen uns stand der Suppentopf, der auf seinem schweren Untersatz langsam hin und her schwankte. Und plötzlich kippte in einem gellenden Schrei der dunkle Schwall kochendheißer Suppe über die Tischkante und lief mir den Hals hinunter. Als ob sich der geballte Zorn der Familie über mich ergossen hätte.

Die Schmerzen waren so furchtbar, daß ein Kind sich nie daran erinnern dürfte. Doch ich trage die Erinnerung noch in die Haut gegraben. Ich schrie nur kurz auf, bevor die aufplatzende Brandwunde mir die Kehle zuschnürte.

Ich bekam keine Luft mehr und konnte nichts mehr sehen, weil alles in einem Tränenstrom verschwamm. Doch ich konnte meine

Mutter laut weinen hören und dazu das Geschrei von Popo und der Tante.

Und dann entfernte sich die Stimme meiner Mutter.

Später in der Nacht vernahm ich Popos Stimme an meinem Ohr: »Hör mir gut zu, An-mei.« Es war der gleiche Tonfall, in dem sie mit mir schimpfte, wenn ich im Flur auf und ab rannte. »Wir haben dir deine Sterbekleider und Schuhe aus weißer Baumwolle genäht.«

Ich lauschte angstvoll.

»An-mei«, flüsterte sie sanfter, »deine Sterbekleider sind nicht festlich, weil du noch ein Kind bist. Wenn du stirbst, war dein Leben nur kurz, und du wirst deiner Familie etwas schuldig bleiben. Du wirst ein ganz einfaches Begräbnis bekommen. Unsere Trauerzeit wird nur kurz sein.«

Was Popo dann sagte, tat mir noch mehr weh als das Brennen auf meinem Hals.

»Selbst deine Mutter hat aufgehört zu weinen und ist fortgegangen. Wenn du nicht bald wieder gesund wirst, wird sie dich vergessen.«

Das war sehr schlau von Popo. Ich beeilte mich, aus der anderen Welt zurückzukommen, um meine Mutter wiederzufinden. Jede Nacht weinte ich so sehr, daß meine Augen ebenso brannten wie mein Hals. Popo saß an meinem Bett und kühlte mir die Wunde mit Wasser aus einer ausgehöhlten Grapefruit. Sie benetzte mir den Hals, bis mein Schluchzen sich beruhigte und ich einschlafen konnte. Morgens schälte Popo mir dann mit ihren spitzen Fingernägeln die abgestorbenen Hautschichten von der Wunde.

In den nächsten zwei Jahren verblaßte meine Narbe allmählich, ebenso wie die Erinnerung an meine Mutter. So verheilt jede Wunde. Sie beginnt sich zu schließen, um nach und nach den Schmerz in sich einzukapseln. Und wenn sie geschlossen ist, sieht keiner mehr, was sich darunter verbirgt, wodurch der Schmerz ausgelöst wurde.

Meine Mutter war eine Traumgestalt, die ich verehrte. Doch die Frau, die an Popos Bett stand, war nicht die Mutter aus meiner Erinnerung. Trotzdem begann ich, auch diese Mutter zu lieben. Nicht, weil sie mich um Verzeihung bat, als sie zurückgekommen war. Das tat sie nie. Sie brauchte mir nicht zu erklären, daß Popo sie aus dem Haus gejagt hatte, als ich sterbenskrank war. Das wußte ich. Sie brauchte mir auch nicht zu sagen, daß sie Wu Tsing nur geheiratet hatte, um ein Unglück durch ein anderes auszutauschen. Das wußte ich ebenfalls.

Folgendermaßen trug es sich zu, daß ich meine Mutter zu lieben begann, daß ich sie als Teil meines eigenen Wesens begriff, als die innerste Substanz in meinen Knochen.

Es war schon spät in der Nacht, als ich in Popos Zimmer gerufen wurde. Meine Tante sagte, daß Popos Sterbestunde gekommen sei und daß ich Ehrfurcht zeigen solle. Ich hatte ein sauberes Kleid angezogen und stand nun zwischen der Tante und dem Onkel am Fußende vor Popos Bett. Ich weinte ein wenig, aber nicht zu laut.

Am anderen Ende des Zimmers sah ich meine Mutter stehen, ganz still und traurig. Sie rührte in einem dampfenden Topf, in den sie Kräuter und Medizin schüttete. Ich beobachtete, wie sie ihren Ärmel hochschob und ein scharfes Messer ergriff. Sie setzte die Klinge an ihren Unterarm. Ich versuchte, die Augen zu schließen, doch es gelang mir nicht.

Und dann schnitt meine Mutter sich ein Stück Fleisch aus dem Arm. Die Tränen flossen ihr über das Gesicht, und das Blut spritzte auf den Boden.

Meine Mutter tat ihr eigenes Fleisch in die Suppe, um nach altem Brauch ihre Mutter mit diesem magischen Trank zu heilen, als sonst kein Mittel mehr half. Sie öffnete ihr den Mund, der schon ganz verkrampft war von der Anstrengung, ihre Seele im Körper zu halten, und flößte ihr die Suppe ein. Doch Popo flog noch in dieser Nacht mit ihrer Krankheit davon.

Obgleich ich noch so jung war, konnte ich den Schmerz des Fleisches und den Wert dieses Schmerzes verstehen.

So ehrt eine Tochter ihre Mutter. Dieses *schou* sitzt dir tief in den Knochen. Der Schmerz spielt keine Rolle. An den Schmerz darfst du nicht denken. Denn manchmal ist es die einzige Möglichkeit, dich zu erinnern, was in deinen Knochen steckt. Du mußt dir die Haut abziehen, und die deiner Mutter, und die ihrer Mutter auch. Bis nichts mehr da ist. Keine Narbe, keine Haut, kein Fleisch.

Lindo Jong

Die rote Kerze

Ich habe einst mich geopfert, um das Versprechen meiner Eltern zu halten. Für dich bedeutet das nichts, weil du Versprechen keine Bedeutung beimißt. Eine Tochter kann versprechen, zum Abendessen zu kommen, aber wenn sie Kopfweh hat, wenn ein Verkehrsstau oder ein guter Film im Fernsehen dazwischenkommt, dann gilt ihr Versprechen nicht mehr.

Ich habe mir denselben Fernsehfilm angesehen, als du nicht gekommen bist. Der amerikanische Soldat verspricht, wiederzukommen und das Mädchen zu heiraten. Sie weint voller Verzweiflung, und er sagt: »Vertrau mir, Schatz! Mein Ehrenwort ist Gold wert!« Dann schubst er sie aufs Bett. Aber er kommt nicht zurück. Sein Gold ist wie deins, nur vierzehn Karat.

Für Chinesen ist vierzehnkarätiges Gold nicht echt. Fühl mal meine Armreifen. Sie müssen vierundzwanzig Karat haben, durch und durch reines Gold.

Um dich noch zu ändern, ist es zu spät. Ich sage dir das nur, weil ich mir Sorgen um deine Tochter mache. Ich fürchte, daß sie mir eines Tages sagen wird: »Danke für den goldenen Armreifen, Großmutter. Ich werde dich nie vergessen.« Aber später wird sie ihr Versprechen vergessen. Sie wird vergessen, daß sie eine Großmutter hatte.

—

In diesem Kriegsfilm fährt der amerikanische Soldat dann nach Hause, wo er auf die Knie fällt und ein anderes Mädchen bittet, ihn zu heiraten. Das Mädchen wendet schüchtern den Blick ab, als hätte sie noch nie daran gedacht. Doch plötzlich sieht sie ihm geradewegs in die Augen und erkennt, daß sie ihn liebt, so sehr, daß sie fast in Tränen ausbricht. »Ja«, sagt sie schließlich, und sie werden für immer ein Paar.

In meinem Fall war das nicht so. Statt dessen kam die Heiratsvermittlerin des Dorfes zu meinen Eltern, als ich gerade zwei Jahre alt war. Nein, das hat mir keiner erzählt, ich erinnere mich noch genau daran. Es war im Sommer, draußen war es heiß und staubig, und ich konnte die Grillen im Garten zirpen hören. Wir standen unter den Obstbäumen. Meine Brüder und die Dienstboten pflückten Birnen, hoch über meinem Kopf. Ich saß zwischen den heißen, schwitzenden Armen meiner Mutter und wedelte mit der Hand, weil vor meinen Augen ein kleiner Vogel mit Fühlern und bunten, papierdünnen Flügeln flatterte. Dann flog der Papiervogel davon, und zwei Damen tauchten in meinem Blickfeld auf. Ich erinnere mich an sie, weil eine der beiden mit so komischen Zischlauten sprach. Später erkannte ich, daß es an ihrem Pekinger Akzent lag, der für Leute aus Taiyuan ziemlich seltsam klingt.

Die beiden Damen musterten mich erst einmal wortlos. Die mit der zischenden Stimme hatte ein geschminktes Gesicht, in dem die Farbe vor Hitze verlief. Die andere sah so vertrocknet aus wie ein alter Baumstumpf. Sie sah erst mich an, dann die geschminkte Dame.

Jetzt weiß ich natürlich, daß die Baumstumpf-Dame die alte Heiratsvermittlerin des Dorfes war. Und die andere war Huang Taitai, die Mutter des Jungen, den ich später heiraten sollte. Nein, es stimmt nicht, wenn manche Chinesen behaupten, daß Mädchen wertlos sind. Es kommt darauf an, was für ein Mädchen du bist. Die Leute wußten meinen Wert wohl zu schätzen. Ich sah so gesund und appetitlich aus wie ein kleiner Hefekuchen.

Die Heiratsvermittlerin pries mich in den höchsten Tönen an: »Ein Erde-Pferd für ein Erde-Schaf. Das ist die beste Verbindung für eine Heirat.« Sie tätschelte meinen Arm, und ich schob ihre Hand weg. Huang Taitai wisperte mit ihrer Schrrh-schrrh-Stimme, ich hätte vielleicht einen besonders schlechten *pitschi*, einen schlechten Charakter. Aber die Heiratsvermittlerin lachte nur und sagte: »Nicht doch, nicht doch! Sie ist ein starkes Pferd. Sie wird später hart arbeiten können und Ihnen eine gute Hilfe sein, wenn Sie alt sind.«

Da blickte Huang Taitai forschend auf mich herunter, als könnte sie meine Gedanken durchschauen und sich über meine zukünftigen Absichten Klarheit verschaffen. Diesen Blick werde ich nie vergessen. Sie riß die Augen weit auf und musterte sorgfältig mein Gesicht, dann lächelte sie plötzlich. Ein großer Goldzahn blitzte mich an wie ein blendender Sonnenstrahl, und dann öffnete sich das ganze Gebiß, als ob sie mich in einem Stück hinunterschlingen wollte.

So wurde ich mit Huang Taitais Sohn verlobt, der zu jener Zeit noch ein Baby war, ein Jahr jünger als ich. Er hieß Tyanyu – *tyan,* »Himmel«, weil er so überaus wichtig war, und *yu,* »übrig«, weil sein Vater sehr krank war, als der Sohn geboren wurde, und die Familie befürchtete, daß er sterben würde. Dann wäre der Sohn das einzige, was vom Geist seines Vaters übrigblieb. Aber der Vater lebte weiter, und die Großmutter befürchtete nun, daß die Geister es statt dessen auf das Baby abgesehen hätten. Deshalb wurde der Junge sehr verhätschelt, alle Entscheidungen wurden ihm abgenommen, bis er vollkommen verwöhnt und unselbständig war.

Doch selbst wenn ich gewußt hätte, daß ich so einen schlechten Ehemann bekommen würde, hätte das nichts geändert. Ich hatte ja keine Wahl. So rückständig waren damals die Familien auf dem Land. Wir hielten immer am längsten an den dummen alten Bräuchen fest. In den Städten durften sich die Männer ihre Frauen schon selbst aussuchen, vorausgesetzt, daß die Eltern einverstanden waren. Aber diese neue Denkweise war noch nicht bis zu uns vorgedrungen. Nie bekam man etwas von guten Entwicklungen in anderen Städten zu hören, sondern immer nur abschreckende Geschichten von pflichtvergessenen Söhnen, die so sehr von bösen Ehefrauen beeinflußt waren, daß sie ihre armen alten Eltern auf die Straße setzten. Nach wie vor suchten sich die Mütter in Taiyuan ihre Schwiegertöchter aus, und zwar solche, die ordentliche Söhne aufziehen, für die alten Leute sorgen und immer brav die Familiengräber pflegen würden, wenn die alten Damen schon längst unter der Erde waren.

Da ich dem Huang-Sohn versprochen war, wurde ich von meiner Familie bald so behandelt, als gehörte ich schon einer anderen an. Wenn ich die Reisschüssel zu oft zum Mund hob, sagte meine Mutter: »Seht nur, wieviel Huang Taitais Tochter essen kann.«

Das hieß nicht, daß meine Mutter mich nicht mehr liebte. Doch sie mußte sich ihre Gefühle verbeißen, um sich nicht zurückzuwünschen, was ihr nicht mehr gehörte.

Eigentlich war ich ein gehorsames Kind, doch manchmal blickte ich etwas finster drein, wenn mir zu heiß war, wenn ich sehr müde oder krank war. Dann schalt mich meine Mutter: »Was für ein häßliches Gesicht! Die Huangs werden dich sicher nicht mehr wollen, und dann ist unsere ganze Familie entehrt.« Darauf fing ich an zu weinen, um mein Gesicht noch häßlicher zu machen.

»Das hat keinen Zweck«, sagte meine Mutter. »Wir sind einen Vertrag eingegangen, den wir nicht brechen können.« Da weinte ich erst recht.

Meinen zukünftigen Ehemann sah ich erst, als ich schon acht oder neun war. Die Welt, in der ich aufwuchs, war unser Familienanwesen in dem Dorf außerhalb von Taiyuan. Meine Familie bewohnte ein bescheidenes zweistöckiges Haus mit einem kleinen Anbau von zwei Zimmern, in denen der Koch und ein Dienstbote mit ihren Familien untergebracht waren. Unser Haus stand auf einem kleinen Hügel. Wir nannten ihn »Drei Stufen zum Himmel«, aber in Wirklichkeit bestand er nur aus getrockneten Schlammschichten, die der Fen-Fluß im Lauf der Jahrhunderte angeschwemmt hatte. Der Fluß lag jenseits der östlichen Grundstücksmauer und wartete nur darauf, kleine Kinder zu verschlingen, wie mein Vater immer sagte. Einmal hatte er angeblich sogar die ganze Stadt Taiyuan verschlungen. Im Sommer war das Flußwasser braun. Im Winter glitzerte es an den engen, reißenden Stellen blaugrün, und da, wo der Fluß breiter wurde, lag es still unter einer weißen Eisdecke.

Oh, ich erinnere mich gut daran, wie die ganze Familie zu Neujahr zum Fluß hinunterging und viele Fische fing – große, glitschige Burschen, die aus ihrem winterlichen Schlaf unter dem Eis hervorgeholt wurden –, so frisch, daß sie selbst, nachdem sie ausgenommen waren, noch in der heißen Pfanne tanzten.

An jenem Neujahrstag sah ich den kleinen Jungen, der mein Ehemann werden sollte, zum ersten Mal. Als die Feuerwerksraketen knallten, schrie er vor Schreck – wah! – mit weit aufgerissenem Mund, obwohl er doch kein Baby mehr war.

Später sah ich ihn bei den Rote-Eier-Feierlichkeiten wieder, wo einen Monat alte Jungen ihre richtigen Namen bekommen. Er saß auf den altersschwachen Knien seiner Großmutter, die sein Gewicht kaum halten konnten. Und er verschmähte alles, was man ihm zum Essen anbot, mit angewiderter Miene, als würde man ihm statt süßer Kuchenstücke stinkendes Einweckgemüse anbieten.

Also verliebte ich mich nicht auf den ersten Blick in meinen zukünftigen Mann, wie man es heutzutage im Fernsehen sieht. Er kam mir eher wie ein unsympathischer Vetter vor. Doch ich lernte, mich den Huangs und vor allem Huang Taitai gegenüber höflich zu benehmen. Meine Mutter schob mich zu Huang Taitai hin und fragte: »Was sagst du zu deiner Mutter?« Ich war ganz verwirrt und wußte nicht recht, welche Mutter sie meinte. Also drehte ich mich zu meiner Mutter um und sagte: »Entschuldige, Mama«, dann ging ich auf Huang Taitai zu, bot ihr eine Kleinigkeit zu essen an und sagte: »Für dich, Mutter.« Einmal war es ein Stück *syaumej,* kleine Knödel, die ich besonders gern mochte. Meine Mutter erzählte Huang Taitai, den Knödel hätte ich extra für sie gemacht, obwohl ich ihn nur kurz mit dem Finger angestupst hatte, als der Koch ihn frisch und dampfend auf die Platte kippte.

Mein Leben veränderte sich mit einem Schlag, als ich zwölf war, in dem Sommer, als der große Regen kam. Der Fen, der mitten durch das Grundstück meiner Familie floß, trat über die Ufer und überschwemmte die Ebene. Er zerstörte allen Weizen, den meine Familie in dem Jahr angepflanzt hatte, und machte den Boden auf Jahre hin nutzlos. Selbst unser Haus auf dem Hügel wurde unbewohnbar. Als wir aus dem zweiten Stock hinunterkamen, waren alle Fußböden und Möbel mit klebrigem Schlamm überzogen. Hof und Garten lagen voller umgestürzter Bäume, niedergerissener Mauersteine und toter Hühner. Und wir standen völlig hilflos inmitten dieses entsetzlichen Durcheinanders.

Damals konnte man sich nicht einfach an eine Versicherungsgesellschaft wenden und sagen: Jemand hat mir diesen Schaden zugefügt, zahlt mir eine Million Dollar. Damals landete man im Unglück, wenn man seine eigenen Möglichkeiten erschöpft hatte. Mein Vater sagte, daß uns nichts anderes übrigblieb, als mit der ganzen Familie nach Wuschi umzuziehen, in den Süden bei Schanghai, wo der Bruder meiner Mutter eine kleine Kornmühle besaß. Mein Vater erklärte, daß alle, außer mir, auf der Stelle abreisen würden. Ich war schon zwölf, also alt genug, mich von meiner Familie zu trennen und von nun an bei den Huangs zu leben.

Die Straßen waren so schlammig und voller Schlaglöcher, daß kein Lastwagen zu unserem Haus durchkommen konnte. Alles Mobiliar und Bettzeug mußte zurückgelassen werden und wurde den Huangs als meine Mitgift versprochen. Das war natürlich eine praktische Lösung. Mein Vater sagte, die Mitgift sei mehr als ausreichend, doch er konnte nicht verhindern, daß meine Mutter mir ihr *chang,* eine Halskette aus roter Jade, schenkte. Sie setzte ihre strengste Miene auf, als sie mir die Kette um den Hals legte, und daran merkte ich, daß sie sehr traurig war. »Gehorche deiner Familie. Mach uns keine Schande«, schärfte sie mir ein. »Und mach ein fröhliches Gesicht, wenn du dort ankommst. Du kannst dich wirklich glücklich schätzen.«

~

Das Haus der Huangs lag ebenfalls am Fluß. Im Gegensatz zu dem unseren war es der Überschwemmung entgangen, denn es lag höher am Talhang. Zum ersten Mal wurde mir da bewußt, daß die Huangs höhergestellt waren als meine Familie. Sie blickten auf uns hinab, und so begriff ich auch, weshalb Huang Taitai und Tyan-yu so lange Nasen hatten.

Als ich durch das große Eingangstor aus Stein und Holz kam, sah ich einen weiten Hof mit drei oder vier Reihen niedriger Gebäude. Manche dienten als Lagerräume, die anderen beherbergten die Dienerschaft und deren Familien. Hinter diesen bescheidenen Häuschen ragte das Hauptgebäude auf.

Ich ging darauf zu und betrachtete das Haus, das für den Rest meines Lebens mein Heim werden sollte. Es gehörte der Familie schon seit vielen Generationen. Es war aber weder sehr alt noch besonders eindrucksvoll, doch ich konnte sehen, daß es nach und nach ausgebaut worden war, als die Familie größer wurde. Es hatte vier Stockwerke, je eins für die Urgroßeltern, die Großeltern, die Eltern und die Kinder. Die Fassade wirkte ziemlich uneinheitlich. Das Haus war schnell gebaut worden und hatte dann später noch zusätzliche Räume, Stockwerke, Seitenflügel und Verzierungen erhalten, in den unterschiedlichsten Stilrichtungen. Der erste Stock war aus Flußsteinen errichtet, die mit Lehm und Stroh verfugt waren. Der zweite und dritte Stock bestanden aus glatten Ziegelmauern mit ringsum verlaufenden Wandelgängen, wodurch das Haus wie ein Palastturm wirken sollte. Und der oberste Stock war grau verputzt und trug ein rotes Schindeldach. Die Eingangstür war von zwei runden Säulen flankiert, auf die ein Vordach gesetzt war. Die Säulen und Fensterrahmen waren rot gestrichen. An den Dachkanten hatte jemand, wahrscheinlich Huang Taitai, kaiserliche Drachenköpfe anbringen lassen.

Dieser anmaßende Prunk wurde drinnen auf etwas andere Weise fortgesetzt. Der einzige schöne Raum war ein Wohnzimmer im ersten Stock, in dem die Huangs ihre Gäste empfingen. Es war mit Tischen und Stühlen aus geschnitztem roten Lack möbliert und enthielt außer prächtigen Kissen, in die der Familienname nach alter Tradition eingestickt war, noch vielerlei Kostbarkeiten, die den Anschein von Reichtum und Vornehmheit vermitteln sollten. Dagegen war der Rest des Hauses einfach und unbequem eingerichtet und mit dem Genörgel von zwanzig Verwandten angefüllt. Mit jeder neuen Generation schien das Haus immer enger und voller geworden zu sein. Jedes Zimmer war nachträglich geteilt worden, um zwei daraus zu machen.

Meine Ankunft wurde nicht groß gefeiert. Huang Taitai hatte in dem Prachtzimmer im ersten Stock keine roten Banner zu meiner Begrüßung aufhängen lassen. Tyan-yu war nicht da, um mich willkommen zu heißen. Statt dessen führte mich Huang Taitai sofort in die Küche im zweiten Stock, wo die Kinder der Familie normalerweise nichts zu suchen hatten, da der Raum dem Koch und der Dienerschaft vorbehalten war. So wußte ich gleich, welche Stellung ich einnehmen sollte.

An diesem ersten Tag stand ich in meinem besten gesteppten Kleid an dem niedrigen Küchentisch und hackte Gemüse. Es fiel mir schwer, meine Hände ruhig zu halten. Ich vermißte meine Familie, und mein Magen krampfte sich bei dem Gedanken zusammen, daß ich nun endgültig dort angekommen war, wo mein Leben sich erfüllen sollte. Doch ich hatte mir fest vorgenommen, das Versprechen meiner Eltern zu halten, damit Huang Taitai meiner Mutter niemals vorwerfen konnte, das Gesicht verloren zu haben. Die Genugtuung sollte sie auf keinen Fall bekommen.

Während mir diese Dinge durch den Kopf gingen, sah ich, wie die alte Frau, die über denselben Tisch gebeugt einen Fisch ausnahm, mich aus dem Augenwinkel beobachtete. Ich hatte Angst, sie würde Huang Taitai weitersagen, daß ich weinte. Deshalb zwang ich mich zu lächeln und rief: »Was für ein glückliches Mädchen ich doch bin! Hier werde ich das schönste Leben haben.« Vor lauter Eifer muß ich mein Messer wohl zu dicht vor ihrer Nase herumgeschwenkt haben, denn sie keifte aufgebracht: *»Schemma bende ren!«* – Was bist du für eine Närrin! Und sogleich begriff ich dies als Warnung, nicht der Selbsttäuschung anheimzufallen, daß ich dort jemals glücklich werden könnte.

Tyan-yu sah ich erst beim Abendessen. Ich war immer noch einen halben Kopf größer als er, doch er benahm sich wie ein Feldmarschall. Ich begriff schnell, was für einen Ehemann er abgeben würde, denn er legte es nur darauf an, mich zum Weinen zu bringen. Er beschwerte sich, daß die Suppe nicht heiß genug sei, und warf dann wie aus Versehen die Schüssel um. Er wartete, daß ich mich zum Essen hingesetzt hatte, um sofort eine zweite Schale Reis zu verlangen. Und er fragte mich, warum ich so ein unangenehmes Gesicht machte, wenn ich ihn ansah.

Während der folgenden Jahre mußten die anderen Dienstboten mir auf Huang Taitais Geheiß beibringen, Kopfkissenbezüge mit spitzen Kanten einzufassen und meinen zukünftigen Familiennamen hineinzusticken. Wie kann eine Ehefrau den Haushalt ihres Mannes jemals ordentlich führen, wenn sie sich nie die Hände schmutzig gemacht hat, war Huang Taitais ständige Devise, wenn sie mir eine neue Aufgabe nach der anderen zuteilte. Ich glaube kaum, daß Huang Taitai sich je die Hände schmutzig machte, doch aufs Kommandieren und Kritisieren verstand sie sich hervorragend.

»Zeig ihr, wie man den Reis richtig auswäscht, bis das Wasser ganz klar durchläuft«, wies sie das Küchenmädchen an. »Ihr Ehemann kann keinen matschigen Reis essen.«

Ein anderes Mal befahl sie dem Hausmädchen, mir zu zeigen, wie man einen Nachttopf säubert: »Achte darauf, daß sie ihre Nase an den Rand hält, um sich zu überzeugen, daß er wirklich sauber ist.« So lernte ich, eine gehorsame Ehefrau zu sein. Ich lernte so gut kochen, daß ich schon am Geruch erkannte, ob eine Fleischfüllung zu salzig war, noch bevor ich sie gekostet hatte. Ich verstand mich darauf, so zierliche Stiche zu machen, daß die Stickerei wie aufgemalt wirkte. Selbst Huang Taitai beklagte sich nur noch heuchlerisch, daß sie anscheinend keine schmutzige Bluse mehr auf den Boden werfen könne, ohne sie gleich wieder sauber vorzufinden, so daß sie gezwungen sei, jeden Tag dasselbe anzuziehen.

Nach und nach fand ich das Leben dort nicht mehr so schlimm; ich war schon so zermürbt, daß es mir nichts mehr ausmachte. Was konnte schöner sein, als zu sehen, wie alle sich die appetitlich glänzenden Pilze und Bambussprossen schmecken ließen, die ich mit zubereitet hatte? Was konnte befriedigender sein, als wenn Huang Taitai mir zunickte und meinen Kopf tätschelte, nachdem ich ihr mit hundert Bürstenstrichen das Haar gestriegelt hatte? Was hätte mich noch glücklicher machen können, als Tyan-yu eine ganze Schale Nudeln aufessen zu sehen, ohne ihren Geschmack oder mein Gesicht zu beanstanden? Genau wie heutzutage diese amerikanischen Frauen im Fernsehen, die überglücklich sind, wenn sie die Flecken so gut ausgewaschen haben, daß die Kleider besser als neu aussehen.

Siehst du, wie die Denkweise der Huangs allmählich auf mich abfärbte? Schließlich kam Tyan-yu mir schon wie ein Gott vor, dessen Ansichten weit mehr wert waren als mein eigenes Leben. Und Huang Taitai kam mir wie meine richtige Mutter vor, der ich alles recht zu machen versuchte, der ich ohne Widerrede zu gehorchen hatte.

Als ich zu Beginn des neuen Mondjahres sechzehn Jahre alt wurde, sagte Huang Taitai zu mir, sie sei nun bereit, im nächsten Frühjahr einen Enkel willkommen zu heißen. Selbst wenn ich nicht hätte heiraten wollen – wo hätte ich denn hingehen sollen? Ich war zwar stark wie ein Pferd, aber wie hätte ich davonlaufen können? Ganz China war von den Japanern besetzt.

~

»Die Japaner kreuzten als ungebetene Gäste auf«, sagte Tyan-yus Großmutter, »und deswegen ist sonst keiner gekommen.« Huang Taitai hatte die Hochzeitsfeierlichkeiten mit großem Aufwand geplant, aber die Feier fiel dann doch eher bescheiden aus.

Sie hatte das ganze Dorf eingeladen, und dazu noch Freunde und Verwandte aus anderen Städten. »Um Antwort wird gebeten«, war damals nicht üblich, es galt als unhöflich, eine Einladung abzulehnen. Huang Taitai hatte wohl nicht damit gerechnet, daß der Krieg die guten Manieren der Leute verändern würde. Also ließ sie Hunderte von Gerichten zubereiten. Die alten Möbel meiner Familie prangten, auf Hochglanz poliert, als opulente Mitgift im vordersten Wohnzimmer. Huang Taitai hatte nicht nur alle Wasser- und Schlammspuren sorgfältig entfernen lassen, sie hatte sogar dafür gesorgt, daß die Möbel mit roten Glückwunschbannern geschmückt waren, als hätten meine Eltern sie selbst darüber drapiert, um mir zu gratulieren. Und sie hatte eine rote Sänfte bestellt, in der ich vom Nachbarhaus zur Hochzeitszeremonie getragen werden sollte.

Unsere Hochzeit stand unter keinem guten Stern, obwohl die Heiratsvermittlerin einen Glückstag ausgesucht hatte, den fünfzehnten Tag des achten Mondes, an dem der Mond vollkommen rund ist und so groß wie zu keiner anderen Zeit im Jahr. Doch eine Woche vor Vollmond waren die Japaner gekommen. Sie hatten die Schansi-Provinz und die angrenzenden Gebiete besetzt. Alle Leute waren ängstlich und nervös. Und dann begann es am Hochzeitsmorgen zu regnen, was ein sehr schleches Vorzeichen war. Als es zu blitzen und zu donnern anfing, hielten die Leute das Gewitter für einen japanischen Bombenangriff und trauten sich nicht mehr aus ihren Häusern.

Wie ich später erfuhr, hatte die arme Huang Taitai noch stundenlang darauf gewartet, daß mehr Gäste eintrafen. Doch als sie schließlich einsehen mußte, daß alles Händeringen nichts fruchtete, beschloß sie, mit der Hochzeitsfeier zu beginnen. Was sollte sie auch sonst machen? Sie konnte nichts daran ändern, daß Krieg war.

Ich wartete inzwischen im Haus der Nachbarn. Als ich heruntergerufen wurde, um in die Sänfte zu steigen, saß ich gerade an einem kleinen Frisiertisch vor dem offenen Fenster. Ich fing an zu weinen und dachte voller Bitterkeit an das Versprechen meiner Eltern. Warum war mein Schicksal so festgelegt, warum mußte ich mit meinem Unglück für das Glück eines anderen herhalten? Von meinem Platz am Fenster aus konnte ich auf den schlammbraunen Fen blicken. Ich dachte daran, mich in dem Fluß zu ertränken, der das Glück meiner Familie zerstört hatte. Es fallen einem seltsame Dinge ein, wenn man glaubt, das Leben ginge zu Ende.

Draußen setzte der Regen wieder ein, nur ein leichter Schauer. Von unten riefen die Leute noch mal, ich solle mich beeilen. Meine Gedanken überstürzten sich geradezu und wurden immer befremdlicher.

Ich fragte mich: Wie erkennt man die wahre Natur eines Menschen? Würde ich mich auch so verändern, wie der Fluß seine Farbe wechselt, und doch dieselbe bleiben? Dann sah ich, wie die Gardinen sich in einem Windstoß aufbauschten; der Regen rauschte jetzt heftiger, und auf dem Hof stoben alle aufgeregt schreiend auseinander. Ich lächelte. Zum ersten Mal wurde mir die Macht des Windes bewußt. Den Wind selbst konnte ich nicht sehen, aber ich sah, wie er das Wasser vor sich herpeitschte, das auch das Flußbett anfüllte und die ganze Landschaft gestaltet hatte. Der Wind brachte sogar die Männer dazu, aufzujaulen und herumzutanzen.

Ich wischte mir die Tränen ab und blickte in den Spiegel. Was ich dort sah, überraschte mich sehr. Ich trug ein prächtiges rotes Kleid, doch mein Spiegelbild offenbarte mir noch etwas viel Wertvolleres. Ich war stark. Ich war rein. Und ich hatte echte, unabhängige Gedanken im Kopf, die keiner mir jemals nehmen konnte. Ich war wie der Wind.

Ich warf den Kopf zurück und lächelte mir voller Stolz zu. Dann drapierte ich mir den breiten, bestickten roten Schal über das Gesicht und verbarg meine Gedanken darunter. Doch unter dem Schal behielt ich meine Selbstgewißheit. Ich gelobte mir, mich immer an die Wünsche meiner Eltern zu erinnern, mich jedoch niemals selbst zu vergessen.

Als ich zu der Hochzeitsfeier gebracht wurde, trug ich den roten Schal um den Kopf gewickelt und konnte nicht sehen, was sich vor mir abspielte. Doch wenn ich mich ein wenig vorbeugte, konnte ich zu den Seiten hinauslugen. Es waren nur wenige Gäste da. Ich sah die üblichen, ewig nörgelnden Huang-Verwandten, denen jetzt das magere Aufgebot an Gästen peinlich war. Außer den Musikanten mit ihren Flöten und Geigen waren nur ein paar Leute aus dem Dorf gekommen, die das Wagnis wegen der Gratis-Mahlzeit auf sich genommen hatten. Sogar Dienstboten und ihre Kinder waren herbeigeholt worden, damit es nicht gar so leer wirkte.

Jemand faßte mich an den Händen und führte mich den Weg entlang. Wie eine Blinde ging ich meinem Schicksal entgegen. Aber ich fürchtete mich nicht mehr. Ich konnte ja sehen, was ich in mir hatte.

Irgendein hoher Würdenträger vollzog die Zeremonie und hielt eine endlose Rede über Philosophen und Tugendvorbilder. Dann hörte ich die Heiratsvermittlerin etwas über Geburtsdaten, Harmonie und Fruchtbarkeit sagen. Ich beugte meinen verschleierten Kopf vor und sah, wie sie ein rotes Seidentuch entfaltete und eine rote Kerze hochhob.

Die Kerze hatte an beiden Enden einen Docht. Auf der einen Seite war Tyan-yus Name in Goldbuchstaben eingeschnitzt, auf der anderen Seite der meine. Die Heiratsvermittlerin zündete die Kerze an beiden Enden an und verkündete: »Die Ehe hat begonnen.« Tyan zog mir mit einem Ruck den Schal vom Kopf und lächelte zu seinen Freunden und Verwandten hinüber, ohne mich auch nur anzusehen. Er erinnerte mich an einen jungen Pfau, den ich einmal stolz seinen viel zu kurzen Federschweif auffächern sah, als ob der ganze Hühnerhof ihm untertan wäre.

Die Heiratsvermittlerin steckte die brennende Kerze in einen goldenen Halter, den sie einem ängstlich aussehenden Dienstmädchen überreichte. Das Mädchen hatte die Aufgabe, während des Banketts und die gesamte Nacht hindurch die Kerze zu bewachen, damit keine der beiden Flammen ausging. Am nächsten Morgen würde die Heiratsvermittlerin dann das Ergebnis vorzeigen, ein wenig schwarze Asche, und verkünden: »Die Kerze hat ununterbrochen an beiden Enden gebrannt, ohne zu verlöschen. Diese Ehe kann niemals auseinandergehen.«

Ich erinnere mich, daß diese Kerze ein noch festeres Ehebündnis bedeutete als das katholische Versprechen, sich niemals scheiden zu lassen. Ich durfte mich weder scheiden lassen, noch hätte ich mich wiederverheiraten können, falls Tyan-yu starb. Diese rote Kerze sollte mich auf immer und ewig an meinen Ehemann und seine Familie binden.

Wie erwartet sagte die Heiratsvermittlerin am nächsten Morgen ihren Spruch auf und bewies, daß sie ihre Arbeit gut gemacht hatte. Doch ich weiß, was wirklich geschehen war, denn ich blieb die ganze Nacht auf und weinte über meine Heirat.

Nach dem Bankett geleitete uns die kleine Hochzeitsgesellschaft zu unserer Schlafkammer. Halb schoben sie, halb trugen sie uns die Treppen zum dritten Stock hinauf, rissen anzügliche Witze und zogen Jungen unter dem Bett hervor. Die Heiratsvermittlerin half den Kindern, rote Eier einzusammeln, die zwischen den Bettdekken versteckt waren. Tyan-yus Altersgenossen schubsten uns auf die Bettkante, wo wir uns küssen sollten, bis die Leidenschaft uns das Blut ins Gesicht trieb. Auf dem Balkon vor dem offenen Fenster knallten Feuerwerkskörper, und jemand bemerkte, das sei die passende Gelegenheit für mich, meinem Mann in die Arme zu fallen.

Als alle gegangen waren, saßen wir noch eine Weile stumm nebeneinander und hörten die Leute draußen lachen. Doch kaum war es ruhig geworden, sagte Tyan-yu: »Das hier ist mein Bett. Du schläfst auf dem Sofa.« Er warf mir ein Kissen und eine dünne Decke hinüber. Ich war ja so froh! Ich wartete, bis er eingeschlafen war, dann stand ich leise auf und schlich aus dem Zimmer, die Treppen hinunter, in den dunklen Hof.

Draußen roch es wieder nach Regen. Ich ging weinend durch den Hof und fühlte die feuchte Wärme der Pflastersteine unter den bloßen Füßen. Gegenüber konnte ich das Dienstmädchen der Heiratsvermittlerin durch ein gelb erleuchtetes Fenster sehen. Sie saß vor der brennenden roten Kerze am Tisch und wirkte ziemlich schläfrig. Ich setzte mich unter einen Baum, um zu beobachten, wie mein Schicksal entschieden wurde.

Dann muß ich wohl eingenickt sein, denn ich entsinne mich nur, wie ich plötzlich durch einen Donnerschlag geweckt wurde. Ich sah gerade noch das Dienstmädchen davonstürzen, so panisch wie ein Huhn, das gleich den Kopf verlieren soll. Sie ist sicher auch eingeschlafen, dachte ich, und jetzt hält sie das Krachen für japanische Bomben. Ich mußte lachen. Der ganze Himmel wurde vom nächsten Blitz hell erleuchtet, dann donnerte es wieder, und das Mädchen rannte so schnell aus dem Hof und die Straße hinunter, daß der Kies unter ihren Füßen wegspritzte. Wo will sie wohl so eilig hin, fragte ich mich lachend. Dann sah ich auf einmal, wie die beiden Kerzenflammen im Wind flackerten.

Ich überlegte keinen Augenblick; meine Beine trugen mich wie von selbst über den Hof, auf das gelb erleuchtete Fenster zu. Doch ich hoffte und betete zu Buddha, zur Göttin der Barmherzigkeit und zum Vollmond, daß die Kerze ausgehen möge. Die Flämmchen bogen sich im Luftzug tief hinunter, aber beide Kerzenenden brannten stetig weiter. Meine Kehle füllte sich mit schier unerträglicher Hoffnung, die plötzlich zerbarst und die Flamme meines Mannes ausblies.

Sofort fing ich vor Angst an zu zittern. Ich glaubte, ein Messer würde aus dem Nichts auftauchen und mich abstechen. Oder der Himmel würde sich öffnen und mich fortblasen. Aber nichts geschah, und als ich mich wieder gefaßt hatte, lief ich schnell und schuldbewußt in mein Zimmer zurück.

Am nächsten Morgen verkündete die Heiratsvermittlerin stolz vor Tyan-yu, seinen Eltern und mir: »Mein Werk ist beendet.« Und als sie die schwarzen Aschenreste auf das rote Tuch schüttete, bemerkte ich die beschämte, niedergeschlagene Miene ihrer Dienerin.

~

Allmählich gewann ich Tyan-yu doch noch lieb, aber nicht, wie du denkst. Von Anfang an wurde mir jedesmal übel bei der Vorstellung, er würde sich eines Tages auf mich legen und seine Sache machen. Immer, wenn wir unsere Schlafkammer betraten, sträubten sich mir schon die Haare. Doch in den ersten Monaten unserer Ehe rührte er mich nicht an. Er schlief in seinem Bett und ich auf dem Sofa.

Vor seinen Eltern spielte ich die Rolle der gehorsamen Ehefrau, wie ich es gelernt hatte. Ich trug dem Koch auf, jeden Morgen ein Hähnchen zu schlachten und es zu dünsten, bis der reine Fleischsaft heraustrat. Diese Brühe strich ich eigenhändig durch ein Sieb, ohne sie je zu verdünnen, und setzte sie meinem Mann zum Frühstück vor, wobei ich gute Wünsche für seine Gesundheit murmelte. Und jeden Abend kochte ich *tounau*, eine stärkende Suppe, die nicht nur köstlich schmeckte, sondern auch acht Zutaten enthielt, die

Müttern ein langes Leben garantieren. Das gefiel meiner Schwiegermutter ganz besonders.

Aber es genügte nicht, um sie zufriedenzustellen. Eines Vormittags waren Huang Taitai und ich im selben Zimmer mit unserer Stickerei beschäftigt. Ich träumte von meiner Kindheit, von einem Frosch namens Sausewind, den ich einst als Haustier hatte. Huang Taitai wirkte unruhig, als würde sie von einem Kitzeln in der Schuhspitze gepeinigt. Ich hörte sie schnaufen und brummeln, dann stand sie plötzlich auf, kam zu mir herüber und gab mir eine Ohrfeige.

»Du schlechte Ehefrau!« schrie sie mich an. »Wenn du dich weiter weigerst, mit meinem Sohn zu schlafen, dann kriegst du nichts mehr zu essen und anzuziehen.« Da wußte ich, welche Ausrede meinem Mann eingefallen war, um den Zorn seiner Mutter von sich abzuwenden. Ich kochte vor Wut, sagte aber nichts, denn ich hatte meinen Eltern ja versprochen, eine gehorsame Ehefrau zu sein.

An jenem Abend setzte ich mich auf Tyan-yus Bett und wartete darauf, daß er mich anfaßte. Doch er ließ es bleiben. Am nächsten Abend legte ich mich gleich neben ihn. Er rührte mich noch immer nicht an. Also zog ich am nächsten Abend mein Nachthemd aus.

Da begriff ich endlich, was mit Tyan-yu los war. Er hatte Angst und wandte den Kopf ab. Er begehrte mich nicht, doch seine Angst schien mir darauf hinzudeuten, daß er überhaupt keine Frauen begehrte. Er war nichts weiter als ein kleiner Junge, der nie erwachsen geworden war. Nach einer Weile hatte ich keine Angst mehr vor ihm und merkte, wie meine ganze Einstellung ihm gegenüber sich änderte. Nein, ich liebte ihn nicht wie eine Ehefrau, sondern eher mit einer beschützenden Zuneigung, wie eine Schwester ihren jüngeren Bruder. Ich zog mein Nachthemd wieder an, legte mich neben ihn und streichelte ihm den Rücken. Nun wußte ich ja, daß ich nichts zu befürchten hatte. Ich schlief zwar mit Tyan-yu, doch er würde mich niemals anrühren, und ich hatte endlich ein bequemes Bett.

Nachdem wieder einige Monate vergangen waren, mein Bauch und meine Brüste jedoch weiterhin flach blieben, bekam ich erneut Huang Taitais Zorn zu spüren: »Mein Sohn sagt, daß er schon genug Samen für Tausende von Enkeln gesät hat. Wo bleiben sie denn? Du mußt irgend etwas falsch machen.« Dann zwang sie mich, das Bett zu hüten, damit die Saat ihrer Enkel nicht so leicht verlorenging.

Du magst es vielleicht herrlich finden, den ganzen Tag im Bett zu bleiben und nicht aufstehen zu brauchen. Aber ich sage dir, es war schlimmer als im Gefängnis. Ich glaube, Huang Taitai wurde allmählich ein bißchen verrückt.

Sie befahl den Dienstboten, alle scharfen und spitzen Dinge aus dem Zimmer zu entfernen, weil sie meinte, die Scheren und Messer würden ihre heißersehnte nächste Generation abschneiden. Sie verbat mir sogar das Nähen. Ich sollte mich nur noch darauf konzentrieren, ein Baby zu bekommen, und an nichts anderes mehr denken. Viermal am Tag kam ein sehr nettes Dienstmädchen ins Zimmer und entschuldigte sich ständig, während sie mir eine scheußliche Medizin einflößte.

Ich beneidete das Mädchen darum, daß sie ungehindert ein und aus gehen durfte. Manchmal beobachtete ich sie vom Fenster aus und stellte mir vor, ich wäre sie, wie sie dort unten im Hof mit dem Schuhmacher feilschte, mit anderen Mädchen schwatzte oder mit ihrer kecken Zwitscherstimme einen hübschen Lieferburschen zurechtwies.

Als weitere zwei Monate ergebnislos verstrichen waren, bestellte Huang Taitai die alte Heiratsvermittlerin ins Haus. Sie untersuchte mich gründlich, vergewisserte sich noch einmal über meine Geburtsdaten und fragte Huang Taitai über meine Wesensart aus. Schließlich verkündete sie ihre Diagnose: »Es ist ganz klar, was da passiert ist. Eine Frau kann nur dann Söhne bekommen, wenn eins der Elemente weniger stark in ihr ausgeprägt ist als die anderen. Ihre Schwiegertochter hatte von Geburt an genug Holz, Feuer, Wasser und Erde in sich, aber es fehlte ihr an Metall, was ein gutes Zeichen war. Doch seit ihrer Hochzeit wurde sie mit so vielen goldenen Armreifen und Schmuckstücken behängt, daß der Metallmangel nun ausgeglichen ist. Sie ist zu sehr im Gleichgewicht, um ein Baby zu empfangen.«

Das war eine gute Nachricht für Huang Taitai, denn nichts konnte ihr besser passen, als all ihr Gold und ihre Juwelen wieder an sich zu nehmen, um mir zur Fruchtbarkeit zu verhelfen. Auch für mich war es eine gute Nachricht. Als ich den ganzen Schmuck los war, fühlte ich mich viel leichter und freier. Angeblich soll es einem immer so gehen, wenn man nicht genug Metall hat. Man fängt an, unabhängig zu denken. Und von diesem Tag an begann ich zu überlegen, wie ich aus meiner Ehe ausbrechen könnte, ohne meinem Versprechen untreu zu werden.

Es war eigentlich ganz einfach. Ich mußte die Huangs nur glauben machen, daß sie selbst auf die Idee gekommen waren, mich loszuwerden, und von sich aus den Ehevertrag annullieren wollten.

Viele Tage lang dachte ich über meinen Plan nach. Ich beobachtete alle um mich herum und bemühte mich, ihnen die Gedanken vom Gesicht abzulesen. Dann war ich bereit. Ich wählte ein günstiges Datum, den dritten Tag des dritten Monats. Das ist der Feiertag, der Reiner Glanz heißt, ein Tag, an dem man seinen Geist läutern soll, bevor man der Ahnen gedenkt. Dann gehen alle zu den Familiengräbern und nehmen Sicheln und Besen mit, um das Unkraut zu jäten und die Steinplatten zu fegen, und legen Hefeknödel und Orangen als Seelennahrung auf die Gräber. Es ist kein düsterer Feiertag, mehr wie ein Picknickausflug, doch von besonderer Bedeutung für jemanden, der sich Enkel wünscht.

An jenem Morgen riß ich Tyan-yu und den gesamten Haushalt mit kläglichem Geheul aus dem Schlaf. Es dauerte eine ganze Weile, bis Huang Taitai zu mir hinaufkam. »Was hat sie denn nun schon wieder!« rief sie erbost aus ihrem Zimmer. »Sag ihr, sie soll gefälligst Ruhe geben!« Doch als ich nicht aufhörte zu heulen, kam sie schließlich aufgebracht hereingestürzt.

Ich hatte die eine Hand über den Mund und die andere über die Augen geschlagen und wand mich wie von Krämpfen geschüttelt hin und her. Die Vorstellung gelang wohl recht überzeugend, denn Huang Taitai prallte entsetzt zurück und wurde ganz kleinlaut.

»Was ist denn los, Kindchen? Sag doch!« rief sie ängstlich.

»Ach, es ist so furchtbar, ich kann es nicht sagen«, brachte ich schluchzend hervor.

Nachdem ich genügend Theater gemacht hatte, sagte ich ihnen schließlich, was so furchtbar war: »Ich hatte einen Traum. Unsere Ahnen sind zu mir gekommen und wollten unsere Hochzeit sehen. Also haben Tyan-yu und ich die Feier für unsere Ahnen wiederholt. Wir sahen, wie die Heiratsvermittlerin die Kerze anzündete und sie der Dienerin gab, um über sie zu wachen. Unsere Ahnen waren ja so froh…«

Huang Taitai runzelte ungeduldig die Brauen, als ich wieder zu weinen anfing. »Aber dann ging die Dienerin mit unserer Kerze hinaus, und ein heftiger Windstoß hat die Kerze ausgeblasen. Da wurden unsere Ahnen sehr zornig. Sie riefen, das sei ein böses Omen! Tyan-yus Flamme sei ausgegangen! Und sie sagten, daß Tyan-yu sterben muß, wenn er diese Ehe aufrecht erhält.«

Tyan-yu wurde leichenblaß, aber Huang Taitai schimpfte nur: »Was für ein dummes Ding du bist, daß du so schlechte Träume hast!« Und dann scheuchte sie alle zurück in ihre Betten.

»Mutter«, flehte ich sie mit heiserem Flüstern an, »bitte geh nicht weg! Ich habe solche Angst! Unsere Ahnen haben gesagt, wenn sich die Dinge nicht ändern, beginnen sie den Kreis der Vernichtung.«

»Was ist denn das für ein Unsinn!« fuhr Huang Taitai mich an. Doch sie kam an mein Bett zurück, und Tyan-yu folgte ihr, mit der gleichen stirnrunzelnden Miene wie seine Mutter. Da wußte ich, daß ich sie schon fast soweit hatte – zwei Enten, die sich über den Topfrand lehnen, bis sie hineinfallen.

»Sie wußten, daß ihr es mir nicht glauben würdet«, fuhr ich in reumütigem Ton fort, »denn sie wissen auch, daß ich die Annehmlichkeiten meiner Ehe nicht aufgeben will. Darum haben unsere Ahnen uns Warnzeichen gesetzt, damit wir erkennen, daß unsere Ehe nichts taugt.«

»Was für einen Blödsinn hast du dir da in deinem dummen Kopf zusammengesponnen«, seufzte Huang Taitai ärgerlich. Aber sie konnte der Neugier nicht widerstehen. »Was denn für Warnzeichen?«

»In dem Traum habe ich einen Mann mit einem langen Bart und einem Muttermal auf der Wange gesehen.«

»Tyan-yus Großvater?« fragte Huang Taitai. Ich nickte. So kannte ich ihn von einem Gemälde an der Wand.

»Er sagte, daß es drei Zeichen gibt. Erstens hat er einen schwarzen Fleck auf Tyan-yus Rücken gesetzt, der immer mehr wachsen und Tyan-yus Haut zerfressen wird, genau wie er das Gesicht unseres Ahnen zerfressen hat, bevor er gestorben ist.«

Huang Taitai drehte sich schnell zu Tyan-yu um und zog ihm das Hemd hoch. »Ai-ya!« schrie sie auf, denn da war tatsächlich das gleiche schwarze Muttermal zu sehen, so groß wie eine Fingerkuppe. Während der letzten fünf Monate, in denen wir wie Bruder und Schwester in einem Bett schliefen, hatte ich es oft genug vor Augen gehabt.

»Und dann hat unser Ahne meinen Mund berührt«, ich faßte mir an die Wange, als täte sie schon weh, »und er hat gesagt, daß mir alle Zähne ausfallen werden, bis ich mich nicht mehr dagegen wehren kann, aus der Ehe verstoßen zu werden.«

Huang Taitai zwang mir die Zähne auseinander und ächzte vor Schreck, als sie das Loch in meinem Gebiß sah, wo mir vor vier Jahren ein fauler Zahn ausgefallen war.

»Und drittens hat er einen Samen in den Bauch unseres Dienstmädchens gesetzt. Er sagte, das Mädchen gibt nur vor, aus schlechter Familie zu sein. In Wirklichkeit ist sie von kaiserlichem Geblüt, und...«

Ich ließ den Kopf auf das Kissen sinken, als ob ich zu erschöpft sei, um fortzufahren. Huang Taitai rüttelte mich an der Schulter. »Was hat er noch gesagt?«

»Nur, daß dieses Dienstmädchen Tyan-yus eigentliche geistige

Ehefrau ist. Und daß der Samen, den er gesät hat, sich zu Tyan-yus Kind entwickeln wird.«

Bis zum Vormittag hatten sie die Dienerin der alten Heiratsvermittlerin in unser Haus hinübergeschafft und ihr das schreckliche Geständnis abgerungen.

Und nach eingehender Suche fanden sie auch das Dienstmädchen, das ich so gern mochte und das ich vom Fenster aus immer beobachtet hatte. Ich hatte gemerkt, wie ihre Augen immer größer und ihre kecke Stimme immer leiser wurde, je öfter der hübsche Lieferbursche vorbeikam. Und später hatte ich ihren Bauch immer runder und ihr Gesicht vor Angst und Sorge immer länger werden sehen.

Du kannst dir wohl vorstellen, wie froh sie war, als sie gezwungen wurde, mit der Wahrheit über ihre kaiserliche Abstammung herauszurücken. Wie ich später erfuhr, war sie so überwältigt von dem Wunder, Tyan-yu zu heiraten, daß sie ganz religiös wurde und die Dienstboten anwies, die Ahnengräber nicht nur einmal im Jahr, sondern jeden Tag zu fegen.

—

So geht die Geschichte aus. Sie nahmen es mir noch nicht mal besonders übel. Huang Taitai bekam ihren Enkel. Ich bekam meine Kleider, eine Fahrkarte nach Peking und genügend Geld, um nach Amerika zu fahren. Die Huangs baten sich nur aus, daß ich niemandem von Bedeutung je etwas über meine verhängnisvolle Ehe erzählte.

Es ist eine wahre Geschichte, davon, wie ich mein Versprechen hielt und mich aufopferte. Schau dir das viele Gold an, das ich jetzt tragen kann. Nachdem ich deine Brüder zur Welt gebracht hatte, hat dein Vater mir diese zwei Armreifen geschenkt. Dann bekam ich dich. Und alle paar Jahre, wenn ich ein bißchen Geld übrig habe, kaufe ich mir noch einen Armreifen dazu. Ich weiß, was ich wert bin. Sie haben alle vierundzwanzig Karat. Durch und durch echt.

Doch ich werde es nie vergessen. Am Tag des Reinen Glanzes

nehme ich immer meine Armreifen ab. Und dann erinnere ich mich an den Tag, als ich zum ersten Mal einen echten, eigenen Vorsatz faßte und seine Tragweite begriff – damals, als junges Mädchen, mit einem roten Hochzeitsschal über dem Gesicht. Ich hatte mir gelobt, mich niemals zu vergessen.

Wie schön ist es, wieder zu diesem jungen Mädchen zu werden, den Schal vom Gesicht zu nehmen und zu sehen, was darunter zum Vorschein kommt, und wieder die Leichtigkeit in meinem Körper zu spüren!

Ying-Ying St. Clair
Die Mondfrau

All die Jahre habe ich den Mund gehalten, damit mir keine selbstsüchtigen Wünsche herausrutschten. Ich habe so lange geschwiegen, daß meine Tochter mich jetzt nicht mehr hört. Sie sitzt an ihrem feinen Swimmingpool und hört nur noch ihren Sony Walkman, ihr kabelloses Telefon und ihren großen, wichtigen Ehemann, der sie fragt, warum sie zwar Grillkohlen da haben, aber keinen Spiritus.

All die Jahre hielt ich mein wahres Wesen verborgen und huschte nur wie ein geduckter Schatten umher, damit mich niemand einfangen konnte. Ich habe mich so unscheinbar gemacht, daß meine Tochter mich jetzt nicht mehr sehen kann. Sie sieht nur noch ihre Einkaufsliste, ihr Scheckbuch, das zu viele Ausgaben aufweist, ihren Aschenbecher, der nicht ordentlich an seinem Platz steht.

Folgendes möchte ich ihr sagen: Sie und ich, wir sind beide verloren, ungesehen und nicht sehend, ungehört und nicht hörend, von allen anderen unerkannt.

Ich habe mich nicht ganz plötzlich verloren. Über Jahre hinweg rieb ich mir das Gesicht ab, indem ich meinen Kummer mit Tränen fortspülte, so wie Steinmeißelungen allmählich vom Wasser aufgerieben werden.

Und doch kann ich mich heute einer Zeit entsinnen, als ich jauchzend umherlief und nicht stillstehen konnte. Das ist meine früheste Erinnerung: Wie ich der Mondfrau meinen geheimen Wunsch anvertraute. Danach vergaß ich, was ich mir gewünscht hatte, und so blieb die Erinnerung mir all die Jahre lang verborgen.

Aber nun weiß ich wieder, was es für ein Wunsch war, und ich erinnere mich ganz genau an jenen Tag, so deutlich, wie ich meine Tochter und ihr unsinniges Leben sehen kann.

Im Herbst 1918, als ich vier Jahre alt war, herrschte in Wuschi zur Zeit des Mondfestes eine ungewöhnliche Hitze. Als ich an jenem Morgen erwachte, am fünfzehnten Tag des achten Monats, war meine Strohmatte durch und durch feucht. Das ganze Zimmer roch nach feuchtwarmem Gras.

Zu Anfang des Sommers hatten die Dienstboten alle Fenster mit Bambusvorhängen gegen die Sonne abgeschirmt. Auf den Betten lagen nur noch dünne, strohgepolsterte Webmatten, und das heiße Ziegelpflaster im Hof war kreuz und quer mit Bambusmatten abgedeckt. Nun war der Herbst gekommen, aber ohne die kühlen Morgen- und Abendstunden. Die schwüle Hitze stand noch immer in den schattigen Räumen. Sie machte den scharfen Geruch meines Nachttopfs noch penetranter und sickerte in mein Kissen, an dem ich mir den Nacken wundrieb, so daß ich an jenem Morgen ganz verquollen und vergrätzt aufwachte.

Von draußen drang brenzliger Geruch herein und verbreitete ein schweres, süßlich-strenges Aroma im Zimmer. »Was stinkt da so?« fragte ich meine Kinderfrau. Die Amah stand immer gleich an meinem Bett, wenn ich aufwachte. Sie schlief nebenan in der Kammer.

»Das habe ich dir doch gestern schon erklärt«, sagte sie, während sie mich aus dem Bett hob und mich auf ihren Schoß setzte. Noch halb schlafbefangen versuchte ich mir ins Gedächtnis zu rufen, was sie mir am vorigen Morgen erzählt hatte.

»Wir verbrennen die fünf Übel«, murmelte ich schläfrig und wand mich von ihrem warmen Schoß herunter. Ich kletterte auf einen Hocker und schaute aus dem Fenster in den Hof. Dort sah ich eine schlangenartige grüne Girlande, von deren Ende gelbe Rauchschwaden aufstiegen. Am Vortag hatte Amah mir die bunte Schachtel gezeigt, aus der die Schlange gekommen war. Die fünf üblen Tiere waren darauf abgebildet: Eine schwimmende Schlange, ein springender Skorpion, ein fliegender Tausendfüßler, eine herabfallende Spinne und eine huschende Eidechse. Jedes dieser Tiere konnte ein Kind mit einem Biß töten, hatte Amah behauptet. Und ich war erleichtert, daß wir die fünf Übel eingefangen und vernichtet hatten. Ich wußte nicht, daß die grüne Schlange nur aus Räucherwerk bestand, das man gegen Mücken und anderes Ungeziefer abbrannte.

Anstatt mir wie sonst nur eine dünne Baumwolljacke und weite, luftige Hosen anzuziehen, holte Amah einen steifen gelben Seidenanzug hervor, der an den Säumen schwarz eingefaßt war.

»Heute haben wir keine Zeit zum Spielen«, sagte sie, während sie die gefütterte Jacke aufschlug. »Deine Mutter hat dir einen neuen Tigeranzug für das Mondfest genäht...« Sie hob mich in die Hose. »Heute ist ein wichtiger Tag, und du bist jetzt ein großes Mädchen, darum darfst du mit zur Zeremonie.«

»Was ist eine Zeremonie?« fragte ich, als Amah mir die gefütterte Jacke über das Unterhemd zog.

»Etwas, wo man sich gut benehmen muß. Da tut man dieses und jenes, damit die Götter einen nicht bestrafen«, antwortete Amah, während sie mir die Kordelverschlüsse zuknöpfte.

»Was denn für Strafen?« fragte ich keck.

»Frag nicht so viel!« entgegnete sie unwirsch. »Du brauchst das noch nicht zu verstehen. Du mußt dich nur gut benehmen und dem Beispiel deiner Mutter folgen: Räucherstäbchen anzünden, dem Mond opfern und den Kopf beugen. Mach mir ja keine Schande, Ying-ying.«

Ich senkte schmollend den Kopf und betrachtete die schwarzen Kanten an meinen Ärmeln. Sie waren mit winzigen Pfingstrosen und goldenen Girlanden bestickt. Ich erinnerte mich, wie meine Mutter die silberne Nadel wieder und wieder durch den Stoff gezogen hatte und nach und nach die Blumen, Blätter und Ranken mit vielen feinen Stichen hervorzauberte.

Dann hörte ich plötzlich Stimmen unten im Hof. Ich reckte mich auf meinem Hocker und versuchte zu sehen, wo die Leute waren. Jemand beklagte sich über die Hitze: »Fühl mal meinen Arm, weich gedünstet bis auf die Knochen.« Viele von unseren Verwandten aus dem Norden waren zum Mondfest gekommen und blieben eine Woche bei uns zu Gast.

Amah versuchte, mir mit einem breiten Kamm die Haare zu glätten, und ich ließ mich jedesmal vom Hocker fallen, sobald es ziepte.

»Steh endlich still, Ying-ying!« rief sie in ihrem üblichen klagenden Ton, während ich kichernd auf dem Hocker hin und her schwankte. Dann zog sie mir den Kamm mit einem letzten wuchtigen Strich durch das Haar, wie man ein Pferd am Zügel zieht, und bevor ich noch mal herunterfallen konnte, faßte sie es an der Seite zusammen und flocht es zu einem Zopf, in den sie fünf bunte Seidenbänder einband. Dann zwirbelte sie den Zopf zu einem festen Knoten zusammen und zupfte die heraushängenden Bänder zu einer Quaste zurecht.

Sie drehte mich herum, um ihr Werk zu begutachten. Ich dampfte in meinem gefütterten Seidenanzug, der offensichtlich für einen kühleren Tag gedacht war. Meine Kopfhaut brannte von Amahs rabiaten Frisierkünsten. Was für ein Tag konnte schon so eine Quälerei wert sein!

»Hübsch«, stellte Amah befriedigt fest, obwohl ich einen Flunsch zog.

»Wer kommt denn heute mit?« wollte ich wissen.

»Dajya« – die ganze Familie –, sagte sie freudestrahlend. »Wir fahren alle zum Tai-See. Die Familie hat ein Boot mit einem berühmten Koch gemietet. Und heute abend bei der Zeremonie wirst du die Mondfrau sehen.«

»Die Mondfrau! Die Mondfrau!« jubelte ich und hopste begeistert auf und ab. Nachdem ich mich genug an dem Klang des neuen Wortes ergötzt hatte, zog ich Amah am Ärmel und fragte: »Wer ist die Mondfrau?«

»Chang-o. Sie lebt auf dem Mond. Heute ist der einzige Tag, an dem man sie sehen kann und einen geheimen Wunsch von ihr erfüllt bekommt.«

»Was ist ein geheimer Wunsch?«

»Etwas, das man gern möchte, aber niemandem sagen kann.«

»Warum nicht?«

»Weil... wenn man es ausspricht... dann ist es kein Wunsch mehr, sondern ein eigensüchtiges Verlangen«, erklärte Amah. »Das habe ich dir doch schon beigebracht – daß du nie an deine eigenen Bedürfnisse denken darfst? Ein Mädchen hat nicht zu fragen, sondern nur zuzuhören.«

»Aber wie kann die Mondfrau dann wissen, was ich mir wünsche?«

»Ai! Du fragst schon wieder zuviel! Ihr darfst du es sagen, weil sie keine normale Person ist.«

Endlich zufrieden, platzte ich heraus: »Dann sage ich ihr, daß ich diese Sachen nicht mehr anziehen will.«

»Ah! Habe ich's dir nicht eben erklärt?« schimpfte Amah. »Jetzt, wo du es mir gesagt hast, ist es doch kein geheimer Wunsch mehr!«

Beim Frühstück schien keiner es besonders eilig zu haben, zum See zu kommen. Jeder nahm sich immer noch ein Stück von diesem und noch etwas von jenem. Und danach schwatzten sie alle endlos über belanglose Dinge. Ich wurde immer kribbeliger.

»...Der Herbstmond wärmt. Oh! Die Schatten der Wildgänse kehren zurück.« Baba war dabei, ein langes Gedicht aufzusagen, das er von einer alten Steininschrift entziffert hatte. »Das dritte Wort in der nächsten Zeile war verwischt«, erklärte er. »Über Jahrhunderte vom Regen fortgespült, beinah für alle Ewigkeit verlorengegangen.«

»Aber zum Glück«, warf mein Onkel augenzwinkernd ein, »bist du ja in der Literaturgeschichte so bewandert, daß du imstande warst, das Problem zu lösen, nehme ich an?«

Mein Vater antwortete gleich mit dem nächsten Vers: »Dunstschleier blühen schimmernd auf. Oh!...«

Mama erklärte unterdessen meiner Tante und den älteren Frauen, wie man aus Kräutern und Insekten eine lindernde Salbe herstellt: »Man muß sie hier auftragen, zwischen diesen beiden Punkten. Und so kräftig einreiben, daß die Haut sich erhitzt, dann wird der Schmerz ausgebrannt.«

»Ai! Wie soll man denn einen geschwollenen Fuß einreiben?« wandte eine der alten Damen klagend ein. »Der tut doch außen genauso weh wie innen. Den kann man ja noch nicht mal anfassen.«

»Das liegt an dieser elenden Hitze«, jammerte die nächste. »Die trocknet einen vollkommen aus.«

»Und verbrennt einem die Augen!« rief meine Großtante.

Ich seufzte jedesmal tief auf, wenn sie mit einem neuen Thema anfingen. Schließlich erbarmte Amah sich meiner und reichte mir einen Mondkuchen, der wie ein Hase geformt war. Sie sagte, ich dürfe ihn im Hof essen, zusammen mit meinen beiden Halbschwestern, Nummer Zwei und Nummer Drei.

Es fällt einem nicht schwer, eine Bootsfahrt zu vergessen, wenn man einen hasenförmigen Mondkuchen in der Hand hält. Wir liefen schnell aus dem Zimmer, und sobald wir durch das Mondtor kamen, das zum Innenhof führte, fingen wir an zu jauchzen und rannten um die Wette auf die Steinbank zu. Weil ich die Älteste war, saß ich auf der schattigen Seite, wo der Sitz schön kühl war. Meine Halbschwestern mußten in der Sonne sitzen. Ich brach für jede von ihnen ein Hasenohr ab. Die Ohren enthielten keine Füllung, aber meine Halbschwestern waren noch zu klein, um den Unterschied zu bemerken.

»Mich mag die Schwester lieber«, sagte Nummer Zwei zu Nummer Drei.

»Nein, *mich!*« sagte Nummer Drei zu Nummer Zwei.

»Hört auf zu streiten«, wies ich sie zurecht. Ich verdrückte den ganzen Rest von dem Hasenkuchen und leckte mir die klebrigsüße Füllung von den Lippen.

Wir pickten uns gegenseitig die Krümel ab, aber dann war nichts mehr los, und ich wurde wieder unruhig. Plötzlich sah ich eine große rote Libelle mit durchsichtigen Flügeln. Ich sprang von der Bank und lief hinter ihr her, und meine Halbschwestern machten es mir nach, sprangen hoch und versuchten, sie mit den Händen zu erhaschen.

»Ying-ying!« hörte ich Amah rufen. Nummer Zwei und Nummer Drei rannten davon. Amah stand mitten im Hof, und meine

Mutter kam gerade mit den anderen Frauen durch das Mondtor. Amah lief hastig zu mir herüber und bückte sich, um meine gelbe Jacke glattzustreichen. *»Syin yifu! Yidafadwo!«* – Deine neuen Sachen! Alles durcheinander! –, schalt sie mit gespielter Empörung.

Meine Mutter kam lächelnd herbei. Sie strich mir die losen Haarsträhnen glatt und schob sie unter den Knoten. »Ein Junge darf herumlaufen und Libellen jagen, weil das seinem Wesen entspricht«, sagte sie. »Aber ein Mädchen soll lieber still stehenbleiben. Wenn du dich ganz lange nicht bewegst, kann die Libelle dich nicht mehr sehen und kommt von selbst angeflogen, um sich in deinem Schatten zu verbergen.«

Die alten Damen gaben bestätigende Schnalzlaute von sich. Dann ließen sie mich in der brütenden Hitze stehen.

Während ich so reglos dastand, entdeckte ich auf einmal meinen Schatten. Erst war es nur ein dunkler Fleck auf den Bambusmatten, die über die Hofziegel gebreitet waren. Er hatte kurze Beine und lange Arme und einen dunklen Seitenknoten, genau wie ich. Wenn ich meinen Kopf schüttelte, schüttelte er ihn auch. Wir wedelten mit den Armen. Wir hoben ein Bein hoch. Ich drehte mich um und machte ein paar Schritte, und er kam hinterher. Ich wandte mich schnell zurück, und er blieb vor mir stehen. Ich lupfte die Bambusmatte, um zu sehen, ob mein Schatten hinunterrutschen würde, aber da lag er bereits unter der Matte, auf den Steinen. Ich schrie vor Freude laut auf, weil ich so einen schlauen Schatten hatte. Ich lief unter den Baum und sah zu, wie mein Schatten mir nachjagte. Dann verschwand er. Ich liebte meinen Schatten, meine dunkle Seite, die genauso unruhig war wie ich.

Dann hörte ich Amah nach mir rufen: »Ying-ying! Es ist soweit! Kommst du mit zum See?« Ich nickte eifrig und rannte auf sie zu, und mein anderes Selbst lief vor mir her. »Sachte, sachte!« mahnte Amah.

Die ganze Familie stand schon aufgeregt schwatzend vor dem Haus. Alle waren festlich gekleidet. Baba trug ein neues braunes Seidengewand, dem man trotz seiner Schlichtheit die feine Machart ansah. Mama hatte die gleiche Jacke an wie ich, nur in entgegengesetzten Farben: schwarze Seide mit gelben Kanten. Meine Halbschwestern trugen rosa Kleider, ebenso wie ihre Mütter, die beiden Konkubinen meines Vaters. Mein älterer Bruder trug eine blaue Jacke mit eingestickten Buddha-Zeptern, Symbole für ein langes Leben.

Sogar die alten Damen hatten sich für das Fest herausgeputzt: Mamas Tante, Babas Mutter und ihre Kusine, und die dicke Frau des Großonkels, die noch immer ihre Stirn ausrasierte und so ging, als durchquere sie ein schlüpfriges Bachbett – erst zwei winzige Schritte, dann ein ängstlicher Blick.

Die Dienstboten hatten bereits eine Rikscha mit Vorräten bepackt: Einen Korb voller *zong zi* – kleine, in Lotusblätter gewikkelte Reispäckchen, die mit Schinken oder süßen Lotussamen gefüllt waren; einen Kocher für das Teewasser; einen weiteren Korb mit Schalen, Schüsseln und Stäbchen; einen Baumwollsack voller Äpfel, Granatäpfel und Birnen; feucht beschlagene Steinguttöpfe mit eingemachtem Gemüse und Fleischpasteten; ein ganzer Stapel roter Schachteln, die jeweils vier Mondkuchen enthielten; und natürlich auch die Matten für unseren Mittagsschlaf.

Dann stiegen wir in die Rikschas. Die kleineren Kinder saßen neben ihren Amahs. Im letzten Moment vor der Abfahrt entwand ich mich Amahs Armen, sprang herunter und kletterte in die Rikscha, wo meine Mutter saß. Das ärgerte Amah sehr, nicht nur wegen des ungezogenen Benehmens, sondern auch, weil sie mich über alles liebte. Ihren eigenen kleinen Sohn hatte sie nach dem Tod ihres Mannes fortgegeben und war in unser Haus gekommen, um meine Amme zu werden. Aber sie hatte mich zu sehr verwöhnt und mir nie beigebracht, auf sie Rücksicht zu nehmen. Sie diente ausschließlich meinem Wohlbefinden, genau wie ein Fächer im Sommer oder ein Ofen im Winter, deren Wert man erst zu schätzen weiß, wenn sie einem fehlen.

Als wir beim See ankamen, war ich enttäuscht, daß auch dort keine kühlende Brise wehte. Unsere Rikschamänner waren schweißüberströmt und keuchten wie Pferde. Ich schaute vom Steg aus zu, wie die älteren Leute langsam auf das Boot gingen, das die Familie gemietet hatte. Es sah aus wie ein schwimmendes Teehaus; in der Mitte ragte ein offener Pavillon hoch, größer als der in unserem Hof, mit vielen roten Säulen und einem spitzen Pagodendach. Dahinter stand noch eine Art Gartenhäuschen mit runden Fenstern.

Dann nahm Amah mich fest an die Hand und führte mich über die federnden Holzplanken. Sobald wir auf dem Boot waren, riß ich mich los, drängte mich zusammen mit Nummer Zwei und Nummer Drei zwischen all den seidenumhüllten Beinen durch und rannte mit ihnen um die Wette zum Heck. Ich genoß das unstete, torkelige Gefühl beim Laufen. Die roten Laternen am Dach und an der Reling schaukelten leicht hin und her wie in einer sanften Brise. Meine Halbschwestern und ich ließen die Hände über die Bänke und Tischchen im Pavillon gleiten und strichen mit den Fingern über die holzgeschnitzte Reling. Wir steckten die Köpfe zwischen den Stangen durch und schauten aufs Wasser. Doch dann entdeckten wir noch viel aufregendere Dinge!

Ich schob die schwere Tür zum »Gartenhäuschen« auf und lief mit meinen kichernden Schwestern im Schlepptau durch einen langen Raum, der wie ein Wohnzimmer wirkte. Durch die nächste Tür konnte man in die Küche blicken. Ein Mann mit einem großen Hackmesser in der Hand drehte sich um und rief uns etwas zu, worauf wir schüchtern lächelnd den Rückzug antraten.

Am Bootsende trafen wir auf ärmlich aussehende Leute: Ein Mann, der den großen Heizofen mit Holzscheiten fütterte, eine Frau, die Gemüse hackte, und zwei Jungen, die an der Bootskante kauerten und zwei Schnüre festhielten, an denen ein Drahtkäfig dicht unter der Wasseroberfläche hing. Sie würdigten uns keines Blickes.

Wir kehrten an den Bug zurück, gerade rechtzeitig, um den Steg zurückweichen zu sehen. Mama und die anderen Damen hatten schon auf den Bänken im Pavillon Platz genommen, wo sie sich heftig Luft zufächelten und sich gegenseitig Klapse versetzten, wenn die Mücken sich auf ihnen niederließen. Baba und mein Onkel lehnten an der Reling und unterhielten sich in ernsthaftem Ton. Mein Bruder und seine Vettern hatten einen langen Bambusstock entdeckt, den sie ins Wasser stießen, als ob sie dadurch das Boot antreiben könnten. Weiter vorne waren die Dienstboten damit beschäftigt, das Teewasser aufzusetzen, die Vorräte auszupacken und Ginko-Nüsse zu knacken.

Der Tai-See ist einer der größten in China, doch an jenem Tag schien er von Booten übersät: Ruderboote, Tretboote, Segelboote, Fischerkähne und schwimmende Pavillons wie das unsere. Dauernd kamen wir an Leuten vorbei, die sich aus den Booten lehnten und die Hände durch das Wasser gleiten ließen oder unter aufgespannten Planen und Sonnenschirmen schliefen.

Plötzlich tönten laute Rufe aus dem Pavillon: »Ah! Ah! Ah!« Endlich geht das Fest los, dachte ich und rannte schnell hinüber, nur um lauter vergnügte Tanten und Onkel mit ihren Stäbchen nach winzigen, zappelnden Krabben angeln zu sehen, die sich in ihren Schalen wanden und die Beinchen sträubten. Aha, das war also der Inhalt des Drahtkäfigs, frische Süßwasserkrabben! Fasziniert beobachtete ich, wie mein Vater eine nach der anderen in würzige Sojasoße tauchte und sie mit zwei schnellen Bissen hinunterschluckte.

Das Schauspiel verlor jedoch bald seinen Reiz; ansonsten verlief der Nachmittag nicht anders als zu Hause. Die gleiche träge Stimmung nach dem Essen. Ein schläfriges Schwätzchen beim Tee. Amahs Anweisung, mich auf meine Matte zu legen. Die Stille, während alle die heißesten Stunden des Tages verschliefen.

Ich setzte mich auf und sah Amah in tiefem Schlaf quer auf ihrer Matte ausgestreckt. Langsam schlenderte ich nach hinten auf das Heck zu. Dort holten die beiden Jungen gerade einen großen, quäkenden, langhalsigen Vogel aus einem Bambuskäfig. Der Vogel trug einen Eisenring um den Hals. Einer der Jungen hielt ihn fest, während der andere ein Seil durch die Schlaufe an dem Halsring zog. Als sie den Vogel losließen, flatterte er mit heftigem Flügelschlagen auf, schwebte kurz über der Bootskante und landete dann auf dem Wasser. Ich stellte mich dicht an die Kante, um den Vogel zu betrachten. Er warf mir einen argwöhnischen Blick aus einem Auge zu. Dann tauchte er plötzlich den Kopf unter und verschwand.

Einer der Jungen warf ein kleines Floß aus Schilfrohr über Bord, sprang hinterher und tauchte auf dem Floß wieder auf. Kurz darauf kam auch der weiße Vogel zum Vorschein, mit einem dicken, zappelnden Fisch im Schnabel. Der Vogel sprang auf das Floß und versuchte mit ruckhaften Kopfbewegungen, den Fisch zu verschlingen, was ihm mit dem Ring um den Hals natürlich nicht glückte. Blitzschnell schnappte der Junge ihm den Fisch weg und warf ihn dem anderen Jungen auf dem Schiff zu. Ich klatschte in die Hände, und der Vogel tauchte wieder unter.

In der folgenden Stunde, während Amah und die anderen noch schliefen, beobachtete ich so gespannt wie eine hungrige Katze, wie ein Fisch nach dem anderen in dem Vogelschnabel auftauchte, um gleich darauf in einem Holzbottich auf dem Boot zu landen. Dann rief der Junge auf dem Floß: »Genug!« Der andere rief irgend jemandem weiter oben etwas zu, und das Boot setzte sich mit lautem Zischen und Dröhnen wieder in Bewegung. Nun sprang auch der zweite Junge ins Wasser. Ich winkte ihnen zu und beneidete sie um ihre Freiheit; wie zwei Vögel auf einem Ast hockten sie auf ihrem Floß, das sich schnell entfernte, bis es nur noch ein schaukelnder gelber Punkt auf dem See war.

Dieses Abenteuer hätte mir eigentlich schon gereicht. Aber ich blieb trotzdem noch dort stehen, wie von einem schönen Traum befangen. Und tatsächlich passierte gleich noch mehr, denn als ich mich umdrehte, hockte eine mürrische Frau sich gerade vor den Fischbottich. Mit einem schmalen, scharfen Messer begann sie, die Fischbäuche aufzuschlitzen, holte die glitschigen roten Eingeweide heraus und warf sie über die Schulter ins Wasser. Dann sah ich sie die Schuppen abkratzen, die wie Glassplitter durch die Luft flogen.

Als nächstes kamen zwei Hühner an die Reihe, die nicht mehr gluckten, nachdem ihre Köpfe abgehackt waren, und schließlich eine große Schildkröte, die gerade nach einem Stock schnappen wollte, als sie – zack! – ihren Kopf verlor. Daneben stand ein Topf voller schwarzer Flußaale, die sich wie wild durcheinanderknäuelten. Doch nachdem die Frau dies alles wortlos in die Küche zurückgetragen hatte, gab es nichts Interessantes mehr zu sehen.

Plötzlich – aber viel zu spät – blickte ich an mir herunter und entdeckte die Bescherung: Blutspritzer, Fischschuppen, Federn und Schlammflecken, über den ganzen Seidenanzug verteilt. Seltsame Einfälle hatte ich! Denn als ich näher kommende Schritte hörte, tauchte ich in meiner Angst die Hände in die Schüssel mit dem Schildkrötenblut und schmierte es mir über die Ärmel, vorne über die Jacke und auf die Hosenbeine. Ich bildete mir wahrhaftig ein, daß niemand den Unterschied bemerken würde, wenn ich die Flekken nur ordentlich mit roter Farbe verdeckte und ganz still stehenblieb.

So fand mich Amah kurz darauf: als blutüberströmte Schrekkensvision. Ich kann heute noch ihren gellenden Schrei hören, als sie auf mich zustürzte, um mich nach fehlenden Körperteilen und klaffenden Wunden abzutasten. Als sich auch nach gründlichster Inspektion meiner Nase, Ohren und Finger nichts finden ließ, überschüttete sie mich mit einem Schwall von Schimpfworten, die ich noch nie gehört hatte. Aber es klang ziemlich schlimm, was sie mir da wie Gift und Galle an den Kopf spuckte. Sie riß mir die Jacke und die Hose herunter und zeterte, ich stänke wie ein »übles Dings« und sähe aus wie ein »übles Sowieso«. Ihre Stimme zitterte vor Zorn und Angst. »Deine Mutter will dich bestimmt nie mehr sehen!« sagte sie voller Abscheu. »Jetzt wird sie uns beide nach Kunming verbannen.« Da packte mich die Angst erst recht. Ich hatte gehört, daß Kunming entsetzlich weit weg in der Wildnis lag, wo sich nie jemand hinwagte, und daß es von einem Steinwald umgeben war, der von Affen beherrscht wurde. Schließlich ließ Amah mich bitterlich schluchzend in meiner weißen Baumwollwäsche und den Tigerpantoffeln am Heck stehen und ging davon.

Eigentlich hatte ich erwartet, daß meine Mutter gleich zu mir kommen würde. Ich stellte mir vor, wie sie bestürzt auf die verdorbenen Kleider blickte, mit all den mühsam eingestickten kleinen Blumen. Ich dachte, sie würde gleich am Bootsheck erscheinen und mich mit ihrer sanften Stimme schelten. Aber sie kam nicht. Einmal hörte ich zwar Schritte und blickte erwartungsvoll auf, doch nur, um die feixenden Gesichter meiner Schwestern ans Türfenster gedrückt zu sehen. Sie starrten mich mit großen Augen an, zeigten mit den Fingern auf mich und rannten lachend weg.

Nach und nach färbte das Wasser sich tiefgold, rot, lila und schließlich schwarz. Als es dunkel wurde, leuchteten überall auf dem See die roten Lampions auf. Ringsum hörte ich die Leute auf den Booten reden und lachen. Dann wurde die hölzerne Küchentür knarrend aufgestoßen und fiel wieder zu; prompt war die ganze Luft von köstlichen, würzigen Düften erfüllt. Entzückte Rufe tönten aus dem Pavillon herüber: »Ai, seht euch das an! Und das!« Hungrig sehnte ich mich danach, mitfeiern zu dürfen.

Ich hörte dem Bankett zu und ließ meine Beine über die Bootskante baumeln. Obgleich es schon Nacht war, schien es beinah taghell. Ich konnte mein Spiegelbild im Wasser erkennen, meine Beine, meine Hände auf der Kante und mein Gesicht. Und über meinem Kopf stand der Vollmond im dunklen Wasser, so groß und strahlend wie die Sonne. Ich wandte den Kopf nach oben, um nach der Mondfrau Ausschau zu halten. Doch im selben Augenblick hatten die anderen sie wohl auch gesehen, denn die Feuerwerkskörper krachten, und ich fiel lautlos ins Wasser.

Zuerst war ich so überrascht von der angenehmen Kühle, die mich plötzlich umfing, daß ich gar keine Angst hatte. Es schien mir wie ein schwereloser Schlaf. Ich war sicher, daß Amah mich gleich herausholen würde. Erst als ich keine Luft mehr bekam, begriff ich, daß sie diesmal nicht kommen würde. Ich strampelte verzweifelt, als das Wasser mir in Mund und Nase drang. »Amah!« versuchte ich zu schreien, wütend, daß sie mich so schnöde meinem Schicksal überließ und mich dieser unnötigen Qual aussetzte. Dann streifte mich plötzlich irgend etwas Dunkles, und ich wußte, daß es eins der fünf Übel war, eine schwimmende Schlange.

Sie wand sich um mich herum, drückte mich zusammen wie einen Schwamm und warf mich hoch – und ich landete bäuchlings in einem Netz voller zappelnder Fische. Das Wasser floß mir aus der Kehle, ich rang krampfhaft nach Luft und fing an zu brüllen.

Als ich den Kopf umwandte, sah ich vier Schatten über mir und dahinter den Mond am Himmel. Eine triefende Gestalt hievte sich gerade in das Boot zurück. »Na, ist er zu klein? Sollen wir ihn wieder reinwerfen? Oder ist er vielleicht doch was wert?« fragte der tropfende Mann keuchend. Die anderen lachten. Ich hörte auf zu schreien und lag ganz still. Ich wußte, was das für Leute waren. Wenn Amah und ich auf der Straße an solchen Leuten vorbeikamen, hielt sie mir immer die Augen und Ohren zu.

»Hör auf«, schalt ihn die Frau. »Du machst ihr ja noch mehr Angst. Sie hält uns bestimmt für Räuber, die sie als Sklavin verkaufen wollen.« Dann fragte sie mich sanft: »Wo kommst du denn her, Kleine?«

Der tropfende Mann beugte sich vor und spähte zu mir herab: »Oh, ein kleines Mädchen, kein Fisch!«

»Kein Fisch! Kein Fisch!« murmelten die anderen schmunzelnd.

Ich fing an zu zittern, zu verängstigt zum Weinen. Ein scharfer, gefährlicher Geruch nach Fisch und Schießpulver hing in der Luft.

»Hör gar nicht hin«, sagte die Frau begütigend. »Kommst du von einem anderen Fischerboot? Welches ist es denn? Hab keine Angst. Zeig's mir.«

Auf dem Wasser sah ich Ruderboote und Tretboote und Segelboote, und lange Fischerkähne wie der unsere, mit einem kleinen Häuschen in der Mitte. Ich hielt mit klopfendem Herzen nach unserem Boot Ausschau.

»Da!« Ich deutete auf einen lampionbehängten Pavillon voller johlender Stimmen. »Da! Da!« Und dann fing ich an zu weinen, weil ich mich so sehr nach dem Trost der Familie sehnte. Unser Fischerkahn glitt schnell zu dem großen Boot hinüber, den köstlichen Speisedüften entgegen.

»He!« rief die Frau zum Deck hinauf. »Habt ihr vielleicht ein kleines Mädchen verloren, das ins Wasser gefallen ist?«

Ich hörte ein paar Stimmen zu uns herunterrufen und reckte den Hals, um Amah, Baba und Mama zu sehen. Eine Menge Leute lehnten über der Reling und zeigten grinsend in unser Boot. Aber es waren lauter fremde Gesichter. Wo war Amah? Warum kam meine Mutter nicht endlich herbei? Ein kleines Mädchen drängte sich zwischen den Beinen der Leute durch.

»Das bin ich nicht!« rief sie. »Ich bin hier, ich bin nicht ins Wasser gefallen!« Die Leute lachten und wandten sich ab.

»Du hast dich geirrt, Kleine«, sagte die Frau, als das Fischerboot weiterglitt. Ich fing wieder an zu zittern. Niemandem schien es etwas auszumachen, daß ich verschwunden war. Ich blickte auf all die tanzenden Laternen auf dem Wasser. Feuerwerkskörper krachten, Lachsalven tönten herüber. Je weiter wir voranglitten, desto größer wurde die Welt um mich her. Nun schien es mir, als sei ich für immer abhanden gekommen.

Die Frau sah mich forschend an. Mein Zopf hatte sich gelöst, die Unterwäsche war grau und naß. Ich war barfuß, die Tigerschuhe hatte ich verloren.

»Was sollen wir denn machen, wenn sie niemand sucht?« fragte einer der Männer leise.

»Vielleicht ist sie ja bloß eine Straßengöre«, meinte ein anderer. »Sieh doch, was sie anhat. Wahrscheinlich nur eins von den Kindern, die von Flößen aus betteln.«

Nacktes Entsetzen packte mich. Vielleicht hatte er recht. Ich hatte mich in ein Bettelmädchen verwandelt, das keine Familie mehr hatte.

»Anh! Habt ihr denn keine Augen im Kopf?« fuhr die Frau sie an. »Seht euch nur ihre Haut an, wie blaß sie ist. Und die Fußsohlen sind ganz weich.«

»Dann setzen wir sie wohl besser am Ufer ab«, schlug der eine Mann vor. »Da wird ihre Familie am ehesten nach ihr suchen.«

»Was für eine Nacht!« seufzte der andere. »Ständig fällt jemand an Feiertagen ins Wasser. Ein Glück, daß sie nicht ertrunken ist.«

So schwatzten sie unbekümmert miteinander, während das Boot sich langsam dem Ufer näherte. Einer der Männer steuerte es mit einem langen Bambusruder zwischen den anderen Booten hindurch. Als wir den Steg erreichten, hob der Mann, der mich aus dem Wasser geholt hatte, mich mit seinen fischig riechenden Händen auf den Steg.

»Gib das nächste Mal besser acht, Kleine!« rief die Frau mir noch zu, während das Boot wieder ablegte.

Auf dem Steg, mit dem hellen Mond im Rücken, sah ich meinen Schatten wieder. Diesmal war er kürzer, zerzaust und zusammengeschrumpft. Wir rannten beide den Steg entlang und versteckten uns im Gebüsch. Ich hörte Leute im Vorbeigehen reden, Frösche quaken und Grillen zirpen – und plötzlich den Klang von Flöten und Zimbeln, Gongschläge und Trommeln!

Ich schob die Zweige zur Seite und lugte hindurch. Vor mir sah ich eine Menschenmenge, und über ihren Köpfen eine Bühne, die den Mond trug. Ein junger Mann tauchte von der Bühnenseite her auf, lief an die Rampe und rief ins Publikum: »Und jetzt wird die Mondfrau erscheinen und euch ihre traurige Geschichte vortragen, in einem Schattenspiel mit klassischem Gesang.«

Die Mondfrau! fiel es mir wieder ein, und allein schon der magische Klang dieses Wortes ließ mich meine Not vergessen. Wieder ertönten die Zimbeln und Gongschläge, dann zeichnete sich der Schatten einer Frau gegen die Mondscheibe ab. Sie kämmte ihre offenen Haare und fing mit süßer, wehmütiger Stimme an zu sprechen.

»Mein Schicksal und meine Buße«, begann sie ihre Klage und strich sich mit langen Fingern durch das Haar, »hier auf dem Mond zu leben, während mein Mann auf der Sonne lebt. So ziehen wir Tag und Nacht aneinander vorbei, ohne uns je zu sehen, außer in dieser einzigen Vollmondnacht zur Herbstmitte.«

Die Menge rückte dichter heran. Die Mondfrau zupfte ihre Laute und begann zu singen.

Auf der anderen Seite des Mondes erschien die Silhouette eines Mannes. Die Mondfrau streckte ihm die Arme entgegen – »Oh!

Hou Yi, mein Mann, Großer Bogenschütze des Himmels!« sang sie. Aber ihr Mann schien sie nicht zu hören. Er blickte in den Himmel, der sich langsam erhellte, und öffnete weit den Mund – ob vor Schrecken oder Freude, konnte ich nicht erkennen.

Die Mondfrau griff sich an die Kehle und brach zusammen. Sie rief: »Die Dürre von zehn Sonnen am östlichen Himmel!« Da spannte der Große Bogenschütze seinen Zauberbogen und schoß neun Sonnen herunter, die blutrot aufplatzten. »Sie versinken im brodelnden Meer!« sang sie mit froher Stimme, und ich konnte die sterbenden Sonnen rascheln und zischen hören.

Nun kam eine Fee – die Königinmutter des westlichen Himmels! – auf den Großen Bogenschützen zugeschwebt. Sie öffnete eine Schachtel und hielt eine leuchtende Kugel hoch – nein, keine neue Sonne, sondern einen Zauberpfirsich, der ewiges Leben verhieß! Ich sah, wie die Mondfrau vorgab, sich mit ihrer Stickerei zu beschäftigen, während sie ihren Mann beobachtete, als er den Pfirsich in einer Schachtel versteckte. Dann hob der Große Bogenschütze seinen Bogen empor und gelobte, ein ganzes Jahr lang zu fasten, zum Beweis, daß er die Geduld für ein ewiges Leben besaß. Doch kaum war er fortgegangen, holte die Mondfrau ohne zu zögern den Pfirsich aus seinem Versteck und biß hinein!

Sie hatte gerade den ersten Bissen gekostet, da begann sie zu schweben, zu fliegen – doch nicht wie die Königinmutter, sondern wie eine Libelle mit gebrochenen Flügeln. »Durch meinen eigenen Leichtsinn von der Erde verbannt!« klagte sie, als ihr Mann zurückkehrte und rief: »Diebin! Leben stehlendes Weib!« Er nahm seinen Bogen und zielte mit dem Pfeil auf seine Frau – da dröhnte der Gong, und der Himmel verfinsterte sich.

Wyah! Wyah! Traurige Lautentöne erklangen, während der Himmel sich wieder erhellte. Da stand die arme Frau vor dem Mond, der so hell strahlte wie die Sonne. Nun waren ihre Haare so lang, daß sie bis auf den Boden reichten und ihre Tränen aufwischten. Eine Ewigkeit war vergangen, seit sie ihren Mann zuletzt gesehen hatte, denn das war ihr Schicksal: für immer auf dem Mond verbannt zu bleiben, an ihre selbstsüchtigen Wünsche verloren.

»Denn die Frau ist yin«, klagte sie, »die Dunkelheit in unserem Inneren, wo ungezähmte Leidenschaften lauern. Und der Mann ist yang, die strahlende Wahrheit, die unseren Geist erhellt.«

Als der Gesang zu Ende ging, war ich in Tränen aufgelöst und bebte vor Verzweiflung. Auch wenn ich ihre Geschichte nicht ganz verstand, begriff ich ihre Trauer nur zu gut. In einem einzigen Augenblick hatten wir beide die Welt verloren, und es gab keinen Weg zurück.

Der Gong ertönte, die Mondfrau verbeugte sich und blickte gelassen zur Seite. Die Menge klatschte heftig Beifall. Dann kam der junge Mann wieder auf die Bühne und verkündete: »Wartet! Die Mondfrau ist bereit, jedem von euch einen Wunsch zu gewähren.« Ein Raunen ging durch die Menge. »Gegen eine kleine Geldspende...« Die Leute lachten und winkten achselzuckend ab. Langsam zerstreute sich die Menge. »Eine einmalige Gelegenheit!« rief der junge Mann ermunternd, doch keiner hörte ihm mehr zu, außer mir und meinem Schatten im Gebüsch.

»Ich habe einen Wunsch!« rief ich und rannte auf meinen bloßen Füßen nach vorne. Aber der junge Mann verließ die Bühne, ohne mich zu beachten. Ich lief weiter auf den Mond zu, um der Mondfrau zu sagen, was ich mir wünschte, denn nun wußte ich es genau. Flink wie eine Eidechse huschte ich hinter die Bühne, auf die andere Seite des Mondes.

Da sah ich sie vor mir stehen. Im Licht der Petroleumlampen war sie wunderschön. Sie stand noch einen Augenblick still, dann schüttelte sie ihre langen, dunklen Haare und stieg die Stufen hinab.

»Ich habe einen Wunsch«, flüsterte ich ehrfürchtig, doch sie schien mich nicht zu bemerken. Ich ging noch näher heran, bis ich in ihr Gesicht blicken konnte: eingefallene Wangen, eine breite, glänzende Nase, große gebleckte Zähne und rotgeäderte Augen. Sie sah unendlich erschöpft aus. Mit einer müden Geste zog sie sich die Haarpracht vom Kopf, und das Gewand glitt ihr von den Schultern. Als ich meinen geheimen Wunsch hervorstammelte, blickte die Mondfrau mich an und verwandelte sich in einen Mann.

Viele Jahre lang war mir völlig entfallen, was ich mir von der Mondfrau gewünscht hatte, und ebensowenig konnte ich mich erinnern, wie meine Familie mich schließlich wiederfand. Beides kam mir wie ein Trugbild vor, als dürfte ich der Erfüllung meines Wunsches nicht trauen. Obgleich ich noch in jener Nacht gefunden wurde, nachdem Amah, Baba, mein Onkel und die anderen am Ufer lange nach mir gerufen hatten, konnte ich nie recht glauben, daß sie wirklich dasselbe Mädchen wiedergefunden hatten.

Im Lauf der Zeit vergaß ich dann auch die anderen Ereignisse des Tages; den traurigen Gesang der Mondfrau, das Boot mit dem Pavillon, den Vogel mit dem Ring um den Hals, die winzigen Blumen auf meinem Ärmel, das Verbrennen der fünf Übel.

Doch nun, da ich alt bin und das Ende meines Lebens näher rückt, ist mir auch der Anfang wieder gegenwärtig. Und ich entsinne mich wieder der Dinge, die mir an jenem Tag zustießen, denn später habe ich sie noch oft erlebt. Die gleiche Unschuld, Vertrauensseligkeit und Unruhe, die Verwunderung, Angst und Einsamkeit. Und wie ich verlorenging.

Ich erinnere mich an all diese Dinge. Und heute, am fünfzehnten Tag des achten Mondes, weiß ich auch wieder, worum ich die Mondfrau damals bat: Ich wünschte mir, wiedergefunden zu werden.

Die sechsundzwanzig Tore des Unheils

»Fahr nicht mit dem Fahrrad um die Ecke«, hatte die Mutter ihre Tochter ermahnt, als sie sieben war.

»Warum nicht?« begehrte das Mädchen auf.

»Weil ich dich sonst nicht mehr sehe, und dann fällst du hin und weinst, und ich kann es nicht hören.«

»Woher weißt du denn, daß ich hinfallen werde?«

»Aus meinem Buch, Die sechsundzwanzig Tore des Unheils. *Da steht alles Schlimme drin, was dir fern von diesem Haus zustoßen kann.«*

»Das glaube ich nicht. Zeig mir das Buch.«

»Es ist auf chinesisch geschrieben. Du kannst es nicht verstehen. Darum mußt du auf mich hören.«

»Dann sag mir doch, was das für schlimme Sachen sind!« forderte das Mädchen.

Doch die Mutter strickte nur schweigend weiter.

»Was für sechsundzwanzig!« schrie das Mädchen.

Die Mutter antwortete noch immer nicht.

»Du kannst es mir nicht sagen, weil du es gar nicht weißt! Du weißt überhaupt nichts!« Das Mädchen lief nach draußen, sprang auf das Fahrrad und fuhr so hastig los, daß es schon hinfiel, bevor es die Ecke erreicht hatte.

Waverly Jong
Spielregeln

Ich war sechs Jahre alt, als meine Mutter mich in der Kunst der unsichtbaren Kraft unterwies. Es war eine Strategie, die einem half, sich durchzusetzen, sich Achtung zu verschaffen, und schließlich auch, obwohl wir das damals noch nicht ahnten, beim Schach zu gewinnen.

»Halt deine Zunge im Zaum!« schalt mich meine Mutter, als ich sie quengelnd zu dem Laden hinzuzerren versuchte, wo es die Tüten mit Salzpflaumen gab. Zu Hause sagte sie dann: »Ein Schlaukopf stemmt sich nicht gegen den Wind. Auf chinesisch sagen wir, kommst du von Süden, geh mit dem Wind, und – hui! – schon bist du im Norden. Der stärkste Wind ist nicht zu sehen.«

Als wir das nächstemal in den Laden mit den verbotenen Leckereien kamen, hielt ich meine Zunge im Zaum. Und als meine Mutter mit ihren Einkäufen fertig war, nahm sie zum Schluß eine kleine Tüte Pflaumen vom Regal und legte sie wortlos zu den anderen Sachen auf die Theke.

Meine Mutter bedachte uns tagtäglich mit ihren Weisheiten, um meinen älteren Brüdern und mir zu helfen, über unsere Lebensumstände hinauszuwachsen. Wir wohnten in Chinatown, dem Chinesenviertel von San Francisco. Wie die meisten anderen chinesischen Kinder, die in den Gassen vor den Restaurants und Ramschläden spielten, hatten wir nie das Gefühl, arm zu sein. Meine Schüssel war immer gut gefüllt, es gab jeden Tag drei Mahlzeiten mit fünf Gängen, jeweils mit einer Suppe als Vorspeise, deren geheimnisvolle Zutaten ich lieber nicht so genau kennen wollte.

Wir wohnten in Waverly Place, in einer warmen, sauberen Zweizimmerwohnung über einer kleinen chinesischen Bäckerei. Frühmorgens, wenn es noch ganz still in der Gasse war, duftete es schon nach den aromatischen roten Bohnen, die zu einer süßen Paste eingekocht wurden. Bei Tagesanbruch roch die ganze Wohnung nach Sesambällchen und gefüllten Teigtaschen. Dann hörte ich von meinem Bett aus immer meinen Vater zur Arbeit aufbrechen und die Tür hinter sich abschließen.

Am Ende unserer Gasse gab es einen kleinen Spielplatz mit Sandboden, Schaukeln und Rutschbahnen, die in der Mitte ganz blankgewetzt waren. Auf den Holzbänken rundherum saßen Leute aus der alten Heimat, zerbissen mit ihren Goldzähnen Wassermelonenkerne und verstreuten die Schalen vor der ungeduldig gurrenden Taubenschar. Doch eigentlich gab es keinen besseren Spielplatz als unsere dunkle Gasse. Jeden Tag lockten dort neue Geheimnisse und Abenteuer. Meine Brüder und ich spähten in den Heilkräuterladen und sahen zu, wie der alte Li für seine kränklichen Kunden sorgfältig abgewogene Mengen Insektenschalen, safrangelber Körner und getrockneter Blätter auf steife weiße Papierbögen häufte. Angeblich sollte er sogar mal eine Frau geheilt haben, die an dem Fluch ihrer Ahnen dahinsiechte, und der auch die besten amerikanischen Ärzte nicht zu helfen wußten. Neben der Apotheke gab es eine Druckerei, die auf Goldschrift für Hochzeitskarten und rote Festbanner spezialisiert war.

Etwas weiter die Straße hinunter kam man zum Ping-Yuen-Fischmarkt. Im Schaufenster stand ein großes Aquarium voller todgeweihter Fische und Schildkröten, die mit rudernden Füßchen an den glitschigen grünen Kachelwänden hochzukriechen versuchten. Darüber war ein handgeschriebenes Schild für Touristen angebracht, das die Erklärung trug: »In diesem Laden sind alle Tiere zum Essen, keine Haustiere.« Drinnen nahmen die Verkäufer in ihren blutbefleckten Kitteln mit schnellen Griffen die Fische aus, während die Kunden ihnen ihre Bestellungen zuriefen und dabei immer betonten: »Aber nur die frischesten«, worauf die Verkäufer grundsätzlich erwiderten: »Sind alle die frischesten!« Wenn sich nicht zu viele Leute in der Fischhalle drängten, streiften wir Kinder neugierig hindurch und betrachteten die Kisten voller lebender Frösche und Krabben, die wir nicht anstupsen durften, die Kästen mit getrockneten Tintenfischen und die Stände mit eisgekühlten Garnelen und vielerlei glänzenden Fischen. Die Flundern jagten mir immer Schauer über den Rücken; die Augen auf ihren flachen Köpfen erinnerten mich an die Geschichte von dem Mädchen, das aus Unachtsamkeit auf der Straße überfahren worden war – »Platt wie eine Flunder!«, hatte meine Mutter gesagt.

An der Straßenecke befand sich Hong Sings Café, in dem es nur vier Tische gab, und eine Treppe neben dem Eingang, die zu einer Tür mit der Aufschrift »Lieferanten« hinabführte. Meine Brüder und ich waren überzeugt, daß nachts finstere Gesellen aus dieser Tür geschlichen kamen. Touristen sah man so gut wie nie bei Hong Sing, da die Speisekarte auf chinesisch war. Einmal stellte ein Amerikaner mit einem großen Fotoapparat mich und meine Spielkameraden vor dem Restaurant auf, so, daß die Reklametafel auch noch mit auf das Foto kam. Auf dem Bild war eine gebratene Ente zu sehen, deren Kopf an einem Strick voller Soße herabbaumelte. Nachdem er uns fotografiert hatte, empfahl ich ihm, dort etwas essen zu gehen. Er erkundigte sich lächelnd, was es da denn gäbe, und ich rief frech: »Därme und Entenfüße und Oktopusmägen!« Dann rannten wir johlend davon und versteckten uns in dem Durchgang zur China-Edelstein-Gesellschaft. Das Herz klopfte mir bis zum Hals vor Spannung, ob er uns verfolgen würde.

Meine Mutter hatte mich nach der Straße genannt, in der wir wohnten: Waverly Place Jong hieß ich in allen offiziellen amerikanischen Dokumenten. Doch in der Familie nannten mich alle nur Meimei, »kleine Schwester«. Ich war die Jüngste und das einzige Mädchen. Jeden Morgen vor der Schule striegelte meine Mutter mir die dicken schwarzen Haare und zwirbelte sie zu zwei strammen Rattenschwänzen zusammen. Eines Tages, als sie mir den harten Kamm besonders heftig durch die widerspenstigen Haare riß, hatte ich einen hinterlistigen Einfall.

»Ma, was ist eigentlich chinesische Folter?« fragte ich sie. Meine

Mutter schüttelte verwundert den Kopf. Sie hatte eine Haarklammer zwischen den Lippen. Mit der angefeuchteten Handfläche strich sie mir die Haare über dem Ohr glatt und befestigte sie mit der pieksenden Klammer.

»Wer sagt denn so was?« fragte sie arglos, ohne zu merken, daß ich sie ärgern wollte. Ich zuckte mit den Schultern. »Och, irgendein Junge aus meiner Klasse hat behauptet, daß Chinesen chinesische Folter machen.«

»Chinesen machen viele Dinge«, antwortete sie gelassen. »Chinesen machen Geschäfte, Medizin, Malerei. Sind nicht so faul wie Amerikaner. Wir machen auch Folter. Die beste!«

Eigentlich bekam mein Bruder Vincent das Schachspiel geschenkt. Es war bei der Weihnachtsfeier, die jedes Jahr in der Ersten Chinesischen Baptistenkirche am Ende unserer Straße stattfand. Die Missionarsfrauen hatten Nikolaussäcke mit gespendeten Geschenken für uns vorbereitet. Die Päckchen trugen keine Namensschilder, aber es gab verschiedene Säcke für Jungen und Mädchen unterschiedlichen Alters.

Einer der Chinesen aus der Gemeinde war als Nikolaus verkleidet, mit einem steifen weißen Papierbart voller angeklebter Baumwollbällchen. Sicher fielen nur die kleinsten Kinder darauf hinein, die noch nicht wußten, daß der Nikolaus kein Chinese war. Als ich an die Reihe kam, fragte der Nikolaus mich, wie alt ich sei. Ich witterte gleich einen Trick dahinter, denn nach amerikanischer Zeitrechnung war ich sieben, nach dem chinesischen Kalender jedoch schon acht. Also sagte ich ihm mein Geburtsdatum, den 17. März 1951. Das schien ihm zu genügen. Dann erkundigte er sich feierlich, ob ich dieses Jahr denn auch sehr, sehr brav gewesen sei, ob ich an Jesus Christus glaubte und meinen Eltern immer gehorchte. Darauf gab es nur eine Antwort. Ich nickte ebenso feierlich.

Ich hatte den anderen Kindern beim Auspacken zugesehen und wußte daher, daß die großen Geschenke nicht unbedingt die besten waren. Ein Mädchen meines Alters hatte ein großes Malbuch voller biblischer Gestalten bekommen, während ein weniger habgieriges

Mädchen, das sich ein kleineres Päckchen ausgesucht hatte, eine Parfümflasche mit Lavendelwasser erhalten hatte. Es kam auch darauf an, wie das Päckchen klang, wenn man es schüttelte. Ein zehnjähriger Junge hatte sich eins herausgeholt, das klapperte und sich dann als ein Blechglobus mit einem Schlitz zum Geldeinwerfen entpuppte. Er hatte wohl gehofft, lauter Zehn- und Fünf-Cent-Stücke darin vorzufinden, und als nur zehn einzelne Pennies herausfielen, machte er vor Enttäuschung ein langes Gesicht. Seine Mutter verpaßte ihm eine Ohrfeige und führte ihn hinaus, wobei sie sich unentwegt für ihren ungezogenen Sohn entschuldigte, der ein so schönes Geschenk nicht zu schätzen wußte.

Ich spähte in den Sack und betastete schnell die übrigen Geschenke, wog sie kurz in der Hand und versuchte, ihren Inhalt zu erraten. Schließlich zog ich ein schweres, kompaktes Päckchen heraus, das in Silberfolie eingepackt und mit einem roten Satinband umwickelt war. Eine Zwölferpackung Bonbonriegel kam zum Vorschein, und den Rest des Abends brachte ich damit zu, die zwölf Riegel nach der Reihenfolge meiner Lieblingssorten hin und her zu schieben. Mein Bruder Winston hatte ebenfalls eine gute Wahl getroffen. Sein Geschenk bestand aus einer Schachtel voller komplizierter Plastikteile, die sich nach den Angaben in der Gebrauchsanweisung zu der exakten Miniaturausgabe eines U-Boots aus dem Zweiten Weltkrieg zusammensetzen ließen.

Vincent bekam das Schachspiel, was auch ein sehr anständiges Geschenk dargestellt hätte, wenn es nicht offensichtlich gebraucht und obendrein unvollständig gewesen wäre, wie sich später herausstellte. Meine Mutter bedankte sich höflich bei dem unbekannten Wohltäter: »Zu gut, zu teuer.« Da nickte eine alte Frau mit wattigem, weißen Haar zu uns herüber und wisperte zischend: »Ein frohes Weihnachtsfest!«

Als wir wieder zu Hause waren, wies meine Mutter Vincent an, das Schachspiel wegzuwerfen. »Sie will's nicht, wir wollen's nicht«, sagte sie angewidert und warf stolz den Kopf zurück. Meine Brüder stellten sich taub. Sie waren schon dabei, die Schachfiguren aufzustellen und in dem zerfledderten Regelbüchlein zu blättern.

Die ganze Weihnachtswoche lang sah ich Vincent und Winston beim Spielen zu. Das Schachbrett schien unzählige schwierige Rätsel in sich zu bergen, die nur auf eine Lösung warteten. Die Figuren waren noch mächtiger als die Zauberkräuter des alten Li, die sogar Ahnenflüche entkräften konnten. Und aus den ernsten Mienen meiner Brüder schloß ich, daß dieses Spiel weit spannender war als alles, was wir je hinter Hong Sings Lieferantentür vermutet hatten.

»Laßt mich doch auch mal!« bettelte ich zwischendurch, wenn einer der Brüder sich mit einem zufriedenen Seufzer zurücklehnte, während der andere mit ärgerlichem Stirnrunzeln über das Brett gebeugt blieb. Zuerst wollte Vincent mich nicht mitspielen lassen, doch als ich ihnen meine Bonbonriegel als Ersatz für die Knöpfe anbot, die anstelle der fehlenden Figuren benutzt wurden, ließ er sich erweichen. Er suchte die Sorten aus: Wildkirsche für den schwarzen Bauern und Pfefferminz für das weiße Pferd. Der Gewinner durfte beide für sich behalten.

Während meine Mutter Mehl auf das Backbrett stäubte und kleine Teigkreise für die Hefeknödel ausrollte, die es zum Abendessen geben sollte, erklärte Vincent mir die Regeln, wobei er nacheinander die Figuren antippte. »Du hast sechzehn Figuren, und ich ebenfalls. Einen König, eine Königin, zwei Läufer, zwei Pferde, zwei Türme und acht Bauern. Die Bauern dürfen immer nur um ein Feld vorrücken, außer beim ersten Zug, da dürfen sie zwei. Sie können die anderen Figuren nur mit einem Schrägschritt schlagen, außer am Anfang, wo du mit einem Bauern geradeaus vorgehen darfst.«

»Wieso?« fragte ich, während ich meinen Bauern vorschob. »Wieso können die immer nur ein Feld vorrücken?«

»Weil es eben Bauern sind.«

»Aber warum müssen sie immer so schräg gehen, um andere Figuren wegzuräumen? Und warum sind keine Frauen und Kinder dabei?«

»Warum ist der Himmel blau? Warum mußt du immer so blöde Fragen stellen?« murrte Vincent ungehalten. »Das ist ein Spiel, und die Regeln gehen eben so. Ich hab sie mir nicht ausgedacht. Hier stehen sie, in dem Buch.« Er tippte mit dem Bauern auf die Seite. »Bauer. B-A-U-E-R. Lies es doch selbst durch.«

Meine Mutter klopfte sich das Mehl von den Händen. »Laß mich mal sehen.« Sie blätterte die Seiten schnell durch, ohne die fremden englischen Zeichen zu lesen, und schien aufmerksam nach nichts Bestimmtem zu suchen.

»Amerikanische Regeln«, lautete schließlich ihr Urteil. »Immer wenn Leute aus einem fremdem Land kommen, müssen sie neue Regeln lernen. Kennt man sie nicht, sagt der Richter, dein Pech, zurück marsch, marsch! Sie sagen nicht warum, damit man nicht lernt, wie sie vorwärtskommen. Sie sagen, wir wissen auch nicht warum, find's doch selbst raus. Dabei wissen sie es sehr gut. Nimm dir lieber das Buch vor und finde heraus, warum.« Mit einem zufriedenen Lächeln warf sie den Kopf zurück.

Später fand ich alle Antworten selbst heraus. Ich las die Regeln durch und schlug die schwierigen Wörter im Lexikon nach. Ich lieh mir sogar Bücher aus der Chinatown-Bücherei. Ich vertiefte mich in jede einzelne Figur und bemühte mich, ihre Macht in mich aufzusaugen.

Ich lernte die Eröffnungszüge und begriff, warum es wichtig war, das Mittelfeld sobald wie möglich unter Kontrolle zu bekommen; der kürzeste Weg zwischen zwei Punkten führt immer direkt durch die Mitte. Ich verstand, daß die Taktiken der Gegner im Spielverlauf wie gegensätzliche Standpunkte aufeinanderprallen; der mit der besseren Taktik hat den klareren Angriffsplan und weiß die Fallen geschickter zu vermeiden. Ich lernte, warum es gerade in der Endphase des Spiels auf Geduld und genaue Kalkulation sämtlicher möglicher Züge ankommt; alle Schwächen und Vorteile offenbaren sich dem stärkeren Spieler, während sie dem ermüdenden Gegner verborgen bleiben. Ich entdeckte, daß man für das ganze Spiel unsichtbare innere Kräfte in sich sammeln und die Endphase von Anfang an vor Augen haben muß.

Außerdem wurde mir klar, warum ich diese Einsichten niemals weitergeben durfte. Das Wissen, das man anderen verschweigt, ist immer ein Vorteil, den man sich zum späteren Gebrauch aufbewahren sollte. Das ist die Macht des Schachspiels – ein Spiel der Geheimnisse, in dem man sein Wissen zeigt, ohne es preiszugeben.

Ich war hingerissen von den Geheimnissen, die ich in den vierundsechzig schwarzen und weißen Feldern fand. Sorgfältig zeichnete ich mir ein Schachbrett auf und hängte es neben mein Bett, wo ich abends stundenlang lag und an die Wand starrend spannende Partien durchdachte. Bald verlor ich kein Spiel und kein Bonbon mehr. Statt dessen verlor ich meine Gegner. Winston und Vincent beschlossen, daß sie nach der Schule lieber in ihren Hopalong-Cassidy-Cowboyhüten durch die Straßen galoppieren wollten.

An einem kalten Frühlingsnachmittag machte ich auf dem Heimweg einen kleinen Schlenker über den Spielplatz am Ende unserer Gasse. Dort sah ich eine Gruppe alter Männer um einen Klapptisch versammelt. Zwei von ihnen spielten Schach, und die anderen rauchten Pfeife, kauten Erdnüsse und sahen zu. Ich rannte nach Hause und schnappte mir Vincents Schachspiel, das in einem mit Gummibändern umspannten Pappkarton steckte. Dann wählte ich bedachtsam zwei von meinen wertvollen Bonbonriegeln aus, bevor ich in den Park zurücklief und einen der Zuschauer ansprach.

»Möchten Sie spielen?« fragte ich ihn. Sein Gesicht zog sich vor Überraschung in die Breite, und er grinste, als er den Karton unter meinem Arm sah.

»Ich hab schon lange nicht mehr mit Puppen gespielt, Kleine«, brummte er gutmütig. Schnell setzte ich meinen Karton neben ihm auf der Bank ab und breitete meine Antwort aus.

Lau Po, wie ich ihn nennen durfte, war ein viel besserer Spieler als meine Brüder. Ich verlor viele Partien und jede Menge Bonbons. Doch im Lauf der Wochen gewann ich mit jedem dahinschwindenden Bonbonriegel neue Geheimnisse dazu. Lau Po brachte mir auch die Bezeichnungen bei. Doppelangriff vom Ost- und Westufer. Steinwürfe auf den Ertrinkenden. Plötzliches Zusammentreffen des Klans. Überraschungseinsatz des schlafenden Wächters. Der demutsvolle Diener, der den König tötet. Sand in die Augen der vorrückenden Scharen. Unblutiger Doppelschlag.

Es galt auch, die Feinheiten der Schach-Etikette zu berücksichtigen. Die eingenommenen Figuren mußten in sauberen Reihen aufgestellt werden, wie gut behandelte Gefangene. »Schach«, durfte man nie mit eitler Genugtuung ansagen, denn gleich darauf konnte ein verborgenes Schwert einem den Garaus machen. Man sollte auch keine Schachfiguren in den Sandkasten schleudern, wenn man ein Spiel verlor, denn dann mußte man sie selbst wiederfinden und sich außerdem noch entschuldigen. Als der Sommer zu Ende ging, hatte Lau Po mir alles beigebracht, was er wußte, und ich spielte besser als er.

An Wochenenden stand immer eine kleine Schar von Chinesen und Touristen um uns herum und verfolgte, wie ich einen Gegner nach dem anderen besiegte. Meine Mutter mischte sich bei diesen Freiluftvorstellungen gern unter die Menge. Sie setzte sich stolz auf die Bank und bemerkte von Zeit zu Zeit mit geziemender chinesischer Bescheidenheit, an meine Bewunderer gewandt: »Ist nur Glück.«

Ein Mann, der mich im Park hatte spielen sehen, schlug meiner Mutter vor, mich an einem Lokalturnier teilnehmen zu lassen. Sie lächelte huldvoll, ohne sich festzulegen. Ich wollte furchtbar gern mitmachen, aber ich hielt meine Zunge im Zaum. Ich wußte, daß sie mich nicht zwischen lauter Fremden spielen lassen würde. Auf dem Heimweg sagte ich also schüchtern, daß ich lieber nicht an dem Turnier teilnehmen wollte. Da würde ja sicher nach amerikanischen Regeln gespielt. Und als Verlierer würde ich meiner Familie nur Schande bereiten.

»Schande ist umfallen, wenn dich keiner schubst!« entgegnete meine Mutter.

Bei meinem ersten Turnier saß meine Mutter mit mir in der vordersten Reihe, während ich auf mein Spiel wartete. Ich zappelte hin und her, weil mir die Beine auf dem kalten Metallsitz festklebten. Als mein Name aufgerufen wurde, sprang ich hastig auf. Meine Mutter wickelte etwas aus, das sie auf dem Schoß hielt. Es war ihr *chang*, ein feurig schimmerndes Plättchen roter Jade. »Ist nur Glück!« flüsterte sie und steckte es mir in die Kleidertasche. Ich wandte mich zu meinem Gegner um, einem fünfzehnjährigen Jungen aus Oakland. Er sah mich naserümpfend an.

Als ich anfing zu spielen, verschwand der Junge vor mir, und mit ihm verschwand alle Farbe aus dem Raum. Ich sah nichts anderes mehr als meine weißen Figuren und seine schwarzen, die gegenüber warteten. Eine leichte Brise strich an meinen Ohren vorbei und wisperte mir Geheimnisse zu, die nur ich allein hören konnte.

»Blas von Süden«, raunte sie. »Der Wind hinterläßt keine Spur.« Ich sah meinen Weg klar vor mir, und auch die Fallen, denen ich ausweichen mußte. Im Publikum raschelte es. »Scht! Scht!« zischte es aus den Ecken. Die Brise wurde stärker. »Wirf Sand von Osten, um ihn abzulenken.« Das Pferd sprang opferbereit vor. Der Wind brauste immer stürmischer. »Blas weiter. Er kann nichts sehen. Er ist geblendet. Er neigt sich schon zur Seite, um dem Wind zu entgehen, und macht es dir leicht, ihn umzustoßen.«

»Schach«, sagte ich, und der Wind wieherte vor Lachen. Dann legte er sich, und es blieb nur noch ein leiser Luftzug übrig – mein eigener Atem.

Meine Mutter stellte meinen ersten Pokal neben das neue Schachspiel aus Plastik, das die Tao-Gesellschaft aus unserer Nachbarschaft mir geschenkt hatte. Während sie die Figuren mit einem weißen Tuch polierte, sagte sie: »Nächstes Mal gewinn mehr, verlier weniger.«

»Aber Ma, es geht doch nicht darum, wieviel Figuren man verliert«, sagte ich. »Manchmal muß man welche loswerden, um weiterzukommen.«

»Besser, man verliert weniger; sieh zu, ob's wirklich nötig ist.«

Das nächste Turnier gewann ich wieder, und meine Mutter lächelte triumphierend. »Diesmal hast du nur acht Figuren verloren. Letztes Mal waren es elf. Was habe ich dir gesagt? Ist doch besser, weniger zu verlieren!« Ich war ärgerlich, konnte aber nichts erwidern.

Ich nahm an mehr und mehr Turnieren teil, die sich immer weiter weg von zu Hause abspielten. Ich gewann alle Spiele, in jeder

Kategorie. Die chinesische Bäckerei unten in unserem Haus stellte meine wachsende Sammlung von Pokalen im Schaufenster auf, zwischen den angestaubten Kuchen, die nie verkauft wurden. An dem Tag, als ich ein wichtiges Regionalturnier gewonnen hatte, prangte eine frische Sahnetorte im Fenster, auf der in roter Schrift zu lesen war: »Wir gratulieren Waverly Jong, Schachmeisterin von Chinatown.« Kurz darauf bekam ich Angebote von einem Blumenladen, einem Steinmetz und einem Beerdigungsinstitut, mich in Nationalturnieren zu sponsern. Da beschloß meine Mutter, daß ich von nun an nicht mehr abwaschen mußte. Winston und Vincent sollten meinen Teil der Hausarbeit übernehmen.

»Warum darf sie immer spielen, während wir die ganze Arbeit machen!« beschwerte sich Vincent.

»Sind neue amerikanische Regeln«, sagte meine Mutter. »Wenn Meimei spielt, wringt sie ihr Hirn aus, um im Schach zu gewinnen. Wenn ihr spielt, kann man genausogut ein Handtuch auswringen.«

Als ich neun wurde, war ich schon Landesmeister. Zwar fehlten mir noch 429 Punkte zum Großmeisterstatus, doch ich wurde bereits als amerikanisches Phänomen gefeiert, als Wunderkind, das obendrein ein Mädchen war. Im Life-Magazin erschien ein Foto von mir, mit einem Zitat von Bobby Fischer darunter: »Eine Frau wird niemals Schachgroßmeister«, und dazu der trockene Kommentar: »Jetzt sind Sie am Zug, Bobby.«

Auf dem Foto trug ich brave Zöpfe mit rheinkieselbesetzten Plastikspangen. An dem Tag, als es aufgenommen wurde, spielte ich in einer großen High-School-Aula, in der das heisere Husten aus dem Publikum und die quietschenden Gumminoppen der Stuhlbeine auf dem frischgewachsten Holzboden widerhallten. Mir gegenüber saß ein Amerikaner, der etwa so alt war wie Lau Po, also um die fünfzig. Ich weiß noch, wie ihm bei jedem meiner Züge auf der feucht glänzenden Stirn von neuem der Schweiß ausbrach. Er trug einen dunklen, muffelig riechenden Anzug und zog immer wieder ein großes weißes Taschentuch hervor, mit dem er sich die Hand abwischte, bevor er mit schwungvoller Geste eine seiner Figuren ergriff.

Ich hatte eins meiner beiden Turnierkleider an, die meine Mutter für mich genäht hatte, rosa-weiß mit kratzendem Spitzenkragen. Die Hände hielt ich unter dem Kinn gefaltet, und die Ellbogen hatte ich zierlich auf die Tischkante gestützt, so, wie meine Mutter mich immer für die Pressefotos posieren ließ. Wie ein ungeduldiges Kind im Schulbus baumelte ich mit den Füßen, die in Lackschuhen steckten. Dann hielt ich auf einmal inne, nagte an der Unterlippe und ließ meine Schachfigur scheinbar zögernd in der Luft kreisen, bevor ich sie mit unfehlbarer Sicherheit auf ihren neuen, drohenden Platz setzte. Und um das Maß vollzumachen, warf ich meinem Gegner dabei noch ein triumphierendes Lächeln zu.

Ich spielte seitdem nie mehr in unserer Gasse und besuchte auch nie mehr den Spielplatz, wo sich die Tauben und die alten Männer versammelten. Jeden Tag nach der Schule ging ich gleich nach Hause, um neue Schachgeheimnisse herauszufinden, um Finten und Fluchtwege zu studieren.

Aber zu Hause fiel es mir schwer, mich zu konzentrieren. Meine Mutter hatte sich angewöhnt, mir über die Schulter zu schauen, während ich über meinen Schachproblemen grübelte. Wahrscheinlich kam sie sich vor wie meine Schutzmacht. Sie hielt die Lippen fest aufeinandergepreßt, doch nach jedem meiner Züge entfuhr ihr ein leises »Hmmmph!« durch die Nase.

»Ma, ich kann einfach nicht in Ruhe überlegen, wenn du die ganze Zeit hinter mir stehst«, wehrte ich mich eines Tages. Sie zog sich sofort in die Küche zurück, wo sie laut mit den Töpfen und Pfannen klapperte. Als der Lärm plötzlich aufhörte, sah ich sie aus dem Augenwinkel wieder im Türrahmen auftauchen. »Hmmmph!« Doch diesmal kam der Seufzer aus ihrer zugeschnürten Kehle.

Meine Eltern machten viele Konzessionen, damit ich ungestört üben konnte. Einmal beschwerte ich mich, daß es im Schlafzimmer nicht ruhig genug zum Nachdenken sei. Fortan mußten meine Brüder sich ein Bett im Wohnzimmer teilen, das zur Straße hin lag. Ich weigerte mich, meinen Reis aufzuessen, weil ich nicht denken konnte, wenn mein Magen zu voll war. Ich ließ die Schüssel halbvoll auf dem Tisch zurück, und niemand schalt mich deswegen. Nur einer Pflicht konnte ich mich nicht entziehen: meine Mutter am Samstag zum Markt zu begleiten, wenn ich gerade kein Turnier hatte. Meine Mutter ging stolz mit mir durch die Läden, ohne viel zu kaufen. »Das ist meine Tochter Waverly Jong«, sagte sie zu jedem, der zufällig in ihre Richtung blickte.

Eines Tages flüsterte ich ihr im Hinausgehen zu: »Ich wünschte, du würdest nicht überall herumposaunen, daß ich deine Tochter bin.« Meine Mutter blieb wie angewurzelt stehen. Die Leute stießen mit ihren schweren Einkaufstaschen gegen uns und rempelten uns mit den Schultern an.

»Aii-ya. Schämst dich wohl mit Mutter?« Sie packte mit hartem Druck meine Hand und funkelte mich erbost an.

Ich senkte den Blick. »Aber nein, du sollst nur nicht so viel Wind drum machen. Das ist mir peinlich.«

»Ist dir peinlich, daß du meine Tochter bist?« Ihre Stimme kippte vor Zorn über.

»So hab ich das doch nicht gemeint. Das hab ich nicht gesagt.«

»Was meinst du denn?«

Ich wußte, daß es ein Fehler war, noch etwas hinzuzufügen, aber da hörte ich mich schon herausplatzen: »Warum mußt du ständig mit mir angeben? Wenn du unbedingt angeben willst, dann lern doch selber Schach spielen!«

Ihre Augen verengten sich zu gefährlichen schwarzen Schlitzen. Sie sagte kein Wort mehr, sondern hüllte sich in beleidigtes Schweigen.

Ich fühlte, wie der Wind mir um die heißen Ohren brauste. Dann riß ich mich von ihr los und drehte mich auf dem Absatz um, wobei ich gegen eine alte Frau stieß, die prompt ihre Einkaufstasche fallen ließ.

»Aii-ya! Dummes Ding!« riefen meine Mutter und die Frau gleichzeitig. Orangen und Blechbüchsen kugelten über den Gehsteig. Während meine Mutter sich bückte, um beim Einsammeln zu helfen, lief ich Hals über Kopf davon.

Ich rannte die Straße herunter, stürzte zwischen den Leuten hindurch, ohne mich nochmals umzublicken. »Meimei! Meimei!« hörte ich meine Mutter schrill hinter mir herrufen. Ich floh in eine dunkle Seitengasse, vorbei an verhangenen Läden und Händlern, die ihre Schaufenster putzten. Das Gäßchen mündete in eine breite, sonnige Allee voller Touristen, die vor den Souvenirläden herumstanden. Schnell bog ich in die nächste Gasse ein und hetzte immer weiter, bis ich Seitenstiche bekam und merkte, daß es keinen Zweck hatte. Die Gassen boten keinen Fluchtweg. Ich wußte ja nicht einmal, wo ich eigentlich hinwollte.

Mein Atem ging keuchend, und mir war kalt. Ich setzte mich auf einen umgestülpten Plastikeimer neben einen Stapel leerer Kisten, stützte das Kinn in die Hand und dachte nach. Ich stellte mir vor, wie meine Mutter durch die Straßen hastete und nach mir Ausschau hielt, bis sie die Suche schließlich aufgab und nach Hause ging, um dort auf mich zu warten. Nach zwei Stunden stand ich mit wackeligen Beinen auf und machte mich langsam auf den Heimweg.

In der stillen Straße sah ich unsere gelb erleuchteten Fenster wie zwei Tigeraugen in der Dunkelheit schimmern. Ich schlich die sechzehn Stufen bis zu unserer Tür so leise wie möglich hinauf, um jedes warnende Treppenknarren zu vermeiden. Dann drückte ich die Klinke herunter. Die Tür war abgeschlossen. Drinnen hörte ich einen Stuhl rücken und schnelle Schritte näherkommen. Klick! Klick! Klick! wurde das Schloß aufgesperrt und die Tür geöffnet.

»Das wurde auch langsam Zeit«, sagte Vincent zur Begrüßung. »Mann, sind die sauer auf dich!«

Er setzte sich wieder an den Tisch. Auf einer Platte lagen die Überreste eines großen Fisches, dessen fleischiger Kopf noch an den Gräten haftete, als ob er erfolglos versuchte, in der Soße davonzuschwimmen. Ich stand betreten da und wartete auf meine Bestrafung, doch meine Mutter sagte nur: »Wir nicht kümmern uns um dieses Mädchen. Dieses Mädchen sich ja nicht kümmern um uns.«

Niemand sah mich an. Die Elfenbeinstäbchen klapperten in den Schüsseln, als alle ungerührt weiteraßen.

Ich ging in mein Zimmer, machte die Tür zu und legte mich aufs

Bett. In dem dunklen Raum sah ich nur die Schatten aus den gegenüberliegenden Wohnungen über die Decke huschen.

Vor meinem inneren Auge tauchte ein Schachbrett mit vierundsechzig schwarzen und weißen Feldern auf. Ich blickte in die zornigen schwarzen Augenschlitze meiner Gegnerin. Sie lächelte mich triumphierend an. »Der stärkste Wind ist nicht zu sehen«, sagte sie.

Ihre schwarzen Figuren rückten unerbittlich in geordneten Reihen über das Spielfeld vor. Meine weißen Figuren stoben schreiend auseinander und purzelten nach und nach vom Brett. Und während ihre Truppe immer näher auf meine Kante zurückte, wurde ich auf einmal schwerelos, schwebte hoch und flog aus dem Fenster. Ich schwebte höher und höher über der Gasse, über den Dachgiebeln; ein Windstoß erfaßte mich und trug mich in den Nachthimmel empor, bis alles unter mir verschwand. Ich war allein.

Ich schloß die Augen und überlegte mir meinen nächsten Zug.

Lena St. Clair
Die Stimme aus der Wand

Als ich noch klein war, erzählte meine Mutter mir einmal, daß mein Urgroßvater einst einen Bettler zu dem schlimmstmöglichen Tod verurteilt hatte, und daß der Tote später zurückgekommen war, um meinen Urgroßvater zu holen. Jedenfalls war er eine Woche danach an der Grippe gestorben.

Immer wieder malte ich mir die letzten Momente des Bettlers aus. Im Geiste sah ich, wie der Henker ihm das Hemd auszog und ihn zur Richtstätte führte. »Dieser Verräter«, las er feierlich vor, »ist dazu verurteilt, den Tod der tausend Schnitte zu sterben.« Doch ehe er noch das scharfe Schwert heben konnte, um Schnitt für Schnitt das Urteil zu vollstrecken, war der Geist des Bettlers schon in tausend Stücke zersprungen. Ein paar Tage später blickte mein Urgroßvater von seinen Büchern auf und sah den Mann vor sich stehen, wie eine zerbrochene Vase, die hastig wieder zusammengesetzt worden war. »Als das Schwert mich zerstückelte«, sagte der Geist, »da glaubte ich, das sei das Schlimmste, was ich je erdulden müßte. Doch das war ein Irrtum. Das Schlimmste ist auf der anderen Seite.« Dann umfaßte der Tote meinen Urgroßvater mit seinen zersplitterten Armen und zog ihn durch die Wand, um ihm zu zeigen, was er meinte.

Einmal fragte ich meine Mutter, wie er wirklich gestorben war. »Im Bett, sehr schnell, nachdem er nur zwei Tage krank gewesen war«, antwortete sie.

»Nein, ich meine doch den anderen. Wie wurde er getötet? Haben sie ihm zuerst die Haut abgezogen? Haben sie ein Beil für die Knochen benutzt? Hat er geschrien und alle tausend Schnitte gespürt?«

»Annh! Warum denkt ihr Amerikaner immer an so morbides Zeug?« rief meine Mutter auf chinesisch. »Der Mann ist doch schon fast siebzig Jahre tot. Was spielt es da noch für eine Rolle, wie er gestorben ist?«

Aber ich fand es keineswegs unwichtig, über das Schlimmste Bescheid zu wissen, was einem zustoßen konnte, und wie es zu vermeiden war, und sich nicht von der Magie des Unaussprechlichen umgarnen zu lassen. Denn schon als Kind konnte ich die namenlosen Schreckgespenster spüren, die unser Haus bedrohten und meine Mutter verfolgten, bis sie sich in einem dunklen Winkel ihres Geistes vor ihnen zu verbergen suchte. Trotzdem ließen sie ihr keine Ruhe. All die Jahre lang beobachtete ich, wie sie Stück für Stück von ihnen aufgezehrt wurde, bis sie allmählich verschwand und zu einem Geist wurde.

Ich erinnere mich daran, wie die dunkle Seite meiner Mutter aus dem Kellergewölbe unseres früheren Hauses in Oakland hervorkam. Ich war damals fünf, und sie versuchte mit allen Mitteln, sie vor mir geheimzuhalten. Sie verrammelte die Kellertür mit einem Holzstuhl und versperrte sie mit einer Kette und zwei Riegeln. Das Geheimnis zog mich mächtig an, und ich bot alle meine Kräfte auf, um dahinterzukommen. Eines Tages gelang es mir schließlich, die Tür aufzustoßen; sofort stürzte ich in eine gähnende schwarze Schlucht hinab. Als ich aufhörte zu brüllen – ich hatte gerade das Blut aus meiner Nase auf der Schulter meiner Mutter gesehen –, erzählte sie mir von dem bösen Mann, der unten im Keller hauste. Sie sagte, daß ich die Tür nie wieder aufmachen dürfe, denn der böse Mann wohne dort schon seit ewigen Zeiten und sei fürchterlich hungrig. Wenn sie mich nicht so schnell gerettet hätte, dann hätte er fünf Babys in mich gepflanzt und uns alle nacheinander aufgefressen und unsere Knochen auf dem schmutzigen Kellerboden verstreut.

Kurz darauf begann ich, überall schreckliche Dinge zu sehen. Diese Gruselvisionen nahm ich mit meinen chinesischen Augen wahr, die ich von meiner Mutter hatte. Ich sah eine Horde Teufel tief unten in einem Loch tanzen, das ich im Sandkasten gegraben hatte. Ich sah, daß die Blitze Augen hatten, mit denen sie nach kleinen Kindern Ausschau hielten, um sie zu erschlagen. Ich sah einen Käfer mit einem Kindergesicht, den ich prompt mit meinem Dreirad plattfuhr. Als ich älter wurde, erblickte ich immer noch Dinge, die den anderen Mädchen verborgen blieben. Die Ringe auf dem Spielplatz konnten mitten im Schaukeln plötzlich entzweibrechen und ein Kind weit fortschleudern. Ein Springball konnte einem Mädchen den Kopf abschlagen, der vor ihren lachenden Freundinnen auf dem Hofpflaster zerbarst.

Ich erzählte niemandem von diesen Dingen, noch nicht einmal meiner Mutter. Die meisten Leute wußten gar nicht, daß ich zur Hälfte Chinesin war, schon wegen meines Nachnamens St. Clair. Auf den ersten Blick sah ich mehr meinem Vater ähnlich, der englisch-irischer Abstammung war, von kräftigem, aber feingliedrigem Körperbau. Wenn man genauer hinsah, konnte man jedoch auch die chinesischen Merkmale erkennen. Statt der hervortretenden Backenknochen meines Vaters hatte ich weichgerundete Wangen, so glatt wie abgeschliffene Strandkiesel. Ich hatte weder seine strohblonden Haare noch seine helle Haut geerbt, doch meine Farben wirkten ein wenig verblichen, wie dunkler Samt, der zu lange an der Sonne gelegen hat.

Meine Augen waren die gleichen wie die meiner Mutter: Augen ohne Lider, wie mit schnellen Schnitten in eine Kürbislaterne geritzt. Früher drückte ich mir immer mit den Fingern gegen die Augenwinkel, um meine Augen runder erscheinen zu lassen, oder riß sie so weit wie möglich auf. Aber wenn ich so durch das Haus ging, fragte mein Vater mich nur, warum ich so ein erschrockenes Gesicht machte.

Ich besitze ein Foto von meiner Mutter, auf dem sie auch so erschrocken dreinblickt. Mein Vater sagte, das Bild sei gleich nach ihrer Entlassung aus dem Einwanderer-Aufnahmelager gemacht worden. Drei Wochen hatte sie dort verbracht, bis ihre Papiere gesichtet und gestempelt und die Zweifel geklärt waren, ob sie als Kriegsbraut, Vertriebene, Studentin oder Ehefrau eines chinesischamerikanischen Bürgers zu gelten hatte. Mein Vater meinte, es habe gar keine Kategorie für chinesische Frauen von Weißen gegeben. Schließlich wurde sie kurzerhand als Vertriebene deklariert.

Meine Mutter erzählte nie von ihrem Leben in China, aber mein Vater sagte, er habe sie dort aus einer schrecklichen Situation gerettet, aus einer Tragödie, über die sie nicht sprechen könne. Stolz schrieb mein Vater ihren neuen Namen in die Einwanderungsformulare: Betty St. Clair. Den ursprünglichen Namen, Gu Yingying, strich er durch. Dann trug er ein falsches Geburtsdatum ein, 1916 statt 1914. So verlor meine Mutter mit einem Federstrich ihren Namen und wurde vom Tiger zum Drachen.

Auf dem Foto ist gut zu erkennen, warum meine Mutter wie vertrieben aussieht: Sie umklammert eine große, muschelförmige Tasche, als könnte sie ihr weggenommen werden, wenn sie nicht gut genug aufpaßt. Sie trägt ein knöchellanges chinesisches Kleid mit züchtigen Seitenschlitzen und darüber eine Kostümjacke in westlichem Stil, die ihre zierliche Figur völlig verschluckt. Das war ihr Hochzeitskleid, ein Geschenk meines Vaters. In der Aufmachung sieht sie aus, als käme sie nirgendwoher und wollte nirgendwohin. Sie hält den Kopf gesenkt, das schwarze Haar ist auf der linken Seite von einem schnurgeraden Scheitel durchzogen.

Obwohl sie den Kopf schicksalsergeben hinabbeugt, blickt sie mit weit aufgerissenen Augen hoch, an der Kamera vorbei.

»Warum guckt sie denn so ängstlich?« habe ich meinen Vater gefragt.

Das sei nur, weil er gerade »Kuckuck!« gerufen hatte und sie sich bemühte, im Blitzlicht die Augen offenzuhalten, sagte er.

Meine Mutter hatte oft diesen ängstlichen Ausdruck, wenn sie auf etwas wartete. Nur wurde es ihr nach und nach zu mühsam, die Augen dabei offenzuhalten.

~

»Schau da nicht hin«, sagte meine Mutter, als wir durch das Chinatown-Viertel in Oakland gingen. Sie nahm mich an die Hand und zog mich dicht an sich heran. Natürlich schaute ich doch hin. Eine

Frau saß auf dem Gehsteig, an eine Hausmauer gelehnt. Sie wirkte gleichzeitig alt und jung, und ihre Augen waren so trübe, als hätte sie jahrelang nicht mehr geschlafen. Ihre Hände und Füße waren ganz schwarz an den Spitzen, wie in Tinte getaucht. Doch ich wußte, daß sie verfault waren.

»Was ist mit ihr passiert?« flüsterte ich meiner Mutter zu.

»Die hat sich mit einem schlechten Mann eingelassen«, antwortete meine Mutter, »und ein Baby bekommen, das sie nicht wollte.«

Ich wußte, daß das nicht stimmte. Meine Mutter dachte sich immer alle möglichen Dinge aus, um mich vor unbekannten Gefahren zu warnen, die sie überall lauern sah, sogar bei anderen Chinesen. Dort, wo wir wohnten und einkauften, sprachen alle kantonesisch oder englisch. Da meine Mutter aus Wuschi in der Nähe von Schanghai stammte, sprach sie außer ein paar Brocken Englisch nur Mandarin. Mein Vater, der nur ein bißchen Touristenchinesisch konnte, hatte darauf bestanden, daß sie Englisch lernte. Mit ihm redete sie größtenteils in Zeichensprache; sie drückte sich vor allem durch Blicke und Mienenspiel aus, oder durch eine Kombination von zögerndem Englisch und chinesischer Unbeholfenheit: *»Schwo buchulai«* – die Worte können nicht heraus.

»Ich glaube, Mom will uns sagen, daß sie müde ist«, flüsterte mein Vater oft, wenn sie niedergeschlagen wirkte.

»Ich glaube, sie will uns zeigen, daß wir die allerbeste Familie sind, die's gibt!« rief er strahlend, wenn sie ein besonders köstlich duftendes Essen auftischte.

Doch wenn wir allein waren, sprach meine Mutter mit mir chinesisch und sagte mir Dinge, die mein Vater sich nie hätte vorstellen können. Ich verstand die Worte sehr gut, aber nicht, was sie damit meinte. Ein Gedanke führte übergangslos zum nächsten.

»Du darfst in keine andere Richtung als zur Schule und direkt wieder nach Hause gehen«, schärfte sie mir ein, bevor sie mich zum ersten Mal allein auf den Schulweg schickte.

»Warum?«

»Das kannst du noch nicht begreifen«, sagte sie.

»Warum nicht?«

»Weil ich es dir noch nicht in den Kopf gesetzt habe.«

»Warum nicht?«

»Aii-ya! Immer diese Fragen! Weil es zu schlimm ist, darum nicht. Ein Mann kann dich von der Straße wegrauben und dich an jemand anderen verkaufen oder dir ein Baby anhängen. Und dann bringst du das Baby um. Und wenn sie das Baby dann im Mülleimer finden, wirst du ins Gefängnis gesteckt, und da stirbst du dann.«

Ich wußte, daß sie nicht die Wahrheit sagte. Aber ich erfand auch manchmal Lügen, um zu vermeiden, daß etwas Schlimmes passierte. Zum Beispiel log ich, wenn ich ihr die endlosen Formulare, Anweisungen oder Bekanntmachungen aus der Schule übersetzen oder Telefongespräche wiedergeben mußte. *»Schemma yisz?«* – Welche Bedeutung? –, fragte sie mich, als ein Verkäufer im Laden auf sie einschimpfte, weil sie irgendwelche Töpfe aufgemacht hatte und an dem Inhalt schnüffelte. Ich genierte mich so, daß ich behauptete, Chinesen hätten in dem Laden keinen Zutritt. Als wir aus der Schule einen Bescheid über die Pockenimpfung geschickt bekamen, berichtete ich nicht nur, wo und wann sie stattfinden sollte, sondern fügte noch hinzu, daß alle Schüler ab sofort Blechbüchsen für ihre Schulbrote benutzen sollten, da alte Papiertüten mit Pockenviren verseucht sein könnten.

~

»Jetzt geht's mit uns bergauf!« verkündete mein Vater stolz, als er zum Verkaufsleiter einer Textilfirma befördert worden war. »Deine Mutter ist überglücklich.«

Es ging tatsächlich bergauf, denn wir zogen auf die andere Seite der Bucht nach San Francisco um. Das neue Haus stand auf einem Hügel in North Beach, im Italienerviertel, und die Straße stieg dort so steil an, daß ich auf dem Heimweg von der Schule immer vornübergebeugt hinaufschnaufen mußte. Ich war damals zehn und hoffte inständig, daß wir all die alten Ängste nun in Oakland zurückgelassen hätten.

Unser Wohnhaus hatte drei Etagen mit jeweils zwei Wohnungen. Die weiße Stuckfassade war frisch verputzt und mit Feuerleitern ausgestattet. Doch innen war es ziemlich alt. Die Eingangstür mit den schmalen Glasscheiben führte in eine muffige Diele, in der die Gerüche aus sämtlichen Wohnungen zusammentrafen. Neben den Klingelknöpfen an der Tür standen die Namen der Mieter: Anderson, Giordino, Hayman, Ricci, Scorci und unser Name, St. Clair. Wir wohnten in der mittleren Etage, eingekeilt zwischen heraufziehenden Küchendünsten und herunterpolternden Schritten. Mein Schlafzimmer lag an der Straßenseite, und nachts, wenn ich im Dunkeln lag, konnte ich mir das Leben der anderen Leute anhand der heraufdringenden Geräusche ausmalen. Knatternder Motorenlärm der Autos, die sich die steile, nebelverhangene Hügelstraße hinaufquälten. Laute, heitere Stimmen, Lachen und Rufen: »Sind wir bald oben?« Ein Beagle, der jedesmal in jaulendes Gebell ausbrach, wenn irgendwo eine Feuerwehrsirene heulte, und dazu eine ärgerlich zischende Frauenstimme: »Sammy! Pfui! Sei still!« Mit dieser vertrauten Geräuschkulisse im Ohr schlief ich immer sehr schnell ein.

Meiner Mutter gefiel die neue Wohnung ganz und gar nicht, aber zuerst merkte ich nichts davon. Nach dem Umzug war sie fast eine Woche lang mit Einräumen, Auspacken und Bilderaufhängen beschäftigt. Doch kurz darauf, als sie gerade mit mir zur Bushaltestelle ging, begegnete ihr ein Mann, der sie völlig aus dem Gleichgewicht warf.

Es war ein Chinese mit rot angelaufenem Gesicht und Triefaugen, der den Gehsteig hinuntergewankt kam, als wüßte er nicht, wo er hinwollte. Kaum hatte er uns gesehen, blieb er stehen, breitete die Arme aus und rief lallend: »Endlich hab ich dich gefunden! Suzie Wong, meine Traumfrau! Hah!« Dann stürzte er mit offenen Armen und weit aufgesperrtem Mund auf uns zu. Meine Mutter ließ meine Hand los und schlug die Arme schützend vor ihren Körper, als wäre sie nackt. Sie starrte ihm vollkommen hilflos entgegen. Ich fing an zu schreien, als ich den schrecklichen Mann immer näher herantorkeln sah, und brüllte immer noch, als zwei andere

Männer ihn festhielten und schüttelten und auf ihn einredeten: »Verdammt, Joe, hör auf, dem kleinen Mädchen und ihrer Kinderfrau Angst zu machen.«

Den ganzen Nachmittag lang – während der Busfahrt, beim Einkaufen für das Abendessen – zitterte meine Mutter noch. Sie hielt meine Hand so fest umklammert, daß es weh tat. Als sie mich einmal losließ, um an der Kasse ihr Portemonnaie herauszuholen, wollte ich schnell zu dem Regal mit Süßigkeiten entwischen; doch sie packte mich so hastig wieder bei der Hand, daß ich merkte, wie leid es ihr tat, mich vorhin nicht besser beschützt zu haben.

Wieder zu Hause, fing sie gleich an, die Dosen und Vorräte ins Regal zu stellen, aber sie räumte sie immer wieder um, als könnte sie sich nicht für den richtigen Platz entscheiden. Dann eilte sie ins Wohnzimmer und hängte den großen Spiegel von seinem Platz gegenüber der Tür an die Wand neben dem Sofa um.

»Was machst du denn da?« fragte ich.

Sie murmelte etwas auf chinesisch, daß »die Dinge nicht im Gleichgewicht« seien, als ginge es um den äußerlichen Eindruck und nicht darum, was sie selbst empfand. Dann begann sie, die Möbel umzustellen: das Sofa, die Sessel, die Beistelltischchen, das chinesische Rollbild mit den Goldfischen.

»Was ist denn hier los?« wunderte sich mein Vater, als er von der Arbeit heimkam.

»Sie findet, daß es so besser aussieht«, erklärte ich.

Als ich am nächsten Tag von der Schule kam, hatte sie die Wohnung schon wieder umgeräumt. Alles stand an einem anderen Platz. Ich spürte, daß irgendeine schreckliche Gefahr in der Luft lag.

»Warum tust du das?« fragte ich sie, doch insgeheim fürchtete ich mich davor, die Wahrheit zu hören.

Aber statt dessen brabbelte sie nur irgendwelchen chinesischen Unsinn: »Wenn sich etwas gegen dein innerstes Wesen kehrt, bist du nicht mehr im Gleichgewicht. Dieses Haus ist zu steil am Hang gebaut, und ein unheilträchtiger Wind weht deine ganze Kraft den

Berg hinunter. Dann kommst du nicht mehr voran. Du fällst nur noch zurück.«

Sie zeigte auf die Wände und Türen: »Sieh doch, wie eng der Türrahmen ist, wie ein abgewürgter Hals. Und die Küche liegt gegenüber der Toilette, so daß einem alles Wertvolle weggespült wird.«

»Aber was soll das bedeuten? Was passiert denn, wenn kein Gleichgewicht da ist?« wollte ich wissen.

Später erklärte mein Vater mir: »Deine Mutter entwickelt nur ihren Nestbauinstinkt. Das geht allen Müttern so. Wenn du älter bist, wirst du es begreifen.«

Ich fand es seltsam, daß mein Vater sich nie Sorgen machte. War er denn blind? Warum sahen meine Mutter und ich so viel mehr als er?

Doch nach ein paar Tagen merkte ich, daß mein Vater recht gehabt hatte. Ich kam von der Schule und ging in mein Zimmer, und da sah ich es: Meine Mutter hatte mein Zimmer umgeräumt. Das Bett stand nicht mehr am Fenster, sondern an der Wand gegenüber, und an seinem alten Platz stand jetzt eine gebrauchte Wiege. Die lauernde Gefahr, die Ursache des fehlenden Gleichgewichts, befand sich im gerundeten Bauch meiner Mutter. Sie würde ein Baby bekommen.

»Siehst du«, sagte mein Vater, als wir vor der Wiege standen, »der Nestbauinstinkt. Das ist das Nest. Da kommt das Baby rein.« Er strahlte vor Freude. Er merkte nie etwas von den bösen Vorzeichen, die mir später auffielen. Meine Mutter begann sich überall zu stoßen, sie rammte die Tischkante, als hätte sie das Baby in ihrem Bauch vergessen, als wolle sie das Unheil geradezu herausfordern. Nie sagte sie, daß sie sich auf das Kind freute; sie sagte nur, alles fiele ihr so schwer, alles sei unausgewogen, die Harmonie gestört. Ich machte mir Sorgen um das Baby. Ich wurde das Gefühl nicht los, daß es irgendwo zwischen dem Bauch meiner Mutter und der Wiege in meinem Zimmer in der Schwebe hing.

Nachdem mein Bett an die Wand gerückt war, beflügelten andere Eindrücke meine nächtliche Phantasie. Statt der Straßengeräusche hörte ich Stimmen aus der Nachbarwohnung. Dem Namen an der Klingel nach wohnten dort die Sorcis.

In der ersten Nacht tönte gedämpftes Geschrei herüber. Eine Frau? Ein Mädchen? Ich preßte das Ohr an die Wand und vernahm eine zornige Frauenstimme, dann eine höhere Mädchenstimme, die schrill etwas erwiderte. Plötzlich wurden die Stimmen lauter, wie näherkommende Feuerwehrsirenen, und ich konnte den Streit in einzelnen Satzfetzen mitverfolgen: *Wie soll ich das wissen! ... Was hackst du immer auf mir rum? ... Dann hau doch ab! ... lieber sterben, lieber tot sein! ... Na los, dann tu's doch!*

Dann folgte Scharren, Getrappel, Gepolter, Gekreisch und patsch! patsch! patsch! – Irgend jemand wurde da umgebracht. Eine Mutter holte mit dem Schwert aus und begann ein Mädchen Stück für Stück zu zerschneiden, erst einen Zopf, dann die Kopfhaut, eine Augenbraue, einen Zeh, einen Daumen, eine Wange, einen Nasenflügel, so lange, bis nichts mehr übrig war und kein Laut mehr herüberdrang.

Ich ließ mich auf mein Kissen zurückfallen. Das Herz klopfte mir bis zum Hals: Ich hatte gerade mit angehört, wie ein Mädchen getötet wurde, ohne es verhindern zu können. Ich war starr vor Schreck.

Doch in der nächsten Nacht war das Mädchen wieder am Leben, wieder ertönten die Schreie und Schläge, wieder war ihr Leben in Gefahr. So ging es Nacht für Nacht, und die Stimme hinter der Wand machte mir klar, was das Schlimmste war, das passieren konnte: Nicht zu wissen, wann das Entsetzen je ein Ende nehmen würde.

Manchmal drang der Krach dieser Familie auch durch den Flur zwischen den Wohnungstüren zu uns herüber. Ihre Wohnung lag neben dem Treppenaufgang zum dritten Stock, unsere an der Treppe, die zur Diele hinabführte.

»Du wirst dir noch die Beine brechen, wenn du immer das Geländer runterrutschst, aber warte nur, dann brech' ich dir das Genick!« keifte die Frau. Dann kamen Schritte die Treppe heraufgestapft. »Und vergiß nicht, Pops Anzüge abzuholen!«

Ich hatte schon so viel von ihrem gräßlichen Leben mitbekommen, daß ich erschrak, als ich sie zum ersten Mal erblickte. Ich war gerade dabei, die Wohnungstür zu schließen, während ich einen Stapel Bücher im Arm balancierte. Als ich mich umdrehte, sah ich sie geradewegs auf mich zukommen. Ich schrie vor Schreck auf und ließ die Bücher fallen. Sie grinste nur, doch ich wußte genau, wer dieses hochgewachsene Mädchen war, das ich auf etwa zwölf schätzte, zwei Jahre älter als ich. Dann sprang sie die Stufen hinunter, und ich sammelte meine Bücher auf und ging hinunter, blieb aber vorsichtig auf der anderen Straßenseite.

Sie wirkte nicht wie ein Mädchen, das schon hundertmal umgebracht worden war. Ich sah keine Blutspuren an ihren Kleidern. Sie trug eine gestärkte weiße Bluse, eine blaue Strickjacke und einen blau-grünen Faltenrock. Es schien ihr sogar gutzugehen, wie sie da mit hüpfenden braunen Zöpfen die Straße entlanglief. Als hätte sie meinen Blick im Rücken gespürt, wandte sie sich plötzlich um und schnitt eine Fratze, bevor sie in einer Seitengasse verschwand.

Von da an senkte ich immer den Kopf, wenn ich ihr zufällig begegnete, und tat so, als ordnete ich meine Bücher oder knöpfte meine Jacke zu. Ich hatte ein schlechtes Gewissen, weil ich alles über sie wußte.

~

Die Freunde meiner Eltern, Tante Su und Onkel Canning, holten mich eines Tages von der Schule ab und nahmen mich ins Krankenhaus mit, um meine Mutter zu besuchen. Ich erkannte den Ernst der Lage daran, daß sie mit wichtiger Miene lauter überflüssige Bemerkungen machten.

»Es ist schon vier Uhr«, verkündete Onkel Canning mit einem Blick auf seine Armbanduhr.

»Der Bus kommt nie pünktlich«, antwortete Tante Su.

Als ich zu meiner Mutter ans Bett trat, schien sie sich im Halbschlaf hin und her zu wälzen. Doch plötzlich schlug sie die Augen auf und starrte zur Decke hoch.

»Meine Schuld, meine Schuld. Ich hab schon vorher gewußt, daß es passieren würde«, murmelte sie. »Und ich hab's nicht verhindert.«

»Betty, mein Liebes, Betty, mein Liebes«, stammelte mein Vater bestürzt. Aber sie hörte nicht auf, sich anzuklagen. Sie griff nach meiner Hand, und ich merkte, daß sie am ganzen Leibe zitterte. Dann sah sie mich seltsam flehend an, als bäte sie mich um Verzeihung. Sie flüsterte etwas auf chinesisch.

»Was sagt sie, Lena?« drängte mein Vater. Diesmal fand er keine Worte, die er ihr in den Mund legen konnte.

Auch mir fiel diesmal nichts ein. Ich begriff, daß das Schlimmstmögliche geschehen war. Ihre Befürchtungen hatten sich erfüllt; die warnenden Vorzeichen hatten sich als wahr erwiesen. Ich lauschte auf ihre hastig hervorgestoßenen Worte.

»Als das Baby geboren werden sollte, konnte ich es schon in meinem Bauch schreien hören. Mit seinen kleinen Fingern hat es sich festgeklammert, um drinzubleiben. Aber die Schwester und der Doktor haben gesagt, ich muß es rauszwingen. Als sein Kopf zum Vorschein kam, haben die Schwestern geschrien: Es hat die Augen offen! Es sieht alles! Dann rutschte der Körper hinterher, und es lag dampfend vor Leben auf dem Tisch.

Ich sah es an: die winzigen Arme, die Beinchen, der dünne Hals – und der große Kopf, so furchtbar, daß ich die Augen nicht abwenden konnte. Das Baby hatte die Augen offen, und der Kopf – war auch offen! Ich konnte tief hineinsehen, dahin, wo seine Gedanken sein sollten, doch da war gar nichts. Kein Gehirn, rief der Doktor! Sein Kopf ist nur eine leere Hülse!

Vielleicht hat es uns gehört, denn plötzlich hob der Kopf sich vom Tisch, schwankte hin und her und blickte mich an, schaute mir bis auf den Grund der Seele. Alles konnte er sehen: Wie ich gedankenlos meinen anderen Sohn getötet hatte! Wie ich unbedacht dieses Baby bekam!«

Das konnte ich meinem Vater nicht weitersagen. Er war schon

so betrübt beim Gedanken an die leere Wiege. Wie hätte ich ihm da sagen können, daß sie verrückt geworden war?

Statt dessen übersetzte ich es ihm so: »Sie sagt, wir sollen nur daran denken, daß wir bald ein neues Baby bekommen werden. Sie hofft, daß dieses Baby auf der anderen Seite glücklich ist. Und sie meint, daß wir jetzt zum Abendessen nach Hause gehen sollen.«

Nachdem das Baby tot war, begann meine Mutter, langsam den Verstand zu verlieren, ganz allmählich, so wie Teller einer nach dem anderen vom Regal fallen. Ich wußte nie, wann es sich wieder zeigen würde, und wartete dauernd in ängstlicher Spannung auf die Anzeichen.

Manchmal, wenn sie gerade das Abendessen vorbereitete, hielt sie plötzlich inne. Das Wasser lief dampfend aus dem Hahn, das Messer schwebte noch über dem halb gehackten Gemüse, und sie stand wie erstarrt mit tränenüberströmtem Gesicht davor. Manchmal mußten wir unser Abendessen unterbrechen, weil sie plötzlich das Gesicht in den Händen verbarg und murmelte: *»Mei gwansyi«* – Es macht nichts. Mein Vater saß dann ganz betreten da und versuchte sich vorzustellen, was denn wohl so schrecklich wenig ausmachte. Und ich stand vom Tisch auf und wußte nur zu gut, daß so etwas immer wieder passieren würde.

Mein Vater gab sich verzweifelt Mühe, die Lage zu beschönigen. Es war, als bemühte er sich nach Kräften, alles aufzufangen, bevor es zu Boden fiel und dort zerbrach. Doch statt dessen fiel er selbst nur über die eigenen Füße.

»Sie ist einfach zu erschöpft«, erklärte er mir, als wir zu zweit im Golden-Spike-Restaurant zu Abend aßen; meine Mutter lag zu Hause still und stumm wie eine Statue auf ihrem Bett. Doch ich merkte, daß er sich Sorgen um sie machte, denn er starrte wie gebannt auf seinen Teller, als sei er mit Würmern statt Spaghetti gefüllt.

Zu Hause blickte meine Mutter mit leeren Augen um sich. Wenn mein Vater von der Arbeit kam, strich er mir über den Kopf und sagte: »Na, wie geht's meinem großen Mädchen?« Doch er schaute immer über mich hinweg, zu meiner Mutter hin. Die Angst lag mir schwer im Magen. Ich konnte zwar nichts Furchterregendes mehr sehen, aber ich fühlte es trotzdem. Ich nahm jede Bewegung in unserer stillen Wohnung wahr. Und nachts lauschte ich auf die lauten, polternden Auseinandersetzungen nebenan, wo das Nachbarmädchen immer wieder totgeschlagen wurde. Ich zog mir die Decke bis ans Kinn und fragte mich, was wohl schlimmer war, ihr Leben oder meins? Und nachdem ich eine Weile darüber nachgegrübelt und mich selbst bemitleidet hatte, fand ich etwas Trost in dem Gedanken, daß das andere Mädchen sicher noch unglücklicher war als ich.

Eines Abends, nach dem Essen, klingelte es auf einmal an unserer Tür. Das war merkwürdig, denn normalerweise mußten die Leute erst einmal unten an der Haustür klingeln.

»Lena, kannst du mal nachsehen, wer da ist?« rief mein Vater aus der Küche, wo er gerade das Geschirr abwusch. Meine Mutter lag im Bett. Sie mußte jetzt ständig »ruhen«; es war, als sei sie schon gestorben und zu einem lebenden Geist geworden.

Vorsichtig öffnete ich die Tür einen Spaltbreit, doch dann ließ ich sie vor Überraschung ganz aufschwingen. Es war das Mädchen von nebenan. Sie lächelte, und ihre Kleider sahen verknittert aus, als sei sie gerade aus dem Bett gefallen.

»Wer ist es denn?« rief mein Vater.

»Das Nachbarmädchen! Äh...« Ich stockte.

»Teresa«, sagte sie schnell.

»Es ist Teresa!« rief ich zu ihm hinüber.

»Bitte sie doch herein«, sagte mein Vater, und zugleich drängte sie sich schon an mir vorbei in die Wohnung. Unaufgefordert steuerte sie auf mein Zimmer zu. Ich machte die Tür zu und folgte ihr. Die braunen Zöpfe tanzten auf ihren Schultern wie Peitschenriemen auf einem Pferderücken.

In meinem Zimmer trat sie gleich ans Fenster, um es zu öffnen. »Was machst du da?« rief ich erschrocken. Sie hockte sich auf das Fensterbrett und blickte auf die Straße hinunter. Dann wandte sie den Kopf zu mir um und kicherte. Ich setzte mich auf mein Bett, sah sie hilflos an und hoffte, daß sie von selbst mit dem Unsinn aufhören würde.

»Was ist denn so komisch?« fragte ich schließlich. Vielleicht lachte sie mich ja aus. Vielleicht hatte sie ebenfalls an der Wand gelauscht und nichts gehört, nur die beklemmende Stille in unserer traurigen Wohnung.

»Warum lachst du?« fuhr ich sie an.

»Meine Mutter hat mich rausgeschmissen«, antwortete sie prahlerisch, als wäre sie sogar stolz darauf. Dann grinste sie hämisch: »Wir hatten nämlich Streit, und da hat sie mich aus der Wohnung gestoßen und die Tür zugesperrt. Und jetzt glaubt sie, daß ich davor stehenbleibe, bis es mir leid tut. Ich denke ja nicht daran!«

»Und was willst du jetzt machen?« fragte ich atemlos. Diesmal würde ihre Mutter sie bestimmt umbringen!

»Ich werde über die Feuerleiter in mein Zimmer zurückklettern«, flüsterte sie. »Und sie wartet inzwischen drinnen, bis sie es nicht mehr aushält. Wenn sie dann die Tür aufmacht, bin ich nicht mehr da! Dann liege ich nämlich längst in meinem Bett.« Sie kicherte selbstzufrieden.

»Wird sie denn nicht furchtbar wütend sein, wenn sie dich findet?«

»Ach wo, die wird doch froh sein, daß ich nicht tot bin oder so was. Na ja, erstmal wird sie natürlich Stunk machen. So läuft das immer bei uns.« Und darauf stieg sie durch das Fenster und schlüpfte geräuschlos in ihre Wohnung zurück.

Ich starrte noch lange auf das offene Fenster und fragte mich, wie sie freiwillig dahin zurückgehen konnte. Merkte sie denn nicht, wie furchtbar ihr Leben war? Begriff sie nicht, daß es niemals aufhören würde?

Ich legte mich aufs Bett und wartete auf das Geschrei und Gepolter von drüben. Spätnachts war ich immer noch wach, als plötzlich die lauten Stimmen durch die Wand tönten. Mrs. Sorci brüllte: *Du dummes Ding! Wegen dir hab ich beinah einen Herzinfarkt gekriegt!* Und Teresa brüllte zurück: *Ich hätte tot sein können! Beinah hätte ich mir das Genick gebrochen!* Dann hörte ich sie lachen und schluchzen,

schluchzen und lachen, und sich mit Liebesbeteuerungen anschreien.

Ich war wie vor den Kopf geschlagen. Fast sah ich es vor mir, wie sie sich in den Armen lagen. Und ich weinte mit ihnen vor Freude, daß ich mich so geirrt hatte.

Ich erinnere mich noch an die Hoffnung, die in jener Nacht in mir aufkeimte. Tag für Tag, Nacht für Nacht, Jahr für Jahr habe ich mich an diese Hoffnung geklammert. Ich sah meine Mutter stumm im Bett liegen oder auf dem Sofa Selbstgespräche halten. Und doch wußte ich, daß dieses Schlimmstmögliche eines Tages enden würde. Ich stellte mir immer noch schreckliche Dinge vor, aber jetzt konnte ich sie beeinflussen und verwandeln. Nach wie vor hörte ich Mrs. Sorci und Teresa laut streiten, aber inzwischen sah ich mehr.

Ich sah ein Mädchen, das sich beklagte, sie könne den Schmerz nicht ertragen, daß keiner sie beachte. Ich sah die Mutter mit ihrem langen, fließenden Gewand im Bett liegen. Dann zog das Mädchen ein scharfes Schwert hervor und sagte zu seiner Mutter: »Du mußt den Tod der tausend Schnitte sterben. Nur so kannst du gerettet werden.«

Die Mutter stimmte zu und schloß die Augen. Das Schwert sauste herab und schnitt hin und her, hinauf und hinunter, wusch! wusch! wusch! Und die Mutter schrie und jammerte vor Angst und Schmerz. Doch als sie die Augen wieder öffnete, sah sie kein Blut, kein zerfetztes Fleisch.

Das Mädchen sagte: »Verstehst du es nun?«

Und die Mutter nickte: »Nun begreife ich alles. Ich habe das Schlimmste schon erlitten. Danach gibt es kein Schlimmstmögliches mehr.«

Die Tochter sagte: »Jetzt mußt du auf die andere Seite zurückkommen. Dann wirst du auch deinen Irrtum erkennen.«

Und sie faßte ihre Mutter bei der Hand und zog sie durch die Mauer.

Rose Hsu Jordan

Halb und halb

Als Beweis ihres Glaubens nahm meine Mutter immer ihre kleine Kunstlederbibel mit, wenn sie sonntags in die Erste Chinesische Baptistenkirche ging. Doch später, als sie ihren Glauben an Gott verloren hatte, landete die Bibel als Keil unter einem wackeligen Tischbein, sozusagen als Ausgleich für die Unausgewogenheiten des Lebens. Und da steckt sie nun schon seit über zwanzig Jahren.

Meine Mutter tut immer so, als sähe sie die Bibel gar nicht. Wenn man sie darauf anspricht, sagt sie mit gespielter Überraschung: »Ach, die? Hab ich ganz vergessen.« Aber ich weiß, daß sie die Bibel unter dem Tisch nicht übersieht. Meine Mutter ist nicht gerade eine Musterhausfrau, doch nach all den Jahren ist der Bibeleinband immer noch blütenweiß.

Heute abend sehe ich ihr zu, wie sie den Boden unter jenem Küchentisch fegt, was sie jeden Tag nach dem Abendessen tut. Vorsichtig kehrt sie mit dem Besen um die Bibel unter dem Tischbein herum. Während ich sie beobachte, warte ich auf einen günstigen Moment, um ihr mitzuteilen, daß Ted und ich uns scheiden lassen werden. Ich weiß auch schon, was sie antworten wird: »Das kann nicht sein.«

Und wenn ich dann erkläre, daß unsere Ehe zerrüttet ist, wird sie nur sagen: »Du mußt sie retten.«

Und obwohl ich weiß, wie hoffnungslos es ist – daß es da absolut nichts mehr zu retten gibt –, fürchte ich, daß sie mich überreden wird, es wenigstens noch mal zu versuchen.

Eigentlich ist es fast ein Witz, daß meine Mutter sich so gegen unsere Scheidung stellt. Vor siebzehn Jahren war sie entsetzt, als ich mit Ted auszugehen begann. Meine älteren Schwestern hatten nur chinesische Freunde aus unserer Baptistengemeinde, bevor sie heirateten.

Ich traf Ted in einem Ökologie-Seminar. Er lehnte sich zu mir herüber und bot mir zwei Dollar für meine Mitschriften der vorigen Woche an. Ich lehnte das Geld ab und ließ mich statt dessen zu einer Tasse Kaffee einladen.

Es war in meinem zweiten Semester in Berkeley, wo ich in Kunstwissenschaft eingeschrieben war. Ted studierte im dritten Jahr Medizin; das sei schon immer sein innigster Wunsch gewesen, erzählte er, seit er im Biologieunterricht einen Schweinefötus seziert habe.

Ich muß zugeben, daß mich bei Ted genau das am meisten anzog, worin er sich von meinen Brüdern und den anderen chinesischen Jungs unterschied: seine Unbekümmertheit, die Selbstsicherheit, mit der er seinen Willen durchsetzte; seine Überzeugung, immer recht zu haben; seine starken Armmuskeln; und die Tatsache, daß seine Eltern aus Tarrytown, New York, kamen und nicht aus Tientsin, China.

Meiner Mutter waren diese Unterschiede auch nicht entgangen, als Ted mich eines Abends zu Hause abholte. Als ich wiederkam, saß sie immer noch vor dem Fernseher.

»Das ist ein Amerikaner«, warnte sie mich, als wäre ich blind. »Ein *waigoren.*«

»Na und? Ich bin doch auch Amerikanerin«, entgegnete ich schnippisch. »Und außerdem hab ich ja nicht vor, ihn zu heiraten.«

Mrs. Jordan mußte natürlich auch ihren Senf dazugeben. Ted hatte mich ganz selbstverständlich zu einem Familienausflug mitgenommen, eine Art Klantreffen, das jedes Jahr am Polofeld im Golden Gate Park stattfand. Obwohl wir erst ein paarmal zusammen ausgegangen waren – und natürlich noch nie miteinander geschlafen hatten, da wir beide zu Hause wohnten –, stellte Ted mich allen Verwandten als seine Freundin vor, was mir selbst auch neu war.

Während Ted und sein Vater mit den anderen Volleyball spielen gingen, nahm seine Mutter mich bei der Hand, um einen kleinen Spaziergang außer Hörweite zu machen. Sie drückte meine Hand mit betonter Herzlichkeit, doch ohne mich dabei anzusehen.

»Ich bin ja so froh, Sie *endlich* kennenzulernen«, sagte Mrs. Jordan. Ich wollte einwenden, daß ich nicht wirklich Teds Freundin war, aber da redete sie schon weiter: »Ich finde es ja so nett, daß Sie und Ted sich so gut verstehen. Darum hoffe ich auch, daß Sie mich jetzt nicht mißverstehen werden.«

Und dann sprach sie über Teds Zukunftspläne, und wie sehr er sich auf sein Medizinstudium konzentrieren müsse, und daß eine Heirat noch jahrelang nicht in Frage komme. Sie versicherte, daß sie persönlich nichts gegen Minderheiten habe; sie und ihr Mann, der eine Ladenkette für Büromaterial besaß, würden viele reizende Orientalen, Latinos und sogar Schwarze kennen. Doch in Teds Beruf gälten eben andere Maßstäbe, und die Patienten und Kollegen brächten meist nicht so viel Verständnis auf wie die Jordans. Sie sagte, so sei der Rest der Welt nun mal, das sei nicht zu ändern, und außerdem würde der Vietnamkrieg die Vorurteile noch verstärken.

»Ich bin keine Vietnamesin, Mrs. Jordan«, antwortete ich ruhig, obwohl ich sie am liebsten angeschrien hätte. »Und ich habe keineswegs die Absicht, Ihren Sohn zu heiraten.«

Als Ted mich an dem Abend nach Hause fuhr, sagte ich ihm, daß wir uns nicht mehr treffen könnten. Als er wissen wollte, warum, zuckte ich nur mit den Schultern. Doch als er auf eine Antwort drängte, berichtete ich ihm wortwörtlich, was seine Mutter zu mir gesagt hatte, ohne Kommentar.

»Und das willst du dir einfach gefallen lassen? Daß meine Mutter über uns entscheidet?« rief er empört, als hätte ich mich mit ihr gegen ihn verschworen. Ich war von seinem Zorn gerührt.

»Aber was sollen wir denn machen?« fragte ich mit schmerzlicher Befangenheit, die ich schon für Verliebtheit hielt.

In jenen Anfangsmonaten klammerten wir uns mit übertriebener

Verzweiflung aneinander, denn eigentlich konnten weder meine Mutter noch Mrs. Jordan unsere Beziehung verhindern, auch wenn es ihnen nicht paßte, daß wir uns trafen. Die eingebildete Tragik unserer Situation machte uns erst recht unzertrennlich, zwei Hälften eines unteilbaren Ganzen: yin und yang. Ich war das bedrohte Opfer, er der rettende Held. Er war die starke Hand, die mich vor dem Fallen bewahrte. Es war beflügelnd, aber auch anstrengend. Ein emotionaler Höhenflug, der etwas Suchtbildendes hatte. Meine Schwäche und seine beschützende Kraft waren für unsere Liebe ebenso grundlegend wie alles, was je zwischen uns im Bett geschah.

»Was sollen wir machen?« fragte ich ihn noch oft. Und als wir uns kaum ein Jahr kannten, zogen wir zusammen. Einen Monat, bevor Ted sein medizinisches Praktikum antrat, heirateten wir in der Episkopalkirche, und Mrs. Jordan saß weinend in der ersten Reihe, wie es sich für eine Bräutigamsmutter gehört. Als Ted seine Assistenzarztzeit in der Dermatologie beendet hatte, kauften wir uns einen alten, dreistöckigen viktorianischen Kasten mit großem Garten in Ashbury Heights. Ted half mir, im Erdgeschoß ein Studio für Grafikarbeiten einzurichten, wo ich freiberuflich Aufträge für größere Firmen ausführte.

All die Jahre entschied immer Ted, wo wir unsere Ferien verbringen sollten. Er entschied, was für Möbel wir uns anschafften, und daß wir mit dem Kinderkriegen lieber noch warten sollten, bis wir uns eine bessere Wohngegend leisten konnten. Manches besprachen wir auch gemeinsam, doch eigentlich überließ ich ihm immer die Entscheidung. Schließlich wurde gar nichts mehr besprochen, Ted beschloß, was gemacht wurde, und damit basta. Ich kam nie auf die Idee zu widersprechen. Ich zog es vor, alles um mich herum zu ignorieren und mich ausschließlich meinen Entwürfen auf dem Reißbrett zu widmen.

Aber im letzten Jahr änderte sich Teds Einstellung zu dem, was er seine »Entscheidungsverantwortung« nannte. Eine neue Patientin hatte ihn wegen der roten Äderchen auf ihren Wangen konsultiert und ihm vertraut, als er sagte, er könne die Äderchen absaugen und sie so schön machen wie zuvor. Doch statt dessen saugte er aus Versehen einen Nerv ab, worauf ihr Lächeln auf der linken Seite heruntersackte und sie ihn verklagte.

Nachdem er den Kunstfehler-Prozeß verloren hatte – ein Schock, dessen Tragweite ich erst jetzt begreife –, fing er an, mich zu Entscheidungen zu drängen. Ob wir lieber einen amerikanischen oder einen japanischen Wagen kaufen sollten? Ob wir statt der Lebensversicherung lieber einen befristeten Sparvertrag abschließen sollten? Was ich von dem Kandidaten hielt, der die Kontras unterstützte? Ob ich ein Kind haben wollte?

Bei all diesen Fragen dachte ich angestrengt über das Für und Wider nach. Doch zum Schluß war ich immer ganz verwirrt, weil ich nicht glaubte, daß es nur eine richtige Antwort gab, dafür aber um so mehr falsche. Jedesmal wenn ich »entscheide du doch« oder »ist mir gleich« antwortete, fuhr er mich ungeduldig an: »Nein, *du* sollst entscheiden! Du kannst dich nicht immer vor der Verantwortung drücken!«

Ich spürte, wie unsere Beziehung sich veränderte. Ein schützender Schleier war plötzlich gelüftet worden. Ted hörte nicht mehr auf, mich mit Fragen zu bedrängen, sogar bei den unwichtigsten Kleinigkeiten, als täte er es mit Absicht, um mich zu provozieren. Italienisch oder thailändisch essen gehen? Eine oder zwei Vorspeisen? Welche? Kreditkarte oder Bargeld? Welche Kreditkarte?

Als er letzten Monat zu einem zweitägigen dermatologischen Fortbildungskurs nach Los Angeles fuhr, fragte er mich, ob ich mitwollte, doch ehe ich antworten konnte, sagte er schnell: »Ach nein, ich fahr' doch lieber allein.«

»Dann hast du mehr Zeit zum Arbeiten«, pflichtete ich bei.

»Nein, nicht deswegen, sondern weil du dich ja sowieso nie entschließen kannst.«

»Aber doch nur bei Sachen, wo's nicht drauf ankommt!« protestierte ich.

»Dann kommt's dir wohl auf gar nichts an«, sagte er angewidert.

»Ted, wenn du möchtest, daß ich mitkomme, dann komme ich mit.«

Da platzte ihm unvermittelt der Kragen: »Wieso hast du mich überhaupt geheiratet! Hast du nur ja gesagt, weil der Pfarrer das erwartete? Was hättest du denn aus deinem Leben gemacht, wenn ich dich nicht geheiratet hätte? Hast du jemals darüber nachgedacht?«

Das kam mir so unlogisch vor, nach dem, was ich gerade gesagt hatte, daß ich das Gefühl hatte, wir stünden uns auf zwei Berggipfeln gegenüber und lehnten uns gefährlich weit über den Abgrund, um uns mit Steinen zu bewerfen.

Doch nun habe ich begriffen, daß Ted sich durchaus über die Tragweite seiner Worte im klaren war. Er wollte mir den Bruch zwischen uns nur deutlich machen. Noch am selben Abend rief er aus Los Angeles an und sagte, daß er die Scheidung einreichen wolle.

Und seit er fort ist, habe ich nur gedacht, daß der Schlag mich genauso hart getroffen hätte, wenn ich darauf vorbereitet gewesen wäre, wenn ich gewußt hätte, was ich ohne ihn mit meinem Leben anfangen soll.

Wenn man so hart getroffen wird, zieht es einem erstmal den Boden unter den Füßen weg. Und wenn man sich dann wieder aufgerappelt hat, begreift man, daß man sich auf niemanden mehr verlassen kann, denn keiner kann einen retten – weder der eigene Mann noch die Mutter, noch Gott. Doch wie soll man sich allein davor bewahren, von neuem umzufallen?

~

Viele Jahre lang vertraute meine Mutter fest auf den Willen Gottes. Als ob sie einen himmlischen Wasserhahn aufgedreht hätte, sprudelten die guten Gaben unentwegt auf sie herab. Sie behauptete, es läge nur an ihrer gläubigen Zuversicht, und ich dachte, sie meine ihre Schicksalsergebenheit.

Später bekräftigte sich mein Verdacht, daß es doch wohl mehr Schicksal als himmlische Fügung war, und daß der Glaube nichts weiter war als die Illusion, das Schicksal irgendwie beeinflussen zu können. Mir jedenfalls blieb höchstens die Hoffnung, wobei ich mir aber immer der Möglichkeit bewußt war, daß sie auch nicht in

Erfüllung gehen könnte. Ich sagte mir nur, wenn ich überhaupt eine Wahl habe, lieber Gott oder wer du bist, dann hätte ich die Chancen lieber so als so.

Ich erinnere mich noch gut an den Tag, als ich anfing, so zu denken; es war wie eine Offenbarung. Und meine Mutter verlor an jenem Tag ihr Gottvertrauen. Seitdem konnte sie nie mehr an all das glauben, was ihr immer über alle Zweifel erhaben erschienen war.

Wir waren zum Strand gefahren, an eine einsame Bucht südlich der Stadt. Mein Vater hatte im *Sunset*-Magazin gelesen, daß man dort Seebarsche angeln konnte. Obwohl mein Vater kein Fischer war, sondern Apothekengehilfe, nachdem er früher Arzt in China gewesen war, vertraute er fest auf sein *nengkan* – seine Fähigkeit, alles zu erreichen, was er sich vornahm. Und meine Mutter verließ sich auf ihr *nengkan,* alles kochen zu können, was er gerne angeln wollte. Dieses Vertrauen auf ihr *nengkan* hatte meine Eltern nach Amerika auswandern lassen. Ihm verdankten sie den Mut, sieben Kinder in die Welt zu setzen und ein Haus im Sunset-Viertel zu kaufen, obwohl sie nur wenig Geld hatten – ebenso wie die Überzeugung, daß ihr Glück sie nie verlassen würde, daß Gott stets auf ihrer Seite war, daß die Hausgötter ihnen wohlgesonnen und die Ahnen zufrieden waren, daß die lebenslange Verschuldung nur gesicherten Wohlstand bedeutete, daß alle Elemente ausgewogen waren, Wind und Wasser im richtigen Verhältnis.

So marschierten wir neun also über den kühlen, grauen Sand: mein Vater, meine Mutter, meine beiden Schwestern, meine vier Brüder und ich. Wir waren das erste Mal am Strand. Ich war vierzehn Jahre alt und ging in der Mitte der Reihe. Wir müssen ziemlich komisch ausgesehen haben, neun Paar nackte Füße, neun Paar in den Händen getragene Schuhe und neun schwarzhaarige Köpfe zum Meer hin gewandt, um die anrollenden Wellen zu betrachten.

Der Wind peitschte mir die weiten Baumwollhosen um die Beine, und ich hielt nach einem Platz Ausschau, wo mir der Sand nicht so in die Augen wehen würde. Die Bucht sah aus wie eine riesige zerbrochene Schüssel, deren eine Hälfte im Meer versunken war. Meine Mutter steuerte auf die rechte Seite zu, wo der Sand am saubersten war, und wir trabten hinter ihr her. Dort hinten war der Strand durch die Felsenklippen vor dem Wind und der Brandung geschützt. Am Fuß der Klippen ragte ein schmales Riff ins Meer hinaus. Es sah aus, als könnte man sich darauf mitten zwischen die tosenden Brecher vorwagen, obwohl die Felsbrocken ziemlich unwegsam und rutschig wirkten. Auf der anderen Seite der Klippen, jenseits des Riffs, fielen die Felsen steil und zerklüftet ins Meer ab. Wenn die Wellen dagegen donnerten, spritzten weiße Gischtfontänen aus unzähligen Spalten und Höhlen auf.

In meiner Erinnerung erscheint mir die Bucht im Schatten der Klippen als ein unheimlicher, düsterer Ort, wo uns ständig unsichtbare Sandkörner in die Augen flogen und uns blind für die Gefahr machten. Wir waren alle von den neuen Eindrücken überwältigt: Eine chinesische Familie, die versucht, sich wie eine typische amerikanische Familie am Strand zu benehmen.

Meine Mutter breitete eine alte gestreifte Decke aus, die im Wind flatterte, bis sie von neun Paar Schuhen am Boden festgehalten wurde. Mein Vater setzte seine Bambusangel zusammen, die er selbst gebastelt hatte, nach dem Muster der Angel, die er noch aus seiner Kindheit in China kannte. Wir Kinder hockten Schulter an Schulter auf der Decke und verschlangen hungrig unsere sandig knirschenden Wurstbrote, die wir aus der Provianttasche holten.

Dann stand mein Vater auf und betrachtete wohlgefällig seine kräftige, biegsame Angelrute. Er nahm seine Schuhe, ging zum Felsriff vor und lief dann vorsichtig darauf entlang bis zu dem Punkt, wo es naß und glitschig wurde. Meine älteren Schwestern, Janice und Ruth, sprangen auf und klopften sich auf die Beine, um den Sand abzuschütteln, dann schlugen sie sich gegenseitig auf den Rücken und jagten sich kreischend über den Sand. Ich wollte gerade hinterherlaufen, als meine Mutter mahnend zu meinen Brüdern hinnickte und mir sagte: »*Dangsying tamende schenti*«, was bedeutet: »Gib auf sie acht«, oder wörtlich: »Paß auf ihre Körper auf.« Diese Körper waren meine Ankerketten: Matthew, Mark, Luke und Bing. Ich ließ mich seufzend in den Sand zurückfallen und jammerte, wie so oft: »Warum denn immer ich?«

Und wie immer antwortete sie: »*Yiding*.«

Weil ich es mußte. Weil es meine Brüder waren. Meine Schwestern hatten früher auch auf mich achtgeben müssen. Wie sollte ich sonst ein Gefühl für Verantwortung bekommen? Wie sollte ich sonst schätzen lernen, was meine Eltern für mich getan hatten?

Matthew, Mark und Luke waren zwölf, zehn und acht, also alt genug, sich mit möglichst viel Krach zu beschäftigen. Sie hatten Luke bereits bis zum Kopf in den Sand eingegraben und waren gerade dabei, eine Sandburg um ihn herumzubauen.

Aber Bing war erst vier, ebenso schnell begeistert wie gelangweilt und ärgerlich. Er wollte nicht mit den anderen spielen, weil sie ihn von der Burg weggeschubst hatten: »Laß das, Bing, du machst uns nur alles kaputt.«

Also schlenderte er jetzt über den Strand, beleidigt und würdevoll wie ein abgesetzter Kaiser. Im Gehen sammelte er Steine und Treibholzstückchen auf und schleuderte sie mit aller Kraft in die Brandung. Ich folgte ihm langsam und fragte mich, was ich wohl tun sollte, wenn plötzlich eine Flutwelle käme. Hin und wieder rief ich Bing warnend zu: »Geh nicht zu dicht ans Wasser, sonst kriegst du nasse Füße!« Ich kam mir schon vor wie meine Mutter, die sich dauernd übertriebene Sorgen machte, aber nach außenhin alle Gefahren herunterspielte. Die Sorgen umgaben mich so schützend wie die Klippen die Bucht; ich hatte das Gefühl, alles sei wohl in Erwägung gezogen, so daß nichts Schlimmes passieren konnte.

Meine Mutter hielt hartnäckig an dem Aberglauben fest, daß jedem Kind an bestimmten Tagen bestimmte Unfälle drohten, die sich nach den chinesischen Geburtsdaten vorhersagen ließen. Das stand in einem kleinen Buch mit dem Titel *Die sechsundzwanzig Tore des Unheils*. Darin war auf jeder Seite irgendeine schreckliche Gefahr abgebildet, die kleinen unschuldigen Kindern drohte und jeweils in einer Erklärung beschrieben wurde. Doch da ich die chinesische Schrift nicht lesen konnte, mußte ich mich mit den Bildern begnügen.

Auf jedem der Bilder kam derselbe kleine Junge vor: wie er auf einen brüchigen Ast kletterte, unter einem herunterfallenden Tor stand, in einer Holzwanne ausrutschte, von einem bissigen Hund fortgeschleift wurde, vor einem Blitz davonlief. Und auf jedem Bild war auch ein Mann in einer Art Eidechsenkostüm zu sehen. Seine Stirn war tief eingekerbt, oder vielleicht trug er tatsächlich zwei runde Hörner auf dem Kopf. Er stand zum Beispiel auf einer Brücke und lachte, während der kleine Junge über die Brüstung ins Wasser fiel.

Es war schon schlimm genug, sich vorzustellen, daß auch nur eins dieser Dinge einem Kind zustoßen konnte. Doch obgleich die Geburtsdaten nur jeweils einer Gefahr entsprachen, fürchtete meine Mutter sie alle gleichermaßen. Sie wußte nämlich nicht, wie man die chinesischen Daten des Mondkalenders in amerikanische Daten umrechnete. So zog sie lieber sämtliche Gefahren in Betracht und war überzeugt, daß sie sie dadurch alle vermeiden konnte.

—

Die Sonne stand mittlerweile schon jenseits der Klippen. Alle waren auf ihre Weise beschäftigt: Meine Mutter schüttelte unermüdlich den Sand von der Decke und aus den Schuhen, um die Deckenzipfel immer wieder von neuem mit frisch entsandeten Schuhen festzuhalten. Mein Vater stand auf dem Riff, warf geduldig seine Angel aus und wartete, daß sein *nengkan* sich als Fisch manifestierte. Weiter unten am Strand tollten zwei kleine Gestalten herum, die an den dunklen Köpfen und gelben Hosen als meine Schwestern zu erkennen waren. Meine Brüder kreischten mit den Möwen um die Wette. Bing hatte eine leere Sodaflasche gefunden und buddelte damit am Fuß der Klippen im Sand. Und ich saß in der Nähe, genau an der Grenzlinie zwischen dem Felsenschatten und dem sonnigen Teil des Strandes.

Bing schlug mit der Sodaflasche gegen die Steine, und ich rief hinüber: »Grab nicht so tief, sonst haust du noch ein Loch in den Felsen und fällst direkt bis nach China!« Ich lachte, als er verblüfft zu mir herübersah, als glaubte er es tatsächlich. Er stand auf und steuerte schnurstracks auf den Wasserrand zu; als er anfing, auf das Riff zu klettern, rief ich mahnend: »Bing!«

»Ich will doch nur zu Daddy«, protestierte er.

»Dann halt dich aber ganz dicht an den Felsen und bleib vom Wasser weg«, sagte ich, »sonst schnappen dich die bösen Fische.«

Ich beobachtete, wie er sich mit dem Rücken an der scharfkantigen Felswand entlangschob. Ich sehe ihn noch immer deutlich vor mir, als könnte ich ihn ewig dort oben festhalten.

Ich sehe ihn noch in Sicherheit am Felsen stehen und meinem Vater etwas zurufen, worauf der über die Schulter zurückblickt. Wie erleichtert bin ich, daß mein Vater mal eine Weile auf ihn achtgibt! Bing will sich gerade zu ihm vortasten, als die Angel sich plötzlich mit einem Ruck hinunterbiegt und mein Vater hastig die Schnur aufzurollen beginnt.

Gleichzeitig bricht hinter mir wüstes Geschrei aus. Einer der Brüder hat Luke Sand ins Gesicht geworfen, und mit einem Satz ist er aus seinem Sandgrab gesprungen, um sich auf Mark zu stürzen. Meine Mutter ruft mir zu, daß ich die Balgerei beenden soll. Kaum habe ich Luke von Mark weggezerrt, blicke ich auf und sehe Bing ganz allein an die Riffkante treten. In der allgemeinen Aufregung hat es keiner bemerkt. Nur ich sehe ihm wie gelähmt zu.

Bing geht einen, zwei, drei Schritte vor, schnell und zielstrebig, als habe er etwas besonders Spannendes an der Kante entdeckt. Und ich denke nur, *gleich fällt er rein.* Ich erwarte es geradezu – und da ist es auch schon passiert. Seine Füße schweben noch einen Augenblick in der Luft, bevor er platschend eintaucht und sofort wie ein Stein untergeht, ohne auch nur ein Kräuseln auf dem Wasser zu hinterlassen.

Ich fiel auf die Knie und starrte still und stumm auf die Stelle, wo er eben verschwunden war. Ich konnte es nicht fassen. Ich überlegte verworren, ob ich ins Wasser laufen und versuchen sollte, ihn herauszuziehen; ob ich überhaupt schnell genug auf die Beine kommen konnte; ob ich nicht alles noch mal zurücknehmen und Bing verbieten konnte, auf das Riff zu steigen?

Meine Schwestern kamen angelaufen, und die eine fragte: »Wo ist denn Bing?« Ein paar Sekunden war es totenstill, dann schrien alle durcheinander und rannten Sand aufwirbelnd an mir vorbei ans Wasser. Ich stand immer noch wie gebannt am selben Fleck, während meine Schwestern die Felskante absuchten und meine Brüder hinter alle Treibholzblöcke krochen. Meine Eltern versuchten verzweifelt, die Wellen mit den Händen zu teilen.

Stundenlang blieben wir noch dort. Ich erinnere mich an die Rettungsboote und an die Dämmerung, als die Sonne im Meer unterging. Einen so großartigen Sonnenuntergang hatte ich noch nie gesehen: eine grellorange Flamme stand am Horizont und zerfloß dann langsam auf dem Wasser. Als es dunkel wurde, schaukelten die gelben Scheinwerfer der Boote auf den düster schimmernden Wellenkämmen auf und ab.

Im Rückblick will es mir fast unnatürlich vorkommen, sich in einem solchen Moment vom Sonnenuntergang und von Booten beeindrucken zu lassen. Doch wir reagierten alle etwas seltsam. Mein Vater stellte unaufhörlich Berechnungen an, wieviel Minuten vergangen waren, seit Bing ins Wasser gefallen war, und was für eine Wassertemperatur herrschte. Meine Schwestern riefen: »Bing, Bing«, als hielte er sich in den Büschen oberhalb der Klippen versteckt. Meine Brüder saßen im Auto und lasen still ihre Comic-Hefte. Und als die Bootslichter abgeschaltet wurden, ging meine Mutter schwimmen. Sie war in ihrem ganzen Leben noch keinen Zug geschwommen, aber sie glaubte fest an ihr *nengkan* und war sicher, zu erreichen, was diesen Amerikanern nicht gelingen wollte. Sie würde Bing finden.

Und als die Rettungsmänner sie schließlich aus dem Wasser zogen, war ihr *nengkan* immer noch intakt. Von ihren Haaren und Kleidern triefte das kalte Wasser, doch sie stand ruhig und beherrscht da, wie eine Nixenkönigin, die gerade aus der Tiefe des Meeres aufgetaucht war. Die Polizei brach die Suche ab, setzte uns ins Auto und schickte uns nach Hause, um zu trauern.

Ich hatte erwartet, halbtot geprügelt zu werden, von meinem Vater, meiner Mutter und meinen Geschwistern. Ich wußte, daß es meine Schuld war. Ich hatte nicht genug auf ihn aufgepaßt, und dennoch hatte ich ihn fallen sehen. Aber als wir in dem dunklen Wohnzimmer saßen, hörte ich sie einen nach dem anderen flüsternd ihrer Reue Ausdruck geben.

»Es war selbstsüchtig von mir, daß ich angeln gehen wollte«, sagte mein Vater.

»Wir hätten nicht so weit weglaufen sollen«, sagte Janice, während Ruth sich schon wieder die Nase putzte.

»Warum mußtest du mir auch Sand ins Gesicht schmeißen?« jammerte Luke. »Warum mußte ich ausgerechnet da einen Streit anfangen?«

Und meine Mutter gab mit leiser Stimme zu: »Ich hab dir selbst gesagt, daß du den Streit beenden sollst. Ich hab dir gesagt, du sollst ihn aus den Augen lassen!«

Hätte ich genug Zeit gehabt, um über die allgemeinen Schuldbekenntnisse erleichtert zu sein, wäre die Erleichterung schnell verflogen, denn meine Mutter fügte hinzu: »Darum sage ich dir jetzt, daß wir morgen ganz früh aufbrechen müssen, um ihn zu suchen.« Alle starrten zu Boden. Aber ich sah es als meine Strafe an: mit meiner Mutter zum Strand zurückfahren zu müssen, um Bing zu finden.

Doch was meine Mutter am nächsten Morgen tat, traf mich völlig unvorbereitet. Als ich aufwachte, war es noch dunkel. Sie war schon angezogen. Auf dem Küchentisch hatte sie eine Thermoskanne mit einer Teetasse bereitgestellt. Daneben lagen die weiße Kunstlederbibel und die Autoschlüssel.

»Ist Daddy schon fertig?« fragte ich.

»Daddy kommt nicht mit«, sagte sie.

»Aber wie sollen wir dann dahin kommen? Wer fährt uns denn?«

Sie nahm wortlos die Autoschlüssel vom Tisch, und ich folgte ihr zu dem Wagen. Die ganze Fahrt zum Strand lang fragte ich mich, wie sie wohl über Nacht fahren gelernt hatte. Sie sah auch nicht auf die Karte. Sie schlug ganz selbstverständlich den richtigen Weg zur Küstenstraße ein, blinkte vorschriftsmäßig beim Abbiegen und steuerte den Wagen geschickt um die scharfen Kurven, die ungeübten Fahrern oft zum Verhängnis wurden.

An der Bucht angelangt, ging sie ohne Zögern den Trampelpfad hinunter und über den Strand auf das Riff zu, wo ich Bing hatte verschwinden sehen. Die weiße Bibel hielt sie fest umklammert. Sie blickte auf das Wasser hinaus und flehte laut zu Gott, und die Möwen trugen ihre dünne Stimme zum Himmel empor. Sie begann mit »lieber Gott« und endete mit »Amen«, alles andere sagte sie auf chinesisch.

»Ich habe immer auf deinen Segen vertraut«, rief sie in dem gleichen Tonfall, den sie für förmliche chinesische Komplimente benutzte. »Wir haben immer gewußt, daß du es gut mit uns meinst. Nie haben wir an deiner Güte gezweifelt. Dein Wille war auch unser Wille. Und du hast unseren Glauben immer belohnt.

Dafür haben wir dir unsere Ehrfurcht erwiesen. Wir sind in dein Haus gegangen. Wir haben dir Geld gebracht. Wir haben deine Lieder gesungen. Du hast uns immer neue Segensgaben gesandt. Doch nun ist uns eine davon abhanden gekommen. Wir waren unbesonnen. Das ist wahr. Wir hatten so viel Wohltaten erfahren, daß wir uns nicht mehr jeder einzelnen bewußt waren.

Darum hast du ihn vielleicht vor uns verborgen, um uns zu lehren, in Zukunft besser auf deine Gaben zu achten. Das habe ich nun begriffen. Ich habe es mir eingeprägt. Und jetzt bin ich gekommen, um Bing zurückzuholen.«

Mit stillem Entsetzen lauschte ich ihren Worten. Und ich fing an zu weinen, als sie fortfuhr: »Vergib uns für sein schlechtes Benehmen. Meine Tochter, die hier bei mir steht, wird ihm bestimmt Gehorsam beibringen, bevor er dich wieder besuchen kommt.«

Nach ihrem Gebet war ihr Glaube so stark, daß sie Bing gleich dreimal hinter der ersten Welle auftauchen sah. *»Nale!«* – Da! Sie stand stocksteif wie ein Wachtposten, bis sie merkte, daß sie sich dreimal getäuscht hatte und Bing wieder zu einem dunklen Fleck treibenden Seetangs wurde.

Doch meine Mutter gab noch lange nicht auf. Sie ging auf den Strand zurück und legte die Bibel in den Sand. Dann trat sie mit der

Thermoskanne und der Teetasse in den Händen wieder ans Ufer. Sie sagte mir, daß sie sich letzte Nacht weit in ihrer Vergangenheit in China zurückversetzt habe, und dabei sei ihr folgendes eingefallen:

»Ich erinnerte mich an einen Jungen, dem ein Feuerwerkskörper die Hand abgerissen hatte«, sagte sie. »Ich sah seinen zerfetzten Arm, seine Tränen, und dann hörte ich seine Mutter behaupten, daß ihm eine neue und bessere Hand nachwachsen würde. Sie gelobte, die Schuld an die Ahnen um das Zehnfache zu tilgen. Mit einer Wasserkur würde sie den Zorn Chu Jungs, des dreiäugigen Feuergottes, besänftigen. Und tatsächlich sah ich den Jungen schon eine Woche später auf dem Fahrrad, mit beiden Händen am Lenker, geradewegs an meinen erstaunten Augen vorbeisausen!«

Dann schwieg sie einen Moment, ehe sie mit nachdenklicher, ehrfürchtiger Stimme weitersprach.

»Einer unserer Ahnen hat einst Wasser aus einem heiligen Brunnen gestohlen. Jetzt will das Wasser sich etwas zurückholen. Wir müssen den Gewundenen Drachen, der im Meer lebt, versöhnlich stimmen. Wir müssen ihn dazu bringen, Bing aus seinen Schlingen freizugeben, indem wir ihm einen anderen Schatz opfern.«

Meine Mutter goß den gesüßten Tee in die Tasse und warf sie in die Wellen. Dann öffnete sie die Faust, in der sie einen wasserblauen Saphirring hielt, den sie von ihrer längst verstorbenen Mutter bekommen hatte. Dieser Ring, sagte sie, zöge die neidischen Blicke der Frauen an und ließe sie ihre ängstlich gehüteten Kinder vergessen. Er würde den Gewundenen Drachen sicher für Bing entschädigen. Und sie warf den Ring ins Wasser.

Aber selbst daraufhin kam Bing nicht gleich zum Vorschein. Eine Stunde lang sahen wir nichts als Tang vorbeischwimmen. Doch plötzlich schlug sie die Hände vor der Brust zusammen und sagte in ergriffenem Ton: »Sieh nur, wir haben die ganze Zeit in die falsche Richtung geschaut.« Und da sah auch ich Bing von der anderen Seite der Bucht her näher kommen, mit den Schuhen in der Hand und erschöpft gesenktem Kopf. Ich fühlte, was in meiner Mutter vorging. Unser sehnsüchtiges Warten hatte sich erfüllt.

Doch bevor wir aufstehen konnten, sahen wir ihn eine Zigarette anzünden, immer größer und zu einem Fremden werden.

»Laß uns gehen, Ma«, sagte ich leise.

»Er ist da«, beharrte sie und deutete auf die Klippen am Riff. »Ich sehe ihn. Er sitzt in einer Höhle, auf einer Stufe ganz knapp über dem Wasser. Er hat Hunger und friert, aber er hat schon gelernt zu warten, ohne sich zu sehr zu beklagen.«

Sie stand auf und ging mit entschlossenen Schritten über den Strand, wie über festes Pflaster. Ich stolperte mühsam hinter ihr her und sackte immer wieder tief in dem weichen Sand ein. Sie lief den steilen Weg zu unserem Wagen hoch und war noch nicht einmal außer Atem, als sie oben ankam und einen dicken Gummischlauch aus dem Kofferraum holte. Sie band die Angelschnur meines Vaters an diesen Rettungsring, ging damit zurück auf das Felsriff und warf ihn ins Meer. Den Bambusgriff der Angel hielt sie fest umklammert.

»Der schwimmt jetzt zu Bing hin. Ich werde ihn da rausholen«, erklärte sie mit wilder Entschlossenheit. Noch nie hatte so viel *nèngkan* aus ihrer Stimme geklungen.

Der Gummischlauch tanzte auf den Wellen. Er trieb auf die andere Seite des Riffs hinaus und wurde dort von der stärkeren Brandung erfaßt. Die Angelschnur straffte sich, meine Mutter stemmte sich mit aller Kraft dagegen, doch plötzlich riß die Schnur von der Bambusrute ab und versank.

Wir tasteten uns bis zu der Felsnase vor, um unserem Rettungsring nachzublicken. Eine große Welle warf ihn gegen die Klippen, er schnellte hoch und wurde dann unter den Wasserspiegel in eine der Höhlen gesogen. Wieder und wieder tauchte der schwarzglänzende Schlauch an die Oberfläche, um von neuem zu verschwinden – als wolle er uns mitteilen, daß er Bing entdeckt habe und nun versuchte, ihn aus der Höhle emporzuziehen. Ein ums andere Mal kam er leer zurück, doch ohne die Hoffnung zu verlieren. So ging es vielleicht ein Dutzendmal, doch dann zog es ihn noch tiefer hinab, und als er wieder hervorkam, war er zerfetzt und leblos.

Erst in diesem Augenblick gab meine Mutter es endlich auf. Ihren Gesichtsausdruck werde ich nie vergessen. Es war die pure Verzweiflung, das nackte Entsetzen: daß sie Bing verloren hatte und daß sie so dumm gewesen war, das Schicksal durch ihre Zuversicht ändern zu wollen. Und ich fühlte nur noch ohnmächtigen Zorn, daß alles sich so gegen uns gewandt hatte.

~

Jetzt weiß ich, daß ich nie daran geglaubt hatte, Bing wiederzufinden, ebenso wie ich weiß, daß meine Ehe nicht mehr zu retten ist. Doch meine Mutter rät mir, es trotzdem zu versuchen.

»Wozu denn?« antworte ich ihr. »Es hat doch keinen Zweck.«

»Du mußt es wenigstens versuchen«, beharrt sie. »Nicht aus Hoffnung. Nicht aus Vernunft. Es ist dein Schicksal. Es ist dein Leben, das, was du tun mußt.«

»Aber was kann ich denn noch tun?«

Darauf sagt meine Mutter nur: »Du mußt selbst überlegen, was du zu tun hast. Wenn jemand anderes es dir sagt, gibst du dir keine Mühe.« Und sie geht aus der Küche, um mich darüber nachdenken zu lassen.

Ich denke an Bing; wie ich das Unglück geschehen ließ, obwohl ich die Gefahr voraussah. Ich denke an meine Ehe; auch da habe ich die Vorzeichen gesehen. Aber ich ließ den Dingen ihren Lauf. Ich glaube, das Schicksal besteht halb aus dem, was man erwartet, und halb aus dem, was durch Unachtsamkeit passiert. Doch wenn man etwas verliert, das man liebt, klammert man sich wider besseres Wissen an die Zuversicht. Man muß auch auf das achten, was man verloren hat; dann muß man die Erwartungen rückgängig machen.

Meine Mutter achtet noch immer darauf. Die Bibel unter dem Tisch, die sie niemals übersieht – hat sie nicht damals etwas hineingeschrieben, bevor sie sie unter das Tischbein schob?

Ich hebe den Tisch an der Ecke hoch und hole die Bibel hervor, lege sie auf die Tischplatte und blättere sie hastig durch. Irgendwo muß es doch sein! Auf der Seite vor dem Neuen Testament gibt es eine Spalte mit der Überschrift »Todesfälle«. Dort hat meine Mutter »Bing Hsu« eingetragen, in dünner Bleistiftschrift.

Jing-Mei Woo

Zwei Sorten

Meine Mutter glaubte, daß in Amerika jeder werden konnte, was er wollte. Man konnte ein Restaurant aufmachen. Man konnte ein Haus fast ohne Anzahlung kaufen. Man konnte reich werden. Oder über Nacht berühmt.

»Natürlich kannst du auch ein Wunderkind werden«, sagte meine Mutter zu mir, als ich neun war. »Du kannst auch in irgendwas die Beste werden. Was bildet Tante Lindo sich ein? Ihre Tochter kennt bloß die besten Schachtricks.«

Meine Mutter hatte all ihre Hoffnung auf Amerika gesetzt. Sie war 1949 herübergekommen, nachdem sie in China alles verloren hatte: ihre Eltern, das Haus ihrer Familie, ihren ersten Mann und ihre beiden kleinen Zwillingstöchter. Doch sie blickte niemals wehmütig zurück. Es gab so viele Möglichkeiten, sich ein besseres Leben aufzubauen.

~

Wir fanden nicht auf Anhieb das richtige Talent für mich heraus. Zuerst meinte meine Mutter, ich könnte eine chinesische Shirley Temple werden. Wir sahen uns alte Filme von ihr an wie ein Trainingsprogramm. Meine Mutter stupste mich immer an: *»Ni kan«* – Schau genau hin. Und ich beobachtete, wie Shirley beim Steppen die Füße setzte, wie sie ein Seemannslied sang und wie sie die Lippen rundete, wenn sie »O Gott!« sagte.

»Ni kan«, wiederholte meine Mutter, wenn Shirleys Augen sich mit Tränen füllten. »Das kannst du sowieso schon. Zum Heulen braucht man kein besonderes Talent!«

Nachdem sie sich die Idee mit Shirley Temple in den Kopf gesetzt hatte, brachte sie mich zu einem Schönheitsinstitut im Missionsviertel. Dort überließ sie mich den Frisierkünsten eines Lehrmädchens, das kaum die Schere halten konnte, ohne zu zittern. Statt der erwarteten Lockenpracht bekam ich einen Mopp aus krauser schwarzer Putzwolle verpaßt. Meine Mutter schleifte mich gleich in den Waschraum und mühte sich ab, die Bescherung mit Wasser zu glätten.

»Jetzt siehst du aus wie ein Negermischling«, schimpfte sie, als ob ich es mit Absicht getan hätte.

Der Leiter des Instituts mußte mir den feuchten Krusselfilz abschneiden, um zu retten, was noch zu retten war. »Peter Pan ist gerade groß in Mode«, versicherte er meiner Mutter. Jetzt hatte ich eine Jungenfrisur mit schrägen Ponyfransen über der Stirn. Der neue Haarschnitt gefiel mir sehr, und ich fing tatsächlich an, mich auf meinen zukünftigen Ruhm zu freuen.

Am Anfang versprach ich mir ebensoviel davon wie meine Mutter, vielleicht sogar noch mehr. Ich malte mir eine Wunderkind-Karriere in den verschiedensten Rollen aus: Als zierliche Ballerina wartete ich hinter dem Vorhang auf meinen Auftritt, um beim Einsatz der Musik auf Zehenspitzen hervorzuschweben. Als Christkind wurde ich aus der Krippe gehoben und weinte mit heiliger Gekränktheit. Als Aschenputtel stieg ich aus der Kürbiskutsche, von schmalzigen Geigenklängen begleitet.

In all meinen Vorstellungen war ich fest überzeugt, bald *vollkommen* zu werden. Meine Eltern würden mich anhimmeln. Nie würde ich einen Vorwurf zu hören bekommen. Nie wieder würde ich um irgend etwas schmollen müssen.

Doch manchmal wurde das Wunderkind in mir etwas ungeduldig. »Wenn ich nicht bald zum Vorschein kommen darf, verschwinde ich endgültig«, drohte es. »Und dann wirst du immer ein Niemand bleiben.«

Jeden Abend saßen meine Mutter und ich nach dem Essen an dem Resopaltisch. Sie legte mir ständig neue Aufgaben aus den Zeitschriften vor, die sie stapelweise im Badezimmer aufbewahrte. Sie bekam sie von den Leuten geschenkt, bei denen sie putzen ging. Und da sie jede Woche viele Wohnungen putzte, sammelte sich eine Menge Zeitschriften bei uns an. Meine Mutter blätterte sie alle durch, auf der Suche nach Berichten über außergewöhnlich begabte Kinder.

Am ersten Abend ging es um einen dreijährigen Jungen, der die Hauptstädte aller amerikanischen Bundesstaaten und sogar der meisten europäischen Länder kannte. In dem Artikel wurde ein Lehrer zitiert, der bestätigte, daß der Junge die Namen der fremden Städte alle korrekt aussprechen konnte.

»Wie heißt die Hauptstadt von Finnland?« fragte mich meine Mutter, den Kopf tief über die Zeitschrift gebeugt.

Ich kannte bloß die Hauptstadt von Kalifornien, weil Sacramento der Name unserer Straße in Chinatown war. »Nairobi!« riet ich, weil es das ausgefallenste Wort war, das mir einfiel. Sie sah erst nach, ob das vielleicht eine Möglichkeit war, »Helsinki« auszusprechen, bevor sie mir die Lösung zeigte.

Die Aufgaben wurden allmählich immer schwerer – ich mußte Zahlen im Kopf multiplizieren, die Herzdame aus einem Kartenspiel ziehen, einen Kopfstand versuchen, ohne die Hände zur Hilfe zu nehmen, die Tagestemperaturen von Los Angeles, New York und London voraussagen.

An einem Abend mußte ich drei Minuten lang auf eine Bibelseite schauen und dann alles aufzählen, was ich im Gedächtnis behalten hatte. »Nun hatte Jehosaphat Reichtümer und Ehren zuhauf und... das ist alles, was ich noch weiß, Ma«, sagte ich.

Und als ich wieder einmal ihre enttäuschte Miene sah, begann auch meine Hoffnung langsam zu schwinden. Ich haßte die Aufgaben, die hochgeschraubten Erwartungen und meine ewige Unzulänglichkeit. Bevor ich an jenem Abend zu Bett ging, blickte ich in den Badezimmerspiegel, und als ich darin nichts als mein übliches Alltagsgesicht sah – und erkannte, daß es immer dieses gewöhnliche Gesicht bleiben würde –, fing ich an zu weinen. So ein häßliches, trostloses Mädchen! Ich fauchte wie ein in die Enge getriebenes Tier und versuchte, das Gesicht im Spiegel wegzukratzen.

Doch dann merkte ich plötzlich, worin mein eigenes Talent lag – denn diesen Ausdruck hatte ich noch nie in meinem Gesicht gesehen. Ich starrte in mein Spiegelbild und blinzelte, um es noch deutlicher zu erkennen. Das Mädchen, das mich aus dem Spiegel anblickte, war zornig und stark. Dieses Mädchen war ich. Ich hatte ganz neue, widerspenstige Gedanken. Ich werde nicht zulassen, daß sie mich umkrempelt, versprach ich mir. Ich will nicht jemand werden, der ich nicht bin!

Von da an hatte ich jedes Interesse an den Aufgaben verloren. Ich stützte gelangweilt den Kopf auf den Arm und zählte die Heultöne des Nebelhorns draußen in der Bucht, während meine Mutter mir ihre Illustriertenweisheiten einzupauken versuchte. Das dumpfe Tuten klang tröstlich. Am nächsten Abend wettete ich mit mir selbst, daß meine Mutter schon vor dem achten Heulton aufgeben würde. Und mit der Zeit brauchte ich nur noch einen oder zwei Heultöne zu zählen. Schließlich gab auch sie die Hoffnung auf.

Zwei oder drei Monate waren friedlich verstrichen, ohne daß meine Wunderkind-Talente noch einmal erwähnt wurden. Doch eines Tages sah meine Mutter sich eine Ed-Sullivan-Sendung im Fernsehen an. Das Gerät war alt, und der Ton fiel ständig aus. Jedesmal, wenn meine Mutter vom Sofa aufstand, um den Fernseher richtig einzustellen, sprang der Ton von selbst wieder an. Kaum hatte sie sich wieder hingesetzt, war der Ton wieder weg. Sie stand auf – laute Klaviermusik schallte aus dem Kasten. Sie setzte sich hin – Stille. Auf und nieder, hin und her – wie ein steifes, höfisches Menuett zwischen ihr und dem Fernseher. Zum Schluß stellte sie sich neben das Gerät, mit der Hand am Lautstärkeknopf.

Wie gebannt lauschte sie auf die Musik, ein kleines quirliges Klavierstück von spielerischer Munterkeit, mit neckisch verzögerten Zwischenpassagen.

»Ni kan!« – schau mal –, rief meine Mutter und winkte mich eifrig zu sich hinüber.

Ich konnte sehen, was sie an der Musik so faszinierte. Am Klavier saß ein kleines chinesisches Mädchen mit einem Peter-Pan-Haarschnitt, das so keß wirkte wie Shirley Temple, und gleichzeitig so würdevoll bescheiden wie eine wohlerzogene Chinesin. Und hinterher verneigte sie sich mit einem tiefen Knicks, bei dem ihr weiter weißer Rüschenrock sich graziös wie eine Nelkenblüte um sie auffächerte.

Trotz dieser warnenden Vorzeichen machte ich mir noch keine Sorgen. Wir besaßen kein Klavier und konnten uns auch keins leisten, ganz zu schweigen von den vielen Notenheften und Klavierstunden. So konnte ich das Mädchen großmütig in Schutz nehmen, als meine Mutter an ihr herumkritisierte.

»Sie spielt zwar korrekt, aber gut klingen tut es nicht! Nicht melodisch genug«, mäkelte meine Mutter.

»Wieso mußt du sie denn gleich schlecht machen?« versetzte ich achtlos. »Sie spielt doch ganz schön gut. Vielleicht ist sie noch nicht die Beste, aber sie gibt sich sicher alle Mühe.«

»Genau wie du!« entgegnete sie prompt. »Nicht die Beste, weil du dir keine Mühe gibst!« Sie schnaufte ärgerlich, ließ den Lautstärkeknopf los und setzte sich wieder aufs Sofa.

Das kleine Mädchen setzte sich auch wieder ans Klavier, um als Zugabe »Anitras Tanz« von Grieg zu spielen. Ich erinnere mich gut an das Stück, weil ich es später nämlich selber üben mußte.

Drei Tage nach der Ed-Sullivan-Sendung verkündete meine Mutter mir den Stundenplan für meine Klavier- und Übungsstunden. Sie hatte mit Mr. Chong gesprochen, der im ersten Stock unseres Hauses wohnte. Mr. Chong war ein pensionierter Klavierlehrer, und meine Mutter hatte ihm als Gegenleistung für die wöchentlichen Klavierstunden – und die täglichen Übungen von vier bis sechs – angeboten, bei ihm zu putzen.

Als meine Mutter mir die Hiobsbotschaft mitteilte, kam es mir vor, als würde ich zur Hölle geschickt. Ich jammerte laut und stampfte wütend mit dem Fuß auf.

»Warum magst du mich nicht so, wie ich bin? Ich bin eben kein Genie! Ich kann nicht Klavier spielen! Und selbst wenn ich's könnte, würde ich nie im Fernsehen vorspielen, nicht für eine Million Dollar!«

Meine Mutter gab mir eine Ohrfeige. »Wer hat denn was von Genie gesagt?« schrie sie mich an. »Alles, was du sollst, ist dir Mühe geben! Zu deinem eigenen Besten! Glaubst du, ich will ein Genie aus dir machen? Hnnh! Wozu denn!«

»So was von undankbar«, hörte ich sie auf chinesisch brummeln. »Wenn sie nur halb so begabt wie dickköpfig wäre, dann wäre sie längst berühmt.«

Mr. Chong, den ich insgeheim nur Old Chong nannte, war ein komischer Kauz. Ständig klopfte er mit den Fingern den Takt zu eingebildeten Orchesterklängen. In meinen Augen wirkte er steinalt. Er war halb kahl, und hinter der dicken Brille schien er immer schläfrig zu blinzeln. Doch so alt war er wohl gar nicht, denn er wohnte bei seiner Mutter und war noch nicht verheiratet.

Die alte Frau Chong traf ich nur einmal, und das reichte auch. Sie roch wie ein Baby, das in die Windeln gemacht hat. Ihre Finger fühlten sich wie tot an, wie die Haut eines alten Pfirsichs, den ich mal hinten im Kühlschrank gefunden hatte.

Mir wurde bald klar, warum Old Chong keinen Unterricht mehr in der Schule gab. Er war stocktaub. »Wie Beethoven!« schrie er mir zu. »Wir hören beide nur die Musik in unserem Kopf!« Und dann dirigierte er weiter seine stummen Sonaten.

Die Klavierstunden spielten sich folgendermaßen ab: Er schlug das Notenheft auf und zeigte auf verschiedene Einzelheiten, um ihren Zweck zu erläutern. »Tonart! Diskant! Baß! Keine Kreuze oder B-Vorzeichen! Also C-Dur! Hör zu und spiel mir nach!«

Dann spielte er ein paarmal die Tonleiter, doch er konnte sich nicht verkneifen, nach und nach Schnörkel, Triller und wummernde Baßtöne einzuflechten, bis die Musik tatsächlich ganz eindrucksvoll klang.

Dann spielte ich die Tonleiter nach, mehrmals rauf und runter, und schließlich klimperte ich einfach irgendwelchen Mist zusammen, die garstigste Katzenmusik. Old Chong applaudierte und lobte: »Sehr gut! Aber jetzt mußt du noch lernen, das Tempo zu halten!«

Daran merkte ich, daß er auch zu schlecht sah, um all den falschen Tönen zu folgen, die ich anschlug. Er ließ mich alles noch einmal halb so schnell wiederholen. Damit ich nicht aus dem Rhythmus kam, stellte er sich hinter mich und klopfte den Takt auf meiner Schulter mit. Er legte mir Münzen auf die Handgelenke, damit ich sie geradehielt, während ich meine Tonleitern und Arpeggien übte. Er ließ mich die Finger um einen Apfel krümmen und mit der gleichen Haltung weiterspielen. Er marschierte im Zimmer auf und ab wie ein Zinnsoldat, um mir zu zeigen, wie meine Finger in diszipliniertem Stakkato auf und nieder tanzen sollten.

Während er mir dies alles beibrachte, lernte ich auch, daß ich mir keine Mühe zu geben brauchte, um Fehler zu vermeiden. Wenn ich die falschen Tasten erwischte, weil ich nicht genug geübt hatte, versuchte ich nie, mich zu korrigieren. Ich spielte einfach stur weiter im Takt. Und Old Chong dirigierte weiter seine privaten Phantasiestücke.

Auf diese Weise gab ich mir selber nie die Chance, richtig Klavierspielen zu lernen. Die Grundbegriffe eignete ich mir schnell an, und vielleicht hätte tatsächlich eine recht gute Pianistin aus mir werden können, wäre ich nicht so fest entschlossen gewesen, es gar nicht ernsthaft zu versuchen. Ich wollte mich auf keinen Fall verändern; also lernte ich nichts weiter, als ein paar ohrenzerreißende Präludien und schrill dissonante Kirchenlieder herunterzuhacken.

Das ganze folgende Jahr übte ich so am Klavier, auf meine Weise hartnäckig. Und eines Tages hörte ich meine Mutter und Lindo Jong sich laut und prahlerisch unterhalten, damit auch jeder es mitbekommen konnte. Es war nach der Kirche. Ich lehnte in meinem bauschigen Sonntagskleid an der Mauer, und Waverly, Tante Lindos Tochter, stand ein paar Meter von mir entfernt. Wir waren praktisch wie Schwestern aufgewachsen und hatten uns immer um Puppen und Malstifte gezankt; mit anderen Worten, wir mochten uns nicht sonderlich leiden. Ich fand sie hochnäsig. Waverly Jong hatte als Chinatowns jüngste Schachmeisterin schon viel Erfolg eingeheimst.

»Sie bringt mir zu viele Pokale nach Hause«, beschwerte sich Tante Lindo vernehmlich. »Den ganzen Tag spielt sie Schach. Und ich muß den ganzen Tag lang ihre Pokale abstauben.« Sie blickte unwirsch zu Waverly hinüber, die so tat, als ginge sie das alles nichts an.

»Du kannst froh sein, daß du keine solche Probleme hast«, seufzte Tante Lindo, an meine Mutter gewandt.

Meine Mutter richtete sich kerzengerade auf und fing ihrerseits an anzugeben: »Unser Problem ist noch viel schlimmer. Wenn ich Jing-mei zum Abwaschen rufe, hört sie nichts als Musik. Dieses Naturtalent ist einfach nicht abzuschalten.«

Da beschloß ich, ihrem albernen Stolz ein für allemal ein Ende zu setzen.

Einige Wochen später heckten meine Mutter und Old Chong zusammen aus, mich an einem Talentwettbewerb teilnehmen zu lassen, der in unserer Kirche abgehalten wurde. Inzwischen hatten meine Eltern genug gespart, um mir ein gebrauchtes Klavier zu kaufen, ein schwarzes Wurlitzer-Instrument mit einer zerkratzten Klavierbank. Es war das Prunkstück unseres Wohnzimmers.

An dem Abend sollte ich ein Stück aus Schumanns Kinderszenen vorspielen, »Bittendes Kind« – ein relativ einfaches, schwermütiges kleines Stück, das anspruchsvoller klang als es war. Ich sollte das Stück auswendig lernen und bestimmte Passagen beim Vorspielen wiederholen, damit es länger wirkte. Aber ich trödelte beim Üben, schlug ein paar Takte an und mogelte mich über die nächsten hinweg, während ich nachschaute, wie es weiterging. Ich hörte nie richtig auf das, was ich spielte, statt dessen träumte ich gelangweilt vor mich hin.

Am liebsten übte ich den tiefen Knicks, den ich zum Schluß machen wollte: den rechten Fuß vorschieben bis zu der Rose im Teppichmuster, dann die Fußspitze im Halbkreis nach hinten gleiten lassen und das linke Knie beugen, aufschauen und lächeln.

Meine Eltern hatten ihre Freunde vom Joy Luck Club zu meinem Debüt eingeladen. Tante Lindo und Onkel Tin, Waverly und ihre älteren Brüder, alle waren erschienen. In den ersten zwei Reihen saßen lauter Kinder, jüngere und ältere als ich. Die Kleinsten machten den Anfang. Sie sagten Kinderreime auf, hopsten in rosa Ballettröckchen herum, und wenn sie sich verbeugten oder knicksten, seufzte das Publikum resigniert, bevor es in heftiges Klatschen ausbrach.

Als ich an die Reihe kam, fühlte ich mich vollkommen selbstsicher und freudig gespannt, als wäre ich auf einmal überzeugt, daß wirklich ein Wunderkind in mir steckte – von Lampenfieber keine Spur. Ich weiß noch, wie ich dachte: Das ist es! Ich überblickte die versammelten Gesichter, die ausdruckslose Miene meiner Mutter, das Gähnen meines Vaters, Tante Lindos künstliches Lächeln, Waverlys Schmollen.

Ich trug ein weißes Kleid mit Spitzenrüschen und eine rosa Schleife in meiner Peter-Pan-Frisur. Während ich mich ans Klavier setzte, sah ich im Geiste schon die Leute von den Stühlen aufspringen und Ed Sullivan nach vorne stürzen, um mich dem Fernsehpublikum vorzustellen.

Ich begann zu spielen. Es war wunderschön. Ich war so von meinem Aussehen eingenommen, daß ich überhaupt nicht auf den Klang achtete; so traf mich der erste falsche Ton völlig überraschend. Schon folgte der nächste, und gleich darauf noch einer. Ein kalter Schauer lief mir den Rücken hinunter. Doch ich spielte verbissen weiter, als ob meine Hände verhext wären. Ich erwartete die ganze Zeit, daß meine Finger gleich von selbst ins richtige Gleis umspringen würden, wie ein Zug, der über eine Weiche fährt. So hielt ich das mißtönende Kuddelmuddel mit sämtlichen Wiederholungen bis zum bitteren Ende durch.

Als ich aufstand, zitterten mir die Knie. Vielleicht war ich ja doch bloß nervös, und das Publikum hatte, wie Old Chong, nur die richtigen Fingerbewegungen gesehen und sonst überhaupt nichts gemerkt? Ich sank in einen graziösen Hofknicks und blickte lächelnd auf.

Eisige Stille schlug mir entgegen, bis auf Old Chong, der strahlend »Bravo! Bravo!« rief. Dann sah ich das betroffene Gesicht meiner Mutter. Die Zuhörer applaudierten verhalten, und ich beherrschte mich, so gut ich konnte, um nicht in Tränen auszubrechen, während ich mit weichen Knien auf meinen Platz zurückging. Ich hörte, wie ein kleiner Junge seiner Mutter zuflüsterte: »Das war scheußlich«, und wie sie antwortete: »Na ja, sie hat sich sicher Mühe gegeben.«

Da fiel mir erst auf, wie viele Leute im Publikum saßen, es kam mir fast vor wie die ganze Welt. Ich fühlte, wie die Blicke sich in meinen Rücken bohrten. Und ich fühlte beinahe körperlich, wie sehr meine Eltern sich schämten, während sie den Rest der Vorstellung über sich ergehen ließen, ohne sich auch nur das Geringste anmerken zu lassen.

Wir hätten uns ja in der Pause hinausschleichen können, aber der Stolz und ein seltsamer Ehrbegriff hielten meine Eltern eisern auf den Stühlen fest. So mußten wir uns alles ansehen: den achtzehnjährigen Jungen mit dem angeklebten Schnurrbart, der geschickt Zauberkunststücke vorführte und auf einem Einrad hin und her strampelnd mit flammenden Ringen jonglierte; das vollbusige Mädchen, das mit einer Arie aus *Madame Butterfly* beachtlichen Erfolg hatte; und schließlich den elfjährigen Jungen, der mit einem virtuosen Violinstück – es klang wie emsiges Bienengesumm – den ersten Preis errang.

Nach der Vorstellung kamen die Hsus, die Jongs und die St. Clairs vom Joy Luck Club auf meine Eltern zu.

»Viele talentierte Kinder«, bemerkte Tante Lindo vage, mit einem breiten Lächeln.

»Ja, ganz unerhört«, sagte mein Vater. Ich wußte nicht, ob das eine witzige Anspielung auf mich sein sollte, oder ob er sich überhaupt noch an mein Debakel erinnerte.

Waverly blickte mich an und zuckte mit den Schultern. »Du bist eben kein Genie wie ich«, konstatierte sie sachlich. Wäre mir nicht so elend zumute gewesen, hätte ich sie sicher an den Zöpfen gezogen und ihr kräftig in den Bauch geboxt.

Doch am härtesten traf mich der Gesichtsausdruck meiner Mutter: Ihre starre, abwesende Miene besagte deutlicher als alle Worte, wie abgrundtief enttäuscht sie war. Mir ging es genauso. Es kam mir vor, als scharten sich die Leute mit gieriger Schadenfreude um uns, wie die Gaffer um einen Unfall. Als wir endlich im Bus saßen, summte mein Vater die Bienenmelodie vor sich hin, während meine Mutter sich in Schweigen hüllte. Ich dachte, sie wollte nur warten, bis wir zu Hause waren, um mich dort nach Strich und Faden abzukanzeln. Doch kaum hatte mein Vater die Wohnungstür aufgesperrt, verschwand sie wortlos im Schlafzimmer, ohne jeden Vorwurf. Fast war ich enttäuscht, so davonzukommen; wenn sie mich wenigstens angeschrien hätte, dann hätte ich toben und heulen und sie für mein ganzes Unglück verantwortlich machen können.

Ich hatte angenommen, daß ich nach diesem Fiasko nie wieder Klavier zu spielen bräuchte. Aber zwei Tage später, als ich nach der Schule vor dem Fernseher saß, tauchte meine Mutter plötzlich im Türrahmen auf.

»Vier Uhr«, sagte sie mahnend, als wäre alles noch beim alten. Ich war so verblüfft, als hätte sie mich aufgefordert, die ganze Tortur des Vorspielens nochmals durchzumachen. Ich verkroch mich noch tiefer in meinen Sessel.

»Mach den Fernseher aus!« rief sie fünf Minuten später aus der Küche.

Ich rührte mich nicht. Und dann faßte ich einen Entschluß. Ich brauchte meiner Mutter nicht mehr zu folgen. Ich war nicht ihre Sklavin. Schließlich waren wir hier nicht in China. Ich hatte ja erlebt, was dabei herauskam, wenn ich mich ihren Wünschen fügte. Sie war die Dumme, nicht ich.

Sie kam aus der Küche hervor und pflanzte sich an der Schwelle zum Wohnzimmer auf: »Vier Uhr!« trompetete sie, als wäre ich taub.

»Ich will nicht mehr Klavier spielen«, sagte ich lässig. »Wozu auch? Ich bin nun mal kein Genie.«

Sie stellte sich vor den Fernseher und funkelte mich an. Ich konnte sehen, wie sie schwer atmend mühsam um Beherrschung rang.

»Nein!« beharrte ich trotzig. Ich fühlte eine neue Kraft in mir, mein wahres Ich setzte sich endlich durch. Dieser Widerstand hatte die ganze Zeit in mir geschlummert.

»Nein! Ich denke nicht dran!« schrie ich sie an.

Mit einem Ruck zog sie mich am Arm hoch und stellte den Fernseher ab. Dann zerrte sie mich mit beängstigend starkem Griff zum Klavier, so sehr ich mich auch gegen sie anstemmte. Sie drückte mich auf die harte Bank nieder. Ich schluchzte vor hilfloser Wut und blickte vorwurfsvoll zu ihr hoch. Sie keuchte mit wogender Brust und lächelte grausam, als machte es ihr Spaß, mich weinen zu sehen.

»Immer willst du mich anders haben, als ich bin!« heulte ich. »Nie werde ich die Tochter sein, die du dir vorstellst!«

»Es gibt nur zwei Sorten Töchter!« schrie sie mich auf chinesisch an. »Gehorsame und dickköpfige! Ich dulde nur die eine Sorte in meinem Haus – die gehorsame!«

»Dann wünschte ich, ich wäre nicht deine Tochter und du nicht meine Mutter!« brüllte ich zurück. Es machte mir selber angst, was ich mich da sagen hörte – lauter Gewürm und ekliges Getier, das da aus meiner Kehle gekrochen kam. Aber zugleich fühlte es sich auch gut an, wie meine schlimme Seite sich endlich hervortraute.

»Das ist nicht mehr zu ändern«, entgegnete meine Mutter mit schriller Stimme.

Ich wollte sie noch mehr anstacheln, ihre Wut zum Überschäumen bringen. Da fielen mir die Babys in China ein, über die bei uns nie geredet wurde. »Ich wünschte, ich wäre nie geboren!« schrie ich. »Ich wünschte, ich wäre tot! Wie die anderen!«

Es wirkte wie eine Zauberformel. Abrakadabra! – und ihre Miene wurde plötzlich starr und leer. Sie machte den Mund zu und ließ die Arme sinken. Langsam wich sie rückwärts aus dem Zimmer, wie ein kleines, braunes, abgestorbenes Herbstblatt, das vom Wind davongetragen wird.

Das war nicht die einzige Enttäuschung, die ich meiner Mutter bereitete. In den folgenden Jahren machte ich ihr noch oft Kummer, indem ich meinen Willen durchsetzte, auf meinem Recht bestand, ihren Erwartungen nicht zu entsprechen. Ich bekam nicht die besten Noten beim Schulabschluß. Ich wurde nie zum Klassensprecher gewählt. Ich wurde nicht in Stanford aufgenommen. Ich brach das College ab.

Denn im Gegensatz zu meiner Mutter glaubte ich nicht daran, daß ich alles erreichen konnte, was ich wollte. Ich konnte nur ich selbst sein.

In all diesen Jahren wurden weder das Desaster beim Vorspielabend noch mein ausfälliges Benehmen hinterher jemals wieder erwähnt. Das Thema wurde einfach totgeschwiegen, wie ein Verrat, der zu schändlich für alle Worte war. So gelang es mir nie, meine Mutter zu fragen, warum sie ihre Hoffnungen so hochgeschraubt hatte, daß ich unvermeidlich versagen mußte.

Schlimmer noch, ich konnte sie auch niemals fragen, was mich am meisten bedrückte: Warum hatte sie die Hoffnung aufgegeben? Denn nach unserer Auseinandersetzung erwähnte sie mein Klavierspielen nie wieder. Der Unterricht wurde abgebrochen. Der Klavierdeckel blieb geschlossen, als Bollwerk gegen den Staub, gegen mein Unglück, gegen ihre Hoffnungen.

Doch vor einigen Jahren schenkte sie mir das Klavier überraschend zum dreißigsten Geburtstag. Ich hatte es nie wieder angerührt. Ich verstand ihr Angebot als Zeichen, daß sie mir verziehen hatte, und mir fiel ein jahrzehntealter Stein vom Herzen.

»Bist du sicher?« fragte ich sie schüchtern. »Ich meine, werdet ihr es denn nicht vermissen?«

»Nein, das war doch schon immer dein Klavier«, sagte sie entschieden. »Nur du kannst drauf spielen.«

»Wahrscheinlich hab ich inzwischen alles verlernt«, antwortete ich. »Es ist ja schon so lange her.«

»Das holst du im Nu wieder auf«, meinte sie, als gäbe es da gar keinen Zweifel. »Du bist ein Naturtalent. Du hättest ein Genie werden können, wenn du nur gewollt hättest.«

»Nein, ausgeschlossen.«

»Du hast dir eben keine Mühe gegeben«, sagte meine Mutter. Es klang weder vorwurfsvoll noch resigniert, nur wie eine sachliche Feststellung. »Nimm es ruhig an«, fügte sie hinzu.

Aber anfangs mochte ich es noch nicht nehmen. Es genügte mir schon, daß sie es angeboten hatte. Seitdem war ich jedesmal ein wenig stolz, wenn ich es im Wohnzimmer meiner Eltern zwischen den Bogenfenstern stehen sah – als hätte ich einen glanzvollen Preis zurückerobert.

Letzte Woche habe ich einen Klavierstimmer in die Wohnung meiner Eltern geschickt, aus rein sentimentalen Gründen. Meine Mutter war vor ein paar Monaten gestorben, und seitdem hatte ich für meinen Vater nach und nach ihre Sachen weggeräumt. Ihren Schmuck wickelte ich in seidene Futterale. Ihre selbstgestrickten Pullover in gelb, rosa und orange – genau die Farben, die ich nicht leiden konnte – verpackte ich mottensicher in Kartons. Ich stieß auch auf ein paar alte, geschlitzte Seidenkleider, deren weichen Stoff ich zwischen den Fingern rieb, bevor ich sie in Seidenpapier einschlug; ich beschloß, sie mit nach Hause zu nehmen.

Nachdem das Klavier gestimmt war, klappte ich den Deckel auf und strich über die Tasten. Der Klang war viel voller als in meiner Erinnerung. Es war wirklich kein schlechtes Klavier. In der Bank fand ich noch alle meine Übungsblätter von früher, mit den handgeschriebenen Tonleitern, und die alten zerfledderten Notenhefte, deren Einbände mit gelben Klebstreifen zusammengehalten wurden.

Ich schlug die Schumann-Noten an der Seite mit dem schwermütigen kleinen Stück auf, das ich damals gespielt hatte. Es stand auf der linken Seite: »Bittendes Kind«. Es kam mir schwieriger vor, als ich es in Erinnerung hatte. Ich schlug ein paar Takte an und war überrascht, wie gut ich mich noch der Noten entsinnen konnte.

Zum ersten Mal, wie mir schien, warf ich auch einen Blick auf die rechte Seite. Das Stück dort hieß »Glückes genug«. Ich versuchte, es ebenfalls zu spielen. Die Melodie war beschwingter, doch es hatte den gleichen, fließenden Rhythmus; »Bittendes Kind« war kürzer und getragener – »Glückes genug« war länger und heiterer. Und nachdem ich beide Stücke ein paarmal durchgespielt hatte, merkte ich, daß sie einander ergänzten wie die zwei Hälften eines Liedes.

Amerikanische Übersetzung

»Wah!« rief die Mutter, als sie den Spiegelschrank vor dem Ehebett im neuen Haus ihrer Tochter sah. »Man darf doch keinen Spiegel am Bett aufstellen! Sonst prallt das ganze Eheglück zurück und verkehrt sich ins Gegenteil!«

»Das ist der einzige Platz, wo er hinpaßt, und deshalb bleibt er auch da«, sagte die Tochter gereizt, weil ihre Mutter ständig überall böse Omen sah. Ihr ganzes Leben lang hatte sie sich solche Warnungen anhören müssen.

Die Mutter runzelte die Stirn und griff in ihre schon mehrfach benutzte Plastiktüte. »Hnnh, ein Glück, daß ich das für dich in Ordnung bringen kann.« Und sie zog einen kleinen goldgerahmten Spiegel hervor, den sie vor einer Woche im Ausverkauf erworben hatte. Es war ihr Geschenk zum Einzug. Sie lehnte ihn oberhalb der beiden Kissen auf die Kopfstütze des Bettes.

»Häng ihn hier auf«, sagte sie und deutete auf die Wand über dem Bett. »Der Spiegel blickt in den anderen Spiegel – haule! *– und vermehrt so dein Pfirsichblütenglück.«*

»Was ist das, Pfirsichblütenglück?«

Die Mutter lächelte verschmitzt. »Es ist da drin«, sagte sie und zeigte auf den Spiegel. »Schau hinein. Hab ich nicht recht? In dem Spiegel siehst du mein Enkelkind, das nächstes Jahr schon auf meinem Schoß sitzen wird.«

Die Tochter blickte hinein, und – haule! *– da sah sie es: ihr eigenes Spiegelbild blickte zurück.*

Lena St. Clair
Der Reis-Ehemann

Bis auf den heutigen Tag glaube ich, daß meine Mutter die geheimnisvolle Fähigkeit besitzt, Dinge zu sehen, bevor sie passieren. Sie zitiert gern ein chinesisches Sprichwort: »*Chunwang chihan*« – Wenn die Lippen weg sind, werden die Zähne kalt. Was wahrscheinlich in etwa bedeuten soll, daß eine Sache sich immer aus der vorigen ergibt.

Sie sagt jedoch weder Erdbeben voraus noch die Entwicklungen auf dem Börsenmarkt. Sie sieht nur schlimme Vorzeichen, die unsere Familie betreffen. Und sie weiß auch, woher sie kommen. Doch neuerdings jammert sie, daß sie nie etwas dagegen getan hat.

Früher hatte sie schwere Bedenken gegen die Lage unserer neuen Wohnung in San Francisco, die zu steil am Hang lag. Sie sagte, das Baby in ihrem Bauch würde tot herausfallen, was auch geschah.

Als ein Klempnerladen gegenüber von unserer Bank eröffnet wurde, sagte sie, bald würde alles Geld aus der Bank fortgeschwemmt sein. Und einen Monat später wurde einer der Bankdirektoren wegen Unterschlagung verhaftet.

Nachdem mein Vater letztes Jahr gestorben war, sagte sie, sie hätte auch das kommen sehen. Denn ein Philodendron, den er ihr geschenkt hatte, war eingegangen, obwohl sie ihn immer ordentlich gegossen hatte. Sie sagte, die Pflanze hätte beschädigte Wurzeln, die kein Wasser mehr aufnehmen konnten. Und der Autopsiebericht besagte, daß mein Vater eine neunzigprozentige Arterienverkalkung hatte, bevor er mit vierundsiebzig an einem Herzinfarkt starb. Mein Vater war kein Chinese, sondern Amerikaner englisch-irischer Abstammung, der jeden Morgen mit Genuß fünf Scheiben Speck und drei Spiegeleier verputzte.

Die sonderbare Weissagungsgabe meiner Mutter kommt mir gerade in Erinnerung, weil sie zur Zeit bei uns zu Besuch ist, in dem neuen Haus, das mein Mann und ich uns vor kurzem in Woodside gekauft haben. Und ich frage mich, was sie wohl bei uns für die Zukunft voraussehen wird.

Harold und ich hatten Glück, dieses Haus zu finden, das nahe bei dem höchsten Punkt des Highway Nr. 9 liegt, von dem aus man eine unbeschilderte Schotterstraße in drei scharfen Kurven – links, rechts, links – hinabfährt; unbeschildert deshalb, weil die Anwohner die Hinweisschilder immer wieder entfernen, um unerwünschte Händler, Bauunternehmer und Stadtverwaltungsbeamte fernzuhalten. Bis zu der Wohnung meiner Mutter fährt man nur eine Dreiviertelstunde, die sich allerdings zu einer einstündigen Tortur ausdehnte, als meine Mutter mit uns zurückfuhr. Als wir in die zweispurige Straße einbogen, die sich den Hang hinaufschlängelt, tippte sie Harold von hinten an die Schulter und sagte: »Ai, Reifenquietschen.« Und etwas später: »Zu viel Abnutzung fürs Auto.«

Harold lächelte und fuhr langsamer, aber ich konnte sehen, wie seine Hände sich um das Steuerrad des Jaguars krampften, während er nervös die wachsende Schlange ungeduldig hupender Wagen im Rückspiegel beobachtete. Insgeheim gönnte ich es ihm allerdings, denn sonst war er immer derjenige, der alte Damen in ihren Buicks erschreckte, indem er so dicht wie möglich auffuhr und unverschämt hupend den Motor aufheulen ließ, als wollte er sie glatt von der Straße fegen.

Gleichzeitig schämte ich mich auch meiner Schadenfreude. Aber am Vormittag hatte er mich wieder mal mit dem üblichen Thema geärgert. Bevor wir losfuhren, um meine Mutter zu holen, sagte er plötzlich: »Du mußt den Kammerjäger bezahlen! Mirugai ist deine Katze, also sind es auch *deine* Flöhe. Das ist nur gerecht.«

Unsere Freunde würden sich darüber schieflachen, daß wir über so etwas Blödes wie Flöhe streiten können, aber sie haben auch keine Ahnung, wie tief unsere Probleme wirklich liegen – so tief, daß sie mir bodenlos scheinen.

Und nun, wo meine Mutter für eine ganze Woche bei uns ist, müssen wir so tun, als ob nichts wäre.

Inzwischen fragt sie mich immer wieder, warum wir so viel Geld für eine renovierte Scheune und ein veralgtes Schwimmbad ausgegeben haben, und für nur vier Hektar Land, von denen zwei mit Rotholzbäumen und giftigem Efeu zugewachsen sind. Eigentlich stellt sie gar keine Fragen, sondern macht nur Bemerkungen wie: »Aii, so viel Geld, so teuer«, während wir ihr das Haus und das Grundstück zeigen. Und jedesmal fühlt Harold sich bemüßigt, sie mit leicht verständlichen Erläuterungen zu beruhigen: »Es sind vor allem die Details, die so viel kosten. Dieser Boden zum Beispiel. Das Holz ist handgebleicht. Und der Marmoreffekt an den Wänden, der ist speziell mit dem Schwamm aufgetragen. Das ist wirklich seinen Preis wert!«

Und meine Mutter nickt zustimmend: »Jaja, ausbleichen und Schwamm kommen teuer.«

Während der kurzen Hausbesichtigung hat sie sofort die Fehler entdeckt. Der schräge Boden, meinte sie, gäbe ihr das Gefühl, »bergab zu laufen«, und an ihrem Gästezimmer – eigentlich der frühere Heuboden im Dachgiebel – bemängelte sie die »schiefen Wände«. Sie sieht die Spinnen in den obersten Zimmerecken hokken und sogar Flöhe aufhüpfen – pah! pah! pah! – wie heiße Ölspritzer aus der Pfanne. Meine Mutter läßt sich von all dem sündteuren Schnickschnack nicht beeindrucken; für sie bleibt das Haus eine Scheune.

Sie sieht einfach alles, und es ärgert mich, daß sie alles heruntermacht. Aber wenn ich mich umsehe, muß ich ihr widerwillig recht geben. Deswegen bin ich überzeugt, daß ihr auch nicht verborgen bleibt, was zwischen Harold und mir vorgeht. Sie weiß, was mit uns geschehen wird; ich erinnere mich noch an das, was sie mir prophezeite, als ich acht Jahre alt war.

Nach einem Blick in meine Reisschüssel hatte meine Mutter mir vorhergesagt, daß ich einmal einen schlechten Mann heiraten würde.

»Aii, Lena«, sagte sie damals nach dem Abendessen, »für jedes Reiskorn, das du in der Schüssel läßt, wird dein späterer Ehemann eine Pockennarbe haben.«

Sie setzte meine Schüssel ab. »Ich kannte mal einen pockennarbigen Mann. Ein geiziger, gemeiner Kerl war das.«

Mir fiel sofort ein gemeiner Nachbarjunge ein, der lauter kleine Krater in den Wangen hatte, die tatsächlich genauso groß wie Reiskörner waren. Der Junge war etwa zwölf und hieß Arnold. Arnold beschoß mich immer mit Flitzegummis, wenn ich auf dem Schulweg an seinem Haus vorbeikam, und einmal hatte er mit dem Fahrrad meine Puppe überfahren und ihr die Beine zerquetscht. Ich wollte diesen grausamen Kerl nicht zum Ehemann. Darum kratzte ich schnell die letzten kalten Reiskörner aus der Schüssel und lächelte zu meiner Mutter auf; nun würde ich Arnold sicher nicht zu heiraten brauchen, sondern nur jemanden mit einem so porzellanglatten Gesicht wie meine leergeputzte Reisschale.

Aber meine Mutter seufzte. »Gestern hast du deinen Reis auch nicht aufgegessen.« Ich dachte an die vielen Reiskörner, die gestern und vorgestern in meiner Schüssel zurückgeblieben waren, und mir wurde angst und bange, daß der fiese Arnold mir doch als Ehemann beschieden sein könnte. Und da ich so ein schlechter Esser war, würde sein Gesicht über kurz oder lang wie eine Mondlandschaft aussehen.

Eigentlich wäre das eher eine lustige Kindheitserinnerung, doch ich denke immer nur mit einer Mischung von Ekel und Reue daran zurück. Ich haßte Arnold so sehr, daß ich schließlich sogar seinen Tod heraufbeschwor. Ich ließ ganz einfach eine Sache sich aus der anderen ergeben; natürlich hätten es auch lauter Zufallsverknüpfungen sein können. Auf jeden Fall war aber die *Absicht* da. Wenn ich unbedingt möchte, daß etwas geschieht – oder unterbleibt –, erscheinen mir alle Ereignisse bedeutungsträchtig – lauter Gelegenheiten, die es zu ergreifen oder zu vermeiden gilt.

Ich fand die richtige Gelegenheit. Noch in der gleichen Woche sah ich einen schrecklichen Film in der Sonntagsschule. Die Lehrerin hatte das Licht gelöscht, so daß wir nur noch unsere Silhouetten erkennen konnten. Dann blickte sie in die abgedunkelte Klasse voller zappeliger, wohlgenährter chinesisch-amerikanischer Kinder und sagte mit mahnender Stimme: »Dieser Film wird euch zeigen, warum ihr Opfergaben spenden sollt, um Gottes Hilfswerk zu unterstützen.«

»Und ich möchte, daß ihr euch mal darüber Gedanken macht, wieviel Geld ihr in der Woche für Süßigkeiten ausgebt«, fügte sie hinzu, »und das mit dem vergleicht, was ihr jetzt zu sehen bekommt. Vielleicht denkt ihr mal darüber nach, wie gut ihr es eigentlich habt.«

Darauf ließ sie den Projektor losschnurren. Der Film zeigte Missionare in Afrika und Indien. Diese guten Menschen kümmerten sich um Kranke, deren Beine so dick angeschwollen waren wie Baumstümpfe, oder so verkrümmt und verbogen waren wie Dschungellianen. Aber am schlimmsten waren die Bilder von den Leprakranken. Ihre Gesichter waren über und über von Schwären und Pusteln, Beulen und Kratern bedeckt, die aufbrechenden Geschwüre sahen aus wie Schnecken, die sich heftig im Salz winden. Wenn meine Mutter die Bilder hätte sehen können, hätte sie sicher gesagt, daß diese armen Teufel die Opfer zukünftiger Ehegatten waren, die ganze Teller voll Essen stehenließen.

Nachdem ich den Film gesehen hatte, faßte ich einen furchtbaren Entschluß; denn jetzt war mir klar, wie ich es verhindern konnte, Arnold zum Mann zu bekommen. Ich ließ immer mehr Reis in meiner Schüssel übrig. Nach und nach dehnte ich die Strategie auch auf nicht-chinesische Nahrungsmittel aus und aß weder mein Gemüse noch meine Cornflakes oder Erdnußbuttersandwiches auf. Einmal opferte ich sogar einen gerade angebissenen Schokoriegel, weil mir die vielen dunklen Flecken in der klebrig zähen Füllung so vielversprechend schienen.

Trotz allem kam es mir nicht sehr wahrscheinlich vor, daß Arnold eines Tages nach Afrika fahren würde, um dort an der Lepra zu sterben. Und das wog vor meinem Gewissen die schwache Möglichkeit auf, daß es doch passieren könnte.

Er starb allerdings erst fünf Jahre später, als ich schon ganz dünn geworden war. Mittlerweile hungerte ich nicht mehr wegen Arnold, den ich längst vergessen hatte, sondern aus modischem Diätwahn, wie so viele selbstquälerische Teenager meines Alters. Ich saß gerade am Frühstückstisch; meine Mutter packte mir die Schulbrote ein, die ich jeden Tag prompt wegwarf, sobald ich um die Ecke bog. Mein Vater aß mit den Fingern, stippte genüßlich seine Speckscheiben ins Eigelb und las dabei Zeitung.

»Oje, hört euch das mal an!« sagte er plötzlich. Und er las vor, daß ein Junge namens Arnold Reisman, der in unserem früheren Viertel in Oakland wohnte, an den Spätfolgen von Masern gestorben war. Er stand kurz vor dem Beginn seines Medizinstudiums in Stanford und hatte Spezialist für Orthopädie werden wollen.

»Die Ärzte ließen verlauten, daß die Diagnose einige Schwierigkeiten bereitete, da die Krankheit überaus selten vorkommt. Sie befällt fast ausschließlich Jugendliche zwischen zehn und zwanzig, und zwar Monate bis Jahre, nachdem sie sich mit dem Masernvirus angesteckt haben«, las mein Vater weiter. »Der Junge hatte mit zwölf Jahren eine leichte Masernerkrankung, wie seine Mutter berichtete. Die Spätfolgen machten sich erst dieses Jahr bemerkbar, als motorische Störungen und geistige Lethargie bei dem Jungen auftraten, die schließlich im Koma mündeten. Der Siebzehnjährige hat nie wieder das Bewußtsein erlangt.«

»Kanntest du den nicht?« fragte mein Vater mich. Ich saß nur stumm und betreten da.

»Das ist ja furchtbar!« sagte meine Mutter und sah mich scharf an. »Ganz entsetzlich!«

Und ich war überzeugt, daß sie in mich hineinsehen konnte und wußte, wer Arnolds Tod verursacht hatte. Mir grauste vor mir selbst.

Am Abend verkroch ich mich in mein Zimmer und stopfte mich

mit Erdbeereis voll, das ich aus der Tiefkühltruhe stibitzt hatte. Und ein paar Stunden später hockte ich draußen auf der Feuerleiter und erbrach alles wieder in die Plastikbüchse zurück. Ich weiß noch, wie ich mich darüber wunderte, daß mir so schlecht wurde, wenn ich was Gutes aß, während ich mich so wohl fühlte, nachdem ich etwas Scheußliches erbrochen hatte.

Die Vorstellung, daß ich an Arnolds Tod schuld sein könnte, ist an sich gar nicht so lächerlich. Vielleicht war er mir ja tatsächlich als Ehemann bestimmt. Denn ich frage mich heute noch oft, wie es bei all dem Chaos in der Welt zu so viel zufälligen Entsprechungen oder exakten Gegensätzen kommen kann. Warum mußte Arnold gerade mich für seine Flitzegummi-Tortur auswählen? Wie kam es, daß er genau in dem Jahr die Masern bekam, als ich ihn bewußt zu hassen begann? Und warum fiel mir sofort Arnold ein, als meine Mutter in meine Reisschüssel blickte? Wird Haß nicht fast immer durch verschmähte Liebe hervorgerufen?

Auch wenn ich die ganze Episode letzten Endes als Albernheit abtue, ich bin doch davon überzeugt, daß wir meistens verdient haben, was wir bekommen. Arnold blieb mir erspart. Statt dessen bekam ich Harold.

Harold und ich arbeiten in dem gleichen Architekturbüro, Livotny & Co.; Harold ist Livotny, und ich bin Co. Wir lernten uns vor acht Jahren kennen, bevor er seine eigene Firma gründete. Ich war damals achtundzwanzig, er vierunddreißig. Wir waren beide in einer Firma für Restaurantdesign angestellt.

Zuerst trafen wir uns zu Arbeitsessen, um Projekte zu besprechen. Die Rechnung zahlten wir immer halbe-halbe, obwohl ich meist nur einen Salat bestellte, weil ich nicht zunehmen wollte. Als wir uns dann später auch öfter zum Abendessen verabredeten, wurde auch da die Rechnung immer durch zwei geteilt.

Und so ging es weiter; alle Ausgaben fifty-fifty. Ich war vollkommen damit einverstanden. Manchmal bestand ich sogar darauf, alles selbst zu zahlen: das Essen, die Getränke, das Trinkgeld. Es machte mir gar nichts aus.

»Lena, du bist wunderbar«, sagte Harold eines Tages zu mir. Seit sechs Monaten gingen wir zusammen aus und seit fünf Monaten hinterher ins Bett, und seit etwa einer Woche machten wir uns schüchterne Liebeserklärungen. Wir lagen in der neuen lila Bettwäsche, die ich ihm geschenkt hatte, weil seine alten weißen Laken ziemlich unromantische Flecken hatten.

Er flüsterte, mit dem Mund an meinem Hals: »Ich glaube, ich habe noch nie eine andere Frau gekannt, die so mit mir im Einklang...« – und ich erinnere mich noch an den Schreck, den ich bei den Worten »eine andere Frau« bekam, denn ich konnte mir Dutzende, Hunderte von anbetungsvollen Verehrerinnen vorstellen, die ganz wild darauf waren, Harold zum Frühstück, Mittag- und Abendessen einzuladen, nur um des Vergnügens willen, seinen Atem auf ihrer Haut zu spüren.

Dann biß er mich sanft in den Hals und fügte schnell hinzu: »Und auch keine, die so weich und kuschelig und anschmiegsam ist wie du...«

Ich war ganz überwältigt von dieser neuesten Liebeserklärung. Wie konnte so ein fabelhafter Mann wie Harold mich nur wunderbar finden?

Jetzt, wo ich mich über Harold ärgere, weiß ich nicht mehr genau, was ich damals eigentlich so umwerfend an ihm fand. Sicher hat er auch seine guten Eigenschaften, denn sonst wäre ich nicht so dumm gewesen, ihn zu heiraten. Ich weiß nur noch, daß ich mir vorkam, als hätte ich das große Los gezogen, und deshalb befürchtete ich um so mehr, dieses unverdiente Glück eines Tages wieder zu verlieren. Wenn ich davon träumte, mit ihm zusammenzuziehen, kamen dabei viele geheime Ängste hoch: daß er sich über meinen Geruch beschweren könnte, daß meine Angewohnheiten ihm zu schlampig wären, daß er meinen Musik- und Fernsehgeschmack unmöglich fände. Ich hatte Angst, Harold würde sich eines Tages eine neue Brille verschreiben lassen, und kaum hätte er sie aufgesetzt, würde er mich verblüfft von oben bis unten mustern und sagen: »Huch! Du bist ja ganz anders, als ich gedacht habe!«

Ich glaube, die Angst, eines Tages als Hochstaplerin entlarvt zu werden, hat mich nie ganz verlassen. Doch meine Freundin Rose, die mit einer Analyse begonnen hat, weil ihre Ehe in die Brüche gegangen ist, hat mir neulich gesagt, daß diese Art von Ängsten für Frauen wie uns ganz normal sind.

»Erst habe ich gedacht, das liegt an unserer Erziehung, mit all dieser chinesischen Unterwürfigkeit. Oder weil man sich als Chinese immer passiv verhalten muß, nur im Tao dahinfließen und bloß keine Welle machen! Doch mein Therapeut hat gefragt, warum ich eigentlich meine Kultur und Herkunft dafür verantwortlich mache, und da fiel mir wieder ein, was ich neulich in einem Artikel gelesen habe: Immer verlangen wir uns Höchstleistungen ab, und wenn wir dann Erfolg haben, überlegen wir uns, ob wir uns nicht noch mehr hätten anstrengen sollen – denn ab einem gewissen Alter bekommt man immer weniger Bestätigung.«

Die Unterhaltung mit Rose beruhigte mich ein wenig; natürlich ist mir klar, daß ich Harold in vielen Dingen ebenbürtig bin. Er ist kein Apoll, obwohl er sicher auf eine drahtige, intellektuelle Art attraktiv wirkt. Und ich bin vielleicht keine ausgesprochene Schönheit, aber viele Frauen in meinem Aerobics-Kurs halten mich für »exotisch« und sind neidisch, weil ich keinen Hängebusen habe. Neulich hat sogar einer meiner Klienten mein Temperament und meine vitale Ausstrahlung bewundert.

Also habe ich jemanden wie Harold wohl doch verdient, im guten Sinne, meine ich. Wir sind gleichwertig. Ich bin ebenfalls nicht dumm. Ich bin nicht nur vernünftig, sondern auch hochgradig intuitiv. Ich habe Harold damals zugeredet, sich selbständig zu machen.

Als wir noch bei Harned Kelley & Davis angestellt waren, sagte ich eines Abends: »Harold, die Firma weiß genau, was sie an dir hat. Du bist hier nämlich die Gans, die die goldenen Eier legt. Wenn du einen eigenen Laden aufmachen würdest, hättest du gleich die Hälfte der Kunden hier abgezogen. Das weißt du so gut wie ich und jeder andere Restaurantdesigner.«

Und an jenem Abend beschloß er, »aufs Ganze zu gehen«. Den Ausdruck verabscheue ich allerdings, seit er in der Bank, wo ich früher arbeitete, als Slogan für einen Produktivitätswettbewerb unter den Mitarbeitern benutzt wurde.

Trotzdem antwortete ich: »Ich will dir helfen, aufs Ganze zu gehen. Ich meine, finanziell, um die Firma zu gründen.«

Aber er wollte auf keinen Fall Geld von mir annehmen, weder geschenkt noch geliehen, noch als Investition, noch nicht mal als Anzahlung auf eine Partnerschaft. Er sagte, dazu sei ihm unsere Beziehung zu schade, er wolle sie nicht mit Geldgeschichten belasten. »Ich lasse mir ebenso ungern was schenken wie du!« erklärte er entschieden. »Solange wir unsere Geldangelegenheiten sauber getrennt halten, werden wir uns immer unserer Liebe sicher sein.«

Ich wollte widersprechen, ihm sagen: »Nein! So denke ich doch gar nicht übers Geld, ich möchte viel großzügiger sein...« Aber ich wußte nicht recht, wo ich anfangen sollte. Ich wollte ihn fragen, wer ihm eigentlich diese Angst davor eingeimpft hatte, Liebe in all ihren Ausdrucksformen zuzulassen. Doch da hörte ich ihn endlich die Worte aussprechen, auf die ich schon so lange gewartet hatte: »Du könntest mir allerdings helfen, indem du bei mir einziehst. Auf diese Weise spare ich fünfhundert Dollar, wenn wir uns die Miete teilen.«

»Das ist ja eine fabelhafte Idee!« rief ich schnell. Ich wußte, wie schwer es ihm fiel, das Angebot mit dem leidigen Thema Geld verbinden zu müssen. Ich war überglücklich, und es war mir egal, daß meine Wohnung mich eigentlich nur vierhundertfünfunddreißig Dollar kostete. Außerdem war Harolds Dreizimmerwohnung wesentlich größer und hatte einen herrlichen Rundblick über die Bucht. Das allein war schon die teurere Miete wert.

Also gaben Harold und ich noch im selben Jahr unsere Posten bei Harned Kelley & Davis auf. Er gründete Livotny & Co, und ich arbeitete bei ihm als Projektmanager mit. Er konnte allerdings nicht sofort die Hälfte der früheren Kunden übernehmen. Harned Kelley

& Davis drohten ihm sogar mit einem Prozeß, falls er ihnen innerhalb des ersten Jahres auch nur einen einzigen Kunden abspenstig machte. Jeden Abend tat ich mein Bestes, um Harold Mut zu machen. Ich riet ihm, sich mehr auf avantgardistische Ausstattungen zu verlegen, um sich eine Marktlücke zu sichern.

»Wer will heutzutage schon noch dieses pseudorustikale Messing- und Eichenholz-Ambiente?« meinte ich. »Oder noch so'n New-Wave-Lokal im italienischen Picobello-Design? Ist doch alles längst überholt. Und die Schuppen, wo einem Polizeiautos aus der Wand entgegenragen, sind auch schon wieder out. Die Restaurants in der Stadt sind sich alle dermaßen ähnlich, daß sie wie geklont wirken. Du mußt da neuen Wind reinbringen, für jeden Auftrag einen völlig neuen Ansatz finden. Versuch mal, mit Investoren aus Hongkong ins Geschäft zu kommen, die warten doch nur auf kreative Anstöße vom amerikanischen Markt.«

Er sah mich mit dem gerührten Lächeln an, das bedeutete: »Wie süß naiv du doch bist.« Ich mochte dieses Lächeln besonders gern.

Und so stammelte ich meine Ideen hervor wie eine Liebeserklärung: »Du... du könntest doch zum Beispiel... auf stimmungsvolles Milieu machen... ich meine... wie wär's mit... Essen wie bei Muttern! Lauter traditionelle Gerichte auf der Speisekarte, und die Kellnerinnen in karierten Schürzen ermahnen die Gäste fürsorglich, ihre Suppe aufzuessen!

Und vielleicht... auch mal ein Lokal mit Assoziationen zu Romanen, was weiß ich... Nero-Wolfe-Menüs und Lawrence-Sanders-Sandwiches oder lauter Nachspeisen aus Nora Ephrons *Heartburn*. Und dann könnte man auch was mit dem Thema Zauberei und Magie machen oder mit Witzen und Gags...«

Harold griff tatsächlich meine Vorschläge auf und entwickelte sie zu ausgefeilten, gediegenen Konzepten. Er führte sie aus und hatte Erfolg damit, aber ursprünglich war es meine Idee.

Inzwischen ist Livotny & Co ein florierendes Unternehmen mit zwölf fest angestellten Mitarbeitern, das auf thematisches Restaurantdesign spezialisiert ist. Harold ist der Konzeptplaner, der Chefarchitekt und Chefdesigner und führt auch die Verkaufsgespräche mit neuen Kunden. Ich arbeite als Assistentin des Innenarchitekten – Harold meint, es sei den anderen Angestellten gegenüber ungerecht, wenn er mir einen höheren Posten gibt, nur weil ich seine Frau bin. Wir haben vor fünf Jahren geheiratet, zwei Jahren, nachdem er Livotny & Co gegründet hatte. Und obgleich ich meine Arbeit sehr gut mache, bin ich eigentlich nicht speziell dafür ausgebildet. Der einzige Kurs, den ich je in dieser Fachrichtung belegt habe, war die Bühnenbildgestaltung für eine Collegeaufführung von *Madame Butterfly*.

Für Livotny & Co beschaffe ich die Requisiten, alle möglichen originellen Dekorationsartikel, die zum Thema der jeweiligen Lokaleinrichtungen passen. Für ein Restaurant namens Seemannsgarn stöberte ich zum Beispiel ein gelblackiertes Holzboot auf, das den Namenszug »Moby Dick« trug; die Speisekarten ließ ich an kleinen Harpunen von der Decke baumeln und die Servietten mit Seekarten bedrucken. Für ein Lawrence-von-Arabien-Lokal dachte ich mir das Basar-Styling aus, mit künstlichen Kobras auf Hollywoodfelsen aus Pappmaché.

Meine Arbeit macht mir Spaß, solange ich nicht zuviel darüber nachgrübele. Wenn ich nämlich bedenke, wie wenig ich im Verhältnis zu meinem Einsatz verdiene, und wie fair Harold zu allen Mitarbeitern ist, außer zu mir, dann fange ich an, mich gewaltig zu ärgern.

Wir beide sind also im Prinzip gleichgestellt, abgesehen davon, daß Harold etwa siebenmal soviel verdient wie ich; was ihm nicht verborgen bleiben kann, da er meine Gehaltsschecks jeden Monat unterschreibt, bevor ich sie auf mein Konto einreiche.

Doch in letzter Zeit mache ich mir immer öfter Gedanken über diese angebliche Gleichgestelltheit. Irgend etwas stört mich nämlich schon lange, ohne daß ich es mir so recht bewußt gemacht habe. Und vorige Woche wurde es mir dann auf einmal klar. Ich räumte gerade das Frühstücksgeschirr weg, und Harold ließ draußen den Motor warmlaufen, bevor wir zur Arbeit fuhren. Da fiel mein Blick auf die ausgebreitete Zeitung auf der Küchentheke; Harolds Brille lag obendrauf, und daneben stand sein Lieblingsbecher mit dem angeschlagenen Henkel. Beim Anblick dieser vertrauten Symbole unseres häuslichen Zusammenlebens wurde ich plötzlich von tiefer Rührung überwältigt, von einem Gefühl bedingungsloser Hingabe, wie bei dem ersten Mal, als wir zusammen im Bett lagen.

Als ich zu Harold ins Auto stieg, war mir immer noch ganz warm ums Herz; ich legte meine Hand auf die seine und sagte spontan: »Harold, ich liebe dich.« Worauf er in den Rückspiegel blickte, den Rückwärtsgang einlegte und zerstreut erwiderte: »Ich liebe dich auch. Hast du die Tür abgeschlossen?« Da dachte ich – nein, das ist nicht genug, das reicht mir nicht.

Harold klimpert mit den Autoschlüsseln: »Ich fahre jetzt zum Einkaufen. Steaks, okay? Brauchst du sonst noch was?«

»Wir haben keinen Reis mehr«, antworte ich mit einem diskreten Nicken zu meiner Mutter hin, die mir gerade den Rücken zuwendet. Sie blickt aus dem Küchenfenster auf das Bougainvillea-Spalier. Harold geht hinaus, und gleich darauf höre ich das Brummen des Jaguarmotors und das Knirschen der Kiesel in der Einfahrt.

Meine Mutter und ich sind allein im Haus. Ich fange an, die Pflanzen zu gießen. Sie stellt sich auf die Zehenspitzen, um die Liste auf der Kühlschranktür besser zu sehen.

Auf der Liste steht »Lena« und »Harold«, und unter unseren Namen eine Anzahl Abrechnungsposten:

Lena	*Harold*
Huhn, Gemüse, Brot, Broccoli, Shampoo, Bier 19.63 $	Garagenkram 25.35 $
	Waschzeugs 5.41 $
Maria (Putzen + Trinkgeld) 65 $	Autokram 6.57 $
	Lampen 87.26 $
Lebensmittel (siehe Kassenbon) 55.15 $	Kieselstreu 19.99 $
	Benzin 22.00 $
Petunien, Blumentopferde 14.11 $	Abgaskontrolle 35 $
	Kino und Essen 65 $
Fotoabzüge 13.83 $	Eis 4.50 $

Diese Woche hat Harold schon über hundert Dollar mehr ausgegeben als ich, also schulde ich ihm bereits um die fünfzig.

»Was soll das bedeuten?« fragt meine Mutter auf chinesisch.

»Ach, nichts Besonderes. Bloß unsere gemeinsamen Ausgaben«, sage ich so lässig wie möglich.

Sie sieht mich stirnrunzelnd an, ohne etwas zu erwidern. Dann liest sie sich die Liste noch einmal aufmerksam durch, wobei sie den einzelnen Posten mit dem Finger folgt.

Ich geniere mich, denn ich weiß genau, was ihr da auffällt. Aber wenigstens weiß sie nichts von unseren endlosen Diskussionen, in denen wir schließlich übereinkamen, solche Kleinigkeiten wie »Wimperntusche«, »Rasierwasser«, »Haarspray«, »Rasierklingen«, »Tampons« oder »Fußpuder« wegzulassen.

Bei unserer Trauung bestand er darauf, die Gebühr zu bezahlen. Mein Freund Robert machte die Fotos, und hinterher gab es eine Champagnerparty in unserer Wohnung, zu der jeder eine Flasche mitbrachte. Als wir das Haus kauften, hatten wir beschlossen, daß wir uns mit dem gleichen Prozentsatz unseres jeweiligen Einkommens die Abzahlungen teilen würden, und daß mir ein entsprechender Prozentsatz des gemeinschaftlichen Besitzes gehören sollte; so steht es in unserem Ehevertrag. Doch da Harold de facto mehr einzahlt als ich, hat er das Sagen, was die Einrichtung angeht. Also ist das Haus karg und unterkühlt möbliert, was er »clean« nennt, ohne jeden Stilfehler – mit anderen Worten, ohne meinen unordentlichen Krempel. Unseren gemeinsamen Jahresurlaub finanzieren wir fifty-fifty. Kürzere Ausflüge bezahlt Harold, wobei es sich aber immer um Geburtstags-, Weihnachts- oder Hochzeitstagsgeschenke handelt.

Abgesehen davon gab es etliche philosophische Erörterungen über Dinge in der Grauzone – wie meine Antibabypillen, Essenseinladungen für seine Kunden oder meine alten College-Freunde oder die Gastronomie-Zeitschriften, die ich abonniert habe.

Und wir streiten uns immer noch über Mirugai, *die* Katze, nicht etwa unsere Katze, oder meine Katze, sondern eben *die* Katze, die er mir letztes Jahr zum Geburtstag geschenkt hat.

»Aber das ist doch nichts Gemeinsames!« ruft meine Mutter erstaunt. Ich schrecke zusammen, als hätte sie mich bei meinen Gedanken über die Katze ertappt.

Doch sie zeigt auf das Wort »Eis« auf Harolds Liste. Sie erinnert sich bestimmt noch daran, wie sie mich damals auf der Feuerleiter vorfand, erschöpft und zitternd neben der Dose mit dem erbrochenen Eis hockend. Von da an hatte ich das Zeug nicht mehr ausstehen können. Seltsam – Harold hat noch nie gemerkt, daß ich nie etwas von dem Eis anrühre, das er jeden Freitagabend mitbringt.

»Warum tut ihr das?«

Meine Mutter wirkt irgendwie verletzt, als hätte ich die Liste nur aufgehängt, um sie zu ärgern. Wie soll ich ihr das bloß erklären? Doch wohl kaum mit unseren Standardformeln: »Um falsche Abhängigkeiten zu vermeiden… wegen unserer Gleichstellung… Liebe ohne Verpflichtung…« Das würde sie nie begreifen.

Statt dessen sage ich: »Ich weiß es auch nicht so genau. Wir haben schon damit angefangen, bevor wir geheiratet haben, und dann konnten wir es eben nicht mehr lassen.«

Als Harold vom Einkaufen zurückkommt, wirft er den Holzkohlengrill an. Ich packe die Tüten aus, mariniere die Steaks, koche den Reis und decke den Tisch. Meine Mutter sitzt auf einem der Barhocker an der Granittheke und trinkt Kaffee aus einem Becher, den sie jedesmal mit einem Papiertaschentuch abwischt, bevor sie ihn wieder hinstellt.

Beim Essen macht Harold pflichtschuldig Konversation. Er erzählt von den Plänen, die er mit dem Haus hat: die Atelierfenster, den Ausbau des Dachgiebels, die Tulpen- und Krokusbeete, die Unkrautrodung, den Anbau eines Seitenflügels, den Einbau eines japanischen Kachelbads. Dann räumt er den Tisch ab und stellt die Teller in die Spülmaschine.

»Wer hat Lust auf Nachtisch?« fragt er und greift in die Tiefkühltruhe.

»Also, ich bin pappsatt«, antworte ich.

»Lena mag kein Eis«, sagt meine Mutter.

»Das scheint nur so. Sie hat einen Diätfimmel.«

»Nein, sie ißt wirklich nie Eis. Sie mag es nicht.«

Harold lächelt etwas befangen; er erwartet, daß ich ihm allgemeinverständlich übersetze, was meine Mutter wohl meint.

»Das stimmt«, sage ich ruhig. »Ich hab Eis schon als Kind verabscheut.«

Harold sieht mich verblüfft an, als redete ich plötzlich chinesisch.

»Ich hab immer angenommen, du wolltest nur auf dein Gewicht achten – nun ja.«

»Sie ist ja schon so dünn, daß man sie kaum sehen kann«, wirft meine Mutter ein. »Wie ein Geist, der verschwindet.«

»Genau! Sehr richtig!« lacht Harold erleichtert, da meine Mutter ihm anscheinend aus der Patsche helfen will.

Nach dem Abendessen bringe ich ihr frische Handtücher ins Gästezimmer. Meine Mutter sitzt auf dem Bett. Der Raum ist ganz nach Harolds minimalistischem Geschmack eingerichtet: ein Doppelbett mit weißer Decke, eingelassene Holzdielen, ein Sessel aus gebleichtem Eichenholz und nackte graue Schrägwände.

Das einzige dekorative Element steht neben dem Bett: ein merkwürdiges Nachttischchen mit einer asymmetrisch geschnittenen Marmorplatte und dünnen überkreuzten Beinen aus schwarz lackiertem Holz. Meine Mutter stellt ihre Handtasche auf dem Tisch ab, und prompt fängt die zylindrische schwarze Vase darauf an zu wackeln, und die Fresien in der Vase zittern.

»Achtung, der ist nicht besonders stabil«, warne ich sie. Das Tischchen ist einer der mißlungenen Designversuche aus Harolds Studienzeit. Ich habe nie begriffen, was er daran findet. Die Linie kann man nur als plump bezeichnen, sie hat nichts von der fließenden Reinheit, auf die Harold heutzutage solchen Wert legt.

»Wozu soll der gut sein?« wundert sich meine Mutter und stupst den Tisch verächtlich an. »Wenn ich noch was draufstelle, kracht alles um. *Chunwang chihan.*«

Ich lasse meine Mutter oben in ihrem Zimmer zurück und gehe wieder ins Wohnzimmer. Harold ist gerade dabei, die Fenster zu öffnen, um die frische Nachtluft hereinzulassen, wie jeden Abend.

»Ich friere«, sage ich.

»Was?«

»Mach bitte die Fenster wieder zu, mir ist kalt.«

Er schaut mich kurz an, seufzt, lächelt resigniert, schließt die Fenster, hockt sich im Schneidersitz auf den Boden und schlägt eine Illustrierte auf. Ich sitze auf dem Sofa und koche vor Wut, ohne zu wissen, warum. Es ist ja nicht so, daß Harold irgend etwas falsch gemacht hätte. Harold ist eben Harold.

Ich bin drauf und dran, einen Streit vom Zaun zu brechen, der mir garantiert über den Kopf wachsen wird. Doch ich kann mich nicht bremsen. Ich gehe zum Kühlschrank hinüber und streiche den Posten »Eis« von der Liste.

»He, was soll das?«

»Ich finde, daß du *dein* Eis in Zukunft auch selbst bezahlen kannst.«

Er zuckt belustigt mit den Schultern: »Wenn's weiter nichts ist.«

»Jetzt kommst du dir wohl wieder verdammt großmütig vor, was?« schreie ich ihn an.

Harold läßt seine Zeitschrift sinken und blickt mit schräg gelegtem Kopf und halboffenem Mund zu mir hoch. »Was hast du denn eigentlich?« fragt er gereizt. »Warum sagst du nicht gleich, was dir stinkt?«

»Ich weiß ja auch nicht... überhaupt alles... diese ganze Kleinkariertheit eben. Was wir uns alles teilen und was nicht. Dieses ewige Aufrechnen, das geht mir langsam gegen den Strich.«

»Aber du wolltest doch unbedingt die Katze haben.«

»Was hat die denn damit zu tun?«

»Na gut, wenn du meinst, daß das mit dem Kammerjäger unfair ist, dann übernehme ich eben doch die Hälfte.«

»Aber darum geht's doch gar nicht!«

»Dann sag mir doch *endlich*, worum es hier eigentlich geht!«

Ich fange an zu weinen, was Harold besonders haßt. Es macht

ihn unsicher und wütend, er empfindet es als Manipulationsversuch. Aber ich kann nicht anders – ich weiß überhaupt nicht mehr, was ich will. Soll Harold mich vielleicht aushalten? Will ich weniger bezahlen als die Hälfte? Bin ich wirklich der Meinung, daß wir mit dem Abrechnen aufhören sollen? Würden wir nicht doch heimlich im Kopf weiterrechnen? Würde Harold dann nicht im Endeffekt mehr zahlen? Und käme ich mir dann nicht wie ein Schmarotzer vor? Also nicht mehr gleichwertig? Vielleicht hätten wir ja auch nie heiraten sollen. Vielleicht ist Harold ein Geizhals. Vielleicht bin ich dran schuld.

Es kommt mir alles so falsch vor. So unvernünftig. Ich kann mich auf keinen Standpunkt festlegen. Ich bin verzweifelt.

»Ich finde nur, daß wir irgend etwas ändern müssen«, sage ich schließlich, als ich meine Stimme wieder einigermaßen unter Kontrolle habe. Sie klingt allerdings immer noch ziemlich jämmerlich. »Wir müssen uns doch mal überlegen, worauf unsere Ehe eigentlich begründet ist... sicher nicht auf dieser endlosen Abrechnerei, wer wem was schuldet.«

»Ach du Scheiße«, murmelt Harold. Er lehnt sich mit einem tiefen Seufzer zurück, als ob er darüber nachdächte. Schließlich sagt er in verletztem Tonfall: »Also, ich weiß jedenfalls, daß unsere Ehe auf mehr beruht als auf Abrechnerei. Auf wesentlich mehr. Und wenn du nicht meiner Meinung bist, dann solltest du dir vielleicht mal überlegen, was du eigentlich noch willst, bevor du alles kaputtmachst.«

Jetzt weiß ich gar nicht mehr, woran ich bin. Was rede ich da eingentlich? Und er? Wir sitzen uns stumm gegenüber. Dicke Luft. Ich blicke aus dem Fenster auf die Tausende von Lichtern, die tief unten im Tal durch den Sommernebel heraufschimmern. Plötzlich höre ich von oben Glas splittern und Stuhlbeine über den Boden scharren.

Harold macht Miene aufzustehen, doch ich sage hastig: »Nein, laß nur, ich geh' schon.«

Die Tür steht offen, doch das Zimmer liegt im Dunkeln. »Ma?« rufe ich.

Und da sehe ich schon, was passiert ist. Der Marmortisch ist umgekippt und hat seine spindeldürren Beine unter sich begraben. Daneben liegt die schwarze Vase zerbrochen am Boden, die Fresien sind in einer Wasserlache verstreut.

Meine Mutter sitzt am offenen Fenster; ihre Silhouette zeichnet sich gegen den Nachthimmel ab. Sie wendet sich auf dem Stuhl um, doch ich kann ihr Gesicht nicht sehen.

»Runtergefallen«, bemerkt sie ungerührt, ohne jede Entschuldigung.

»Macht nichts.« Ich beginne, die Scherben aufzusammeln. »Ich wußte, daß es eines Tages passieren würde.«

»Warum hast du es dann nicht verhindert?« fragt meine Mutter. Es ist eine so einfache Frage!

Waverly Jong
Vier Himmelsrichtungen

Ich hatte meine Mutter zum Mittagessen in mein Lieblings-China-restaurant eingeladen, in der Hoffnung, sie dadurch in gute Laune zu versetzen, doch es war ein glatter Reinfall.

Als wir uns im Vier-Himmelsrichtungen-Restaurant trafen, musterte sie mich sofort mit kritischer Miene: »Ai-ya! Was hast du denn mit deinen Haaren gemacht?« fragte sie mich auf chinesisch.

»Ich habe sie bloß kürzer schneiden lassen.« Mr. Rory hatte mir diesmal einen schrägen Pony geschnitten, der links etwas kürzer war – eine modische, aber keineswegs extravagante Frisur.

»Sieht ja wie abgehackt aus«, meinte sie. »Du mußt dein Geld zurückverlangen.«

Ich seufzte. »Laß uns jetzt erstmal in Ruhe essen, okay?«

Sie studierte mit verkniffener Miene die Speisekarte und nörgelte dabei vor sich hin: »Die scheinen hier ja keine besondere Auswahl zu haben.« Dann klopfte sie dem Kellner auf den Arm, wischte mit den Fingern über ihre Stäbchen und schnüffelte angewidert: »Soll ich etwa mit diesen fettigen Dingern essen?« Sie spülte ostentativ ihre Reisschale mit heißem Tee aus und empfahl den anderen Restaurantbesuchern in unserer Nähe, das gleiche zu tun. Dann wies sie den Kellner an, darauf zu achten, daß die Suppe auch ja heiß genug sei – und natürlich war sie, ihrem fachmännischen Urteil zufolgen, »noch nicht mal *lauwarm*«.

»Du solltest dich nicht so aufregen«, ermahnte ich meine Mutter, nachdem sie lauthals gegen den Zuschlag von zwei Dollar für den Chrysanthementee protestiert hatte. »Außerdem ist unnötiger Streß schlecht für dein Herz.«

»Mein Herz ist vollkommen in Ordnung«, erwiderte sie gereizt, während sie den Kellner mißtrauisch im Auge behielt.

Das stimmte allerdings. Obwohl sie sich – und andere – dauernd unter Streß setzt, sind alle Ärzte sich einig, daß sie mit ihren neunundsechzig Jahren den Blutdruck eines sechzehnjährigen Mädchens hat und stark wie ein Pferd ist. Und sie ist tatsächlich ein Pferd, Jahrgang 1918, dickköpfig und ehrlich bis zur Taktlosigkeit. Sie und ich passen schlecht zusammen, denn ich bin ein Hase, Jahrgang 1951; Hasen gelten als sensibel und äußerst kritikempfindlich.

Nach unserem mißratenen Mittagessen gab ich die Hoffnung auf, je einen günstigen Moment für meine große Neuigkeit abzupassen – die Ankündigung, daß Rich Schields und ich vorhaben zu heiraten.

»Wovor hast du eigentlich Angst?« fragte meine Freundin Marlene Ferber mich neulich abend am Telefon. »Rich ist doch schließlich kein Penner, sondern Steuerberater, genau wie du. Was kann sie daran schon auszusetzen haben?«

»Du kennst eben meine Mutter nicht«, meinte ich. »Die findet an allem und jedem was auszusetzen.«

»Dann heirate ihn doch einfach heimlich«, schlug Marlene vor.

»Das hab ich damals schon mit Marvin gemacht.« Marvin war mein erster Mann, meine Jugendliebe.

»Na also!« sagte Marlene.

»Und als meine Mutter es erfuhr, hat sie mir ihren Schuh an den Kopf geworfen – und das war erst der Anfang.«

Meine Mutter hat Rich bisher noch nicht einmal kennengelernt. Immer wenn ich seinen Namen erwähne – wenn ich zum Beispiel erzähle, daß Rich und ich im Konzert waren oder daß er mit meiner vierjährigen Tochter Shoshana im Zoo war –, wechselte meine Mutter schnell das Thema.

»Hab ich dir schon erzählt, wie gut es Shoshana neulich mit Rich im Exploratorium gefallen hat? Er hat...«

»Ach, übrigens«, unterbrach mich meine Mutter prompt, »das

hab ich dir ja noch gar nicht erzählt – dein Vater, weißt du, die Ärzte meinten schon, er braucht eine explorierende Operation. Aber zum Glück war es ein falscher Alarm, alles in Ordnung, es war nur die Verstopfung.« Also gab ich es auf. Und dann folgte unser übliches Ritual.

Ich zahlte mit einem Zehndollarschein und drei einzelnen Dollarscheinen. Meine Mutter nahm die Eindollarscheine wieder weg und zählte statt dessen den genauen Betrag von dreizehn Cents auf den Tisch. »Kein Trinkgeld!« erklärte sie und warf starrsinnig den Kopf zurück.

Während sie auf der Toilette war, steckte ich dem Kellner heimlich einen Fünfdollarschein zu. Er nickte verständnisinnig. Inzwischen legte ich mir einen neuen Plan zurecht.

»*Choszle!*« – Da stinkt's wie die Pest! – murmelte meine Mutter, als sie zurückkam. Sie hielt mir eine Packung Papiertaschentücher hin; fremdes Toilettenpapier war ihr suspekt: »Willst du auch?«

Ich schüttelte den Kopf. »Aber bevor ich dich absetze, laß uns noch schnell bei mir zu Hause vorbeifahren. Ich möchte dir etwas zeigen.«

Seit Monaten hatte meine Mutter meine Wohnung schon nicht mehr betreten. Als ich jung verheiratet war, hatte sie sich angewöhnt, unangemeldet hereinzuschneien, bis ich ihr eines Tages nahelegte, doch lieber vorher anzurufen. Seitdem läßt sie sich nur noch blicken, wenn ich sie in aller Form einlade.

Ich war gespannt, wie sie auf die Veränderungen in meiner Wohnung reagieren würde. Früher, als ich nach meiner Scheidung plötzlich zu viel Zeit für mich hatte, war dort alles immer vorbildlich aufgeräumt – doch nun herrschte in allen Räumen ein fröhliches Chaos. Im Flur stolperte man schon über Shoshanas buntes Plastikspielzeug; im Wohnzimmer lagen Richs Hanteln herum, auf dem Couchtisch standen zwei benutzte Gläser, und in einer Ecke waren die kläglichen Überreste eines Telefons verstreut, das Rich und Shoshana neulich auseinandergenommen hatten, um herauszufinden, wo die Stimmen herkommen.

»Es ist hier hinten«, sagte ich und lotste sie ins Schlafzimmer. Das Bett war ungemacht, die Kommodenschubladen standen offen, mit heraushängenden Socken und Krawattenenden garniert. Meine Mutter stieg über Turnschuhe, noch mehr Spielzeug, Richs schwarze Mokassins, einen Stapel Hemden, die frisch aus der Reinigung zurück waren.

Ihre Miene drückte nichts als schmerzliche Abwehr aus – wie damals, als sie uns Kinder einmal zum Impfen in die Klinik gebracht hatte. Als mein Bruder an der Reihe war und markerschütternd brüllte, sah meine Mutter mich gequält an und versicherte: »Nächste Spritze tut nicht weh.«

Doch nun mußte sie ja wohl zur Kenntnis nehmen, daß Rich und ich zusammenlebten und daß es nicht mehr zu ändern war, auch wenn sie nichts davon wissen wollte. Jetzt mußte sie sich endlich dazu äußern.

Ich ging zum Schrank und kam mit der Nerzjacke zurück, die Rich mir zu Weihnachten geschenkt hatte. Noch nie hatte ich so ein sündteures Geschenk bekommen.

Ich zog die Jacke an. »Eigentlich ist es ja ein bißchen übertrieben«, sagte ich befangen. »In San Francisco ist es meistens nicht kalt genug, um Nerz zu tragen. Aber anscheinend gilt es neuerdings als schick, seiner Freundin sowas zu schenken.«

Meine Mutter sagte noch immer nichts. Sie blickte zu dem offenen Schrank hinüber, der mit Schuhen, Krawatten, Kleidern und Anzügen vollgestopft war. Dann strich sie mit den Fingern über den Pelz.

»Keine besonders gute Qualität«, bemerkte sie abfällig. »Lauter zusammengenähte Reststücke. Und besonders flauschig ist sie auch nicht.«

»Wie kannst du an einem Geschenk rummäkeln!« protestierte ich verletzt. »Das ist immerhin ein Zeichen seiner Liebe!«

»Eben, deswegen mache ich mir ja Sorgen«, entgegnete sie trokken.

Ich blickte in den Spiegel und fand nicht mehr die Kraft, ihrer Willensstärke standzuhalten, dieser unheimlichen Fähigkeit, weiß in schwarz zu verwandeln. Plötzlich kam mir die Jacke nur noch schäbig vor, wie eine billige, anmaßende Nachahmung echter Romantik.

»Und sonst hast du nichts zu sagen?« fragte ich leise.

»Wozu denn?«

»Na, zu dieser Wohnung? Was du hier siehst?« Ich deutete mit einer Armbewegung auf all die unübersehbaren Beweise von Richs Präsenz.

Sie blickte sich im Zimmer um: »Du hast deine Karriere. Du bist sehr beschäftigt. Du lebst anscheinend gern in so einem Saustall. Was kann ich da noch sagen?«

Meine Mutter versteht es, mit untrüglicher Sicherheit den Nerv zu treffen. Und es tut mir mehr weh als jeder andere Schmerz. Jedesmal trifft es mich wie ein elektrischer Schlag und gräbt sich unauslöschlich in mein Gedächtnis. Ich weiß noch, wie ich es zum ersten Mal zu spüren bekam.

~

Damals war ich zehn Jahre alt. Obwohl ich noch so jung war, wußte ich schon, daß mein Talent fürs Schachspielen eine Gabe war, für die ich nichts konnte. Es fiel mir einfach in den Schoß. Ich konnte auf dem Schachbrett Dinge sehen, die allen anderen verborgen blieben; ich konnte mir unsichtbare Schutzwälle errichten, und diese Gabe verlieh mir unerschütterliches Selbstvertrauen. Zug um Zug wußte ich immer schon voraus, was meine Gegner machen würden. Ich wußte, an welchem Punkt ihre Miene Bestürzung widerspiegeln würde, wenn meine scheinbar simple, kindliche Taktik sich unweigerlich als verhängnisvoll offenbarte. Das Gewinnen machte mir großen Spaß.

Und meiner Mutter machte es Spaß, mit mir anzugeben, als wäre ich einer der Pokale, die sie täglich polierte. Sie fachsimpelte über meine Spiele, als hätte sie die Strategien alle selbst ausgeheckt.

»Du mußt den Gegner mit deinen Pferden überrennen, hab ich meiner Tochter gesagt«, teilte sie einem Verkäufer im Laden mit. »Und so hat sie ganz schnell gewonnen.« Natürlich hatte sie mir das vor dem Spiel tatsächlich empfohlen, wie all die anderen sinnlosen Tips, die ich mir vor jedem Turnier anhören mußte, und die nicht das geringste mit meinen Siegen zu tun hatten.

Unseren Freunden gegenüber räumte sie bescheiden ein: »Man muß eigentlich gar nicht so schlau sein, um beim Schach zu gewinnen. Man muß nur genug Tricks kennen. Man bläst von Norden, Süden, Osten und Westen auf den Gegner ein, bis er ganz durcheinander ist. Dann weiß er nicht mehr, wohin er fliehen soll.«

Ich konnte es nicht ausstehen, wie sie immer alle Anerkennung für sich beanspruchte. Und eines Tages schrie ich es ihr mitten auf der Stockton Street ins Gesicht, vor allen Leuten: Sie solle endlich den Mund halten und mit dem Angeben aufhören, schrie ich, sie verstünde doch sowieso nichts vom Schach. Oder so ähnlich.

Am Abend und den ganzen nächsten Tag redete sie kein Wort mit mir. Sie wandte sich nur noch mit verbiesterter Miene an meinen Vater und meine Brüder, als ob ich Luft für sie wäre – und zwar Luft, die nach verfaultem Fisch stank.

Ich kannte diese hinterhältige Strategie zur Genüge, mit der man jemanden dazu verleitet, blindlings vorzupreschen und prompt in der Falle zu landen. Also ignorierte ich meine Mutter ebenfalls. Ich wartete darauf, daß sie als erste klein beigeben würde.

Nachdem schon eine Reihe von stummen Tagen vergangen waren, saß ich in meinem Zimmer, starrte auf die vierundsechzig Felder meines Schachbretts und versuchte, eine andere Lösung zu finden. Und ich beschloß, das Schachspielen aufzugeben.

Natürlich nicht für immer; höchstens für ein paar Tage, dafür aber so demonstrativ wie möglich. Statt wie üblich abends in meinem Zimmer zu trainieren, kam ich ins Wohnzimmer marschiert und machte mich auf dem Sofa vor dem Fernseher breit. Meine Brüder sahen mich feindselig an, wie einen Störenfried, und ich beschloß, sie in meine Taktik mit einzubeziehen; ich knackte mit den Fingernägeln, um sie zu ärgern.

»Ma!« schrien sie sofort los. »Sag ihr, daß sie aufhören soll! Schick sie doch raus!«

Aber meine Mutter schwieg beharrlich.

Ich machte mir noch immer keine ernsthaften Sorgen, doch nun schien mir ein spektakulärer Zug angebracht. Ich beschloß, das nächste Turnier ausfallen zu lassen. Dann würde meine Mutter sicher mit mir reden müssen, weil alle Sponsoren sie beknien würden, mich umzustimmen.

Das Turnier kam und ging, ohne daß sie mich gefragt hatte, warum ich nicht mitspielen wollte. Und ich war ganz betreten, als ich erfuhr, daß ein Junge es gewonnen hatte, den ich schon zweimal geschlagen hatte.

Ich mußte einsehen, daß meine Mutter mehr Tricks kannte, als ich je gedacht hätte. Doch allmählich reichte es mir. Ich wollte mich wieder auf das nächste Turnier vorbereiten. Also beschloß ich, als Klügere nachzugeben und mein Schweigen als erste zu brechen.

»Ich will jetzt doch wieder spielen«, verkündete ich und erwartete, daß sie mich freudestrahlend fragen würde, was sie mir Gutes kochen sollte.

Doch sie runzelte nur die Stirn und sah mir streng in die Augen, als könnte sie dort meine wahren Gründe lesen.

»Warum sagst du mir das?« fragte sie schließlich in scharfem Ton. »Du glaubst wohl, du kannst es dir so leicht machen. Einen Tag aufhören, am nächsten wieder anfangen. So packst du alles an, so unbeschwert, so wendig, so gerissen.«

»Aber ich hab doch gesagt, ich spiele weiter«, verteidigte ich mich mit weinerlicher Stimme.

»Nein!« fuhr sie mich an, und ich zuckte erschrocken zusammen. »Jetzt ist es nicht mehr so einfach.«

Ich zitterte, obwohl mir nicht recht klar war, was sie damit meinte. Dann schlich ich wie ein begossener Pudel in mein Zimmer zurück. Lange grübelte ich über den vierundsechzig Feldern meines Schachbretts, wie ich dieses unselige Kuddelmuddel entwirren sollte. Schließlich kam es mir vor, als wären die weißen Felder schwarz und die schwarzen weiß und als wäre alles wieder im Lot.

Meine Mutter war tatsächlich bald wieder besänftigt. Noch in derselben Nacht bekam ich hohes Fieber, und sie saß neben meinem Bett und schalt mich sanft, daß ich nicht ohne Pullover zur Schule hätte gehen dürfen. Am Morgen fütterte sie mich mit Reis in Hühnerbrühe, was die Windpocken angeblich im Handumdrehen vertreiben sollte. Und nachmittags setzte sie sich zu mir ins Zimmer und strickte mir einen rosa Pullover, wobei sie sich lang und breit darüber ausließ, was für einen scheußlichen Pullover Tante Suyuan gerade für ihre Tochter June gestrickt hatte, natürlich wieder grellbunt und aus der schlechtesten Wolle. Ich war erleichtert, daß meine Mutter wieder ganz die alte war.

Als ich wieder gesund war, merkte ich, daß sie sich doch geändert hatte. Sie sah mir nie mehr beim Schachspielen über die Schulter. Sie hörte auf, ständig an meinen Pokalen herumzupolieren. Sie schnitt auch keine Zeitungsnotizen mehr aus, in denen mein Name erwähnt wurde. Es war, als hätte sie eine unsichtbare Mauer um sich gezogen, die ich jeden Tag insgeheim abtastete, um zu sehen, wie hoch sie schon war.

Beim nächsten Turnier schnitt ich zwar nicht schlecht ab, doch die Gesamtpunktzahl reichte nicht zum Sieg. Schlimmer noch als das Verlieren war die Reaktion meiner Mutter: Sie sagte gar nichts, sondern setzte nur eine selbstzufriedene Miene auf, als sei mein Versagen ausschließlich auf ihre Taktik zurückzuführen.

Ich war erschüttert. Jeden Tag grübelte ich stundenlang darüber nach, was ich verloren hatte. Es war ja nicht nur das letzte Turnier. Ich erforschte gründlich jeden Zug, jede einzelne Figur und jedes Feld auf dem Schachbrett und mußte feststellen, daß meine unfehlbare Klarsicht verschwunden war. Ich konnte die geheimen Waffen der Figuren nicht mehr genau erkennen; ich sah nur noch meine Fehler und Schwächen – als hätte ich meine Zauberrüstung verloren. Meine Verletzlichkeit trat nunmehr offen zutage.

Während der nächsten Wochen, Monate und Jahre spielte ich noch weiter Schach, aber mein früheres Selbstvertrauen kehrte nie mehr zurück. Ich kämpfte verzweifelt und voller Angst. Wenn ich gewann, war ich dankbar und erleichtert. Wenn ich verlor, wuchs die Angst weiter, daß ich meine Gabe verloren hatte und kein Wunderkind mehr war, sondern nur noch ein gewöhnlicher Schachspieler, wie alle anderen auch.

Nachdem ich zum zweiten Mal gegen den Jungen verloren hatte, den ich vor einigen Jahren noch so mühelos geschlagen hatte, gab ich das Schachspielen ganz auf. Niemand hatte etwas dagegen. Ich war vierzehn Jahre alt.

~

»Also weißt du, ich verstehe dich einfach nicht«, sagte Marlene, als ich sie nach der Sache mit der Nerzjacke anrief. »Das Finanzamt steckst du spielend in die Tasche, aber gegen deine eigene Mutter kommst du nicht an.«

»Ich versuch's ja immer wieder, aber dann verpaßt sie mir jedesmal so hinterhältige Gemeinheiten, so gezielte Sticheleien und...«

»Warum sagst du ihr denn nicht endlich, daß sie aufhören soll, dich zu quälen? Sag ihr einfach mal, daß sie ihr Schandmaul halten soll.«

»Sehr witzig«, antwortete ich mit einem halbherzigen Lachen. »Ich soll meine Mutter auffordern, das Maul zu halten?«

»Genau.«

»Also, vielleicht steht's ja nicht direkt im Gesetzbuch, aber einer chinesischen Mutter kann man nicht den Mund verbieten. Sonst riskiert man womöglich eine Anzeige wegen Beihilfe zu seiner eigenen Ermordung.«

Ich hatte eigentlich weniger Angst vor meiner Mutter als Angst um Rich. Ich wußte nur zu gut, wie sie es anstellen würde: Erst würde sie ihn ganz ruhig beobachten, dann irgendeine Kleinigkeit kritisieren, und dann noch eine, und mit jedem Wort eine Handvoll Sand aus einer neuen Richtung werfen, bis schließlich kein gutes Haar mehr an ihm blieb. Und obgleich ich ihre Heckenschützen-Taktik so gut durchschaute, hatte ich Angst, daß irgendein kleiner Wahrheitssplitter auch in meinem Auge landen könnte und mir die Sicht verwischen – so daß Rich sich von dem vollkommenen Wesen, als das er mir schien, nach und nach in einen ganz alltäglichen

Menschen mit unangenehmen Gewohnheiten und störenden Fehlern verwandeln würde.

Genau das passierte nämlich mit meinem ersten Mann, Marvin Chen, den ich mit achtzehn heimlich geheiratet hatte. Er war damals neunzehn und in meinen Augen eine Art Halbgott. Nach einem brillanten Collegeabschluß hatte er ein volles Stipendium für Stanford erhalten. Er spielte gut Tennis. Er hatte stramme Waden und hundertsechsundvierzig glatte schwarze Haare auf der Brust. Er brachte immer alle zum Lachen, und sein eigenes Lachen war tief und männlich. Er machte sich einen Spaß daraus, die Wochentage und Tageszeiten nach verschiedenen Sex-Stellungen einzuteilen; er brauchte nur »Mittwochnachmittag« zu sagen, und schon lief mir ein Schauer über den Rücken.

Doch bis meine Mutter mit ihm fertig war, hatte sie es geschafft, meine Perspektive völlig umzukrempeln. Ich sah nun, daß sein Verstand vor Faulheit träge geworden war und nur noch dazu diente, Ausreden zu erfinden; daß er nur hinter Tennis- und Golfbällen herjagte, um sich vor der Verantwortung für seine Familie zu drücken; daß er ständig anderen Mädchenbeinen nachschaute; daß er gern protzige Trinkgelder verteilte, aber mit Geschenken um so knickeriger war; daß er lieber den ganzen Nachmittag seinen roten Sportwagen wienerte, statt seine Frau darin auszuführen.

Meine Gefühle für ihn schlugen nie in Haß um. Eigentlich war es fast schlimmer – ein allmählicher Zersetzungsprozeß, von Enttäuschung über Verachtung bis zu apathischer Langeweile. Erst als wir uns schon getrennt hatten, fing ich an den langen, einsamen Abenden an mich zu fragen, ob meine Mutter nicht vielleicht doch unsere Ehe vergiftet hatte.

Gott sei Dank blieb wenigstens meine Tochter Shoshana von ihrem Gift verschont. Beinah hätte ich sie nämlich abgetrieben. Als ich schwanger wurde, war ich entsetzt. Insgeheim bezeichnete ich meine Schwangerschaft nur als »wachsenden Groll«. Ich schleppte Marvin mit zur Klinik, damit er auch seinen Teil der Unannehmlichkeiten abbekam. Aber dann stellte sich heraus, daß wir am falschen Ort gelandet waren. Wir mußten erstmal einen gräßlichen

Film über uns ergehen lassen – die totale puritanische Gehirnwäsche. Ich sah diese kleinen Wesen, die schon im Siebenwochenstadium als Babys bezeichnet wurden. Angeblich konnten sie sogar schon die winzigen, durchsichtigen Finger bewegen, und wir sollten uns vorstellen, wie sie sich am Leben festkrallten, an der Chance, an dem Wunder des Lebens teilzuhaben. Hätten sie irgend etwas anderes gezeigt als ausgerechnet diese winzigen Finger – zum Glück taten sie es nicht. Denn Shoshana war wirklich ein Wunder. Sie war einfach vollkommen. Alles an ihr begeisterte mich – ganz besonders, wie sie ihre Fingerchen strecken und krümmen konnte. Vom ersten Moment an, als sie ihre kleine Faust aus dem Mund riß und losbrüllte, wußte ich, daß meine Liebe zu ihr unverbrüchlich feststand.

Doch um Rich machte ich mir Sorgen. Denn meine Gefühle für ihn waren noch verletzbar und würden den abschätzigen Bemerkungen und Unterstellungen meiner Mutter nicht so leicht widerstehen. Ich hatte Angst, ihn zu verlieren. Rich Schields liebte mich nämlich mit der gleichen Bedingungslosigkeit wie ich meine Tochter. Seine Gefühle für mich waren endgültig und unabänderlich. Er erwartete nichts weiter von mir, als daß ich einfach da war. Er behauptete sogar, sich durch mich zum Besseren gewandelt zu haben. Er war so sentimental und romantisch, daß es schon fast peinlich war, doch er meinte, früher sei er ganz anders gewesen. Dadurch kamen mir seine kleinen romantischen Gesten noch rührender vor. Wenn er in der Arbeit zum Beispiel irgendwelche Akten, die ich noch durchzusehen hatte, unter »FIZ – Für Informationszwecke« ablegte, versah er sie immer mit der Notiz »FIZ – Für immer zusammen«. Da in der Firma niemand über unser Verhältnis Bescheid wußte, war ich von seiner kühnen Ritterlichkeit um so mehr beeindruckt.

Was mich am meisten überrascht hatte, war unsere Übereinstimmung im Bett. Ich hatte ihn eigentlich für einen dieser ungeschickten Softys gehalten, die einen fragen, ob es weh tut, wenn man überhaupt nichts spürt. Doch er stellte sich so sehr auf mich ein, als könnte er meine geheimsten Wünsche erraten. Er kannte keinerlei

Hemmungen, und wo er welche bei mir entdeckte, half er mir mit größter Einfühlsamkeit darüber hinweg. Er durchschaute mich bis ins Innerste, bis zu Eigenschaften, die ich sorgfältig zu verbergen trachtete, meine Kleinlichkeit, meine Mißgunst, meinen Selbsthaß. Vor ihm war ich auch seelisch nackt und vollkommen ausgeliefert; wo ein falsches Wort genügt hätte, mich für immer in die Flucht zu schlagen, fand er immer das richtige im richtigen Moment. Ihm konnte ich nichts vormachen. Er faßte mich bei den Armen, sah mir fest in die Augen und sagte mir noch einen weiteren Grund, weshalb er mich liebte.

Eine so vollkommene Liebe hatte ich mir nie träumen lassen, und darum hatte ich Angst, daß meine Mutter sie zerstören könnte. Ich nahm mir vor, alles Liebenswerte an Rich gut im Gedächtnis zu behalten und meine Eltern nicht eher einzuweihen als nötig.

Schließlich überlegte ich mir einen fabelhaften Plan, wie Rich auf Anhieb meine Mutter für sich einnehmen könnte. Ich fädelte es so ein, daß sie sogar darauf bestehen würde, für ihn zu kochen. Tante Suyuan half mir dabei. Sie war die älteste Busenfreundin meiner Mutter, was bedeutete, daß sie sich gegenseitig ständig mit Prahlereien und Geheimnistuereien provozierten. Also spielte ich Tante Su ein Geheimnis zu, mit dem sie vor meiner Mutter angeben konnte.

Eines Sonntags schlug ich Rich nach einem Strandspaziergang vor, auf einen Sprung bei Tante Su und Onkel Canning vorbeizuschauen. Sie wohnten im gleichen Viertel wie meine Eltern. Es war spät am Nachmittag, also gerade rechtzeitig, um Tante Su bei der Abendessenvorbereitung zu überraschen.

»Bleibt doch zum Essen da«, forderte sie uns prompt auf.

»Nein, nein«, wehrte ich ab, »wir wollten doch nur kurz guten Tag sagen.«

»Ich hab sowieso genug für euch mitgekocht. Seht mal, eine Suppe und vier verschiedene Gerichte. Wenn ihr nicht mitеßt, muß ich's nur wegwerfen. Schade drum!«

Wie hätten wir da noch ablehnen können? Drei Tage später bekam Tante Su einen Dankesbrief von uns. »Rich meint, er hat noch nie so gut chinesisch gegessen«, schrieb ich ihr.

Am nächsten Tag rief meine Mutter an, um mich zu einem nachträglichen Geburtstagsmahl für meinen Vater einzuladen. Mein Bruder würde seine Freundin Lisa Lum dabeihaben, also sollte ich auch einen Freund mitbringen.

Ich hatte gewußt, daß sie so reagieren würde, denn ihre Kochkunst war ihr ganzer Stolz; so drückte sie ihre Liebe und ihre Macht aus, und sie mußte natürlich beweisen, daß sie besser kochen konnte als Tante Su. »Hauptsache, du sagst ihr, daß du noch nie so was Gutes gegessen hast, und daß es dir noch viel besser geschmeckt hat als bei Tante Su«, schärfte ich Rich ein.

Am Abend des Festessens saß ich bei ihr in der Küche und sah ihr beim Kochen zu. Ich versuchte wieder einmal, den richtigen Augenblick abzupassen, um ihr von unseren Hochzeitsplänen zu erzählen. Wir wollten in etwa sieben Monaten heiraten, im Juli. Sie war gerade damit beschäftigt, Auberginen in Würfel zu schneiden, und ereiferte sich dabei über Tante Suyuan: »Die kann ja nur nach Rezept kochen. Ich habe meine Rezepte in den Fingern und merke schon allein am Geruch, welche Zutaten noch fehlen!« Sie hackte so kräftig auf das Gemüse ein, fast ohne ihr scharfes Küchenmesser zu beachten, daß ich schon fürchtete, ihre Fingerspitzen würden ebenfalls als Zutaten zu den Auberginen mit Schweinefleisch in den Topf wandern.

Ich hoffte, daß sie als erste von Rich anfangen würde. Ich hatte ihr gezwungenes Lächeln beobachtet, als sie uns die Tür öffnete, und wie sie ihn von Kopf bis Fuß musterte, während sie sicher ihren Eindruck mit Tante Suyuans Beschreibung verglich. Ich versuchte, ihre Kritikpunkte schon im Kopf vorwegzunehmen.

Rich war nicht nur *kein* Chinese, er war obendrein ein paar Jahre jünger als ich. Und leider wirkte er noch jünger, als er war, mit dem roten Lockenkopf, der blassen Haut und den Sommersprossen auf der Nase. Er war etwas klein geraten und kompakt gebaut. In seinem förmlichen dunklen Anzug sah er wie ein Allerweltstyp aus, wie irgendein x-beliebiger Neffe bei einer Beerdigung. Deswegen hatte ich ihn auch das ganze erste Jahr lang in der Firma übersehen. Meine Mutter übersah jedoch nichts.

»Und wie findest du Rich?« fragte ich sie schließlich und hielt den Atem an.

Sie kippte die Auberginenstücke ins heiße Öl, das heftig aufzischte. »Hat viele Flecken im Gesicht«, antwortete sie.

Ich fühlte ein gereiztes Prickeln im Nacken hochsteigen. »Das sind doch bloß Sommersprossen. Die bringen sogar Glück, weißt du«, sagte ich ziemlich laut, um die Küchengeräusche zu übertönen.

»So?« versetzte sie mit Unschuldsmiene.

»Na klar, je mehr, desto besser. Das weiß doch jeder.«

Sie überlegte einen Moment und sagte dann lächelnd auf chinesisch: »Das mag ja stimmen. Als du noch klein warst, da warst du auch sehr glücklich, als du die Windpocken hattest und wegen der vielen Flecken zehn Tage nicht zur Schule zu gehen brauchtest.«

In der Küche vermochte ich Richs Ansehen nicht mehr zu heben. Und beim Essen gelang es mir ebensowenig.

Er hatte eine Flasche französischen Wein mitgebracht, was meine Eltern überhaupt nicht zu schätzen wußten; sie besaßen ja noch nicht mal Weingläser. Und dann machte er auch noch den Fehler, zwei volle Gläser davon zu trinken, während alle anderen nur einen kleinen Schluck »zum probieren« nahmen.

Ich reichte ihm eine Gabel, doch er bestand darauf, die rutschigen Eßstäbchen zu benutzen, und hielt sie so ungeschickt, daß sie wie X-Beine aussahen, als er damit ein großes Stück Aubergine aus der Soße fischte. Auf halbem Wege zu seinem Mund landete es prompt auf der blütenweißen Hemdbrust und rutschte mit einer schönen roten Spur weiter bis auf die Hose. Es dauerte einige Zeit, bis Shoshana aufgehört hatte, vor Lachen laut zu quietschen.

Dann häufte er sich mächtige Portionen von den Krabben und Erbsen auf den Teller, ohne am Beispiel der anderen zu merken, daß er nur höfliche kleine Mengen hätte nehmen dürfen, bis alle sich bedient hatten.

Und die sündteuren zarten Bohnenschößlinge verschmähte er,

was Shoshana ihm natürlich sofort nachmachte; sie zeigte mit dem Finger auf ihn und rief trotzig: »Er hat sie auch nicht gegessen!«

Er hielt es wohl für besonders höflich, auf einen Nachschlag zu verzichten; statt dessen hätte er es jedoch wie mein Vater machen sollen, der sich noch mehrmals kleine Portionen von diesem und jenem auftat, weil es einfach zu köstlich sei und er nicht widerstehen könne, wie er immer wieder genüßlich schmatzend betonte.

Aber den schlimmsten Fehler machte er, als er unwissentlich die Kochkunst meiner Mutter kritisierte. Wie jede chinesische Köchin fand sie immer irgendwas an ihrem Werk auszusetzen. An jenem Abend bemängelte sie ausgerechnet eine ihrer Spezialitäten, die sie immer mit besonderem Stolz auftischte: das gedünstete Schweinefleisch in eingelegtem Gemüse.

»Ai! Da ist nicht genug Salz dran«, mäkelte sie nach dem ersten Bissen. »Ist ja ungenießbar.«

Das war dann immer unser Stichwort, von dem Gericht zu kosten und es überschwenglich zu loben. Doch diesmal kam Rich uns zuvor: »Ach, das haben wir gleich, da fehlt nur ein bißchen Sojasoße.« Und damit kippte er einen ganzen Schwall von dem salzigen schwarzen Zeug über die Platte. Meine Mutter sah aus, als traute sie ihren Augen nicht.

Ich hatte die ganze Zeit gehofft, daß sie doch noch für seine sympathische Art, seinen Humor und seinen jungenhaften Charme empfänglich sein würde. Doch nun stand fest, daß er auf der ganzen Linie versagt hatte.

Rich war da allerdings ganz anderer Meinung. Als wir wieder zu Hause waren und Shoshana ins Bett gebracht hatten, bemerkte er bescheiden: »Also, ich finde, das haben wir doch prima hingekriegt.« Dabei sah er mich mit treuherzigem Dalmatinerblick an, als warte er auf seine wohlverdienten Streicheleinheiten.

»Hm-hm«, entgegnete ich nur. Ich zog mir ein altes Nachthemd über den Kopf, ein Wink, daß mir nicht nach Zärtlichkeiten zumute war. Innerlich schauderte ich immer noch bei der Erinnerung, wie er meinen Eltern zum Abschied kräftig die Hand geschüttelt hatte, mit der gleichen unbekümmerten Vertraulichkeit, die er unsicheren Kunden gegenüber an den Tag legte. »Linda, Tim«, hatte er gesagt, »hoffentlich auf ein baldiges Wiedersehen!« Meine Eltern heißen Lindo und Tin Jong, und außer den ältesten Freunden nennt niemand sie beim Vornamen.

»Und, was hat sie gesagt?« Ich wußte, daß er auf unsere Heiratspläne anspielte. Ich hatte ihm gesagt, daß ich es erst meiner Mutter erzählen wollte, damit sie es meinem Vater dann schonend beibringen konnte.

»Ich bin überhaupt nicht dazu gekommen, es ihr zu sagen«, antwortete ich wahrheitsgemäß. Wie hätte ich denn mit unseren Heiratsplänen herausrücken können, wo meine Mutter sich bei jeder Gelegenheit darüber ausließ, wie viel teuren Wein Rich in sich hineinschüttete, wie blaß und ungesund er aussah und wie unglücklich Shoshana zu sein schien.

Rich lächelte gutmütig. »Wie lange dauert es denn zu sagen, Mom, Dad, wir wollen heiraten?«

»Das verstehst du nicht. Du kannst meine Mutter nicht verstehen.«

Rich schüttelte den Kopf. »Uff! Das kann man wohl sagen, bei dem faustdicken Akzent, den die drauf hat! Stell dir vor, als sie das von dem Toten erzählte, der im *Denver Clan* auftaucht, hab ich tatsächlich gemeint, das wäre vor ewigen Zeiten in China passiert!«

—

An jenem Abend lag ich schlaflos und angespannt im Bett und grübelte verzweifelt über diesen neuerlichen Mißerfolg nach. Daß Rich überhaupt nichts davon mitbekommen hatte, machte das Ganze nur noch schlimmer. Wie mitleiderregend er bei dem Essen gewirkt hatte! *Mitleiderregend,* allein schon dieses Wort! Das war wieder mal das Werk meiner Mutter – wie sie weiß in schwarz verwandelte. In ihren Händen war ich immer nur der Bauer. Ich konnte nur fliehen. Und sie war die Königin, die sich nach allen Richtungen frei bewegen durfte und unbarmherzig die Verfolgung aufnahm, um mich mit tödlicher Sicherheit an meinem schwächsten Punkt zu treffen.

Ich wachte spät auf, mit zusammengebissenen Zähnen, immer noch genauso angespannt. Rich war schon auf und geduscht und saß über die Sonntagszeitung gebeugt beim Frühstück. »Morgen, Schatz«, sagte er und kaute geräuschvoll auf seinen Cornflakes. Ich zog den Jogginganzug an und machte, daß ich hinauskam, stieg ins Auto und fuhr zu der Wohnung meiner Eltern.

Marlene hatte ganz recht. Ich mußte es meiner Mutter endlich sagen – daß ich sie durchschaute, mit ihrer boshaften, hinterhältigen Unterdrückungstaktik. Als ich dort ankam, war ich wütend genug, um tausend fliegenden Küchenmessern die Stirn zu bieten.

Mein Vater öffnete mir die Tür und machte ein überraschtes Gesicht. »Wo ist Ma?« fragte ich atemlos. Er deutete zum Wohnzimmer hin.

Ich fand sie fest schlafend auf dem Sofa vor, den Kopf auf ein weiß besticktes Schondeckchen gestützt. Ihr Mund stand halb offen, und alle Falten waren aus ihrem Gesicht verschwunden. Sie wirkte fast wie ein junges Mädchen, verletzlich, arglos und unschuldig. Der eine Arm hing schlaff über die Sofakante, und ihre Brust bewegte sich nicht. All ihre Kraft war von ihr gewichen. Ihre Waffen und Dämonen waren lahmgelegt. Sie wirkte ihrer ganzen Macht beraubt, wie besiegt.

Plötzlich packte mich die Angst, daß sie vielleicht tot sein könnte, gestorben, während ich so schreckliche Dinge über sie dachte. Ich hatte sie aus meinem Leben fortgewünscht, und sie hatte sich meinem Wunsch gefügt und ihren Körper verlassen, um meinem Haß zu entfliehen.

»Ma!« stieß ich heftig hervor. »Ma!« Ich fing an zu weinen.

Langsam schlug sie die Augen auf. Sie wandte mir mit verschlafenem Blinzeln den Kopf zu. »*Schemma?* Meimei-ah? Bist du es?«

Ich war sprachlos. Sie hatte mich schon jahrelang nicht mehr Meimei genannt. Sie setzte sich auf, und nun traten die Falten in ihrem Gesicht wieder in Erscheinung, doch sie wirkten weniger ausgeprägt, wie sanfte Sorgenfalten. »Was machst du denn hier? Warum weinst du? Was ist passiert?«

Ich wußte nichts zu erwidern. In Sekundenschnelle hatte meine

Wut über ihre Kraft sich in Verblüffung über ihre Unschuld und Angst wegen ihrer Verletzlichkeit verwandelt. Ich fühlte mich seltsam hilflos und schwach, als hätte jemand plötzlich den Stecker rausgezogen und den Stromkreis in mir unterbrochen.

»Nichts ist passiert. Alles in Ordnung. Ich weiß selbst nicht genau, warum ich hergekommen bin«, sagte ich schließlich heiser. »Ich wollte nur mal mit dir reden... ich wollte dir sagen... Rich und ich wollen nämlich heiraten.«

Ich kniff die Augen zu und erwartete den unvermeidlichen Proteststurm, ihr empörtes Gejammer, irgendeine abschätzige Bemerkung.

»Jrdaule« – das hab ich gewußt –, sagte sie ruhig, als wundere sie sich, wieso ich es ihr noch mal erzählte.

»Was? Das wußtest du schon?«

»Natürlich. Auch wenn du's mir nicht gesagt hast.«

Das war ja noch schlimmer, als ich mir vorgestellt hatte. Sie hatte es also schon die ganze Zeit gewußt, als sie die Nerzjacke schlecht machte, über seine Sommersprossen spottete und seine Trinkgewohnheiten kritisierte. Sie lehnte ihn ab. »Ich weiß, du kannst ihn nicht leiden«, sagte ich mit zitternder Stimme. »Du findest ihn nicht gut genug, aber ich...«

»Wie kommst du denn darauf?«

»Du willst doch nie mit mir über ihn reden. Neulich, als ich dir von ihm und Shoshana im Exploratorium erzählen wollte, da hast du schnell das Thema gewechselt und von Dads Operation angefangen...«

»Was ist denn wichtiger, Spaß oder Krankheit?«

Diesmal sollte sie mir aber nicht so leicht davonkommen. »Und dann hast du gestern gleich seine Flecken im Gesicht erwähnt!«

Sie blickte mich verwundert an. »Aber die hat er doch auch!«

»Ja, klar, aber du hast es extra gemacht, um mich zu verletzen...«

»Ai-ya, wie kannst du nur so schlecht von mir denken?« Ihr Gesicht wirkte ganz eingefallen vor Kummer. »Du glaubst also, deine Mutter ist so boshaft. Du bildest dir ein, daß ich immer irgendwelche fiesen Sachen unterstellen will. Dabei tust du das selbst! Ai-ya! Für so böse hältst du mich also!« Kerzengerade und würdevoll saß sie da, die Lippen fest zusammengepreßt, die Hände ineinandergekrampft, mit Zornestränen in den Augen.

Oh, ihre Kraft! Ihre Verletzlichkeit! – Ich fühlte mich wie gebeutelt, zwischen Verstand und Gefühl hin und her gerissen. Ich ließ mich neben ihr aufs Sofa sinken. Wir hockten stumm nebeneinander.

Ich kam mir wie besiegt vor, obwohl ich doch eigentlich gar nicht gekämpft hatte – nur noch leer und ausgepumpt. »Ich fahr' jetzt nach Hause«, sagte ich schließlich. »Ich fühle mich nicht so besonders.«

»Bist du krank?« erkundigte sie sich besorgt und legte mir die Hand auf die Stirn.

»Nein.« Ich wollte nur noch fort. »Ich... ich weiß auch nicht, was mit mir ist.«

»Dann werde ich es dir sagen«, antwortete sie. Ich starrte sie verblüfft an. »Die Hälfte von allem, was in dir ist«, erklärte sie auf chinesisch, »stammt von deinem Vater. Das ist ganz natürlich. Der Jong-Klan kommt aus Kanton. Es sind gute, rechtschaffene Leute, wenn auch manchmal etwas griesgrämig und knickerig. Du weißt ja, wie dein Vater manchmal sein kann, wenn ich ihn nicht ermahne.«

Warum erzählt sie mir das alles, dachte ich. Was hat das denn damit zu tun? Doch meine Mutter redete eifrig weiter und unterstrich ihre Worte mit ausladenden Gesten: »Und die andere Hälfte hast du von mir; die stammt vom Sun-Klan aus Taiyuan.« Sie malte die Schriftzeichen auf einen Briefumschlag, obwohl ich gar keine chinesische Schrift lesen konnte.

»Wir sind ein starker, gewitzter Menschenschlag, der für seine Siege im Krieg berühmt ist. Du kennst doch Sun Yat-sen?«

Ich nickte.

»Der stammt auch aus dem Sun-Klan. Aber seine Familie ist schon vor Jahrhunderten nach Süden gezogen, deswegen ist er nicht direkt mit uns verwandt. Meine Familie hat immer in Taiyuan gelebt, sogar schon vor der Zeit von Sun Wei. Weißt du, wer das war?«

Ich schüttelte den Kopf. Es war mir zwar immer noch nicht klar, worauf sie hinauswollte, aber ich war erleichtert. Zum ersten Mal seit langem schienen wir eine annähernd normale Unterhaltung zu führen.

»Er hat gegen Dschingis Khan gekämpft. Und als die Mongolen auf Sun Weis Truppe schossen – he! –, da prallten ihre Pfeile von den Schilden ab wie Regentropfen von Steinen. Sun Wei hatte so starkes Rüstzeug, daß Dschingis Khan es für verzaubert hielt.«

»Dann muß Dschingis Khan sich aber auch Zauberpfeile beschafft haben«, warf ich ein, »denn immerhin hat er dann schließlich China erobert.«

Meine Mutter tat so, als hätte sie mich nicht richtig verstanden: »Das stimmt, wir haben schon immer zu siegen gewußt. Und jetzt weißt du, was du in dir hast, fast nur die guten Wesenszüge aus Taiyuan.«

»Dann haben wir uns wohl inzwischen dahin entwickelt, unsere Siege nur noch in der Spielzeug- und Elektronikbranche davonzutragen«, bemerkte ich trocken.

»Woher weißt du das?« fragte sie gespannt.

»Das sieht man doch überall. *Made in Taiwan.*«

»Ai!« rief sie empört. »Ich bin doch nicht aus Taiwan!«

Und schon hatte unser kurzfristiges Einverständnis sich wieder verflüchtigt.

»Ich bin in China geboren, in *Taiyuan*«, sagte sie mit Nachdruck. »Taiwan ist doch nicht China!«

»Ich hab ja auch nur gedacht, daß du Taiwan meinst, weil es genauso klingt!« verteidigte ich mich gereizt. Wie konnte sie einen harmlosen Irrtum nur so ernst nehmen?

»Das klingt überhaupt nicht genauso! Das sind total verschiedene Länder!« beharrte sie gekränkt. »Die Leute in Taiwan bilden sich bloß ein, daß es zu China gehört, weil Chinesen sich innerlich niemals von ihrer Heimat trennen können.«

Darauf schwiegen wir beide. Es war eine Patt-Situation. Doch auf einmal leuchteten ihre Augen auf. »Hör zu. Du kannst Taiyuan auch Bing nennen. Alle Einheimischen tun das. Das ist leichter auszusprechen. Bing ist sowas wie ein Kosename.«

Sie malte das Schriftzeichen dafür auf, und ich nickte, als sei nun alles klar. »Das gibt's hier ja auch«, fügte sie auf englisch hinzu. »Für New York sagt man Apple. Und San Francisco nennt man Frisco.«

»Niemand nennt San Francisco so!« lachte ich. »Höchstens die Leute, die es nicht besser wissen.«

»Na also, jetzt verstehst du, was ich meine«, stellte meine Mutter befriedigt fest.

Ich lächelte.

Denn ich hatte sie tatsächlich endlich verstanden.

Ich begriff, wofür sie gekämpft hatte: Für mich, ein kleiner Angsthase, der vor langer Zeit einmal fortgelaufen war zu einem Ort, wo er sich in Sicherheit gewähnt hatte. Und in meinem Versteck, hinter dem unsichtbaren Schutzwall, wußte ich, was auf der anderen Seite drohte: ihre Angriffe aus dem Hinterhalt. Ihre Geheimwaffen. Ihr untrügliches Gespür für meine Schwächen. Aber nun, da ich einen Blick über meinen Schutzwall riskiert hatte, konnte ich endlich erkennen, wer mir wirklich gegenüberstand: Eine alte Frau, die nur ihr Kochgeschirr als Rüstzeug besaß und ihre Stricknadel als Schwert, und die allmählich etwas ungehalten wurde, weil ihre Tochter sie schon so lange draußen warten ließ.

~

Rich und ich haben beschlossen, noch etwas länger mit unserer Hochzeit zu warten. Meine Mutter meint, daß der Juli nicht die richtige Zeit ist für eine Hochzeitsreise nach China. Sie muß es wissen, denn sie ist erst kürzlich mit meinem Vater von einer Reise nach Beijing und Taiyuan zurückgekehrt.

»Im Sommer ist es da zu heiß. Da kriegst du nur noch mehr Flecken im Gesicht, bis es feuerrot ist!« hat sie zu Rich gesagt. Darauf grinste Rich belustigt und wies mit dem Daumen auf sie:

»Nicht zu fassen, was die für Sprüche bringt! Jetzt weiß ich auch, wo du dein sagenhaftes Taktgefühl her hast.«

»Ihr müßt im Oktober fahren. Das ist die beste Zeit. Nicht zu heiß, nicht zu kalt. Ich habe mir schon vorgenommen, dann auch wieder hinzufahren«, sagte sie in entschiedenem Ton und fügte hastig hinzu: »Aber natürlich nicht mit euch zusammen!«

Ich lachte nervös, und Rich flachste: »Das wär' doch prima, Lindo, dann könntest du uns immer die Speisekarten übersetzen. Auf die Weise brauchen wir wenigstens keine Angst zu haben, aus Versehen Schlangen oder Hunde zu essen!« Ich hätte ihm beinahe einen Tritt versetzt.

»Nein, nein, das wollte ich damit nicht sagen«, versicherte meine Mutter abwehrend. »Das kann ich wirklich nicht verlangen.«

Aber ich weiß, was sie wirklich möchte. Sie würde nur zu gern mit uns zusammen reisen. Und ich fände es grauenhaft. Drei Wochen lang ihr Gemäkel über schmutzige Eßstäbchen und kalte Suppe mit anhören zu müssen, und das dreimal pro Tag – die vorprogrammierte Katastrophe.

Andererseits ist der Gedanke vielleicht doch nicht so abwegig – wie wir drei unsere Uneinigkeiten einmal hinter uns lassen, zusammen das Flugzeug besteigen und Seite an Seite abheben, gen Westen, um im Osten anzukommen.

Rose Hsu Jordan

Ohne Holz

Als Kind glaubte ich alles, was meine Mutter sagte, selbst wenn ich es nicht verstand. Einmal sagte sie, sie wüßte, daß es bald regnen würde, weil die Geister verlorener Seelen vor unseren Fenstern schwebten und mit klagenden »Wuu-wuu«-Rufen um Einlaß flehten. Sie behauptete, die Türen würden sich nachts von selbst aufsperren, wenn wir uns nicht zweimal versicherten, daß sie abgeschlossen waren. Sie sagte, der Spiegel könnte nur mein Gesicht sehen, sie aber könne bis in mein Innerstes sehen, auch wenn ich nicht im selben Zimmer war.

Ihre Worte hatten eine solche Macht über mich, daß mir nie einfiel, sie anzuzweifeln.

Sie sagte, wenn ich immer auf sie hörte, würde ich später auch alles wissen, was sie wußte; und die Wahrheit würde von da herkommen, wo die Wahrheit immer herkam, von ganz weit oben. Wenn ich aber nicht auf sie hörte, dann würde ich mir zu leicht von anderen etwas einreden lassen; den Worten der anderen Leute konnte man nicht trauen, denn sie entstammten ihrem tiefsten Herzensgrund, wo ihre eigensüchtigen Wünsche wohnten, und wo für mich kein Platz war.

Die Worte meiner Mutter kamen immer von weit oben. Ich erinnere mich noch, wie ich zu ihr aufblickte, wenn ich im Bett lag. Damals schlief ich mit meinen Schwestern im selben Bett. Meine älteste Schwester Janice schnaufte im Schlaf, weshalb wir sie Pfeifnase nannten. Ruth hieß Hexenfuß, weil sie ihre Zehen weit auseinanderspreizen konnte. Und mich nannten sie Kneifauge, weil ich mich im Dunkeln fürchtete und die Augen fest zukniff, um nicht zu sehen, wie finster es um mich war; Janice und Ruth fanden das ausgesprochen albern. Ich schlief stets als letzte ein. Ich klammerte mich an mein Bett und wehrte mich gegen den Sog der Traumwelt.

»Deine Schwestern sind schon den alten Chou besuchen gegangen«, flüsterte meine Mutter mir dann auf chinesisch zu. Angeblich war der alte Chou der Wächter vor dem Tor zur Traumwelt. »Willst du nicht auch zum alten Chou gehen?« Und jeden Abend schüttelte ich abwehrend den Kopf.

»Der alte Chou bringt mich immer an so gruselige Orte!« wimmerte ich.

Meine Schwestern ließ der alte Chou ruhig schlafen. Sie erinnerten sich morgens nie an einen Traum. Aber wenn ich zu ihm kam und durch das Tor schlüpfen wollte, knallte er es mir immer schnell vor der Nase zu, um mich wie eine Fliege zu erschlagen. Und jedesmal prallte ich wieder ins Wachsein zurück.

Doch irgendwann wurde der alte Chou des Spielchens müde und ließ das Tor unbewacht. Langsam wurde das Bett am Kopfende schwerer, bis es vornüberkippte und mich sanft ins Reich der Träume gleiten ließ, wo ich in einem Haus ohne Fenster und Türen landete.

Einmal träumte ich, daß ich durch ein Loch im Boden in das untere Stockwerk hinabfiel, wo der alte Chou wohnte. Ich fand mich in einem nächtlichen Garten wieder, und der alte Chou rief: »Wer hat sich da bei mir eingeschlichen?« Ich rannte davon; bald trat ich auf Pflanzen mit Adern, in denen Blut floß, lief durch Wiesen voller schnappender Echsen, die wie Ampeln ihre Farbe wechselten, und kam schließlich an einen riesigen Spielplatz voller Sandkästen. In jedem Sandkasten saß eine andere Puppe. Und meine Mutter, die nicht da war, aber bis in mein Innerstes sehen konnte, sagte zum alten Chou, sie wisse genau, welche Puppe ich mir aussuchen würde. Darauf nahm ich mir vor, eine völlig unerwartete Wahl zu treffen.

»Halt sie fest! Halt sie fest!« schrie meine Mutter, und als ich weglaufen wollte, lief der alte Chou mir nach und rief: »Siehst du, was passiert, wenn du deiner Mutter nicht folgst!« Ich erstarrte vor Schreck.

Als ich meiner Mutter am nächsten Morgen davon erzählte, lachte sie und sagte: »Mach dir nichts aus dem alten Chou. Den gibt's doch nur im Traum. Du mußt nur auf mich hören.«

»Aber der alte Chou hört ja auch auf dich!« rief ich.

Nach über dreißig Jahren versucht meine Mutter noch immer, mir zu sagen, wo es langgeht. Einen Monat, nachdem ich ihr gesagt hatte, daß Ted und ich uns scheiden lassen würden, traf ich sie bei dem Beerdigungsgottesdienst für China Mary, einer großartigen zweiundneunzigjährigen Frau, die für alle Kinder in der Ersten Chinesischen Baptistengemeinde eine Ersatzoma gewesen war.

»Du wirst aber langsam wirklich zu dünn«, bemerkte meine Mutter besorgt, kaum daß ich neben ihr Platz genommen hatte. »Du mußt mehr essen.«

»Ach was, mir geht's gut«, sagte ich und lächelte wie zum Beweis. »Und außerdem hast du doch immer gemeint, daß meine Kleider zu eng sitzen.«

»Nein, du mußt mehr essen«, wiederholte sie eindringlich. Dann hielt sie mir ein kleines spiralgebundenes Büchlein hin – »Die chinesische Küche von China Mary Chan«. Die Kochfibeln wurde für fünf Dollar an der Tür feilgeboten, um Geld für einen Stipendien-Fundus zu sammeln.

Die Orgel hörte auf zu spielen, und der Geistliche räusperte sich. Es war nicht unser gewohnter Pastor, sondern Wing, der früher als Junge mit meinem Bruder zusammen Baseballkarten geklaut hatte. Doch dank China Marys Unterstützung absolvierte Wing später eine theologische Ausbildung, während Luke ins Gefängnis wanderte, weil er gestohlene Autoradios verhökert hatte.

»Ich höre sie immer noch zu mir sagen, daß Gott mich mit lauter guten Veranlagungen geschaffen habe und daß es doch ein Jammer wäre, wenn ich in die Hölle käme«, wandte Wing sich an die Trauergemeinde.

»Schon eingeäschert«, wisperte mir meine Mutter in sachlichem

Ton zu und nickte zum Altar hin, wo eine gerahmte Farbfotografie von China Mary aufgestellt war. Ich legte den Finger an die Lippen, wie man es bei Bibliothekarinnen sieht, aber sie verstand den Wink nicht.

»Der da ist von uns.« Sie zeigte auf ein ausladendes Gebinde von gelben Chrysanthemen und roten Rosen. »Hat vierunddreißig Dollar gekostet. Alles künstliche Blumen, so können sie nie verwelken. Du kannst mir das Geld später geben. Janice und Matthew beteiligen sich auch dran. Hast du überhaupt Geld?«

»Ja, Ted hat mir einen Scheck geschickt.«

Der Geistliche rief zum Gebet auf. Meine Mutter war endlich still und tupfte sich die Nase mit einem Papiertaschentuch, während Wing sagte: »Ich sehe sie schon die Engel im Himmel mit ihrer chinesischen Küche und ihrer energischen Art verblüffen.«

Danach standen alle auf, um das Kirchenlied Nummer 335 zu singen, China Marys Lieblingshymne: »Auch du kannst ein En-gel sein, je-den Tag auf Er-den...«

Doch meine Mutter sang nicht mit. Sie blickte mich fragend von der Seite an: »Wieso hat er dir einen Scheck geschickt?« Ich hielt weiter den Blick auf das Gesangbuch gesenkt. »Sonnenstrahlen sen-den, Glück und Freude spen-den...«

Also beantwortete sie ihre Frage selbst. »Er hat bestimmt ein Techtelmechtel mit einer anderen!« hörte ich sie grimmig vor sich hin murmeln.

Ein Techtelmechtel? Ted? Einfach lachhaft – nicht nur ihre Formulierung, allein schon die bloße Vorstellung! Der ruhige, beherrschte Ted, der selbst in den leidenschaftlichen Momenten einen kühlen Kopf bewahrte, sollte auf einmal den Don Juan rauskehren?

»Nein, das glaube ich kaum«, sagte ich entschieden.

»Warum nicht?«

»Laß uns jetzt lieber nicht über Ted sprechen, nicht hier.«

»Warum kannst du mit dem Pischater darüber reden, aber nicht mit Mutter?«

»Psychiater heißt das.«

»Pyschater«, verbesserte sie sich. »Mutter ist die Beste zum Reden. Mutter kennt dich durch und durch«, zischte sie vernehmlich, um das Singen zu übertönen. »Ein Pyschater macht dich nur ganz *hulihudu,* wirbelt lauter *heimongmong* auf.«

Zu Hause dachte ich über ihre Worte nach. Sie hatte eigentlich recht. In letzter Zeit war ich tatsächlich ganz *hulihudu*. Und alles um mich her erschien mir nur als *heimongmong*. Die chinesischen Begriffe bezeichneten den Zustand viel treffender, doch man kann sie etwa mit »verwirrt« und »dunkler Nebel« gleichsetzen.

Eigentlich bedeuten sie aber viel mehr. Vielleicht lassen sie sich schwer übersetzen, weil es sich um eine Gefühlslage handelt, die nur Chinesen eigen ist: Als fiele man kopfüber durch das Traumtor des alten Chou ins Bodenlose und suchte dann mühsam einen Weg zurück. Doch man wagt nicht, die Augen zu öffnen, tastet sich auf allen vieren durch die Finsternis und horcht auf Stimmen, die einem den Weg weisen könnten.

Ich hatte schon mit zu vielen Freunden über meine Situation geredet, nur mit Ted nicht. Allen Leuten erzählte ich die Geschichte etwas anders, doch jede Version stimmte auf ihre Weise. Jedenfalls war ich immer davon überzeugt.

Meiner Freundin Waverly hatte ich gesagt, daß mir erst klar wurde, wie sehr ich Ted noch liebte, als ich merkte, wie weh er mir tun konnte. Es fühlte sich tatsächlich an wie furchtbarer körperlicher Schmerz, als wären mir beide Arme ohne Narkose ausgerissen worden.

»Sind sie dir denn je *mit* Narkose ausgerissen worden? Du meine Güte, so hysterisch habe ich dich ja noch nie erlebt!« entgegnete Waverly. »Wenn du meine Meinung hören willst, sei froh, daß du ihn los bist. Es tut nur so weh, weil du fünfzehn Jahre gebraucht hast, um zu merken, was er für ein Schlappschwanz ist. Glaub mir, ich weiß, wie einem da zumute ist.«

Meiner Freundin Lena sagte ich, daß ich froh sei, ihn los zu sein. Nach dem ersten Schock hätte ich gemerkt, daß er mir eigentlich gar nicht fehlte. Was mir fehlte, sei nur das Gefühl, mit ihm zusammenzusein.

»Was denn für'n Gefühl?« meinte Lena erstaunt. »Du warst doch schon total deprimiert! Du hast dir die ganze Zeit einreden lassen, daß du ein Nichts bist neben ihm. Und jetzt fühlst du dich ohne ihn wie ein Nichts. An deiner Stelle würde ich mir einen guten Anwalt nehmen und Ted anständig bluten lassen. Das ist nur gerecht.«

Meinem Analytiker sagte ich, daß ich von Rachegedanken besessen sei. Ich träumte davon, Ted zum Essen in eins dieser In-Lokale wie das Café Majestic oder Rosalie's einzuladen. Und wenn er dann ganz entspannt bei der Vorspeise saß, würde ich sagen: »So einfach ist das nicht, Ted!« Ich würde eine Voodoo-Puppe, die Lena mir aus ihrem Fundus geborgt hatte, aus der Handtasche nehmen und mit meiner Schneckengabel auf eine empfindliche Stelle zielen. Und dabei würde ich ganz laut sagen, damit all die Schickimickis um uns es auch gut mitkriegten: »Du bist nichts weiter als ein impotenter Mistkerl, Ted, und ich werde jetzt dafür sorgen, daß du es für immer bleibst.« *Wumm!*

Als ich diese Gedanken aussprach, hatte ich das Gefühl, einen wichtigen Wendepunkt in meinem Leben erreicht zu haben, und das nur nach zwei Wochen Therapie. Aber mein Analytiker sah nach wie vor gelangweilt drein, das Kinn auf die Hände gestützt. »Sie haben da anscheinend eine starke emotionale Reaktion entwikkelt«, sagte er gedehnt und blinzelte schläfrig. »Das können wir dann nächste Woche vielleicht noch etwas vertiefen.«

Also wußte ich überhaupt nicht mehr, woran ich war. In den nächsten Wochen versuchte ich, ein Inventar meines bisherigen Lebens aufzustellen. Ich ging durch die Zimmer unseres Hauses und begutachtete jede Einzelheit: Die Sachen, die ich gesammelt hatte, bevor ich Ted kennenlernte (mundgeblasene Gläser, Makramee-Wandteppiche, der Schaukelstuhl, den ich restauriert hatte); die Sachen, die wir nach unserer Hochzeit zusammen angeschafft hatten (fast das ganze Mobiliar); die Sachen, die wir geschenkt bekommen hatten (die mittlerweile kaputte Uhr unter dem Glassturz, drei Sake-Sets, vier Teekannen); die Sachen, die Ted für sich reserviert hatte (die signierten Lithographien, von denen keine über die Nummer fünfundzwanzig hinausging, aus Serien von zweihundertfünfzig, und die Steuben-Kristallerdbeeren); und die Sachen, die ich mir reserviert hatte, weil ich aus sentimentalen Gründen daran hing (nicht zusammenpassende Kerzenhalter vom Flohmarkt, eine alte Daunendecke, seltsam geformte Fläschchen, die früher Gewürzöle und Parfüms enthielten).

Als ich gerade dabei war, die Bücherregale zu durchstöbern, erhielt ich einen Brief von Ted, oder vielmehr eine eilige Notiz, die er mit Kugelschreiber auf einen Zettel seines Rezeptblocks gekritzelt hatte: »4 × an den angekreuzten Stellen unterschreiben.« Und dazu in blauer Tinte die Anmerkung, »beiliegend 1 Scheck, um dich bis zur endgültigen Regelung über Wasser zu halten«.

Die Notiz war an unsere Scheidungsunterlagen geheftet, zusammen mit einem Scheck über zehntausend Dollar. Doch statt dankbar zu sein, war ich verletzt.

Warum hatte er den Scheck zu den Unterlagen gelegt? Was hatten die verschiedenen Stifte zu bedeuten? War ihm das mit dem Scheck erst nachträglich eingefallen? Wie lange hatte er wohl gebraucht, um sich zu der Summe durchzuringen? Und wieso hatte er ausgerechnet *den* Füller dazu benutzt?

Ich weiß noch, wie gespannt er voriges Jahr das Päckchen aus dem goldenen Geschenkpapier wickelte und wie erfreut er wirkte, als er den Füller im Licht der Christbaumkerzen hin und her drehte. Er gab mir einen Kuß auf die Stirn. »Ich werde immer nur die wichtigsten Sachen damit unterschreiben«, hatte er versprochen.

Ich sank mit dem Scheck in der Hand auf die Sofakante und starrte lange auf die angekreuzten Stellen in den Scheidungsunterlagen, auf die Rezeptblocknotiz, die zwei verschiedenen Tinten, das Datum des Schecks und die sorgfältig ausgeschriebene Zahl: Zehntausend Dollar und null Cent.

Ich saß ganz still und horchte auf meinen Herzschlag. Ich bemühte mich, die richtige Entscheidung zu treffen, aber ich wußte ja noch nicht einmal, welche Wahl ich überhaupt hatte. Also legte ich die Papiere und den Scheck schließlich in die Schublade, in der ich Einkaufscoupons aufbewahrte, die ich nie benutzte, aber auch nicht wegwarf.

Meine Mutter erzählte mir mal, warum ich immer so unschlüssig war. Sie sagte, ich sei ohne Holz. Wer ohne Holz geboren sei, der würde zuviel auf andere Leute hören. Das wußte sie, weil sie früher selbst beinah so geworden wäre.

»Ein Mädchen ist wie ein junger Baum«, sagte sie. »Du mußt aufrecht stehen und auf deine Mutter neben dir hören. Nur so kannst du stark und selbständig werden. Wenn du dich aber den Meinungen anderer Leute zuwendest, kannst du nur krumm und schwach werden. Dann kann dich der erste Windstoß umblasen, und du wirst am Boden entlangkriechen müssen wie eine Unkrautranke und nach allen Richtungen ausschlagen, bis dich jemand herausrupft und wegwirft.«

Doch als sie mir das sagte, war es bereits zu spät – ich hatte mich schon zu weit hinübergeneigt. In unserer Schule hatten wir eine Lehrerin, Mrs. Berry, die uns immer in Zweierreihen durch die Flure marschieren ließ und dabei kommandierte: »Folgt mir, Kinder!« Wenn man aus der Reihe tanzte, mußte man sich vor ihr hinunterbeugen und bekam zehn Schläge mit dem Lineal übergezogen.

Ich hörte zwar immer noch auf meine Mutter, doch ich hatte mir angewöhnt, mein Ohren auf Durchzug zu stellen. Ich füllte mir den Kopf mit anderer Leute Meinungen – ausschließlich auf englisch –, und wenn sie dann in mein Innerstes blickte, fand sie sich nicht mehr zurecht.

Im Laufe der Jahre lernte ich, mir die besten Meinungen herauszusuchen. Chinesen hatten chinesische Meinungen, Amerikaner hatten amerikanische, und fast immer war die amerikanische Version die bessere.

Erst viel später fiel mir auf, daß an der amerikanischen Version etwas faul war. Es gab zu viele Wahlmöglichkeiten, so daß man sich in seinen Entscheidungen leicht irren konnte. So ging es mir jetzt auch mit Ted. Es gab ja so vieles zu bedenken. Und jede Entscheidung kam mir vor wie eine neue Kehrtwendung.

Dieser Scheck zum Beispiel: Wollte Ted mich damit austricksen, meinen Widerstand lahmlegen, mich zum Aufgeben zwingen? Wenn ich ihn einlöste, würde er später vielleicht behaupten, das sei schon meine ganze Abfindung. Schließlich überlegte ich mir sogar in einer sentimentalen Anwandlung, daß er ihn mir vielleicht doch als Zeichen seiner Liebe hatte zukommen lassen, um mir damit auf seine Art zu sagen, wieviel ich ihm noch bedeutete. Doch dann fiel mir ein, daß zehntausend Dollar ihm gar nichts bedeuteten, und ich ebensowenig.

Um der Quälerei ein Ende zu setzen, beschloß ich, die Papiere zu unterschreiben, und wollte sie gerade aus der Schublade holen, als ich plötzlich an das Haus denken mußte.

Ich liebe dieses Haus, dachte ich. Die schwere Eichentür, die in die Diele mit dem milden Licht der buntverglasten Fenster führt; das sonnendurchflutete Frühstückszimmer und vom Wohnzimmr aus den Blick nach Süden über die Stadt; den Kräuter- und Blumengarten, den Ted angelegt hat. Jedes Wochenende hatte er im Garten gewerkelt. Auf einer grünen Plastikmatte kniend hatte er jedes einzelne Blättchen begutachtet, jedes Pflänzchen einer pingeligen Maniküre unterzogen. Die Blumenrabatten wurden sorgfältig nach verschiedenen Gattungen angelegt, Tulpen durften zum Beispiel nicht bei den winterfesten Pflanzen stehen. Ein Aloe-Vera-Ableger, den Lena mir geschenkt hatte, paßte leider nirgendwo hinein, weil es sonst keine Pflanzen derselben Art gab.

Ich warf einen Blick aus dem Fenster. Die Calla-Lilien waren verblüht und abgeblättert, die Margeritenbüsche vor Überfülle umgeknickt, die Salatköpfe ins Kraut geschossen. Die Steinplatten zwischen den Beeten waren halb vom Unkraut überwuchert. Durch die monatelange Vernachlässigung war alles vollkommen verwildert.

Der struppige Garten erinnerte mich an einen Spruch, den ich mal in einem Glücksplätzchen gefunden hatte: Wenn ein Ehemann den Garten vernachlässigt, denkt er an Entwurzelung. Wann hatte Ted das letzte Mal den Rosmarin gestutzt? Wann hatte er das letzte Mal Schneckengift auf die Blumenbeete gesprüht?

Ich ging eilig zum Gartenschuppen und suchte nach dem Unkrautvertilgungsmittel, als könnte mir die verbliebene Menge in der Flasche oder das aufgedruckte Datum Aufschluß darüber geben, was mit meinem Leben passiert war. Doch dann stellte ich die Flasche schnell wieder an ihren Platz; ich hatte das Gefühl, daß mir jemand zusah und mich auslachte.

Ich kehrte ins Haus zurück, um einen Rechtsanwalt anzurufen. Doch kaum hatte ich den Hörer in der Hand, wurde ich erneut von Zweifeln gepackt. Ich hängte wieder auf. Was sollte ich denn sagen? Welche Ansprüche wollte ich denn bei der Scheidung anmelden – wenn ich noch nicht einmal wußte, welche ich eigentlich an meine Ehe gestellt hatte?

Am nächsten Morgen grübelte ich immer noch über meine Ehe nach. Fünfzehn Jahre hatte ich in Teds Windschatten verbracht. Ich lag im Bett und kniff die Augen fest zu, unfähig zu der geringsten Entscheidung.

Drei Tage lang blieb ich im Bett und stand nur auf, um ins Bad zu gehen oder ab und zu eine Dose Hühnersuppe aufzuwärmen. Die meiste Zeit verschlief ich einfach. Ich nahm die Schlaftabletten, die Ted im Apothekenschränkchen liegengelassen hatte. Zum ersten Mal träumte ich gar nichts. Ich tauchte nur sanft in uferlose Dunkelheit ein, in der ich meine Ruhe hatte. Jedesmal wenn ich aufwachte, nahm ich wieder eine Pille und ließ mich in das schützende Dunkel zurückgleiten.

Aber am vierten Tag hatte ich einen Alptraum. Im Dunkeln konnte ich den alten Chou nicht sehen, doch ich wußte, daß er mich finden würde, um mich in den Boden zu stampfen. Er läutete eine Glocke, die langsam immer näher kam. Ich hielt den Atem an, um nicht zu schreien, und die Glocke bimmelte immer lauter – bis ich plötzlich erwachte.

Das Telefon hatte sicher schon ewig lang geklingelt. Ich nahm den Hörer ab.

»Wo du endlich wach bist, werde ich dir was zum Essen vorbeibringen«, sagte meine Mutter. Es klang, als ob sie mich sehen könnte. Doch das Zimmer war dunkel, die Vorhänge dicht zugezogen.

»Ma, ich kann... das geht jetzt nicht«, stotterte ich. »Ich bin gerade zu beschäftigt.«

»Zu beschäftigt für Mutter?«

»Ich hab gleich einen Termin... beim Psychiater.«

Sie schwieg einen Moment. »Warum kannst du dich nicht selbst wehren?« fragte sie schließlich vorwurfsvoll. »Warum redest du nicht mit deinem Mann?«

»Ma, bitte«, flehte ich erschöpft, »hör doch endlich mal davon auf, daß ich meine Ehe retten soll. Es ist sowieso alles schon schlimm genug.«

»Ich sage ja gar nicht, daß du deine Ehe retten sollst«, protestierte sie. »Ich sage nur, du sollst dich wehren.«

Kaum hatte ich eingehängt, klingelte es wieder. Es war die Sprechstundenhilfe meines Analytikers. Ich hatte den heutigen Termin und den vor zwei Tagen verpaßt. Ob ich einen neuen ausmachen wollte? Ich sagte, ich würde in meinem Terminkalender nachsehen und zurückrufen.

Fünf Minuten später klingelte das Telefon schon wieder.

»Wo warst du denn die ganze Zeit?« Es war Ted.

»Ausgegangen.« Ich fing an zu zittern.

»Seit drei Tagen versuche ich dich zu erreichen! Ich hab sogar schon den Anschluß überprüfen lassen.«

Ich wußte, daß er es nicht aus Sorge um mich getan hatte, sondern aus purer Ungeduld, weil er es nicht ausstehen kann, aufgehalten zu werden.

»Es sind nämlich schon zwei Wochen vergangen«, fügte er in gereiztem Ton hinzu.

»Zwei Wochen?«

»Du hast weder den Scheck eingelöst, noch die Unterlagen zurückgeschickt. Ich wollte das eigentlich im guten regeln, Rose. Oder muß ich sie dir erst offiziell zustellen lassen?«

Er wollte so schnell wie möglich meine Einwilligung in die Scheidung. Er wollte das Haus. Hauptsache, das Ganze wurde zügig abgewickelt. Damit er wieder heiraten konnte – eine andere.

»Du hast also wirklich ein Techtelmechtel!« platzte ich heraus. Ich fühlte mich so gedemütigt, daß ich beinah losheulte.

Und zum ersten Mal seit Monaten blieb das wirbelnde Karussell in meinem Kopf stehen. Alle Fragen waren auf einmal weg. Es gab überhaupt keine Wahl mehr. Ich fühlte mich leer – und frei. Hoch oben in meinem Kopf hörte ich jemanden in schrilles Lachen ausbrechen.

»Was ist denn daran komisch?« ließ Ted sich ärgerlich vernehmen.

»Entschuldige«, prustete ich. »Es ist nur alles so...« Ich versuchte mich zusammenzureißen und schnaufte vor unterdrücktem Lachen durch die Nase, was mich noch mehr zum Lachen brachte. Teds Schweigen am anderen Ende stachelte mich erst recht an.

»Hör zu, Ted«, brachte ich schließlich mühsam hervor, »ich glaube, du solltest am besten mal nach der Arbeit hier vorbeikommen.« Ich wußte nicht, was ich damit bezweckte, aber es schien mir das einzig Richtige.

»Es gibt nichts mehr zu besprechen, Rose.«

»Ich weiß.« Ich war überrascht, wie ruhig meine Stimme klang. »Ich möchte dir nur etwas zeigen. Keine Sorge, du kriegst deine Unterlagen wieder.«

Ich hatte nichts Bestimmtes vor. Ich wußte nicht, was ich ihm sagen wollte. Ich wußte nur, daß ich Ted vor der Scheidung noch einmal sehen wollte.

Schließlich zeigte ich ihm den Garten, über dem schon der sommerliche Abendnebel hing, als Ted vorgefahren kam. Die Scheidungsunterlagen hatte ich in die Tasche meines Anoraks gestopft. Ted zitterte vor Kälte in seiner dünnen Sportjacke, während er den desolaten Zustand des Gartens in Augenschein nahm.

»Schreckliches Durcheinander«, hörte ich ihn vor sich hin murmeln. Er schüttelte sein Hosenbein, in dem sich eine Brombeerranke verfangen hatte. Wahrscheinlich überlegte er schon, wie lange es dauern würde, den Garten wieder in Ordnung zu bringen.

»Mir gefällt's so, wie's jetzt ist«, sagte ich und strich mit den Fingern über das hochgeschossene Karottenkraut. Die rötlichen Möhren ragten schon ein Stück hervor, als würden sie gerade aus dem Boden geboren. Der ganze Garten erstickte im Unkraut, das bereits aus den Ritzen im Terrassenboden lugte, an der Hauswand emporkroch und sich sogar schon unter losen Dachziegeln eingenistet hatte. Wenn man zu lange wartete, würden sich die Ranken so fest ins Mauerwerk einhaken, daß man sie kaum noch entfernen konnte, ohne das ganze Haus einzureißen.

Ted sammelte ein paar Pflaumen auf und schleuderte sie über den Zaun in den Nachbargarten. »Wo hast du die Papiere?« fragte er schließlich.

Ich reichte sie ihm hinüber, und er verstaute sie in der Innentasche seiner Jacke. Er sah mich mit demselben Ausdruck an, den ich immer für wohlwollend und beschützend gehalten hatte. »Du brauchst noch nicht gleich auszuziehen«, sagte er. »Du wirst doch mindestens einen Monat brauchen, bis du eine andere Bleibe gefunden hast.«

»Ich hab schon eine«, erwiderte ich prompt. Ich hatte gerade meinen Entschluß gefaßt. Er zog erstaunt die Augenbrauen hoch und lächelte – aber nur kurz –, bis ich sagte: »Ich bleibe nämlich hier.«

»Was soll das heißen?« Nun sah er völlig verblüfft drein. Sein Lächeln war verschwunden.

»Das soll heißen, daß ich hier wohnen bleiben will!« wiederholte ich mit Nachdruck.

»Tatsächlich?« Er verschränkte die Arme über der Brust und sah mich aus zusammengekniffenen Augen an, als müßte ich unter seinem Blick erzittern. Früher hätte ich auch sofort unsicher zu stottern begonnen.

Doch nun fühlte ich gar nichts mehr, weder Furcht noch Zorn. »Ja, tatsächlich. Und mein Rechtsanwalt wird es dir noch schriftlich mitteilen, wenn er dir die Unterlagen zustellen läßt.«

Ted zog die Papiere wieder hervor und sah sie eilig durch. Seine Kreuzchen waren noch drauf, aber ohne meine Unterschrift daneben. »Was bildest du dir eigentlich ein?« fuhr er mich an.

Ich hatte meine Antwort schon parat: »Du kannst mich nicht so ohne weiteres aus deinem Leben rausrupfen und wegwerfen!«

Und ich sah, was ich hatte sehen wollen: Seine Augen flackerten unsicher und verwirrt. Er war *hulihudu*. So stark war die Kraft meiner Worte.

In dieser Nacht sah ich mich im Traum durch den Garten gehen. Die Nebelschwaden hingen im Geäst der Bäume und Büsche. Weit hinten erblickte ich den alten Chou und meine Mutter. Sie wirbelten mit hektischen Handbewegungen den Nebel auf, während sie sich über eins der Beete beugten.

»Da ist sie!« rief meine Mutter. Der alte Chou winkte mich lächelnd herbei. Ich ging zu meiner Mutter hin und sah, wie sie liebevoll die sprießenden Pflänzchen umsorgte.

»Schau mal«, sagte sie strahlend. »Die habe ich heute morgen gepflanzt, ein paar für dich, ein paar für mich.«

Und unter dem *heimongmong* wucherte das Unkraut schon wild nach allen Richtungen über den Beetrand hinaus.

Jing-Mei Woo

Die beste Qualität

Vor fünf Monaten, nach einem Krebsessen zur Feier des chinesischen Neujahrs, schenkte meine Mutter mir einen Jadeanhänger an einem Goldkettchen und sagte: »Das ist deine Lebensbedeutung.« Ich selbst hätte ihn mir nicht als Schmuckstück ausgesucht. Er war fast so lang wie mein kleiner Finger, von milchig grüner Farbe, zu grell, zu auffällig. Ich verwahrte ihn in meiner Lackdose und dachte nicht mehr daran.

Doch nun ist mir meine »Lebensbedeutung« wieder in den Sinn gekommen. Meine Mutter ist vor drei Monaten gestorben, sechs Tage vor meinem sechsunddreißigsten Geburtstag, und ich überlege mir, welche Botschaft der Jadeanhänger mir vermitteln sollte. Sie war die einzige, die ich hätte fragen können, was es mit meiner Lebensbedeutung auf sich hat, um mir über meine Trauer hinwegzuhelfen.

Jetzt trage ich den Anhänger jeden Tag. Wahrscheinlich haben die eingeschnitzten Zeichen mir etwas Besonderes zu sagen – denn all die kleinen Details, die ich immer erst bemerke, wenn jemand anderer mich darauf hinweist, sind für Chinesen immer bedeutungsträchtig. Natürlich könnte ich einfach Tante Lindo, Tante An-mei oder andere chinesische Freunde danach fragen, aber sie würden darin bestimmt etwas ganz anderes sehen als das, was meine Mutter meinte. Die gewundene Linie, die in drei Ovale mündet, würden sie vielleicht als Granatapfel deuten, der mir Fruchtbarkeit und viele Nachkommen verheißen sollte? Doch wenn meine Mutter nun einen Birnenzweig darin gesehen hatte, als Symbol für Reinheit und Ehrlichkeit, oder zehntausendjährige

Tropfen vom Zauberberg, die mir Zielstrebigkeit und unsterblichen Ruhm bringen sollten?

Seitdem ich mir ständig Gedanken über diesen Jadeanhänger mache, sehe ich solche Anhänger auch oft bei anderen – nicht die flachen, eckigen Medaillons oder die runden weißlichen Scheiben mit einem Loch in der Mitte, sondern die länglichen apfelgrünen, die genau wie meiner aussehen. Er kommt mir vor wie das Mitgliedszeichen eines Geheimbundes, der so geheim ist, daß selbst die Mitglieder ihn nicht kennen. Voriges Wochenende sah ich so einen Anhänger am Hals eines Barkeepers und fragte ihn, wo er ihn her hätte.

»Den hat mir meine Mutter geschenkt«, sagte er.

Ich fragte ihn, ob er wisse warum; solche neugierigen Fragen können Chinesen sich nur untereinander stellen, denn zwischen lauter Weißen gehören zwei Chinesen schon beinah zur selben Familie.

»Sie hat ihn mir nach meiner Scheidung gegeben. Vielleicht wollte sie mir damit sagen, daß ich trotzdem noch was wert bin.«

Doch aus seiner zögernden Antwort hörte ich heraus, daß auch er keine Ahnung hatte, was der Anhänger eigentlich bedeutete.

Zu dem Neujahrsessen hatte meine Mutter elf Krebse gekocht, einen für jeden Gast, und noch einen extra. Wir hatten sie zusammen in der Stockton Street in Chinatown gekauft. Von der Wohnung meiner Eltern aus, im ersten Stock eines Sechs-Parteien-Mietshauses, das ihnen gehört, waren wir den steilen Hügel zum Ladenviertel hinuntergegangen. Da ihre Wohnung nicht weit von meinem Arbeitsplatz bei einer kleinen Werbeagentur entfernt lag, schaute ich zwei- bis dreimal pro Woche nach der Arbeit bei ihnen vorbei. Meine Mutter hatte immer so viel gekocht, daß ich grundsätzlich zum Essen dableiben mußte.

Im letzten Jahr fiel der chinesische Neujahrsabend auf einen Donnerstag; ich machte eher bei der Arbeit Schluß, um meiner Mutter beim Einkaufen zu helfen. Sie war schon einundsiebzig, aber noch sehr gut zu Fuß. Die kleine Gestalt kerzengerade aufgerichtet, lief sie mit schnellen Schritten die Straße hinunter und schwang ihre buntgeblümte Einkaufstasche. Ich zog den Metallkarren hinterher.

Immer wenn wir durch Chinatown gingen, zeigte sie mir andere Chinesinnen ihres Alters. »Damen aus Hongkong«, sagte sie und deutete auf zwei elegante Frauen mit langen, dunklen Pelzmänteln und wohlfrisierten schwarzen Haaren. »Kantonesische Bauersfrauen«, flüsterte sie mir zu, als wir an gebeugten alten Frauen in Strickmützen und dicken Steppjacken vorbeikamen. Meine Mutter trug hellblaue Polyesterhosen, einen knallroten Pullover und eine grüne Daunenjacke in Kindergröße; in dieser Aufmachung sah sie aus wie niemand sonst.

Sie war 1949 nach Kalifornien gekommen, nach einer langen, beschwerlichen Reise, die 1944 in Kweilin begonnen hatte und sie zuerst in nördliche Richtung nach Chungking geführt hatte, wo sie meinem Vater begegnete. Dann zogen sie in südöstliche Richtung weiter, nach Schanghai, und flohen noch weiter südlich, nach Hongkong, wo sie sich nach San Francisco einschifften. Meine Mutter kam also aus vielen verschiedenen Himmelsrichtungen.

Während wir den Hügel hinuntertrabten, jammerte sie mir über die Mieter im zweiten Stock die Ohren voll. Vor zwei Jahren hatte sie versucht, sie unter dem Vorwand an die Luft zu setzen, daß sie die Wohnung für Verwandte aus China bräuchte. Doch das unleidliche Ehepaar hatte ihren Trick gleich durchschaut und weigerte sich auszuziehen, bevor die Verwandten nicht eingetroffen waren. Seitdem hörte meine Mutter nicht mehr auf, über ihre unverschämten Mieter zu klagen.

Sie meinte, der grauhaarige Mann stopfte absichtlich zu viele Tüten in den Mülleimer: »Das kostet mich extra!«

Und die Frau, eine exaltierte Künstlertype mit blondem Haarschopf, hatte die Wohnung angeblich ganz scheußlich rot und grün angemalt. »Und außerdem baden sie ständig«, jammerte meine Mutter weiter, »mindestens zwei-, dreimal am Tag! Ununterbrochen lassen sie das Wasser laufen!«

»Und letzte Woche«, fuhr sie empört fort, »haben mich die *waigoren* beschuldigt – sie nannte alle Weißen *waigoren,* Ausländer –, »daß ich ihre Katze mit vergiftetem Fisch umgebracht habe.«

»Was denn für eine Katze?« fragte ich, obwohl ich schon wußte, welche sie meinte. Ich hatte den einohrigen, graugetigerten Kater schon oft gesehen. Er sprang immer auf den Fenstersims vor unserer Küche, und meine Mutter stellte sich dann auf die Zehenspitzen und knallte das Fenster zu, um das Tier zu verjagen. Doch der Kater blieb einfach dort hocken und fauchte sie an.

»Das Mistvieh hebt immer den Schwanz hoch und setzt mir seinen Gestank vor die Tür!« beschwerte sich meine Mutter.

Einmal hatte ich gesehen, wie sie ihn mit einem Topf voll kochendheißem Wasser durch das Treppenhaus verfolgte. Ich war versucht, sie zu fragen, ob sie den Kater tatsächlich vergiftet hatte, aber ich hatte längst gelernt, nicht gegen sie Partei zu ergreifen.

»Und was ist mit der Katze passiert?« fragte ich statt dessen.

»Weg! Verschwunden!« Sie warf die Arme in die Höhe und lächelte breit, doch gleich verfinsterte ihre Miene sich erneut. »Und der Mann hat mir mit seiner groben Faust vor der Nase herumgefuchtelt und mich eine Fukien-Wirtin genannt. Dabei bin ich doch gar nicht aus Fukien! Hnnh! Der weiß aber auch gar nichts!« Befriedigt, die Oberhand behalten zu haben, warf sie den Kopf zurück. Zum Glück hatte sie nicht verstanden, was er mit *fucking landlady* meinte!

In der Stockton Street gingen wir von einem Fischladen zum nächsten und hielten nach den frischesten Krebsen Ausschau.

»Nimm bloß keinen toten«, warnte mich meine Mutter auf chinesisch. »Selbst ein Bettler würde keinen toten Krebs anrühren.«

Ich stupste die Krebse mit einem Bleistift an, um ihre Lebhaftigkeit zu testen. Wenn einer danach schnappte, wanderte er gleich in die Plastiktasche. Ein Krebs hatte sich mit dem einen Bein in den Scheren eines anderen verfangen, wo er prompt steckenblieb, als ich ihn hochob.

»Leg ihn zurück«, flüsterte meine Mutter. »Ein fehlendes Bein ist ein schlechtes Vorzeichen zu Neujahr.«

Aber da kam schon ein Verkäufer im weißen Kittel auf uns zugeschossen und überschüttete meine Mutter mit einem kantonesischen Wortschwall. Sie verteidigte sich lautstark, doch in so schlechtem Kantonesisch, daß es genau wie ihr Mandarin klang. Nach einigem Hin und Her mußten wir den beschädigten Krebs und sein loses Bein in unsere Tüte packen.

»Macht nichts!« tröstete sich meine Mutter. »Das ist Nummer elf, der ist sowieso überzählig.«

Zu Hause wickelte sie die Krebse aus ihren Zeitungshüllen und warf sie ins kalte Wasser im Spülbecken. Sie holte ihr altes Hackbrett und das scharfe Küchenmesser hervor und begann, Ingwer und Schalotten kleinzuhacken. Dann goß sie Sesamöl und Sojasoße in eine flache Schüssel. In der Küche roch es nach feuchtem Zeitungspapier und würzigen chinesischen Düften.

Sie hob die Krebse nacheinander aus dem Becken und schüttelte sie trocken und wach. Hilflos mit den Beinen rudernd wurden sie von der Spüle zum Herd befördert und in einem Dampfkochtopf gestapelt, der auf zwei Gasplatten thronte. Um dem grausamen Anblick zu entgehen, verzog ich mich ins Wohnzimmer.

Als ich acht Jahre alt war, spielte ich einmal mit einem Krebs, den meine Mutter für mein Geburtstagsessen eingekauft hatte. Ich stupste ihn mit dem Finger an und zuckte jedesmal zurück, wenn er die Scheren ausstreckte. Ich hatte ihn schon richtig ins Herz geschlossen, und als er anfing, quer über den Tisch zu laufen, überlegte ich mir, wie ich mein neues Haustier nennen wollte. Doch ehe ich mich entscheiden konnte, warf meine Mutter ihn in einen Topf mit kaltem Wasser, den sie auf die Herdplatte stellte. Ich sah mit wachsender Angst zu, wie das Wasser sich erhitzte. In dem Topf klapperte es immer heftiger, während der Krebs vergeblich aus seiner eigenen Suppe zu entkommen versuchte. Ich schaudere noch heute bei der Erinnerung, wie er laut schreiend eine feuerrote Schere aus dem brodelnden Topf hob. Der Schrei stammte wohl von mir selbst, denn inzwischen ist mir natürlich klar, daß Krebse keine Stimmbänder haben. Und ich versuche mir einzureden, daß sie auch nicht genug Hirn haben, um den Unterschied zwischen einem heißen Bad und einem langsamen Tod wahrzunehmen.

Zu dem Neujahrsfest hatte meine Mutter ihre alten Freunde Lindo und Tin Jong eingeladen, womit von vorneherein feststand, daß die Jong-Kinder auch dabeisein würden: Vincent, der mit seinen achtunddreißig Jahren immer noch bei den Eltern wohnte, und Waverly, die genauso alt war wie ich. Vincent fragte an, ob er seine Freundin Lisa Lum mitbringen dürfe, und Waverly wollte mit ihrem Verlobten Rich Schields kommen. Sie erkundigte sich, ob meine Eltern ein Videogerät besaßen, damit ihre vierjährige Tochter Shoshana *Pinocchio* anschauen könnte, falls sie sich langweilte. Meine Mutter erinnerte mich daran, auch meinen alten Klavierlehrer Mr. Chong einzuladen, der ein paar Straßen weiter in unserem früheren Haus wohnte.

Mit meinen Eltern und mir machte das insgesamt elf Personen. Meine Mutter hatte allerdings nur mit zehn gerechnet, weil Shoshana in ihren Augen noch nicht mitzählte, jedenfalls nicht beim Krebsessen. Sie hatte nicht bedacht, daß Waverly da anderer Meinung sein könnte.

Als die Platte mit den dampfenden Krebsen hereingetragen wurde, war Waverly zuerst an der Reihe und suchte sich den dicksten, leuchtendsten Krebs aus, den sie ihrer Tochter auf den Teller legte. Dann gab sie Rich den zweitbesten und nahm sich selbst auch ein schönes Exemplar. Da sie die Fähigkeit, das Beste auszusuchen, von ihrer Mutter hatte, war es klar, daß diese anschließend die nächstbesten für ihren Mann, ihren Sohn, dessen Freundin und für sich selbst herausangelte. Dann begutachtete meine Mutter die vier letzten und gab den, der davon noch am besten aussah, Mr. Chong, der schon fast Neunzig war und mit gebührendem Respekt behandelt werden mußte. Mein Vater bekam auch noch einen recht guten ab. Nun waren noch zwei übrig: ein grober Krebs von blaßoranger Farbe und Nummer elf, dem ein Bein fehlte.

Aus Höflichkeit griff ich nach dem beschädigten Krebs, aber meine Mutter rief: »Nein, nein! Iß den großen, zuviel für mich!«

Alle waren eifrig damit beschäftigt, die Schalen aufzubrechen, das Krebsfleisch herauszusaugen und mit den Stäbchen die letzten Winkel auszukratzen – nur am Platz meiner Mutter war es still. Anscheinend bemerkte ich als einzige, wie sie den Panzer hochhob, an dem Fleisch schnüffelte und dann aufstand, um den Teller in die Küche zu tragen. Sie kam ohne ihn zurück, statt dessen brachte sie noch mehr Schalen mit Sojasoße, Ingwer und Schalotten herein.

Während die hungrigen Mägen sich allmählich füllten, fingen auf einmal alle an durcheinanderzureden.

»Suyuan!« rief Tante Lindo meiner Mutter zu. »Wieso trägst du diese Farbe?« Sie deutete mit einem Krebsbein auf den roten Pullover meiner Mutter. »Wie kannst du diese Farbe noch tragen? Viel zu jugendlich!« schalt sie.

Meine Mutter schien das als Kompliment aufzufassen. »Emporium Capwell«, verkündete sie stolz. »Neunzehn Dollar. Billiger als selbstgestrickt.«

Tante Lindo nickte nur, als wollte sie damit sagen, daß die Farbe dem Preis angemessen sei. Dann richtete sie das Krebsbein auf ihren Schwiegersohn in spe: »Seht mal, wie der sich mit chinesischem Essen schwertut!«

»Krebs ist doch gar nicht chinesisch«, widersprach Waverly in ihrem üblichen nölenden Tonfall. Ich war immer wieder erstaunt, daß Waverlys Stimme noch ganz genauso klang wie vor fünfundzwanzig Jahren, als wir zehn waren und sie zu mir gesagt hatte: »Du bist eben kein Genie wie ich.«

Tante Lindo sah ihre Tochter gereizt an: »Woher willst du denn wissen, was chinesisch ist und was nicht?« Dann wandte sie sich an Rich und fragte streng: »Warum ißt du das Beste nicht?«

Rich lächelte sie belustigt an, ohne eine Spur von Befangenheit. Von den Farben her ähnelte er dem Krebs auf seinem Teller: rötliche Haare, milchweiße Haut und viele Sommersprossen. Grinsend sah er zu, wie Tante Lindo die richtige Art, Krebs zu essen, vormachte: »Du mußt das hier rausholen. Das Hirn schmeckt am allerbesten, probier's mal.«

Waverly und Rich sahen sich mit der gleichen angeekelten Grimasse an. »Widerlich!« wisperten Vincent und Lisa sich feixend zu.

Onkel Tin schmunzelte vor sich hin, um zu zeigen, daß ihm auch etwas Witziges eingefallen war. Nach seinem einleitenden Gekicher und Schenkelklopfen zu urteilen, hatte er den Witz wohl schon öfter angebracht. »Ich hab zu meiner Tochter gesagt, wozu arm bleiben? Heirate reich!« Er lachte schallend und stieß Lisa mit dem Ellbogen an. »Gut, was? Jetzt heiratet sie tatsächlich reich! ›Rich‹ nennen die das hier!«

»Wann soll denn die Hochzeit sein?« erkundigte sich Vincent.

»Das könnte ich dich genauso fragen«, gab Waverly zurück. Lisa sah etwas betreten drein, als Vincent die Bemerkung geflissentlich überhörte.

»Mom, ich *mag* keinen Krebs!« quengelte Shoshana.

»Schicke Frisur«, sagte Waverly quer über den Tisch zu mir.

»Danke. David macht das wirklich nicht schlecht.«

»Was, gehst du immer noch zu dem Typ in der Howard Street?« rief Waverly und zog erstaunt eine Augenbraue hoch. »Ist dir der denn nicht unheimlich?«

Ich witterte schon die Gefahr, doch ich antwortete trotzdem: »Unheimlich? Wieso denn? Der schneidet doch gut!«

»Ja, aber ich meine, immerhin ist der doch schwul«, sagte Waverly. »Schließlich könnte der schon Aids haben! Und Haare sind doch was Lebendiges. Also vielleicht bin ich als Mutter ja übervorsichtig, aber heutzutage kann man doch gar nicht vorsichtig genug sein.«

Und ich saß nur stumm und geniert da und fühlte mich, als wären meine Haare schon über und über mit wuselnden Viren bedeckt.

»Du solltest lieber mal zu meinem gehen«, fuhr sie fort. »Mr. Rory, der ist wirklich Klasse. Obwohl du da wahrscheinlich etwas mehr hinblättern mußt, als du gewohnt bist.«

Ich hätte schreien können. Was die einem immer hintenrum für Gemeinheiten reinwürgte! Selbst wenn ich sie nur um die simpelste Auskunft in Steuerdingen bat, drehte sie es so, als sei ich nur zu geizig, dafür zu zahlen.

»Ich rede wirklich nicht gern von Steuerdingen außerhalb der Bürozeiten«, sagte sie dann zum Beispiel. »Stell dir vor, was passieren könnte, wenn ich dich nur mal so nebenbei berate, und dann war es falsch, weil ich nicht genügend Informationen hatte. Das wäre doch schrecklich peinlich für mich, und für dich auch, oder?«

Bei dem Krebsessen hatte ihre Bemerkung über meine Haare mich so geärgert, daß ich mir vornahm, es ihr heimzuzahlen und vor allen anderen ihre Kleinlichkeit bloßzustellen. Ich wollte sie hier und jetzt fragen, warum ihre Firma noch immer nicht die Rechnung für meine acht Seiten lange Werbebroschüre bezahlt hatte, die schon über einen Monat fällig war.

»Vielleicht könnte ich mir ja auch deinen Mr. Rory leisten, wenn eine gewisse Firma ein bißchen rechtzeitiger zahlen würde«, sagte ich spitz. Ich freute mich über ihre betroffene Miene.

Ich konnte mir nicht verkneifen, den Vorwurf noch etwas deutlicher zu machen. »Es kommt einem doch reichlich komisch vor, wenn so eine große Buchhaltungsfirma noch nicht mal ihre eigenen Rechnungen bezahlt. Alles was recht ist, Waverly, aber das scheint ja ein ziemlich windiger Verein zu sein, für den du da arbeitest.«

Sie schwieg noch immer und sah mich nur finster an.

»He, ihr Mädchen, jetzt hört mal auf zu zanken!« mischte mein Vater sich ein, als wären wir noch Kinder, die sich um Dreiräder und Malstifte stritten.

»Genau, wir wollen jetzt nicht weiter darüber reden«, sagte Waverly ruhig.

»Was meint ihr, wie die Giants diesmal abschneiden werden?« fragte Vincent laut in die Runde. Doch niemand ging darauf ein.

So leicht sollte sie mir diesmal nicht davonkommen: »Immer wenn ich dich anrufe, willst du ja auch nicht darüber reden!«

Waverly blickte kurz zu Rich hinüber, der hilflos mit den Schultern zuckte. Dann sah sie mich seufzend an.

»Hör mal, June, ich weiß nicht recht, wie ich's dir sagen soll. Also, das, was du da geschrieben hast – das kann die Firma nicht gebrauchen.«

»Du lügst! Du hast doch selbst gesagt, daß es gut ist.«

Waverly seufzte wieder. »Ich weiß, ich wollte dich eben schonen. Ich dachte, daß man es vielleicht noch irgendwie hinbiegen könnte. Aber das geht nicht.«

Ich verlor allmählich den Boden unter den Füßen, als sich alles so unversehens gegen mich kehrte. »Werbetexte müssen meistens noch ein bißchen aufpoliert werden«, verteidigte ich mich hastig. »Das... das ist ganz normal. Man trifft eben nicht immer auf Anhieb den richtigen Ton. Ich hätte die Inhalte sicher noch ein wenig konkreter darstellen sollen.«

»June, ich fürchte wirklich...«

»Überarbeitungen sind gratis. Ich bin genauso daran interessiert wie du, daß es ein einwandfreier Text wird.«

Waverly ging gar nicht darauf ein. »Ich hab versucht, wenigstens einen Kompensationsbetrag für dich rauszuschlagen. Ich weiß, daß du da 'ne Menge Arbeit reingesteckt hast... und daß ich dir was dafür schuldig bin, denn immerhin hab ich dir den Auftrag vermittelt.«

»Dann sag mir doch, was die anders haben wollen. Ich ruf' dich nächste Woche an, und dann gehen wir den Text noch mal Zeile für Zeile gemeinsam durch.«

»Das hat keinen Zweck, June«, sagte Waverly entschieden. »Er ist eben einfach nicht sophisticated genug. Du schreibst sicher ganz hervorragende Sachen für andere Kunden. Aber wir sind nun mal eine große Firma, und da brauchen wir jemanden, der unser... Stilniveau rüberbringt, verstehst du?« Dabei legte sie die Hand auf die Brust, als meinte sie eigentlich *ihr* Stilniveau.

»Also wirklich, June«, fügte sie mit spöttischem Lachen hinzu und gab in markigem Werbesprecherton zum Besten: *Drei* Vorteile, *drei* Verwendungsarten, *drei* Gründe, das Angebot wahrzunehmen – in allen Steuerfragen von heute und morgen...«

Das brachte sie mit so unwiderstehlicher Komik hervor, daß alle erleichtert auflachten, außer mir. Ausgerechnet meine Mutter pflichtete ihr bei: »Ganz recht, Stil kann man nicht lernen. June ist nicht so sophisticated wie du. Das muß man von Geburt an haben.«

Ich war selbst darüber erstaunt, wie gedemütigt ich mich fühlte. Waverly hatte mich wieder mal übertölpelt, und nun hatte meine Mutter auch noch ihre Partei ergriffen. Ich zwang mich zu einem verkrampften Lächeln, bis mir die Unterlippe weh tat. Um mich irgendwie abzulenken, nahm ich meinen Teller und den von Mr. Chong, um sie hinauszutragen. Durch meinen Tränenschleier sah ich die angeschlagenen Stellen an den Rändern. Warum benutzte meine Mutter eigentlich nie das neue Geschirr, das ich ihr vor fünf Jahren geschenkt hatte?

Die Krebsschalen waren über den ganzen Tisch verstreut. Waverly und Rich zündeten sich Zigaretten an und legten einen der Krebspanzer zwischen sich als Aschenbecher. Shoshana stand am Klavier und klimperte mit zwei Krebsscheren auf den Tasten herum. Mr. Chong, der mittlerweile völlig taub war, sah ihr zu und applaudierte: »Bravo! Bravo!« Alle anderen saßen wortlos da. Meine Mutter brachte einen Teller mit Orangenschnitzen aus der Küche herein. Mein Vater stocherte in seinen Krebsschalen. Vincent räusperte sich zweimal und tätschelte dann Lisas Hand.

Schließlich brach Tante Lindo das Schweigen: »Waverly, laß sie's nochmal versuchen. Für den ersten Versuch hat sie zu wenig Zeit gehabt. Da konnte sie es natürlich nicht gut genug machen.«

Meine Mutter kaute geräuschvoll auf ihrem Orangenstück. Sie brachte es immer fertig, Orangen wie harte Äpfel zu essen. In meinen Ohren klang es schlimmer als Zähneknirschen.

»Gut Ding will Weile haben«, stellte Tante Lindo fest und nickte bekräftigend.

»Da muß mehr Action rein!« empfahl Onkel Tin. »Jede Menge Action, das bringt's! So wird's richtig!«

»Wohl kaum«, entgegnete ich mit gezwungenem Lächeln und trug die Teller hinaus.

An jenem Abend, in der Küche, sah ich schließlich ein, daß ich eben nichts weiter war als eine mittelmäßige Werbetexterin. Und es machte mir plötzlich nichts mehr aus. Ich war bei einer kleinen Agentur angestellt, wo ich allen Kunden versprach: »Durch uns kriegt ihr Produkt erst den richtigen Pfiff!« Was aber meistens doch nur auf »drei Vorteile, drei Verwendungsarten, drei Gründe, das Angebot wahrzunehmen« hinauslief. Normalerweise reichte das ja auch. In diesem bescheidenen Rahmen war ich immerhin recht erfolgreich.

Ich ließ heißes Wasser ins Spülbecken laufen, um abzuwaschen. Mein Zorn auf Waverly war verpufft. Ich war nur noch erschöpft und kam mir ein wenig albern vor, als wäre ich fluchtartig losgestürzt, nur um dann zu merken, daß mich niemand verfolgte.

Ich griff nach dem Teller meiner Mutter, den sie schon gleich zu Anfang in die Küche zurückgebracht hatte. Der Krebs war unberührt. Ich hob den Panzer hoch und schnupperte an dem Fleisch. Vielleicht lag es daran, daß ich es sowieso nicht besonders mochte – ich konnte jedenfalls nicht erkennen, was damit nicht in Ordnung sein sollte.

Als alle gegangen waren, kam meine Mutter zu mir in die Küche. Ich räumte gerade die Teller weg. Sie setzte Teewasser auf und ließ sich dann am Küchentisch nieder. Ich erwartete, daß sie mir nun Vorwürfe machen würde.

»War 'n gutes Essen, Ma«, bemerkte ich höflich.

»Nicht besonders«, gab sie zurück und kratzte mit einem Zahnstocher zwischen ihren Zähnen.

»Was stimmte denn nicht mit deinem Krebs? Wieso hast du ihn liegenlassen?«

»Der war nicht gut«, meinte sie, »war schon tot. Selbst ein Bettler ißt sowas nicht.«

»Wie hast du das denn gemerkt? Der roch doch ganz normal.«

»Das weiß ich schon vor dem Kochen!« Sie stand auf und blickte aus dem Küchenfenster. »Ich hab ihn vorher geschüttelt. Die Beine waren schlaff. Das Maul war offen, wie bei einer Leiche.«

»Und warum hast du ihn dann mitgekocht?«

»Ich dachte... vielleicht ist's gerade erst passiert. Vielleicht kann man ihn doch noch essen. Aber ich hab's gleich gerochen, der war nicht mehr gut – labberiges Fleisch!«

»Und wenn ihn nun einer von den anderen genommen hätte?«

Meine Mutter lächelte. »Nur *du* machst sowas. Sonst niemand. Das wußte ich genau. Alle anderen wollen immer die beste Qualität. Du nicht.«

Es klang beinah wie ein Lob. Sie sagte oft Dinge, die keinen rechten Sinn ergaben, die gleichzeitig gut und schlecht klangen.

Plötzlich fiel mir noch etwas ein: »Ma, wieso benutzt du eigentlich nie das neue Geschirr, das ich dir geschenkt habe? Wenn's dir nicht gefällt, hättest du es mir sagen sollen. Ich hätte es doch leicht umtauschen können.«

»Aber natürlich gefällt's mir«, entgegnete sie gereizt. »Manchmal will ich die guten Sachen noch schonen, und dann vergesse ich sie eben.«

Dann hakte sie wie in einer plötzlichen Eingebung ihr Goldkettchen auf und drückte es mir mit dem Anhänger in die Hand.

»Nein, Ma«, protestierte ich. »Das kann ich doch wirklich nicht annehmen!«

»Nala, nala« – Nimm es, nimm es –, sagte sie barsch. »Das wollte ich dir schon lange schenken. Schau, ich habe es auf der Haut getragen, und wenn du es jetzt trägst, dann wirst du mich verstehen. Das ist deine Lebensbedeutung.«

Ich sah mir den Anhänger aus hellgrüner Jade an. Ich wollte ihn nicht nehmen. Doch gleichzeitig kam es mir vor, als hätte ich ihn schon verschluckt.

»Das schenkst du mir nur wegen dem, was heute abend passiert ist«, murmelte ich schließlich.

»Was ist passiert?«

»Na das, was Waverly vorhin gesagt hat.«

»Tss! Was hörst du denn auf die! Der kann man's doch gar nicht recht machen. Die ist genau wie so 'n Krebs.« Meine Mutter tippte verächtlich einen der Panzer im Mülleimer an. »Die kann auch nur seitwärts gehen, nichts als krumme Touren. Geh du lieber deinen geraden Weg.«

Ich legte das Kettchen um den Hals. Es fühlte sich angenehm kühl an.

»Die Jade ist nicht besonders gut«, bemerkte sie sachlich und strich leicht mit dem Finger über den Anhänger. »Das ist junge Jade. Jetzt ist sie noch ganz hell, aber wenn du sie jeden Tag trägst, wird sie grüner.«

Seit dem Tod meiner Mutter schmeckt meinem Vater das Essen nicht mehr. Deshalb will ich ihm heute etwas Besonderes kochen: eine scharfgewürzte Tofu-Bohnenspeise. Meine Mutter meinte immer, daß es nichts Besseres gibt als scharfe Gerichte, um die seelische Verfassung wieder ins Lot zu bringen. Aber vor allem weiß ich, daß er das besonders gerne ißt. Ein aromatischer Ingwer- und Schalottenduft erfüllt die Küche, und der beißende Dunst der roten Chilisoße steigt mir prickelnd in die Nase, als ich das Glas öffne.

Über meinem Kopf ertönt plötzlich ein schepperndes Rumpeln in den alten Wasserrohren, und kurz darauf tröpfelt nur noch ein dünnes Rinnsal aus dem Hahn über der Spüle. Einer der Mieter oben nimmt wohl gerade eine Dusche.

Während ich den Tofu kalt abspüle, schrecke ich auf einmal zusammen: Eine dunkle Gestalt ist am Fenster aufgetaucht. Es ist der einohrige Kater von den Leuten über uns. Er balanciert auf dem Sims und reibt seine Flanke an der Fensterscheibe.

Also hat sie das blöde Vieh doch nicht umgebracht, denke ich erleichtert. Dann sehe ich ihn steil den Schwanz hochstrecken.

»Hau ab!« schreie ich und schlage mit der flachen Hand gegen das Fenster. Aber der Kater sieht mich nur aus schmalen Augenschlitzen an und legt fauchend das Ohr zurück.

Königinmutter des westlichen Himmels

»O! Hwai dungsyi« – *Du kleiner Frechdachs –, schalt die Frau ihre Enkeltochter scherzhaft. »Hat Buddha dir beigebracht, so ohne Grund zu lachen?« Und während das Baby fröhlich krähte, regte sich eine tiefe Sehnsucht in ihrem Herzen.*

»Selbst wenn ich ewig leben könnte«, sagte sie zu dem Baby, »wüßte ich nicht, wie ich es dir beibringen sollte. Ich war auch einmal so arglos und unschuldig. Ich konnte auch ohne Grund lachen.

Doch später mußte ich meine Arglosigkeit aufgeben, um mich zu schützen. Und dann lehrte ich meine Tochter, deine Mutter, ihre Arglosigkeit zu verlieren, damit sie nicht auch so verletzt würde wie ich.

Hwai dungsyi, *war das etwa falsch? Wenn ich nun das Böse in den anderen sehen kann, heißt das nicht, daß ich selbst auch böse geworden bin? Wenn ich jemanden mit einer mißtrauisch schnüffelnden Nase sehe, habe ich selbst dann nicht auch schon zu viel Schlechtes gerochen?«*

Das Baby lachte und quietschte fröhlich zu den Klagen der Großmutter.

»Oh! Oh! Du lachst, weil du schon ewig lebst, immer wieder von neuem? Du sagst, du bist Syi Wang Mu, die Königinmutter des westlichen Himmels, und willst mir meine Fragen beantworten? Gut, ich höre dir zu …

Ich danke dir, kleine Königin. Das mußt du meiner Tochter auch noch beibringen. Wie man die Arglosigkeit verliert, aber nicht die Hoffnung. Wie man sich für immer sein Lachen bewahrt.«

An-Mei Hsu

Elstern

Gestern hat meine Tochter zu mir gesagt: »Meine Ehe geht in die Brüche.«

Und das einzige, was sie tun kann, ist zusehen. Sie legt sich auf eine Psychiatercouch und quetscht ein paar Tränen hervor über diese Schande. Ich glaube, daß sie da liegenbleiben wird, bis alles zu Bruch gegangen ist, bis alle Tränen versiegt sind und alles verdorrt und vertrocknet ist.

»Ich habe ja keine Wahl!« hat sie sich beklagt. Sie weiß es nicht besser. Wenn sie nichts dagegen unternimmt, trifft sie bereits eine Wahl. Wenn sie es nicht wenigstens versucht, verpaßt sie vielleicht ihre letzte Chance.

Das weiß ich, weil ich auch auf die chinesische Art erzogen wurde. Ich habe gelernt, nichts zu verlangen, anderer Leute Kummer zu schlucken, meine eigene Bitterkeit hinunterzuwürgen.

Und obgleich ich meiner Tochter das Gegenteil beigebracht habe, ist sie trotzdem genau wie ich geworden! Vielleicht gerade deshalb, weil sie meine Tochter ist. So wie ich die Tochter meiner Mutter bin. Wir sind alle wie Treppenstufen, die einander folgen, hinauf und hinab, doch immer auf dem gleichen Weg.

Ich weiß, wie es ist, stillzuhalten, zuzuhören und zuzuschauen, als wäre das Leben nur ein Traum. Man kann die Augen schließen, wenn man nicht länger zuschauen mag. Aber was kann man tun, wenn man nicht mehr zuhören will? Ich kann immer noch hören, was vor über sechzig Jahren geschah.

Als meine Mutter in das Haus meines Onkels in Ningpo kam, war sie eine Fremde für mich. Ich war neun Jahre alt und hatte sie viele Jahre lang nicht mehr gesehen. Doch ich wußte gleich, daß sie meine Mutter war, weil ich ihren Schmerz fühlen konnte.

»Schau diese Frau nicht an!« warnte mich meine Tante. »Sie hat ihr Gesicht in den Fluß geworfen, der nach Osten fließt. Ihr Ahnengeist ist für immer verloren. Die Person, die du da siehst, ist nichts als verwestes Fleisch, übler Abschaum, verfault bis auf die Knochen!«

Ich blickte meine Mutter aufmerksam an. Sie sah keineswegs wie übler Abschaum aus. Ich wollte ihr Gesicht berühren, das meinem so ähnlich sah.

Sie trug zwar seltsame fremdländische Kleider, aber sie verteidigte sich nicht, als meine Tante sie beschimpfte. Sie beugte den Kopf sogar noch tiefer, als mein Onkel ihr ins Gesicht schlug, weil sie ihn Bruder genannt hatte. Sie weinte bitterlich, als Popo starb, obgleich Popo, ihre Mutter, sie vor vielen Jahren aus dem Haus gejagt hatte. Und nach Popos Beerdigung gehorchte sie meinem Onkel. Sie schickte sich an, nach Tientsin zurückzukehren, wo sie ihre Witwenschaft entehrt hatte, indem sie die dritte Konkubine eines reichen Mannes geworden war.

Aber wie konnte sie ohne mich fortgehen? Die Frage durfte ich nicht stellen. Ich war nur ein Kind. Ich konnte nur zuschauen und zuhören.

Am Abend vor ihrer Abreise nahm sie mich fest in die Arme, als ob sie mich vor einer unbekannten Gefahr beschützen wollte. Ich weinte, um sie zu mir zurückzubringen, noch ehe sie fortgegangen war. Und während ich mich auf ihrem Schoß an sie klammerte, erzählte sie mir eine Geschichte:

»An-mei«, wisperte sie, »hast du die kleine Schildkröte im Teich gesehen?« Ich nickte. Der Teich lag in unserem Garten, und ich hatte schon oft mit einem Stock in dem stillen Wasser gestochert, um die Schildkröte unter den Steinen vorzulocken.

»Ich habe die Schildkröte schon gekannt, als ich noch ein Kind war«, fuhr meine Mutter fort. »Ich saß oft an dem Teich und sah zu, wie sie an die Oberfläche kam und mit ihrem kleinen Maul nach Luft schnappte. Die Schildkröte ist schon uralt.«

Ich konnte die Schildkröte deutlich vor meinem inneren Auge sehen und wußte, daß meine Mutter sie ebenfalls vor sich sah.

»Diese Schildkröte ernährt sich von deinen Gedanken«, sagte meine Mutter. »Das habe ich eines Tages begriffen, als ich so alt war wie du, und Popo meinte, ich sei nun kein Kind mehr. Ich durfte nicht mehr schreien und herumtollen und mich auf den Boden hocken, um Grillen zu fangen. Ich durfte nicht mehr weinen, wenn ich enttäuscht war. Ich sollte mich nur noch still und sittsam verhalten und den älteren Menschen zuhören. Und wenn ich ihr nicht gehorchte, drohte Popo, würde sie mir die Haare abschneiden und mich zu den buddhistischen Nonnen ins Kloster schikken.

An dem Abend, als Popo mir das gesagt hatte, saß ich an dem Teich und schaute ins Wasser. Mir war so schwach und elend zumute, daß ich anfing zu weinen. Da kam die Schildkröte an die Oberfläche geschwommen und nippte meine Tränen auf, sobald welche ins Wasser fielen. Sie schluckte fünf, sechs, sieben Tränen schnell nacheinander, dann kroch sie auf einen flachen Stein und begann zu sprechen.

Die Schildkröte sagte: ›Ich habe deine Tränen gegessen, darum kenne ich jetzt deinen Kummer. Aber ich muß dich warnen: Wenn du weinst, wird dein Leben immer traurig sein.‹

Dann sperrte sie den Rachen auf, und fünf, sechs, sieben perlmuttfarbene Eier kullerten heraus. Die Eier brachen auf, und sieben Vögel kamen daraus hervor, die gleich fröhlich zu zwitschern anfingen. An ihren schneeweißen Bäuchen und lieblichen Stimmen erkannte ich, daß es Elstern waren, Spottvögel. Sie tauchten die Schnäbel ins Wasser und tranken gierig. Als ich die Hand ausstreckte, um einen von ihnen zu fangen, flogen sie alle auf, flatterten mit ihren schwarzen Flügeln vor meinem Gesicht herum und schossen dann lachend in den Himmel empor.

›Jetzt siehst du‹, sagte die Schildkröte, während sie ins Wasser zurückglitt, ›warum es sinnlos ist zu weinen. Deine Tränen spülen deinen Kummer nicht fort. Sie dienen nur als Labsal für die anderen. Darum mußt du lernen, deine Tränen hinunterzuschlucken.‹ «

Doch als meine Mutter ihre Geschichte beendet hatte, sah ich, daß sie weinte. Also fing ich auch an zu weinen, weil es unser Schicksal war, wie zwei Schildkröten am Grunde eines Teichs zu leben und die Welt nur durch einen trüben Wasserschleier wahrzunehmen.

Als ich am Morgen erwachte, hörte ich von draußen schrille Geräusche – nein, nicht das Zwitschern der Spottvögel, sondern wütendes Schimpfen. Ich sprang aus dem Bett und lief leise ans Fenster.

Ich sah meine Mutter im Hof knien und mit den Fingern über den Boden kratzen, als ob sie etwas verloren hätte, das sie nie wiederfinden würde. Vor ihr stand mein Onkel und brüllte auf sie ein.

»Du willst also deine Tochter mitnehmen und ihr Leben auch noch zerstören!« Er stampfte vor Empörung mit dem Fuß auf. »Du solltest schon längst verschwunden sein!«

Meine Mutter erwiderte nichts. Sie kauerte demütig am Boden, und ihr Rücken war so flach gekrümmt wie der Panzer der Schildkröte im Teich. Sie schluchzte mit zusammengepreßten Lippen. Ich fing an, genauso wie sie zu weinen, und verschluckte meine bitteren Tränen.

Ich zog mich hastig an. Als ich die Treppe hinunterlief, war meine Mutter gerade im Begriff zu gehen. Ein Dienstbote trug ihren Koffer hinaus. Meine Tante hielt meinen kleinen Bruder an der Hand. »Ma!« platzte ich unwillkürlich heraus.

»Siehst du, wie dein schlechter Einfluß schon auf deine Tochter übergegriffen hat!« schrie mein Onkel.

Meine Mutter hielt immer noch den Kopf gesenkt, doch sie hob den Blick zu meinem Gesicht. Meine Tränen flossen in Strömen hinunter. Ich glaube, als sie mich so ansah, ging irgendeine Veränderung in ihr vor. Sie richtete sich plötzlich zu ihrer vollen Höhe auf, so daß sie meinen Onkel fast überragte, und streckte die Hand nach mir aus. Ich lief schnell zu ihr hin. Sie sagte mit ruhiger Stimme: »An-mei, ich fahre jetzt nach Tientsin zurück, und ich will dich nicht auffordern, mir zu folgen, doch wenn du möchtest, kannst du mitkommen.«

Meine Tante zischte erbost: »Ein Mädchen, das einer schlechten Frau folgt, ist auch nicht besser als sie! An-mei, du meinst wohl, daß du auf einem neuen Wagen etwas Neues zu sehen bekommst. Aber du wirst immer nur den Hintern von demselben alten Maultier vor dir sehen. Dein Leben ist das, was du vor dir siehst.«

Ihre Worte bestärkten mich nur noch in meinem Entschluß. Denn alles, was ich im Leben vor mir sah, war das düstere Haus meines Onkels, das voller dunkler, unheimlicher Rätsel steckte. Ich wandte den Kopf von meiner Tante ab und blickte meine Mutter an.

Mein Onkel hob eine Porzellanvase hoch. »Du willst also dein Leben wegwerfen? Wenn du dieser Frau da folgst, wirst du nie wieder deinen Kopf erheben können!« Er schleuderte die Vase auf den Boden, wo sie in tausend Stücke zersprang. Ich fuhr zusammen, und meine Mutter ergriff meine Hand.

Ihre Hand fühlte sich warm an. »Komm, An-mei, wir müssen uns beeilen«, sagte sie, als fürchtete sie einen nahenden Wolkenbruch.

»An-mei!« hörte ich meine Tante noch flehend rufen, aber mein Onkel donnerte nur: *»Swanle!«* – Erledigt! – »Sie ist schon umgedreht.«

Und während ich meinem früheren Leben den Rücken kehrte, fragte ich mich, ob mein Onkel wohl recht hatte: War ich schon »umgedreht«? Konnte ich meinen Kopf jetzt nicht mehr erheben? Ich probierte es. Ich hob den Kopf.

Da sah ich meinen kleinen Bruder, der herzzerreißend an der Hand meiner Tante weinte. Meine Mutter wagte nicht, ihn ebenfalls mitzunehmen. Ein Sohn durfte nicht sein Haus verlassen, um bei anderen Leuten zu wohnen. Damit würde er alle seine Zukunftsaussichten verlieren. Aber das konnte er noch nicht wissen. Er heulte vor Zorn und Verzweiflung, weil meine Mutter ihn nicht mitnehmen wollte.

Es stimmte also doch, was mein Onkel gesagt hatte. Nachdem

ich meinen Bruder so traurig gesehen hatte, konnte ich den Kopf nicht mehr hochhalten.

In der Rikscha, die uns zum Bahnhof brachte, flüsterte meine Mutter mir zu: »Arme An-mei, nur du weißt, was ich gelitten habe.« Und ich war stolz, daß nur ich diese zarten und tiefen Empfindungen mit ihr teilte.

Erst als wir schon im Zug saßen, begriff ich, wie weit ich mein Leben nun hinter mir ließ. Mir wurde angst und bange. Die Reise dauerte sieben Tage, einer auf der Eisenbahn, sechs auf dem Dampfer. Zuerst sprühte meine Mutter vor Lebhaftigkeit. Sie erzählte mir immer von Tientsin, sobald ich Miene machte, mich zurückzuwenden.

Sie erzählte von geschickten Straßenhändlern, die alle möglichen guten Sachen feilboten: Dampfknödel, gekochte Erdnüsse und die dünnen Pfannkuchen, die meine Mutter am liebsten mochte – mit einem aufgeschlagenen Ei und scharfer schwarzer Bohnenpaste bestrichen, zusammengerollt und den hungrigen Käufern brandheiß vom Grill gereicht! Sie beschrieb mir den Hafen von Tientsin, wo es alle Arten von Meeresfrüchten gab, noch viel besser als in Ningpo: große Muscheln, Langusten, Krebse, jede Menge Salz- und Süßwasserfische, alles vom Feinsten – warum würden denn sonst so viele Ausländer dorthin kommen?

Sie beschrieb mir die engen Gassen mit ihrem bunten Basargetümmel. Frühmorgens verkauften die Bauern dort Gemüse, das ich noch nie im Leben gesehen oder gegessen hatte – köstlicher, frischer und zarter, als ich es mir überhaupt vorstellen konnte. In manchen Stadtvierteln wohnten nur Ausländer – Japaner, Weißrussen, Amerikaner, Deutsche –, aber nie zusammen, sondern alle für sich, mit ihren eigenen Sitten und Gebräuchen, manche schmutzig, manche sauber. Sie hatten Häuser in allen erdenklichen Formen und Farben; rosa gestrichen oder mit hervorspringenden Erkern und Bögen wie bei viktorianischen Kleidern, oder mit Dächern wie spitze Hüte und mit weißlackierten Holzschnitzereien, die wie Elfenbein wirkten.

Und im Winter würde ich den Schnee zu sehen bekommen, versprach sie mir. In ein paar Monaten würde die Zeit des Kalten Taus einsetzen, dann würde es viel regnen, bis der Regen nach und nach immer feiner würde und sich in trockene weiße Flocken verwandelte, so hauchzart wie die Quittenblüten im Frühling. Dann würde sie mich in pelzgefütterte Jacken und Hosen einmummeln, und die Kälte würde mir gar nichts ausmachen.

Sie erzählte mir von all diesen wundervollen Dingen, bis ich den Kopf nicht mehr zurückwandte, sondern nur noch auf meine neue Heimat gespannt war. Doch am fünften Tag, als wir uns dem Golf von Tientsin näherten, wurde das schlammgelbe Wasser schwarz, und das Boot fing an zu ächzen und zu schaukeln. Ich wurde seekrank und bekam wieder Angst. Nachts träumte ich von dem ostwärts fließenden Strom, vor dem meine Tante mich so eindringlich gewarnt hatte, dessen dunkle Fluten einen Menschen für immer verwandelten. Als ich von meinem Krankenbett auf dem Boot aus auf das schwarze Wasser blickte, fürchtete ich, daß die Drohungen meiner Tante schon wahr geworden waren. Ich sah, wie meine Mutter sich zu verändern begann, wie düster und schwermütig ihre Miene wurde, wenn sie gedankenverloren über das Wasser blickte. Und auch meine Gedanken wurden trübe und verworren.

Am Morgen des Tages, an dem wir in Tientsin ankommen sollten, hatte sie sich in ihren weißen Trauerkleidern in unsere Kabine zurückgezogen, und als sie wieder ans Oberdeck zurückkehrte, sah sie aus wie eine Fremde. Ihre Augenbrauen waren in der Mitte dick angemalt und verliefen an den Seiten zu dünnen, spitzen Strichen. Ihre Augen waren mit dunkler Tusche umrahmt, und ihr Gesicht war blaß geschminkt, mit dunkelroten Lippen. Auf dem Kopf trug sie einen kleinen braunen Filzhut mit einer langen gesprenkelten Feder vorne über der Krempe. Ihre kurzen Haare waren unter dem Hütchen verborgen, doch auf ihrer Stirn lagen zwei eingedrehte Lockenkringel, in vollkommener Symmetrie, wie aus schwarzem Lack geschnitzt. Sie trug ein langes braunes Kleid mit einem großen weißen Spitzenkragen, der bis zur Taille hinunterreichte und mit einer Seidenrose festgesteckt war.

Es war ein schockierender Anblick. Schließlich waren wir doch in Trauer! Aber ich konnte natürlich nichts sagen. Ich war nur ein Kind. Wie hätte ich meiner eigenen Mutter Vorwürfe machen können? Ich konnte mich nur schämen, daß sie ihre Schande so unbekümmert zur Schau trug.

In den behandschuhten Händen hielt sie eine breite cremefarbene Schachtel mit ausländischer Schrift auf dem Deckel: »Feine englische Schneiderartikel, Tientsin«. Sie setzte die Schachtel zwischen uns ab und sagte: »Mach sie schnell auf!« Sie war ganz atemlos und lächelte mich ermunternd an. Ich war so verblüfft von ihrer verwandelten Erscheinung, daß ich mich erst Jahre später, als ich die Schachtel zum Aufbewahren von Fotos und Briefen benutzte, verwundert fragte, wie sie das hatte voraussehen können. Obgleich sie mich so lange nicht gesehen hatte, schien sie schon gewußt zu haben, daß ich ihr eines Tages folgen würde und daß ich dann ein neues Kleid tragen sollte.

Als ich die Schachtel öffnete, verflogen meine Scham und Angst im Nu. Ich zog ein steifgestärktes weißes Kleid hervor, mit Rüschen am Kragen und an den Ärmeln und sechs weiten Volants am Rock. Außerdem kamen noch weiße Strümpfe und Lederschuhe zum Vorschein und eine riesige weiße Haarschleife, schon fertig gebunden, mit zwei langen herunterhängenden Bändern.

Die Sachen waren mir alle viel zu groß. Meine Schultern rutschten immer wieder aus dem Halsausschnitt, und in die Taille hätte ich gleich zweimal reingepaßt. Aber das machte mir nichts aus, und meiner Mutter auch nicht. Ich hob die Arme hoch und stand ganz still, während sie die lose Stoffülle hier und da zusammenraffte und festheftete. Dann stopfte sie mir die Schuhe mit Seidenpapier aus, bis endlich alles paßte. In den neuen Kleidern kam ich mir vor, als wären mir plötzlich neue Hände und Füße gewachsen, als müßte ich erstmal neu gehen lernen.

Doch bald verdüsterte sich das Gesicht meiner Mutter wieder. Die Hände im Schoß gefaltet, beobachtete sie, wie wir uns allmählich dem Kai näherten.

»An-mei, jetzt bist du bereit, dein neues Leben zu beginnen. Du wirst in einem neuen Haus wohnen. Du wirst einen neuen Vater haben. Und viele Schwestern. Und noch einen kleinen Bruder. Und schöne Kleider und viele gute Sachen zum Essen. Meinst du, das wird dir reichen, um glücklich zu sein?«

Ich nickte stumm; ich mußte an das Unglück meines Bruders in Ningpo denken. Sie sagte nichts weiter über das neue Haus, die neue Familie und das neue Glück. Ich stellte auch keine Fragen, denn plötzlich ertönte eine Glocke, und der Steward kündigte unsere Ankunft in Tientsin an. Meine Mutter erteilte unserem Träger einige schnelle Anweisungen, zeigte auf unsere beiden Koffer und gab ihm Geld, als sei das für sie etwas ganz Alltägliches. Dann öffnete sie noch eine andere Schachtel und holte ein Pelzknäuel daraus hervor – fünf oder sechs tote Füchse mit blanken Knopfaugen, schlaffen Pfoten und buschig herabhängenden Schwänzen. Diesen gruseligen Anblick drapierte sie sich um Hals und Schultern und nahm mich fest an die Hand, um in der Menschenmenge langsam zum Ausgang vorzugehen.

Niemand war am Hafen erschienen, um uns abzuholen. Meine Mutter eilte suchend den Kai entlang, am Gepäckstand vorbei, und spähte nervös in alle Richtungen.

»Nun komm schon, An-mei! Was trödelst du denn so!« ermahnte sie mich mit ängstlicher Stimme. Ich zog die Füße nach, weil ich Mühe hatte, nicht aus den Schuhen zu rutschen, während ich unsicher über den schwankenden Boden ging. Sobald ich den Blick von meinen Füßen hob und mich umschaute, sah ich lauter vorbeihastende Menschen mit unglücklichen Gesichtern: Familien mit alten Müttern und Vätern, alle düster gekleidet, die ihre Habseligkeiten in Bündeln und Kisten schleppten; blasse ausländische Damen, die ähnliche Kleider wie meine Mutter trugen, und ausländische Männer mit Hüten auf dem Kopf; reiche Hausfrauen, die auf ihre Dienstboten einkeiften, mit einem beachtlichen Troß von Koffern, kleinen Kindern und Proviantkörben versehen.

Wir stellten uns am Straßenrand auf, wo die Rikschas und Lastwagen vorbeifuhren, hielten uns stumm an den Händen und blickten in die wogende Menge der Abreisenden und Ankommenden. Es war spät am Vormittag und trotz des bewölkten Himmels ziemlich warm.

Als nach einer Weile noch immer niemand aufgetaucht war, rief meine Mutter winkend eine Rikscha herbei.

Während der Fahrt stritt sie sich mit dem Rikschamann, der wegen der doppelten Last einen Aufpreis verlangte. Sie beschwerte sich über den aufgewirbelten Staub, den Gestank ringsum, die Unebenheiten des Straßenpflasters, die vorgerückte Tageszeit und über ihre Magenschmerzen. Dann kam ich an die Reihe: ein Fleck auf dem Kleid! Die Haare schon wieder zerzaust! Die Strümpfe ganz verkringelt! Ich versuchte, sie mit Fragen abzulenken, und zeigte auf einen kleinen Park, an dem wir gerade vorbeifuhren, auf einen Vogel über uns und auf eine lange elektrische Straßenbahn, die uns klingelnd überholte.

Doch sie wurde nur noch gereizter. »Sitz endlich still, An-mei! So spannend ist das alles nicht. Wir fahren doch bloß nach Hause.«

Und als wir schließlich zu Hause ankamen, waren wir beide ganz erschöpft.

Ich merkte sofort, daß unser neues Haus kein gewöhnliches Haus war. Meine Mutter hatte mir erzählt, wir würden nun in dem Haushalt von Wu Tsing leben, der ein reicher Teppichhändler war. Er besaß viele Fabriken und wohnte in dem Viertel, das der englischen Verwaltung unterstand – der feinste Stadtteil von Tientsin, in dem auch Chinesen wohnen durften, unweit von Paima Di, der Rennpferdstraße, jenes Bezirks, der den westlichen Ausländern vorbehalten war. In der Nähe gab es viele kleine Läden, die ausschließlich eine Art von Waren führten: nur Tee, nur Stoffe oder nur Seife.

Meine Mutter hatte erzählt, daß unser Haus auch im westlichen Stil erbaut war; Wu Tsing liebte alles Ausländische, weil er den Ausländern seinen Reichtum verdankte. Ich schloß daraus, daß meine Mutter deswegen ausländische Kleider tragen mußte, wie es bei vielen neureichen Chinesen üblich war, die gern ihren Wohlstand zur Schau stellten.

Obwohl ich dies alles schon von ihr erfahren hatte, war ich doch erstaunt, als ich das Haus nun zu Gesicht bekam.

Das Eingangstor war in chinesischem Stil erbaut, mit einer bogenförmigen Steineinfassung, hohen schwarzen Lacktüren und einer erhöhten Schwelle. Innerhalb der Mauern erstreckte sich ein seltsamer Vorgarten, in dem es weder Weidenbäume noch süß nach Zimt duftende Cassiabäume gab, weder Gartenpavillons noch Teiche mit Sitzbänken oder Fischbecken. Statt dessen lief ein breiter, von Büschen gesäumter Weg auf das Haus zu, und zu beiden Seiten lagen weite Rasenflächen mit je einem Brunnen in der Mitte. Während wir den Gartenweg entlanggingen, bestaunte ich das Haus: ein großer dreistöckiger Steinbau mit langen Eisenbalkons vor jedem Stockwerk und hohen Schornsteinen an den Ecken.

Als wir am Haus angelangt waren, kam eine junge Dienerin herausgestürzt und begrüßte meine Mutter mit Freudenschreien. Sie hatte eine hohe, schrille Stimme. »Oh, Taitai, Sie sind schon da! Wie kann das sein?« Es war Yan Chang, die Zofe meiner Mutter; sie verstand sich vollendet darauf, meine Mutter so aufmerksam zu umsorgen, wie sie es gern hatte. Sie nannte sie Taitai, ein Ehrentitel, der eigentlich nur der ersten Ehefrau zustand.

Yan Chang rief nach anderen Dienstboten, um unser Gepäck hinauftragen zu lassen; sie beauftragte ein Mädchen, uns Tee zu bringen und ein heißes Bad einlaufen zu lassen. Dann erklärte sie hastig, daß die Zweite Frau unsere Ankunft erst für die nächste Woche angekündigt hatte. »Eine Schande ist das! Niemand da, um Sie abzuholen! Die Zweite Frau und die anderen sind nach Peking gefahren, um ihre Verwandten zu besuchen. Hübsch sieht Ihre Tochter aus, und diese Ähnlichkeit! Sie ist sehr schüchtern, was? Die Erste Frau ist mit ihren Töchtern schon wieder auf Pilgerfahrt zu einem buddhistischen Tempel unterwegs... Letzte Woche ist der Onkel eines Vetters zu Besuch gekommen, ein bißchen verrückt war der, und wie sich rausstellte, war er weder ein Vetter noch ein Onkel, niemand wußte, wer er eigentlich war...«

Kaum hatten wir das prächtige Haus betreten, wußte ich nicht mehr, wo ich zuerst hinschauen sollte – es gab so viel zu sehen! Die hohe, gewundene Treppe mit reich geschnitztem Geländer, die geräumige Diele und lange, verwinkelte Flure, die zu unzähligen Zimmern führten. Auf der rechten Seite erblickte ich einen riesigen Raum, in dem steife Teakholzmöbel standen, Sofas, Tische und Stühle. Am hinteren Ende dieses langgestreckten Salons führte ein Türbogen direkt in einen anderen Salon, der wiederum in den nächsten überging. Auf der linken Seite lag ein kleineres, dunkles Wohnzimmer voller ausländischer Möbel: dunkelgrüne Ledersofas und Sessel, Gemälde mit Jagdhunden und lange Mahagonitische. Yan Chang erklärte mir unterdessen, wer all die Leute waren, denen wir in der Diele begegneten: »Diese junge Dame ist die Zofe der Zweiten Frau. Die da ist niemand, bloß die Tochter des Hilfskochs. Der Mann dort ist unser Gärtner.«

Dann stiegen wir die Treppe hinauf. Oben durchquerten wir noch ein Wohnzimmer, gingen durch die linke Tür, einen Flur entlang, und kamen schließlich in einen schönen, großen Raum. »Das ist das Zimmer deiner Mutter«, sagte Yan Chang stolz. »Hier wirst du schlafen.«

Mein Blick fiel sofort auf das prachtvolle Himmelbett, das riesig, aber nicht plump wirkte: Die dunkelglänzenden Holzpfeiler waren ringsum mit Drachenschnitzereien verziert; der Betthimmel und die gerafften Vorhänge waren aus schimmernder rosa Seide. Das Bett stand auf gedrungenen Löwenfüßen, als drückte es den Löwen unter seinem Gewicht zu Boden. Yan Chang zeigte mir, wie ich mit Hilfe eines kleinen Hockers auf das Bett klettern konnte. Als ich auf die seidene Decke plumpste, jauchzte ich vor Vergnügen, denn die Matratze war zehnmal weicher und dicker als meine alte in Ningpo.

Ich setzte mich auf und kam mir vor wie eine Prinzessin, während ich mich staunend im Zimmer umsah. Vor der Fenstertür, die auf den Balkon hinausführte. stand ein runder Tisch auf geschnitzten Löwenbeinen aus dem gleichen Holz wie das Bett, mit vier Stühlen rundherum. Ein Diener hatte schon Tee und Kuchen darauf abgestellt und war gerade dabei, den *houlu,* den kleinen Kohleofen, anzuzünden.

Das Haus meines Onkels in Ningpo war auch nicht gerade ärmlich gewesen. Er war ein durchaus wohlhabender Mann. Aber mit diesem Haus in Tientsin war es gar nicht zu vergleichen. Und ich dachte mir, daß mein Onkel sich wohl doch geirrt hatte. Es war keine Schande, daß meine Mutter Wu Tsing geheiratet hatte.

Ein plötzliches Klang! Klang! Klang! riß mich aus meinen Überlegungen. An der Wand gegenüber vom Bett hing eine Musikuhr, in die Bäume und Bären eingeschnitzt waren. Das Türchen in der Uhr war aufgesprungen, und ein winziges Zimmerchen voller Leute kam daraus hervor. Ein bärtiges Männchen mit einer spitzen Mütze saß am Tisch und beugte ruckartig den Kopf zu seiner Suppenschüssel vor, in die aber immer nur sein Bart eintauchte. Ein Mädchen in einem blauen Kleid und weißen Schal neigte sich immer wieder über den Tisch, um Suppe nachzugießen. Daneben stand noch ein Mädchen mit einem Rock und kurzer Jacke, das mit starr abgewinkeltem Arm auf einer Geige spielte, immer die gleiche schwermütige Melodie. Noch heute klingt sie mir in den Ohren, nach all den Jahren – ni-ah! nah! nah! nah-ni-nah!

Die Uhr beeindruckte mich sehr, aber als ich sie Stunde um Stunde immer wieder spielen hörte, begann sie mir mächtig auf die Nerven zu gehen. Die ersten Nächte konnte ich deswegen kaum schlafen. Doch später entwickelte ich eine neue Fähigkeit: einfach abzuschalten, wenn etwas Bedeutungsloses meine Aufmerksamkeit beanspruchte.

Ich war so glücklich in jenen ersten Nächten, in diesem Haus voller Überraschungen, während ich neben meiner Mutter im Bett lag. Gemütlich eingekuschelt dachte ich an das Haus meines Onkels in Ningpo. Ich begriff, wie unglücklich ich dort gewesen war, und hatte Mitleid mit meinem kleinen Bruder. Doch meistens dachte ich nur an all die aufregenden neuen Eindrücke in diesem großartigen Haus.

Überall kam heißes Wasser aus den Hähnen, nicht nur in der Küche; es floß auf allen Stockwerken in die Waschbecken und Wannen. Die Nachttöpfe spülten sich von selbst, ohne daß die Dienstboten sie ausleeren mußten. Viele der Zimmer waren ebenso schön eingerichtet wie das meiner Mutter. Yan Chang erklärte mir, welche davon der Ersten Frau und den anderen Konkubinen gehörten, die Zweite Frau und Dritte Frau genannt wurden. Manche gehörten niemandem. »Das sind Gästezimmer«, sagte Yan Chang.

Im dritten Stock lagen die Zimmer der männlichen Dienstboten, und Yan Chang erzählte mir, daß es dort sogar eine Geheimtür gab, die in ein Versteck vor Seeräubern führte.

Im Rückblick fällt es mir schwer, mich an alle Einzelheiten in dem Haus zu erinnern; zu viele gute Dinge werden auf die Dauer eintönig. Bald war ich schon so verwöhnt, daß mir nur noch gefiel, was ich noch nicht kannte. »Ach, das«, sagte ich naserümpfend, wenn Yan Chang mir die gleichen Leckereien wie am Vortag auftischte, »das hab ich doch schon probiert.«

Meine Mutter schien ihre gute Laune zurückgewonnen zu haben. Sie trug auch wieder ihre alten Sachen, lange chinesische Kleider und Röcke mit weißen Trauerstreifen an den Säumen. Tagsüber zeigte sie mir die seltsamsten Dinge und benannte sie für mich: Bidet, Fotoapparat, Salatgabel, Serviette. Am Abend, wenn es nichts mehr zu tun gab, wurde über die Dienstboten geklatscht: wer von ihnen schlau, fleißig oder treu war. Dabei kochten wir kleine Eier und süße Kartoffeln auf dem *houlu,* nur um ihren Duft zu genießen. Und nachts erzählte meine Mutter mir Geschichten, während ich in ihren Armen einschlief.

Wenn ich auf mein Leben zurückblicke, kann ich keine andere Zeit mehr finden, in der ich mich je so wohl gefühlt hätte: Ohne Sorgen, Ängste oder Wünsche lebte ich wie in einem Kokon aus rosa Seide. Doch ich weiß noch genau, wann all diese Geborgenheit schlagartig aufhörte.

Es geschah etwa zwei Wochen nach unserer Ankunft. Ich spielte gerade im hinteren Garten mit zwei Hunden, die ich hinter einem Ball herjagen ließ, und meine Mutter saß in der Nähe an einem Tisch und sah mir zu. Da hörte ich in der Ferne plötzlich eine Autohupe, und kurz darauf ertönten laute Begrüßungsrufe. Die beiden Hunde vergaßen ihren Ball und rannten fröhlich bellend fort.

Meine Mutter sah auf einmal wieder so ängstlich aus wie damals im Hafen. Sie ging eilig ins Haus. Ich lief in den Vorgarten. Draußen waren zwei glänzende schwarze Rikschas vorgefahren, und dahinter stand ein großes schwarzes Auto. Ein Diener lud gerade das Gepäck von der einen Rikscha, und aus der anderen hüpfte ein junges Dienstmädchen.

Die Dienstboten drängten sich um das Auto, spiegelten sich in der glänzenden Karosserie und bewunderten die Gardinen an den Fenstern und die samtenen Sitzpolster. Dann riß der Fahrer die hintere Tür auf, und ein junges Mädchen stieg aus. Sie hatte kurzes, in Wellen gelegtes Haar und wirkte kaum älter als ich, doch sie trug ein damenhaftes Kleid, Strümpfe und hochhackige Schuhe. Ich blickte beschämt an meinem weißen Kleid voller Grasflecken hinunter.

Die Dienstboten beugten sich in den Wagen vor und hoben einen dicken Mann an den Armen heraus. Es war Wu Tsing. Er war nicht sehr groß, aber aufgeplustert wie ein Vogel. Er war viel älter als meine Mutter, mit einer hohen, glänzenden Stirn und einem großen schwarzen Muttermal auf dem einen Nasenflügel. Er trug einen im westlichen Stil geschnittenen Anzug, dessen Weste sich über seinen feisten Bauch spannte; die Hosen dagegen schlabberten ihm um die Beine. Ächzend und grunzend ließ er sich aus dem Wagen helfen. Kaum stand er aufrecht, steuerte er auf das Haus zu, ohne irgend jemanden eines Blickes zu würdigen, obwohl alle ihn unterwürfig begrüßten und ihm eilfertig die Türen öffneten, seine Taschen schleppten und ihm seinen langen Mantel nachtrugen. Das junge Mädchen folgte ihm und sah sich geziert lächelnd um, als wären alle nur ihr zu Ehren aufmarschiert. Sobald sie durch die Tür verschwunden war, hörte ich einen Diener einem anderen zuflüstern: »Die Fünfte Frau ist noch zu jung, um eigene Dienstboten zu haben, sie hat nur ihr Kindermädchen mitgebracht.«

Ich blickte hoch und sah meine Mutter an ihrem Fenster stehen, von wo sie alles mit angesehen hatte. Auf diese plumpe Art wurde ihr also eröffnet, daß Wu Tsing sich eine fünfte Konkubine zugelegt hatte, eigentlich nur aus einer eitlen Laune heraus, als Schmuckstück für sein neues Auto.

Meine Mutter war nicht eifersüchtig auf dieses junge Mädchen, die nun als die Fünfte Frau ins Haus gekommen war. Sie hatte keinen Grund dazu; sie liebte Wu Tsing nicht. In China heirateten Mädchen nicht aus Liebe. Sie heirateten nur für den gesellschaftlichen Status, und wie ich später begriff, war der Status meiner Mutter der denkbar schlechteste.

Nachdem Wu Tsing und die Fünfte Frau eingetroffen waren, blieb meine Mutter meistens in ihrem Zimmer und beschäftigte sich mit ihrer Stickerei. Nachmittags unternahmen wir oft lange, schweigsame Fahrten in die Stadt, um einen Strang Seidengarn zu besorgen, dessen Farbe sie nicht genau zu bezeichnen wußte. Mit ihrem Unglück verhielt es sich ähnlich; sie fand keine Worte, um es auszudrücken.

So liefen die Tage weiter friedlich dahin, aber ich wußte, daß der Frieden nur vorgetäuscht war. Es mag seltsam anmuten, daß ein neunjähriges Kind so etwas merken konnte. Ich wundere mich jetzt selbst darüber. Ich entsinne mich nur, wie unwohl mir zumute war, wie ich die Wahrheit im Magen spürte; ich fühlte, wie das Unheil unausweichlich näherkam. Es war fast so schlimm wie fünfzehn Jahre später, als die japanischen Bomben in der Ferne dröhnten und ich auf die drohend näher rückenden Einschläge horchte, wohl wissend, daß es kein Entrinnen gab.

Ein paar Tage nachdem Wu Tsing zurückgekehrt war, wachte ich mitten in der Nacht auf. Meine Mutter rüttelte mich sanft an der Schulter. »An-mei«, flüsterte sie mit müder Stimme, »sei so lieb und geh in Yan Changs Zimmer rüber.«

Ich rieb mir schlaftrunken die Augen und sah einen dunklen Schatten vor dem Bett stehen. Ich fing an zu weinen. Es war Wu Tsing.

»Sei doch still, es ist alles in Ordnung. Geh zu Yan Chang«, wisperte sie eindringlich.

Sie hob mich aus dem Bett auf den kalten Boden. Gleichzeitig begann die Musikuhr zu spielen, und Wu Tsings tiefe Stimme beschwerte sich verdrießlich über die Kälte. Als ich zu Yan Chang kam, schien sie mich schon erwartet zu haben, um mich zu trösten.

Am nächsten Morgen konnte ich meiner Mutter nicht ins Gesicht sehen. Doch ich sah, daß die Fünfte Frau genauso verweint wirkte wie ich. Beim Frühstück ließ sie ihrem Ärger freien Lauf und keifte einen Dienstboten an, der ihr zu langsam war. Alle, sogar meine Mutter, starrten sie an, entsetzt über ihr schlechtes Benehmen. Wu Tsing warf ihr einen mißbilligenden Blick zu, wie ein strenger Vater, worauf sie in Tränen ausbrach. Doch ein paar Stunden später stolzierte sie mit zufriedenem Lächeln in einem neuen Kleid und neuen Schuhen umher.

Am Nachmittag gab meine Mutter zum ersten Mal zu, wie unglücklich sie war. Wir fuhren wieder einmal mit der Rikscha in die Stadt, um neues Stickgarn zu kaufen. »Siehst du nun, in was für einer Schande ich hier lebe?« rief sie. »Siehst du, wie niedrig meine Stellung ist? Er hat sich eine neue Frau mitgebracht, eine gewöhnliche Person, mit dunkler Haut und ohne Manieren! Für ein paar Dollar hat er sie armen Leuten abgekauft, die Lehmziegel herstellen. Und wenn er nachts keine Verwendung mehr für sie hat, kommt er zu mir und stinkt nach ihrem Schlamm!«

»Siehst du«, fuhr sie schluchzend fort, »eine Vierte Frau ist noch weniger wert als eine Fünfte Frau. Das darfst du nie vergessen, An-mei. Ich war auch mal eine Erste Frau, *yi tai,* die Ehefrau eines angesehenen Gelehrten. Deine Mutter war nicht immer bloß die Vierte Frau, *sz tai!*«

Das *sz* zischte sie so haßerfüllt, daß mir ein Schauer über den Rücken lief. Sie ließ es wie das *sz* klingen, das »sterben« bedeutet. Und ich erinnerte mich, wie Popo mir einst erklärt hatte, die Vier sei eine Unglückszahl, die sich zum Schlechten wende, wenn man sie zu heftig betone.

Der Kalte Tau hatte eingesetzt. Draußen wurde es kühl. Die Zweite Frau und die Dritte Frau kehrten mit Kindern und Dienstboten von ihrer Reise zurück. Das ganze Haus stand Kopf, als sie eintrafen. Wu Tsing hatte gestattet, sie in dem neuen Wagen vom Bahnhof abholen zu lassen, doch der reichte natürlich längst nicht aus; ihm folgten noch etwa ein Dutzend Rikschas, wie eine lange Reihe Grillen, die hinter einem dicken schwarzen Käfer herkriechen. Vor dem Haus angelangt, kamen eine Menge fremder Frauen aus dem Wagen zum Vorschein.

Meine Mutter hatte sich zur Begrüßung hinter mich postiert. Als erste kam eine Frau in einem ausländischen Kleid und großen, plumpen Schuhen auf uns zu, mit drei Mädchen im Schlepptau, von denen eine in meinem Alter war.

»Das ist die Dritte Frau mit ihren Töchtern«, sagte meine Mutter zu mir.

Die drei Mädchen schienen sogar noch schüchterner als ich. Sie drängten sich mit gesenkten Köpfen um ihre Mutter und sagten keinen Ton. Ich starrte sie neugierig an. Sie waren nicht hübsch, ebensowenig wie ihre Mutter, mit vorstehenden Zähnen, wulstigen Lippen und buschigen Augenbrauen, die mich an haarige Raupen erinnerten. Die Dritte Frau begrüßte mich freundlich und erlaubte mir, eins ihrer Päckchen zu tragen.

Ich spürte, wie die Finger meiner Mutter sich schmerzhaft in meine Schulter gruben. »Da kommt die Zweite Frau. Sie wird von dir verlangen, daß du sie Große Mutter nennst«, flüsterte sie.

Die Zweite Frau trug einen langen schwarzen Pelzmantel und dunkle westliche Kleidung. Sie sah sehr elegant aus. Sie hatte einen kleinen pausbäckigen Jungen auf dem Arm, der etwa zwei Jahre alt war.

»Das ist Syaudi, dein jüngster Bruder«, flüsterte meine Mutter. Er trug eine Kappe aus dem gleichen schwarzen Pelz und wand die lange Perlenkette der Zweiten Frau um seine kleinen Finger. Ich wunderte mich, daß sie so ein kleines Kind hatte. Sie sah zwar noch recht gut aus, war aber doch schon ziemlich alt, um die fünfundvierzig. Sie überreichte das Kind einer Dienerin und begann sofort, den übrigen Dienstboten Anweisungen zu erteilen.

Dann trat sie lächelnd auf mich zu; ihr Pelzmantel schimmerte bei jedem Schritt auf. Sie sah mich prüfend an, als wolle sie mich ein für alle Mal durchschauen, und schließlich tätschelte sie mir wohlwollend den Kopf. Mit einer schnellen, graziösen Geste ihrer zierlichen Hände nahm sie die lange Perlenschnur ab und legte sie mir um den Hals.

So ein herrliches Schmuckstück hatte ich noch nie berühren dürfen. Alle Perlen waren gleich groß, von einheitlicher rosa Schattierung, und der Verschluß war aus ziseliertem Silber.

Meine Mutter protestierte augenblicklich: »Das ist doch viel zu kostbar für ein kleines Mädchen. Sie wird sie kaputtmachen oder verlieren!«

Aber die Zweite Frau entgegnete nur: »So ein hübsches Mädchen braucht doch etwas, das ihren Teint zur Geltung bringt.«

An der Art, wie meine Mutter sich schweigend abwandte, merkte ich, daß sie verärgert war. Sie mochte die Zweite Frau nicht. Ich mußte aufpassen, sie nicht vor den Kopf zu stoßen; sie sollte nicht denken, daß die Zweite Frau mich schon auf ihre Seite gezogen hatte. Trotzdem war ich über diesen Beweis ihrer Gunst überglücklich.

»Danke, Große Mutter«, sagte ich artig zu der Zweiten Frau, mit gesenktem Kopf, um mein Lächeln zu verbergen.

Als meine Mutter und ich am Nachmittag in ihrem Zimmer beim Tee saßen, war sie immer noch ärgerlich.

»Sieh dich vor, An-mei«, warnte sie mich. »Was du von ihr zu hören bekommst, ist nicht ehrlich gemeint. Sie macht Wolken mit der einen Hand und Regen mit der anderen. Sie versucht nur, dich für sich einzunehmen, um dich unter ihre Fuchtel zu bringen.«

Ich schwieg bockig und bemühte mich, ihre eindringlichen Worte zu überhören. Ich dachte daran, wie viel meine Mutter jammerte; vielleicht war nur ihr ständiges Gejammer an ihrem Unglück schuld? Vielleicht war es besser für mich, wenn ich ihr nicht mehr zuhörte?

»Gib mir die Kette«, forderte sie plötzlich.

Ich rührte mich nicht und blickte sie nur trotzig an.

»Du willst mir nicht glauben, deshalb mußt du mir jetzt die Kette geben. Ich lasse es nicht zu, daß sie dich mit ihren billigen Tricks verführt.«

Als ich noch immer nicht reagierte, stand sie auf und nahm mir die Kette ab. Und noch ehe ich losschreien konnte, um es zu verhindern, hatte sie die Perlenschnur auf den Boden geworfen und trat mit dem Fuß drauf. Dann hob sie sie wieder auf und legte sie auf den Tisch. Und zu meiner Verblüffung mußte ich feststellen, daß die Kette, für die ich mich schon beinahe hätte kaufen lassen, nun eine Perle aus zerbrochenem Glas enthielt.

Später nahm meine Mutter die zerbrochene Perle heraus und knotete die Schnur wieder zusammen. Sie zwang mich, die Kette eine ganze Woche lang zu tragen, damit ich nicht vergaß, wie leicht ich durch Lügen zu verführen war. Erst als ich sie lange genug um den Hals getragen hatte, um mir die Lektion einzuprägen, durfte ich die Perlen endlich wieder abnehmen. Meine Mutter öffnete eine Schatulle und wandte sich zu mir um: »Kannst du nun wahr von falsch unterscheiden?« Ich nickte.

Sie legte mir etwas in die Hand – einen schweren, wasserblauen Saphirring mit einem funkelnden Stern in der Mitte, so hell und rein, daß ich mich nie daran sattsehen konnte.

Vor dem Anbruch des zweiten kalten Monats kam die Erste Frau aus Tsinan zurück, wo sie mit ihren beiden unverheirateten Töchtern einen eigenen Haushalt unterhielt. Erst glaubte ich, daß die Zweite Frau sich ihr nun unterzuordnen hatte; nach Gesetz und Sitte hatte die Erste Frau im Haus das Sagen. Aber wie sich herausstellte, war die Erste Frau nichts weiter als ein lebender Geist – für die selbstbewußte Zweite Frau also gar keine Konkurrenz. Die Erste Frau wirkte schon sehr alt und gebrechlich. Sie ging langsam und gebeugt auf eingebundenen Füßen und trug altmodische gesteppte Jacken und Hosen. Doch trotz ihres faltigen Gesichts konnte sie kaum älter als Wu Tsing sein, etwa um die fünfzig.

Als ich der Ersten Frau im Haus begegnete, hielt ich sie für blind. Sie schien mich überhaupt nicht zu sehen. Sie sah auch weder Wu Tsing noch meine Mutter, nur ihre Töchter, zwei alte Jungfern, die schon über das Heiratsalter hinaus waren – mindestens fünfundzwanzig. Auch, was die beiden Hunde anging, erlangte sie immer rechtzeitig ihr Augenlicht wieder, um sie zu schelten, wenn sie in ihrem Zimmer herumschnüffelten, vor ihrem Fenster Löcher buddelten oder sich gegen ein Tischbein vergaßen.

»Warum kann die Erste Frau manchmal sehen und manchmal nicht?« fragte ich Yan Chang eines Abends, als ich in der Badewanne saß.

»Die Erste Frau hat angeblich nur die Vollkommenheit des Buddha vor Augen«, erklärte mir Yan Chang. »Doch für fast alles Fehlerhafte ist sie blind.«

Yan Chang meinte, daß die Erste Frau sich wegen ihrer unglücklichen Ehe blind stellte. Ihre Ehe mit Wu Tsing sei im *tyaudi,* mit ewiger Gültigkeit im Ahnenreich und auf Erden, geschlossen worden, eine geistige Verbindung, die auf Beschluß seiner Eltern von einer Heiratsvermittlerin arrangiert worden war und unter dem Schutz der Ahnen stand. Doch im ersten Ehejahr hatte die Erste Frau ein Mädchen mit einem zu kurzen Bein zur Welt gebracht. Daraufhin hatte sie mit ihren Pilgerfahrten zu den Buddha-Tempeln begonnen, wo sie Almosengeld und Seidengewänder als Opfergaben vor den Buddha-Statuen darbrachte, Räucherwerk entzündete und betete, daß Buddha das Bein ihrer Tochter verlängern möge. Doch leider hatte es Buddha statt dessen gefallen, sie mit einer zweiten Tochter zu segnen, deren Beine zwar gleich lang waren, aber dafür war ihr Gesicht durch ein riesiges teefarbenes Muttermal verunstaltet. Nach diesem zweiten Schicksalsschlag pilgerte die Erste Frau so oft nach Tsinan, das eine halbe Tagesreise mit dem Zug entfernt lag, daß Wu Tsing ihr schließlich in der Nähe des Tausend-Buddha-Felsens und des Bambuswäldchens der murmelnden Quellen ein Haus kaufte. Und jedes Jahr erhöhte er ihr Taschengeld für den eigenen Haushalt. Seitdem kam sie nur noch zweimal im Jahr zurück nach Tientsin, während der heißesten und kältesten Monate, um der Tradition Genüge zu tun und vor all den furchterregenden Eindrücken im Haus ihres Mannes die Augen zu verschließen. Dort saß sie fast die ganze Zeit in Buddha-Haltung in ihrem Zimmer, rauchte ihr Opium und murmelte vor sich hin. Sie nahm noch nicht einmal an den allgemeinen Mahlzeiten teil, sondern fastete oder ließ sich vegetarische Gerichte heraufbringen. Einmal in der Woche stattete Wu Tsing ihr einen Vormittagsbesuch ab, trank mit ihr Tee und erkundigte sich höflich nach ihrem Befinden. Nachts ließ er sie in Ruhe.

Von diesem harmlosen Wesen, mehr Geist als Frau, hatte meine Mutter eigentlich nichts zu befürchten; allerdings hatte sie sich durch das Beispiel der Ersten Frau zu einer fixen Idee verleiten lassen. Sie meinte nämlich, auch sie hätte genug gelitten, um ein eigenes Haus für sich beanspruchen zu können. Es brauchte ja nicht in Tsinan zu sein, aber vielleicht in Petaiho, einem hübschen kleinen Küstenort voller Terrassen, Gartenanlagen und reicher Witwen.

»Da werden wir unseren eigenen Haushalt haben«, schwärmte sie mir vor, während draußen der erste Schnee fiel. Sie trug ein neues pelzgefüttertes Seidenkleid in leuchtendem Eisvogelblau. »Unser Haus wird nicht so prächtig sein wie dies hier, sondern ganz klein und bescheiden. Aber da können wir dann endlich in Ruhe leben, mit Yan Chang und zwei, drei anderen Dienstboten. Das hat Wu Tsing mir schon versprochen.«

Während der kältesten Wintermonate langweilten wir uns sehr, die Erwachsenen ebenso wie die Kinder. Wir trauten uns nicht hinaus. Yan Chang hatte mich gewarnt, daß meine Gesichtshaut vereisen und in tausend Stücke zerspringen würde, wenn ich einen Fuß vor die Tür setzte. Und die Dienstboten berichteten jeden Tag die schauerlichsten Dinge aus der Stadt, wo erfrorene Bettler die Hintereingänge der Läden versperrten – ob Männer oder Frauen, konnte man unter der Schneehülle nicht mehr erkennen.

Also hielten wir uns die ganze Zeit im Haus auf und versuchten, uns irgendwie zu zerstreuen. Meine Mutter blätterte in ausländischen Zeitschriften und schnitt die Bilder von Kleidern aus, die ihr gefielen. Dann suchte sie die Schneiderin im unteren Stockwerk auf und überlegte mit ihr, wie man die Sachen mit den verfügbaren Stoffen kopieren könnte.

Ich mochte nicht mit den Töchtern der Dritten Frau spielen; sie waren genauso brav und fad wie ihre Mutter. Sie gaben sich schon damit zufrieden, den ganzen Tag am Fenster zu hocken und die Sonne auf- und untergehen zu sehen. Ich hielt mich lieber an Yan Chang. Wir rösteten Kastanien auf unserem kleinen Ofen, verbrannten uns die Finger, während wir sie abschälten und dabei stundenlang schwatzten und kicherten. Als die Musikuhr schlug und zu spielen begann, äffte Yan Chang mit falschen, schrillen Tönen klassischen Operngesang nach, und wir lachten Tränen bei der Erinnerung, wie die Zweite Frau am vorigen Abend ein paar Lieder vorgetragen und ihre hohe, zittrige Stimme auf der dreisaitigen Laute begleitet hatte, wobei sie sich ständig verspielte. Alle hatten der peinlichen Vorstellung beiwohnen müssen, bis Wu Tsing ihr schließlich ein Ende setzte, indem er in seinem Sessel einschlief. Während wir uns die Lachtränen aus den Augen wischten, begann Yan Chang von der Zweiten Frau zu erzählen.

»Vor zwanzig Jahren war sie eine bekannte Unterhaltungssängerin in Schantung, wo sie einiges Ansehen genoß, besonders von seiten der verheirateten Männer, die Teehäuser besuchten. Sehr hübsch war sie zwar nie, doch sie hatte Witz und Charme und verstand die Männer zu bezaubern. Sie konnte verschiedene Instrumente spielen und alte Balladen mit verführerischem Schmelz vortragen, und sie beherrschte die Kunst, den Finger graziös an die Wange zu legen und die zierlichen Füße auf reizende Art zu überkreuzen.

Wu Tsing hatte sie aufgefordert, seine Konkubine zu werden, nicht aus Liebe, sondern nur aus Prestigegründen, um zu besitzen, was so viel andere Männer begehrten. Und nachdem sie seinen enormen Reichtum und seine schwachsinnige erste Frau gesehen hatte, willigte sie ein.

Sie hatte schnell heraus, wie sie die Herrschaft über Wu Tsings Vermögen an sich reißen konnte. An der Art, wie er furchtsam erbleichte, wenn der Wind ums Haus heulte, hatte sie gemerkt, daß er Angst vor Geistern hatte. Und wie jeder weiß, ist Selbstmord für eine Frau die einzige Möglichkeit, ihrer Ehe zu entkommen und sich zu rächen; dann kehrt sie als Geist zurück, um die Teeblätter und das Glück in alle Winde zu verstreuen.

Als er sich weigerte, ihr Taschengeld zu erhöhen, täuschte sie prompt einen Selbstmord vor. Sie aß ein Stück Rohopium, gerade genug, um davon krank zu werden, und schickte ihre Kammerfrau zu Wu Tsing, mit der Nachricht, daß sie im Sterben läge. Drei Tage später hatte sie ein noch großzügigeres Taschengeld, als sie verlangt hatte.

Sie täuschte dann später noch so oft Selbstmord vor, daß die Dienstboten argwöhnten, sie mache sich noch nicht einmal mehr die Mühe, das Opium zu nehmen. Ihre Schauspielerei war schon wirksam genug. Bald hatte sie ein schöneres Zimmer im Haus, eine eigene Rikscha, ein Haus für ihre alten Eltern und einen Extrabetrag für Tempelspenden herausgeschunden.

Doch eins blieb ihr verwehrt: Kinder zu bekommen. Sie wußte, daß Wu Tsing sich einen Sohn wünschte, um die Ahnenriten zu zelebrieren und dadurch sein geistiges Fortleben zu sichern. Noch bevor er ihr den Mangel an Söhnen vorwerfen konnte, sagte sie daher: »Ich habe schon eine Konkubine für dich gefunden, die dir Söhne schenken wird. Man braucht sie nur anzuschauen, um zu wissen, daß sie noch Jungfrau ist.« Und damit hatte sie recht. Du hast ja selbst gesehen, wie häßlich die Dritte Frau ist. Sie hat ja noch nicht einmal kleine Füße.

Natürlich hatte die Dritte Frau der Zweiten Frau alles zu verdanken, und so waren alle Rivalitäten von vorneherein ausgeschlossen. Die Zweite Frau führte den Haushalt, ohne selbst einen Finger zu krümmen; sie ordnete an, was eingekauft wurde, stellte die Dienstboten ein und lud ihre Verwandten zu Festtagen auf Besuch. Sie suchte auch die Ammen für die drei Töchter aus, die die Dritte Frau Wu Tsing gebar. Und als er von neuem ungeduldig wurde, weil er noch immer keinen Sohn hatte und zuviel Geld in den Teehäusern anderer Städte verschleuderte, fädelte die Zweite Frau es ein, daß deine Mutter seine dritte Konkubine und Vierte Frau wurde!«

Yan Chang erzählte ihre Geschichte so schwungvoll und spannend, daß ich am Ende begeistert in die Hände klatschte. Nachdem wir noch eine Weile Kastanien geschält hatten, hielt ich es vor Neugier nicht mehr aus.

»Wie hat die Zweite Frau es denn angestellt, daß meine Mutter Wu Tsings Frau wurde?« fragte ich schüchtern.

»Das verstehst du nicht, dafür bist du noch zu klein!« fuhr sie mich an. Ich senkte sogleich den Kopf und schwieg, bis Yan Chang schließlich von selbst dem Bedürfnis nachgab, sich beim Reden zuzuhören, an diesem stillen, trägen Nachmittag.

»Deine Mutter«, murmelte sie versonnen vor sich hin, »ist viel zu gut für diese Familie.

Vor fünf Jahren – dein Vater war erst ein Jahr zuvor gestorben – fuhr sie mit mir nach Hangchow, um die Pagode der Sechs Harmonien am Ufer des Westlichen Sees zu besichtigen. Dein Vater war ein angesehener Gelehrter und hatte besonders die Sechs Harmonien des Buddhismus verehrt, denen diese Pagode als Schrein diente. Also verneigte deine Mutter sich in der Pagode und gelobte, die wahre Harmonie des Körpers, der Gedanken und der Worte immerdar einzuhalten, sich aller Meinungsäußerungen zu enthalten und den weltlichen Gütern zu entsagen. Und als wir über den See zurückfuhren, saßen uns ein Mann und eine Frau auf dem Boot gegenüber. Es waren Wu Tsing und die Zweite Frau.

Sicher war ihre Schönheit ihm sofort aufgefallen. Damals hatte deine Mutter noch ganz lange Haare, die sie auf dem Kopf zusammengesteckt trug. Und sie hatte einen ungewöhnlich schimmernden, rosa angehauchten Teint. Selbst die weiße Witwentracht konnte ihre Schönheit nicht beeinträchtigen. Aber ihr Witwenstand verminderte ihren Wert; sie durfte sich nicht wieder verheiraten.

Das hielt die Zweite Frau jedoch keineswegs davon ab, einen Plan zu schmieden. Sie hatte es satt, ihr Haushaltsgeld in unzähligen Teehäusern verschwinden zu sehen. Mit dem Geld, das er zum Fenster hinauswarf, hätte er sich noch fünf weitere Frauen leisten können! Sie hatte sich fest vorgenommen, seine verschwenderichen Gelüste einzudämmen. Und so heckte sie mit Wu Tsing eine Verschwörung aus, um deine Mutter in sein Bett zu locken.

Sie sprach deine Mutter an und fand heraus, daß sie am nächsten Tag zum Kloster der Geistigen Einkehr reisen wollte. Dort tauchte die Zweite Frau dann wie zufällig wieder auf, machte sich an deine Mutter heran und lud sie zum Abendessen ein. Deine Mutter war sehr einsam und hungerte nach guten Gesprächen, also nahm sie die Einladung gerne an. Nach dem Essen fragte die Zweite Frau deine Mutter: ›Spielen Sie Mah-Jongg? Es macht nichts, wenn Sie nicht gut spielen. Wir sind nur zu dritt und haben sonst ja keine Möglichkeit dazu, wenn Sie sich nicht freundlicherweise bereit erklären, morgen abend zu uns zu kommen.‹

Am nächsten Abend spielten sie lange Mah-Jongg, bis die Zweite Frau gähnte und darauf bestand, daß deine Mutter über Nacht dabliebe: ›Bleiben Sie doch bitte! Nur keine höflichen Ausreden! Das macht nur noch mehr Scherereien. Wozu noch den Rikscha-Jungen wecken? Mein Bett ist doch groß genug für zwei.‹

Und als deine Mutter fest eingeschlafen war, verließ die Zweite Frau mitten in der Nacht heimlich das Bett, und Wu Tsing legte sich an ihren Platz. Deine Mutter schreckte auf, als Wu Tsing sich an ihrer Unterwäsche zu schaffen machte, und sprang aus dem Bett. Er schleuderte sie an den Haaren zu Boden, setzte ihr den Fuß auf die Kehle und befahl ihr, sich auszuziehen. Sie gab keinen Laut von sich, als er über sie herfiel.

Frühmorgens fuhr deine Mutter in einer Rikscha davon, tränenüberströmt und mit aufgelösten Haaren. Nur mir hat sie anvertraut, was geschehen war. Doch die Zweite Frau posaunte überall herum, daß diese schamlose Person Wu Tsing verführt habe. Wie konnte eine wertlose Witwe eine reiche Frau der Lüge bezichtigen?

Sie hatte also keine Wahl, als Wu Tsing sie aufforderte, seine dritte Konkubine zu werden, um ihm einen Sohn zu schenken; sie war ja schon so tief gefallen wie eine Prostituierte. Als sie ins Haus ihres Bruders zurückkehrte, um sich mit demütigen Verbeugungen zu verabschieden, trat er sie mit Füßen, und ihre eigene Mutter warf sie für immer hinaus. Deswegen hast du deine Mutter nicht wiedergesehen, bis deine Großmutter starb. Deine Mutter zog nach Tientsin, um ihre Schande hinter Wu Tsings Reichtum zu verbergen. Und drei Jahre später gebar sie ihm einen Sohn, den die Zweite Frau als ihr Kind beanspruchte.

So kam auch ich in Wu Tsings Haus«, schloß Yan Chang stolz.

Und so erfuhr ich, daß der kleine Syaudi eigentlich der Sohn meiner Mutter war, mein jüngster Bruder.

Tatsächlich hatte Yan Chang ja nicht recht daran getan, mir die Geschichte meiner Mutter auszuplaudern. Geheimnisse lüftet man nicht vor Kindern, sie sollten wie ein fester Deckel auf dem Topf sitzen, damit er nicht vor zuviel Wahrheit überkocht.

Nachdem ich das alles von Yan Chang erfahren hatte, sah ich plötzlich ganz klar und begriff Dinge, die mir bis dahin unverständlich gewesen waren.

Nun erkannte ich das wahre Wesen der Zweiten Frau. Ich sah, wie sie der Fünften Frau Geld gab, um ihre armen Verwandten zu besuchen, und das dumme Ding noch anstachelte: »Zeig deiner Familie und all deinen Freundinnen, wie reich du geworden bist!« Und natürlich erinnerten diese Besuche Wu Tsing immer wieder an ihre niedrige Herkunft und an seine Torheit, ihren groben Reizen nicht widerstanden zu haben.

Ich sah, wie die Zweite Frau sich mit ostentativer Demut vor der Ersten Frau verneigte und ihr noch mehr Opium anbot. Und ich begriff, wodurch deren Geist und Kraft so zerstört worden waren.

Ich sah, wie sie der Dritten Frau angst machte, indem sie ihr Schauergeschichten von alten Konkubinen erzählte, die auf der Straße gelandet waren. Und so verstand ich, weshalb die Dritte Frau so sorgsam über das Wohlergehen der Zweiten Frau wachte.

Ich sah auch, wie meine Mutter litt, wenn die Zweite Frau Syaudi auf ihrem Schoß hüpfen ließ, ihn küßte und ihm zärtlich zuflüsterte: »Solange ich deine Mutter bin, wirst du niemals arm oder unglücklich sein. Wenn du erst groß bist, wird dir hier alles gehören, und du wirst gut für mich sorgen, wenn ich alt bin.«

Und ich wußte, warum meine Mutter so oft in ihrem Zimmer saß und weinte. Wu Tsings Versprechen, ihr ein eigenes Haus zu schenken, als Belohnung für den langerwarteten Sohn, war an dem

Tag zunichte geworden, als die Zweite Frau wieder einmal in vorgetäuschtem Selbstmord zusammenbrach. Meine Mutter hatte einsehen müssen, daß sie ihn nie mehr dazu bringen würde, sein Versprechen einzulösen.

Die Geschichte, die Yan Chang mir erzählt hatte, machte mir noch lange zu schaffen. Ich wünschte, daß meine Mutter Wu Tsing anschreien, sich gegen die Zweite Frau zur Wehr setzen und Yan Chang eine hirnlose Plaudertasche schelten möge. Aber selbst dazu hatte meine Mutter kein Recht. Sie hatte keine Wahl.

Zwei Tage vor dem neuen Mondjahr weckte Yan Chang mich auf, als es draußen noch dunkel war.

»Mach schnell!« rief sie nur und zerrte mich unsanft aus meinem Schlaf.

Das Zimmer meiner Mutter war hell erleuchtet. Ich sah sie im Bett liegen und lief schnell ans Fußende, wo ich auf den kleinen Hocker kletterte. Ihre Arme und Beine bewegten sich steif und mechanisch hin und her, wie bei einem Soldaten, der nirgendwohin marschierte und ruckartig den Kopf von einer Seite zur anderen drehte. Plötzlich versteifte sich ihr ganzer Körper, als ob sie sich aus ihrer Haut strecken wollte. Ihr Kiefer klappte hinunter und ließ unter krampfhaftem Husten ihre geschwollene Zunge sehen.

»Wach auf«, flüsterte ich ängstlich. Alle standen um das Bett herum: Wu Tsing, Yan Chang, die Zweite Frau, die Dritte Frau, die Fünfte Frau und der Doktor.

»Sie hat zuviel Opium gegessen!« rief Yan Chang. »Der Doktor sagt, daß ihr nicht mehr zu helfen ist. Sie hat sich vergiftet.«

Also standen sie hilflos da und warteten. Und ich wartete auch, viele bange Stunden lang.

Das einzige Geräusch im Raum war die regelmäßig wiederkehrende Melodie der Musikuhr. Ich wollte die Uhr anschreien, endlich mit dem blödsinnigen Gejaule aufzuhören, aber ich wagte es nicht.

Stumm sah ich zu, wie meine Mutter in ihrem Bett vor sich hin marschierte. Ich wollte ihr Worte zuflüstern, die sie beruhigen sollten, doch meine Kehle war wie zugeschnürt, und so wartete ich hilflos weiter, wie die anderen.

Da fiel mir ihre Geschichte von der kleinen Schildkröte wieder ein, die sie ermahnt hatte, nicht zu weinen. Ich wollte ihr zurufen, daß es sinnlos war, weil es schon viel zu viele Tränen gab. Und ich versuchte, sie eine nach der anderen hinunterzuschlucken, doch sie strömten immer schneller, bis ich die Lippen nicht länger zusammenpressen konnte und lauthals losweinte, weinte und weinte, daß alle im Raum sich an meinen Tränen laben konnten.

Ich weinte so lange, bis ich vor Erschöpfung ohnmächtig wurde und sie mich in Yan Changs Bett zurücktrugen. Und während meine Mutter an diesem Morgen starb, hatte ich einen Traum:

Ich fiel vom Himmel hinab in einen kleinen Teich, wo ich mich in eine kleine Schildkröte verwandelte, die am Grund unter dem Wasser saß. Über mir sah ich die Schnäbel der Elstern ins Wasser tauchen. Die Vögel füllten ihre schneeweißen Bäuche und zwitscherten fröhlich, während ich unzählige Tränen weinte; sie tranken den Teich ganz leer, bis ich keine Tränen mehr hatte und alles um mich her nur noch ausgetrockneter Sand war.

Yan Chang erzählte mir später, daß meine Mutter es der Zweiten Frau hatte gleichtun wollen und versucht hatte, einen Selbstmord vorzutäuschen. Nichts als Lügen! Nie hätte sie sich von dieser Person beeinflussen lassen, die ihr so viel Leid zugefügt hatte.

Ich weiß, daß meine Mutter nur ihrer eigenen Eingebung folgte, den Täuschungen ein für alle Mal ein Ende zu setzen. Weshalb wäre sie sonst ausgerechnet zwei Tage vor Neujahr gestorben? Weshalb hatte sie ihren Tod denn so sorgfältig geplant, daß er zu einer Waffe wurde?

Drei Tage vor dem neuen Mondjahr hatte sie *ywansyan* gegessen, klebrigsüße Klöße, die es immer an Feiertagen gab. Sie aß eine ganze Menge davon. Und ich erinnere mich noch an ihre seltsame Bemerkung: »Siehst du, An-mei, so ist das Leben. Man kann gar nicht genug von dieser Bitterkeit essen.« Ihre *ywansyan* waren offenbar mit bitterem Gift gefüllt gewesen, statt mit kandierten Kernen oder mit Opium, wie Yan Chang und die anderen glaubten. Als das Gift zu wirken begann, hatte sie mir zugeflüstert, daß sie lieber ihren eigenen schwachen Geist töten wollte, wenn sie meinen dadurch stärken konnte.

Das klebrige Gift haftete in ihrem Körper und war nicht mehr auszutreiben. Also starb sie daran, zwei Tage vor Neujahr. Sie wurde auf einer hölzernen Trage in der Halle aufgebahrt. Ihre Sterbekleider waren noch viel kostbarer als alles, was sie je im Leben getragen hatte: Seidene Unterwäsche, um sie ohne schwere Pelze warmzuhalten; ein golddurchwirktes Seidenkleid; ein Kopfschmuck aus Gold, Lapislazuli und Jade; feine Pantöffelchen mit weichen Ledersohlen und zwei riesigen Perlen an den Spitzen, um ihr den Weg zum Nirwana zu erleuchten.

Als ich sie das letzte Mal sah, warf ich mich über ihren Körper. Da schlug sie langsam die Augen auf. Ich fürchtete mich nicht. Ich wußte, daß sie mich sehen konnte und auch sah, was sie endlich erreicht hatte. Ich drückte ihr sanft die Augen zu und sagte ihr in meinem Herzen: »Auch ich kann die Wahrheit erkennen. Auch ich bin jetzt stark.«

Denn wir wußten beide, daß die Seele am dritten Tag nach dem Tod zurückkehrt, um abzurechnen. Und in ihrem Fall war dies der erste Neujahrstag, an dem alle Schulden beglichen werden müssen, weil sonst unweigerlich eine katastrophale Pechsträhne folgt.

An jenem Tag trug Wu Tsing aus Angst vor dem Rachegeist meiner Mutter weiße Trauerkleidung aus der gröbsten Baumwolle. Er gelobte, Syaudi und mich als seine rechtmäßigen Kinder aufzuziehen und ihrem Geist alle Ehren zu erweisen, die nur einer Ersten Frau zukamen, als wäre sie seine einzige Frau gewesen.

An jenem Tag hielt ich der Zweiten Frau die Perlenkette hin und zertrat sie dann vor ihren Augen.

An jenem Tag begann das Haar der Zweiten Frau weiß zu werden.

Und an jenem Tag lernte ich, mich laut schreiend zur Wehr zu setzen.

Ich weiß, wie es ist, sein Leben wie im Traum zu verbringen. Zuzuhören und zuzusehen und dann irgendwann aufzuwachen und mühsam zu begreifen suchen, was längst geschehen ist.

Dazu brauchst du keinen Psychiater. Der will gar nicht, daß du wach wirst. Er rät dir nur, weiterzuträumen, den Teich aufzusuchen, um noch mehr Tränen hineinfallen zu lassen. Er ist nichts als noch ein weiterer Vogel, der sich an deinem Unglück labt.

Meine Mutter hat wahrhaftig gelitten. Sie verlor ihr Gesicht und versuchte, ihre Schande zu verbergen. Doch sie fand nur noch größeres Unglück, das sich nicht mehr verbergen ließ. Mehr gibt es dabei nicht zu verstehen. Das war in China. So handelten die Leute früher. Sie hatten keine Wahl. Sie konnten sich nicht wehren. Sie konnten nicht fortlaufen. Das war ihr Schicksal.

Aber heute haben sie andere Möglichkeiten. Jetzt müssen sie ihre Tränen nicht mehr hinunterschlucken oder das Gespött der Elstern erdulden. Das habe ich in einer Zeitschrift aus China gelesen.

Darin stand, daß die Bauern seit Jahrtausenden von den Vögeln gequält und zum Narren gehalten wurden. Sie kamen in Schwärmen, um die Bauern zu beäugen, wie sie tief über die Felder gebeugt schufteten, den harten Boden umgruben und die Saat mit ihren Tränen bewässerten. Doch kaum waren die Leute fort, stießen die Vögel auf die Felder hinab, tranken die Tränen und pickten die Saat auf. Und die Kinder mußten verhungern.

Aber eines Tages kamen diese erschöpften Bauern – von überall in China her – auf den Feldern zusammen. Sie sahen den Vögeln zu, wie sie sich gütlich taten. Und sie sagten: »Schluß mit dem stummen Leiden!« Sie begannen, in die Hände zu klatschen, mit Stöcken auf Töpfe und Pfannen zu schlagen und zu schreien: *»Sz! Sz! Sz!«* – Sterben, sterben, sterben sollt ihr!

Und all die schwarzen Vögel flogen auf, erschrocken und verwirrt über diesen plötzlichen Ausbruch. Sie verharrten flügelschlagend in der Luft und warteten ab, daß der Lärm sich legte. Doch das Gebrüll der Leute wurde nur noch lauter und zorniger. Allmählich begannen die Vögel zu ermatten. Sie konnten nicht mehr auf den

Feldern landen. So ging es viele Stunden lang und viele Tage, bis alle Vögel – Hunderte, Tausende, Millionen! – nach und nach zu Boden flatterten und tot liegen blieben, bis schließlich kein Vogel mehr am Himmel war.

Was würde dein Psychiater wohl dazu sagen, wenn ich ihm erzählte, daß ich vor Freude gejubelt habe, als ich dies las?

Ying-Ying St. Clair

Warten zwischen den Bäumen

Meine Tochter hat mich in dem kleinsten Zimmer ihres Hauses untergebracht.

»Das ist das Gästezimmer«, sagte sie in ihrer selbstbewußten amerikanischen Art.

Ich lächelte nur. Aber nach chinesischer Auffassung ist das Gästezimmer das beste Zimmer, wo sie und ihr Mann schlafen. Doch das sagte ich ihr nicht. Ihre Denkweise ist wie ein bodenloser Teich. Wenn man einen Stein hineinwirft, versinkt er in der Tiefe und löst sich einfach auf. Lenas Augen blicken mich an, aber sie spiegeln nichts wider.

So denke ich, obwohl ich meine Tochter liebe. Sie und ich haben einst denselben Körper geteilt. Ein Teil ihres Geistes wird immer auch ein Teil meines Geistes sein. Doch als ich sie zur Welt brachte, sprang sie wie ein schlüpfriger Fisch hervor, und seitdem ist sie immer weiter von mir fortgeschwommen. Ihr ganzes Leben lang habe ich sie wie vom jenseitigen Ufer aus beobachtet. Nun muß ich ihr von meiner Vergangenheit berichten. Es ist der einzige Weg, zu ihr durchzudringen und ihr zu zeigen, wie sie sich retten kann.

Die Zimmerdecke neigt sich schräg zu meinem Bett herunter, und die Wände engen mich ein wie im Sarg. Ich sollte meine Tochter warnen, kein Baby in diesem Raum schlafen zu lassen. Aber ich weiß ja, daß sie nicht auf mich hören wird. Sie hat mir schon gesagt, daß sie keine Kinder will. Sie und ihr Mann sind viel zu sehr damit beschäftigt, anderer Leute Häuser zu entwerfen. Ich kann das Wort nicht aussprechen, das ihren Beruf bezeichnet. Es ist ein häßliches Wort.

»Arti-tecki«, habe ich es mal meiner Schwägerin gegenüber auszusprechen versucht.

Meine Tochter lachte mich aus, als sie das hörte. Ich hätte sie als Kind öfter für ihre Frechheit ohrfeigen sollen. Aber jetzt ist es zu spät. Jetzt geben sie und ihr Mann mir Geld, um meine knappe Rente aufzubessern. Also muß ich mich beherrschen und darf mir nichts anmerken lassen, wenn es mir manchmal mächtig in der Hand juckt.

Was hat es für einen Sinn, die besten Häuser zu entwerfen, wenn man dann selbst in eins zieht, das völlig nutzlos ist? Meine Tochter hat genug Geld, doch in ihrem Haus geht es nur ums Aussehen, und dabei sieht es noch nicht mal gut aus. Dieser Nachttisch zum Beispiel, aus schwerem weißen Marmor auf staksigen schwarzen Beinen: Man muß dauernd aufpassen, daß man nichts Schweres darauf abstellt, sonst bricht er zusammen. Nur eine hohe schwarze Vase darf darauf stehen, so dünn wie ein Spinnenbein, in die kaum mehr als eine Blume paßt. Wenn man nur ein bißchen an den Tisch stößt, fällt sie um.

Überall im Haus sehe ich die Vorzeichen. Meine Tochter schaut zwar hin, doch sie kann sie nicht erkennen. Dieses Haus wird zusammenstürzen. Woher ich das weiß? Ich habe die Dinge schon immer kommen sehen, bevor sie geschahen.

—

Als ich ein kleines Mädchen war, damals in Wuschi, war ich *lihai*. Ein störrischer Wildfang. Ich trug ein überhebliches Lächeln zur Schau. Ich hatte es nicht nötig, auf andere zu hören. Ich war klein und niedlich und sehr stolz auf meine zierlichen Füße. Wenn meine Seidenpantöffelchen staubig waren, warf ich sie weg. Ich trug teure importierte Kalbslederschuhe mit kleinen Absätzen, von denen ich viele Paare kaputtmachte, und ich zerfetzte viele Strümpfe auf dem Kopfsteinpflaster unseres Hofes.

Die Haare trug ich am liebsten offen. Meine Mutter schalt mich oft wegen meiner zerzausten Mähne: »Aii-ya, Ying-ying, du siehst aus wie ein Wassergeist aus dem See!«

Das waren die Geister der Frauen, die dort ihre Schande ertränkt hatten und manchmal mit aufgelösten Haaren durch die Häuser der Leute spukten, um ihre ewig währende Verzweiflung zu bekunden. Meine Mutter sagte, ich würde Schande über das Haus bringen, wenn ich so herumlief, aber ich kicherte nur und hielt nicht still, wenn sie mir die Haare mit langen Nadeln festzustecken versuchte. Sie liebte mich viel zu sehr, um mir ernstlich böse zu sein. Ich war wie sie. Darum hatte sie mich Ying-ying genannt – klares Spiegelbild.

Unsere Familie war eine der reichsten von Wuschi. In unserem Haus gab es viele Zimmer, in denen große, schwere Tische standen, und auf allen Tischen standen Jadedosen mit luftdicht abschließenden Deckeln, die filterlose englische Zigaretten enthielten, und zwar immer genau die richtige Menge. Nicht zu viel, nicht zu wenig. Diese Jadedosen waren speziell als Zigarettenbehälter hergestellt. Ich maß ihnen keinerlei Wert bei; es waren einfach Gebrauchsgegenstände, weiter nichts. Einmal stibitzten meine Brüder und ich eine davon, schütteten die Zigaretten draußen aus und liefen damit zu einem tiefen Loch, das in der Straße aufgerissen worden war. Wir hockten uns zu den Straßenkindern, die am Rand saßen, und schöpften mit der Jadedose das schmutzige Grundwasser heraus, in der vagen Hoffnung, vielleicht auf einen Fisch oder irgendeinen Schatz zu stoßen. Wir fanden nichts, doch unsere Kleider waren bald so schmutzig, daß wir nicht mehr von den Straßenkindern zu unterscheiden waren.

In unserem Haus gab es viele prachtvolle Dinge. Seidenteppiche und Juwelen. Kostbare Schalen und geschnitztes Elfenbein. Aber wenn ich – selten genug – an jenes Haus zurückdenke, fällt mir immer wieder diese Jadedose ein, dieser schlammbedeckte Schatz, den ich unwissentlich in den Händen hielt.

An eine andere Begebenheit in diesem Haus erinnere ich mich noch ganz genau.

Ich war sechzehn. Es war an dem Hochzeitsabend meiner jüngsten Tante. Sie und ihr neuer Ehemann hatten sich schon zurückgezogen, in eins der Zimmer des großen Hauses, das sie von nun an mit ihrer neuen Schwiegermutter und der restlichen neuen Familie teilen würden.

Viele von ihren Verwandten waren noch bei uns im großen Salon um den Tisch versammelt, aßen Erdnüsse, schälten Orangen und lachten. Ein Mann aus einer anderen Stadt saß auch darunter, ein Freund des neuen Ehemanns meiner Tante. Da er älter als mein ältester Bruder war, nannte ich ihn Onkel. Sein Gesicht war vom Whiskeytrinken rot angelaufen.

»Ying-ying!« rief er mir heiser zu und stand von seinem Stuhl auf. »Du hast doch sicher noch Hunger, oder?«

Ich blickte mit geschmeicheltem Lächeln in die Runde und genoß die Beachtung, die mir auf einmal zuteil wurde. Ich erwartete, daß er irgendeine besondere Leckerei aus dem großen Sack holen würde, in den er gerade hineinlangte. Vielleicht etwas süßes Gebäck. Doch statt dessen zog er eine Wassermelone hervor und ließ sie mit einem lauten *pung* auf den Tisch fallen.

»*Kai-gwa?*« – die Wassermelone öffnen –, sagte er und setzte ein großes Messer mit der Spitze auf die vollkommene Frucht.

Dann stieß er das Messer mit einem Schlag hinein und riß in brüllendem Gelächter den breiten Mund auf, so weit, daß man seine Goldzähne blitzen sehen konnte. Alle am Tisch lachten laut auf. Mein Gesicht brannte vor Peinlichkeit, weil ich nicht verstanden hatte, worum es ging.

Ich war zwar ein rechter Wildfang, aber noch ganz unschuldig. Ich wußte nicht, wie gemein seine Anspielung mit der Wassermelone war. Das begriff ich erst ein halbes Jahr später, als ich mit diesem Mann verheiratet war und er mir betrunken ins Ohr flüsterte, daß er jetzt zum *kai gwa* bereit sei.

Dieser Mann war so schlecht, daß ich bis heute seinen Namen nicht aussprechen mag. Warum habe ich ihn dann geheiratet? Nur, weil ich am Tag nach der Hochzeit meiner Tante begann, Dinge vorauszusehen, bevor sie eintrafen.

Die meisten Verwandten waren am nächsten Morgen abgereist. Am Abend saßen meine Halbschwestern und ich gelangweilt an demselben Tisch, tranken Tee und aßen geröstete Wassermelonenkerne. Meine Halbschwestern schwatzten miteinander, während ich stumm die Kerne knackte und sie vor mir aufhäufte.

Meine Halbschwestern träumten davon, irgendwelche wertlosen Jungen aus weniger guten Familien zu heiraten. Sie hatten keine Ahnung, daß man immer so hoch wie möglich greifen sollte, um das Beste zu bekommen. Sie waren die Töchter der Konkubinen meines Vaters. Ich hingegen war die Tochter seiner Frau.

»Seine Mutter wird dich wie einen Dienstboten behandeln«, sagte die eine Halbschwester zu der anderen, als die ihr von ihrem Auserwählten erzählte.

»In der Familie seines Onkels soll es ja Verrückte geben«, zahlte es ihr die andere mit gleicher Münze heim.

Als sie von ihren Sticheleien genug hatten, fragten sie mich, wen ich denn heiraten wollte.

»Ich wüßte nicht, wer da in Betracht käme«, sagte ich überheblich.

Es war nicht so, daß Jungen mich nicht interessierten; ich verstand sehr wohl, ihre Aufmerksamkeit und Bewunderung zu erregen. Aber ich war zu eitel, um irgendeinen von ihnen meiner würdig zu finden.

So dachte ich damals. Doch es gibt zwei Arten von Gedanken: Die einen sind einem von Geburt an eingepflanzt und stammen von den Eltern und deren Ahnen. Die anderen entwickeln sich durch den Einfluß anderer Leute. Vielleicht lag es an den Wassermelonenkernen, die ich gerade aß – jedenfalls fiel mir plötzlich der Mann vom Vorabend ein. Und genau in diesem Augenblick blies ein heftiger Windstoß von Norden herein, und die Blume auf dem Tisch knickte ab und fiel mir vor die Füße.

Das ist die reine Wahrheit. Wie durch einen Messerschnitt brach die Blüte vom Stengel, und ich erkannte es sofort als Vorzeichen, daß ich diesen Mann heiraten würde. Ich empfand keine Freude bei dem Gedanken, nur Verwunderung, daß ich es schon so genau wissen konnte.

Bald darauf hörte ich meinen Vater, meinen Onkel und den neuen Ehemann meiner Tante immer öfter von jenem Mann reden.

Bei jedem Abendessen wurde mir sein Name zugleich mit der Suppe in die Schüssel gelöffelt. Einmal sah ich ihn vom Garten meines Onkels aus zu mir herüberstarren. »Seht mal, sie kann sich nicht mehr abwenden. Sie gehört schon mir!« rief er herausfordernd.

Ich wandte mich tatsächlich nicht ab. Ich hielt seinen Blicken trotzig stand, trug die Nase hoch erhoben und schnüffelte verächtlich, als er meinte, mein Vater würde wahrscheinlich keine so reiche Mitgift zahlen können, wie er verlangte. Ich drängte ihn mit aller Kraft aus meinen Gedanken – bis ich zu ihm ins Ehebett fiel.

Meine Tochter weiß nicht, daß ich vor so langer Zeit mit diesem Mann verheiratet war, zwanzig Jahre, bevor sie geboren wurde.

Sie weiß nicht, wie schön ich damals war, als ich diesen Mann heiratete, viel schöner als meine Tochter mit ihren Bauernfüßen und der großen Nase, die sie von ihrem Vater hat.

Selbst heute ist meine Haut noch glatt und meine Figur wie die eines jungen Mädchens. Doch wo ich früher mein Lächeln trug, haben sich zwei tiefe Falten eingegraben. Und meine armen Füße, die einst so hübsch und zierlich waren! Jetzt sind sie geschwollen und verhornt und rissig an den Fersen. Meine Augen, die mit sechzehn so klar und munter strahlten, sind nun gelb gefleckt und trübe.

Aber dennoch sehe ich fast alles noch sehr deutlich. Wenn ich an die Vergangenheit zurückdenke, ist es, wie wenn ich in deine Schüssel schaute und die letzten Reiskörner sah, die du nicht aufgegessen hattest.

Ich entsinne mich eines schönen Nachmittags am Tai-See, kurz nach unserer Hochzeit, als ich diesen Mann zu lieben begann. Er hatte mein Gesicht der Nachmittagssonne zugewendet, hielt mein Kinn fest und streichelte mir die Wange. »Du hast Tigeraugen, Ying-ying«, sagte er. »Tagsüber sammeln sie Feuer. Und nachts leuchten sie golden.«

Obgleich dies ein Gedicht war, das er ziemlich schlecht wiedergegeben hatte, lachte ich ihn nicht aus. Ich weinte vor Freude. Es war ein seltsam zwiespältiges, verschwommenes Gefühl, als zappelte etwas in mir, um sich zu befreien, das aber gleichzeitig stillhalten und dableiben wollte. So fing ich an, diesen Mann zu lieben; bisher war nur mein Körper mit ihm vereint, doch nun fühlte ich eine unwiderstehliche Zuneigung in mir aufkeimen, gegen die mein Wille machtlos war.

Ich wurde mir selber fremd. Ich wollte nur noch für ihn schön sein. Wenn ich mir neue Schuhe aussuchte, dann nur, um ihm zu gefallen. Abends bürstete ich mir die Haare mit neunundneunzig Strichen, um unserem Ehebett Glück zu bringen, in der Hoffnung, einen Sohn zu empfangen.

In der Nacht, als das Baby gezeugt wurde, wußte ich gleich, daß es ein Sohn sein würde. Ich konnte den kleinen Jungen schon in meinem Bauch sehen. Er hatte die großen, weit auseinanderstehenden Augen meines Mannes, lange schlanke Finger, fleischige Ohrläppchen und glatt anliegende Haare über einer breiten Stirn.

Weil ich damals so viel Freude empfand, wurde mein Haß später um so glühender. Doch schon in der glücklichsten Zeit schwelten düstere Vorahnungen in meinem Kopf, um dann schließlich in meinem Herzen aufzuglimmen, als sie sich bewahrheitet hatten.

Bald unternahm mein Mann immer mehr Geschäftsreisen in den Norden, die sich immer länger hinzogen, seit ich schwanger geworden war. Ich erinnerte mich, daß der Nordwind mir das Glück und meinen Ehemann zugeweht hatte; also öffnete ich in den Nächten, wenn er fort war, mein Schlafzimmerfenster, selbst wenn es draußen kalt war, damit er zu mir zurückgeweht würde.

Aber ich hatte nicht bedacht, daß der Nordwind auch der kälteste ist, der mit eisigem Hauch bin ins Herz bläst und alle Wärme daraus vertreibt. Der Wind blies so heftig, daß er meinen Mann glatt am Schlafzimmer vorbei und zur Hintertür hinaus wehte. Ich erfuhr schließlich von meiner jüngsten Tante, daß er mich verlassen hatte, um mit einer Opernsängerin zu leben.

Als ich nach einiger Zeit meinen Kummer überwunden hatte und nur noch von verzweifeltem Haß erfüllt war, erzählte meine Tante noch von vielen anderen: Tänzerinnen, Amerikanerinnen, Prostituierte, sogar eine Kusine, die noch jünger als ich war und sich heimlich nach Hongkong davongemacht hatte, nachdem mein Mann verschwunden war.

Also werde ich Lena nun von meiner Schande berichten. Ich war reich und bildhübsch. Ich war mir für jeden Mann zu schade. Und dann war ich auf einmal nur noch ein Stück Strandgut. Ich werde ihr sagen, daß mit achtzehn Jahren meine blühende Jugend schon dahinwelkte, daß ich sogar versucht war, meine Schande im See zu ertränken, wie so viele andere. Und ich werde ihr von dem Baby erzählen, das ich aus Haß auf diesen Mann getötet habe.

Ich trieb das Baby aus meinem Bauch, bevor es geboren wurde. Das galt damals in China nicht als schlechte Tat. Aber ich fühlte dennoch, daß ich etwas Schlechtes getan hatte, als die Lebenssäfte des Sohnes dieses Mannes qualvoll aus meinem Körper flossen.

Als die Krankenschwestern wissen wollten, was sie mit dem leblosen Baby machen sollten, schleuderte ich ihnen eine Zeitung zu und sagte, sie sollten es wie einen Fisch einwickeln und in den See werfen. Meine Tochter glaubt, ich wüßte nicht, was es heißt, kein Kind zu wollen.

Wenn meine Tochter mich anschaut, sieht sie eine kleine alte Frau. Denn sie sieht mich nur von außen. Sie hat kein *chuming,* kein inneres Verständnis für die Dinge. Wenn sie *chuming* hätte, würde sie eine Tigerfrau sehen. Und sie würde sich vor mir in acht nehmen.

Ich wurde im Jahr des Tigers geboren. Es war ein sehr schlechtes Jahr für Neugeborene, aber gut, gerade dann als Tiger geboren zu sein. In jenem Jahr kam ein böser Geist über die Welt. Die Leute auf dem Land starben an heißen Sommertagen wie die Fliegen. Die Leute in der Stadt wurden zu Schatten, verkrochen sich in ihre Häuser und verschwanden. Die Babys wurden von der Auszehrung dahingerafft.

Der böse Geist trieb vier Jahre lang sein Unwesen. Aber mein Geist hatte stärkere Wurzeln, und ich überlebte. Meine Mutter sagte mir später, als ich alt genug war, es zu verstehen, daß ich deshalb so einen unbeugsamen Willen hatte.

Sie erklärte mir, warum ein Tiger gold und schwarz gezeichnet ist. Die Farben spiegeln die zwei Seiten seines Wesens wider. Das Gold ist sein Mut und seine Angriffslust, das Schwarz seine Geduld und seine Schläue. Bewegungslos wartet er zwischen den Bäumen, wo er sein Gold verbirgt und alles sieht, ohne selbst gesehen zu werden. Meine schwarze Seite lernte ich erst zu gebrauchen, als der schlechte Mann mich verlassen hatte.

Ich wurde wie die Frauen aus dem See. Ich verhängte die Spiegel in meinem Zimmer mit weißen Tüchern, um mein Leid nicht sehen zu müssen. All meine Kraft hatte mich verlassen, ich konnte nicht einmal mehr die Arme heben, um mein Haar festzustecken. Ich trieb wie ein loses Blatt auf dem Wasser dahin, bis die Strömung mich aus dem Haus meiner Schwiegermutter hinaustrug, zurück zu meiner Familie.

Ich zog zu der Familie eines entfernten Vetters, die auf dem Land außerhalb von Schanghai wohnte. Dort blieb ich zehn Jahre lang. Wenn man mich fragte, was ich in all den Jahren eigentlich gemacht habe, könnte ich nur antworten, daß ich zwischen den Bäumen wartete. Mit dem einen Auge schlief ich, mit dem anderen lauerte ich auf meine Chance.

Ich brauchte dort nicht zu arbeiten. Von der Familie meines Vetters wurde ich mit Respekt behandelt, weil ich die Tochter der Leute war, denen sie ihren Unterhalt verdankten. Das Haus war schäbig und mit drei Familien vollgestopft. Es war nicht angenehm, dort zu leben, aber das war mir gerade recht. Kleine Kinder krochen zwischen den Mäusen auf dem Boden herum. Die Hühner wanderten in den Stuben ein und aus wie die ungehobelten bäuerlichen Gäste meiner Verwandten. Wir aßen alle in der Küche, in der die heißen Fettschwaden hingen. Und die Fliegen! Wenn man ein paar Reiskörner in der Schüssel übrig ließ, waren sie bald so dicht mit hungrigen Fliegen bedeckt, daß es aussah wie lebende schwarze Bohnensuppe. So arm waren damals die Leute auf dem Land.

Nach zehn Jahren war ich bereit. Ich war kein Mädchen mehr, sondern eine Frau in einer ungewissen Lage – verheiratet, aber dennoch ohne Mann. Ich ging in die Stadt und hielt nun beide Augen weit offen. Die Straßen kamen mir vor, als wäre eine Schüssel voller schwarzer Fliegen darüber ausgekippt worden, eine einzige wogende Menschenmasse, in der fremde Männer gegen fremde Frauen stießen, ohne daß sich irgend jemand daran störte.

Mit dem Geld, das ich von meiner Familie bekommen hatte, kaufte ich mir neue Kleider, moderne, gerade geschnittene Kostüme. Ich ließ mir die langen Haare zu einer kurzen Jungenfrisur schneiden. Und weil ich nach all den Jahren genug vom Nichtstun hatte, beschloß ich, mir Arbeit zu suchen. Ich wurde Verkäuferin.

Ich brauchte nicht erst zu lernen, wie man den Frauen schmeichelt. Ich wußte genau, was sie zu hören wünschten. Tiger können auch sanft und vertrauenerweckend schnurren und mit ihrem weichen *prrrn-prrrn* sogar Hasen in Sicherheit wiegen.

Obwohl ich längst eine erwachsene Frau war, wurde ich wieder hübsch. Das war meine Gabe. Die Kleider, die ich trug, waren viel schicker und teurer als alles, was es in unserem Laden zu kaufen gab. Das verleitete die Kundinnen, die billigen Sachen zu kaufen, um damit auch so hübsch auszusehen wie ich.

In diesem Laden, in dem ich wie ein Bauernweib arbeitete, begegnete ich Clifford St.Clair. Er war ein großer, blasser Amerikaner, der unsere Billigware aufkaufte und sie nach Übersee exportierte. Es war sein Name, der mich darauf brachte, daß ich ihn heiraten würde.

»Mistah Saint Clair«, stellte er sich auf englisch vor.

Dann fügte er in seinem breiten, stockenden Chinesisch hinzu: »Wie der Engel des Lichts.«

Ich empfand für ihn weder Zuneigung noch Abneigung. Ich fand ihn weder attraktiv noch abstoßend. Aber eins wußte ich: Er war für mich das langerwartete Zeichen, daß meine schwarze Seite bald ausgedient haben würde.

Vier Jahre lang machte Saint mir auf seine merkwürdige Art den Hof. Obwohl ich nicht die Ladenbesitzerin war, begrüßte er mich immer mit Handschlag und hielt meine Hände zu lange in den seinen fest. Seine Handflächen waren immer recht feucht, selbst nachdem wir schon verheiratet waren. Er war gepflegt und von angenehmem Äußeren. Aber er roch wie ein Ausländer, eine Art Lämmergeruch, der nicht wegzuwaschen war.

Ich war nicht unfreundlich zu ihm. Doch er war *kechi,* allzu höflich. Er brachte mir billige Geschenke mit: eine kleine Glasfigur, eine stachelig geschliffene Glasbrosche, ein silberfarbenes Feuerzeug. Saint tat so, als seien die Geschenke nicht der Rede wert, als sei er ein reicher Mann, der ein unbedarftes Landmädchen mit wundersamen Dingen verwöhnte, die wir in China noch nie gesehen hatten.

Aber wenn ich die Päckchen öffnete, stand er mit gespannter und anerkennungsheischender Miene daneben. Saint konnte ja nicht ahnen, daß solche Dinge für mich nichts als wertloser Plunder waren, daß ich inmitten von Reichtümern aufgewachsen war, die er sich gar nicht vorstellen konnte.

Ich nahm diese Geschenke immer mit höflichem Protest entgegen, wie es sich gehörte. Ich ermunterte ihn nicht. Aber da ich wußte, daß er eines Tages mein Ehemann sein würde, verwahrte ich jedes einzelne Stück sorgfältig in Seidenpapier eingeschlagen in einer Schachtel. Denn ich wußte auch, daß er die Sachen irgendwann einmal wieder zu sehen wünschen würde.

Lena glaubt, daß Saint mich als Retter aus einem armen Bauerndorf geholt hat. Einerseits hat sie damit recht, andererseits auch nicht. Meine Tochter weiß nichts davon, daß Saint vier Jahre lang geduldig auf mich warten mußte, wie ein Hund vor einem Fleischerladen.

Wie kam es, daß ich schließlich einwilligte, ihn zu heiraten? Ich hatte auf ein bestimmtes Zeichen gewartet. Ich hatte bis 1946 warten müssen.

Endlich kam ein Brief aus Tientsin, doch nicht von meiner Familie, für die ich längst gestorben war. Er war von meiner jüngsten Tante. Noch ehe ich ihn öffnete, wußte ich, was darin stand. Mein Mann war tot. Seine Opernsängerin hatte er längst verlassen. Zuletzt hatte er mit irgendeiner Schlampe von Dienstmädchen zusammengelebt. Doch sie war noch willensstärker und draufgängerischer als er.

Als er ihr den Laufpaß geben wollte, hatte sie schon das längste Küchenmesser gewetzt.

Ich hatte geglaubt, daß ich meinen Mann längst aus meinem Herzen gelöscht hatte. Doch nun stieg ein heftiges, bitteres Gefühl erneut in mir hoch und ließ nichts als eine große Leere zurück. Ich verfluchte diesen Mann mit lauter Stimme, damit er es auch gut hören konnte. Du hattest Hundeaugen. Du bist hinter jedem hergelaufen, der dich rief. Jetzt kannst du dich im Kreis drehen und deinem eigenen Schwanz nachrennen.

Also entschloß ich mich endlich, Saints Frau zu werden. Ich hatte keine Mühe, ihn meine Bereitschaft erkennen zu lassen. Schließlich war ich die Tochter der Ehefrau meines Vaters. Ich sprach mit leiser, zitternder Stimme. Ich wurde blaß, kränklich und noch dünner, wie ein weidwundes Tier. Ich ließ den Jäger nah herankommen und mich zu einem Tigergeist machen. Freiwillig gab ich mein *chi* auf, meine geistige Kraft, die mir so viel Leid beschert hatte.

Nun war ich nur noch ein Tiger, der weder auf die Beute lossprang noch zwischen den Bäumen wartete. Ich wurde zu einem unsichtbaren Geist.

Saint nahm mich mit nach Amerika, wo ich in noch kleineren Häusern wohnte als damals auf dem Land. Ich trug weite amerikanische Kleider. Ich verrichtete Dienstbotenarbeit. Ich lernte, mich der westlichen Lebensweise anzupassen. Ich versuchte auch, mit breiter Zunge zu reden. Ich zog eine Tochter groß, die ich wie vom jenseitigen Ufer aus beobachtete. Ich beugte mich ihren amerikanischen Vorstellungen.

Das alles machte mir nichts aus. Ich hatte meine geistige Kraft ja dafür aufgegeben.

Kann ich meiner Tochter sagen, daß ich ihren Vater geliebt habe? Er war ein Mann, der mir abends die Füße warm rieb. Er lobte immer das Essen, das ich gekocht hatte. Er weinte vor Rührung, als ich die kleinen Geschenke, die ich aufgehoben hatte, wieder hervorholte, an dem Tag, als er mir meine Tochter schenkte, ein Tigermädchen.

Wie hätte ich diesen Mann denn nicht lieben sollen? Aber es war wie eine Geisterliebe. Wie Arme, die sich um einen legen, ohne daß sie einen berühren. Wie eine wohlgefüllte Reisschüssel, auf die man keinen Appetit hat. Ohne Hunger. Ohne Erfüllung. Nun ist auch Saint ein Geist geworden. Er und ich können nun gleichermaßen lieben. Nun weiß er, was ich all die Jahre geheimgehalten habe. Jetzt muß ich es nur noch meiner Tochter erzählen: Daß sie die Tochter eines Geistes ist. Ohne *chi*. Das macht mir am meisten zu schaffen. Wie kann ich aus dieser Welt gehen, ohne ihr meine geistige Kraft zu hinterlassen?

Und so habe ich mir vorgenommen, mich noch einmal tief in meine Vergangenheit zu versenken. Ich werde etwas sehen, das längst geschehen ist; den Schmerz, der mich meiner Kraft beraubt hat. Diesen Schmerz werde ich in meiner Hand halten, bis er hart, leuchtend und glasklar wird. Das wird mir meine Angriffslust zurückbringen, meine goldene Seite, meine schwarze Seite. Ich werde diesen stechenden Schmerz dazu verwenden, die dicke Haut meiner Tochter zu durchstoßen und ihre Tigerkraft freizusetzen. Sie wird mich bekämpfen, wie es unter Tigern üblich ist. Aber ich werde sie bezwingen und ihr meine Kraft übermitteln. So liebt eine Mutter ihre Tochter.

Ich höre meine Tochter unten mit ihrem Mann reden. Bedeutungslose Worte in einem Zimmer, das kein Leben ausstrahlt.

Ich weiß schon im voraus, was geschehen wird. Sie wird die Vase und den Tisch zu Boden krachen hören. Sie wird die Treppe hinaufkommen und in mein Zimmer treten. Ihre Augen werden nichts sehen können im Dunkeln, wo ich zwischen den Bäumen warte.

Lindo Jong
Die zwei Gesichter

Meine Tochter wollte auf Hochzeitsreise nach China fahren, doch jetzt hat sie auf einmal Bedenken: »Und wenn sie mich da nun für eine Einheimische halten und mich am Ende nicht wieder ausreisen lassen wollen?«

»Wenn du nach China kommst«, antwortete ich, »dann brauchst du noch nicht einmal den Mund aufzumachen, damit dich jeder sofort als Fremde erkennt.«

»Was soll das heißen?« fragte sie unwirsch. Meine Tochter gibt gerne Widerworte. Sie zieht alles in Zweifel, was ich sage.

»Aii-ya, selbst wenn du dich genauso anziehst wie sie, selbst wenn du ohne Make-up gehst und keinen Schmuck trägst, merken sie es trotzdem. Allein schon an deiner Art zu gehen und wie du den Kopf hältst, sehen sie sofort, daß du nicht zu ihnen gehörst.«

Meine Tochter schien nicht sonderlich erfreut, als ich ihr sagte, daß sie nicht wie eine Chinesin wirkt. Sie machte ein säuerliches amerikanisches Gesicht und schwieg. Vor zehn Jahren, da hätte sie vielleicht in die Hände geklatscht – Hurra! – und es als Freudenbotschaft aufgefaßt. Aber heutzutage möchte sie gern als Chinesin gelten, weil das in Mode gekommen ist. Dafür ist es jedoch zu spät. All die Jahre habe ich mich so bemüht, es ihr beizubringen! Sie war nur so lange für meine chinesischen Ratschläge empfänglich, bis sie alt genug war, allein aus dem Haus und in die Schule zu gehen. Die einzigen chinesischen Worte, die sie behalten hat, sind *sch-sch, houche, chr fan* und *gwan deng schweijyan*. Aber wie soll sie sich damit in China verständigen? Pipi, Dampflok, essen, Licht aus, schlafen. Wie will sie damit als Einheimische durchgehen? Das einzig Chinesische an ihr ist ihre Haut und ihr Haar. Innerlich ist sie durch und durch amerikanisch.

Ich bin selbst daran schuld. Ich wollte, daß meine Kinder das Beste aus beiden Welten mitbekommen sollten: die amerikanischen Lebensumstände und den chinesischen Charakter. Woher hätte ich auch wissen sollen, daß diese Dinge unvereinbar sind?

Ich brachte ihr bei, wie die Lebensumstände sich in Amerika auswirken. Wenn man hier arm geboren wird, ist es keine immerwährende Schande. Man hat dann immerhin die besten Chancen, ein Stipendium zu erhalten. Und wenn einem das Dach über dem Kopf einstürzt, braucht man darüber nicht zu verzweifeln. Man kann immer vor irgendwem eine Entschädigung verlangen, und der Hauswirt muß es reparieren. Man muß nicht wie ein Buddha unter einem Baum sitzen und erdulden, daß einem der Taubendreck auf den Kopf fällt. Man kann sich ja einen Schirm kaufen. Oder sich in eine Kirche flüchten. In Amerika meint niemand, daß man sich den Lebensumständen zu fügen hat, die einem aufgezwungen werden.

Das alles hat sie gelernt, aber den chinesischen Charakter habe ich ihr nicht beibringen können. Wie man seinen Eltern gehorcht und den Ansichten seiner Mutter folgt. Wie man die eigenen Gedanken verborgen hält und seine Gefühle nicht offen zeigt, um sich günstige Gelegenheiten zunutze zu machen. Weshalb alles, was leicht zu erreichen ist, sich nicht lohnt. Wie man sich seines eigenen Werts bewußt wird und ihn sorgfältig bewahrt, ohne ihn wie einen billigen Ring zur Schau zu stellen. Warum die chinesische Denkweise die beste ist.

Nein, all dies blieb nicht an ihr haften. Sie war viel zu sehr damit beschäftigt, Kaugummi zu kauen und möglichst große Blasen zu machen. Das war das einzige, was haftenblieb.

»Trink deinen Kaffee aus«, habe ich gestern zu ihr gesagt. »Man soll die guten Gaben nicht verschwenden.«

»Sei doch nicht so altmodisch, Ma«, hat sie erwidert und ihren Kaffee ins Spülbecken gekippt. »Ich bin schließlich mein eigener Herr.«

Wie kann sie nur so etwas sagen? Habe ich sie denn je aus meinem Herrschaftsbereich entlassen?

~

Meine Tochter heiratet zum zweiten Mal. Deshalb hat sie mich zu ihrem Frisör geschickt, zu dem hochgepriesenen Mr. Rory. Ich weiß, was sie damit bezweckt. Sie schämt sich meiner. Was sollen denn die Eltern ihres Mannes und seine wichtigen Juristenfreunde denken, wenn sie diese hinterwäldlerische alte Chinesin zu Gesicht bekommen?

»Aber Tante An-mei kann mir doch auch die Haare schneiden«, wandte ich ein.

»Rory ist fabelhaft«, sagte sie nur, als hätte sie keine Ohren. »Er macht das ganz phantastisch.«

Nun sitze ich also in Mr. Rorys Frisiersalon. Mit dem Fußpedal schraubt er meinen Stuhl hoch; meine Tochter beginnt an mir herumzumäkeln, als ob ich gar nicht da wäre. »Sie sehen ja, was sie für einen flachen Hinterkopf hat. Was sie braucht, ist ein guter Schnitt und eine Dauerwelle. Und diese lila Tönung, die hat sie sich zu Hause gemacht. Es wird höchste Zeit, daß sie mal in fachkundige Hände kommt.«

Sie sieht Mr. Rory im Spiegel an. Er sieht mich im Spiegel an. Diesen fachkundigen Blick kenne ich schon. Amerikaner sehen sich nie richtig an, wenn sie miteinander sprechen. Sie reden mit ihren Spiegelbildern. Sich selbst oder andere sehen sie nur dann wirklich an, wenn sie sich unbeobachtet fühlen. Deshalb wissen sie auch gar nicht, wie sie tatsächlich aussehen. Sie sehen sich nur mit geschlossenem Mund lächeln, und grundsätzlich von ihrer besten Seite.

»Wie möchte Sie's denn haben?« läßt sich Mr. Rory vernehmen. Er glaubt wohl, daß ich kein Englisch verstehe. Er läßt seine Finger durch mein Haar gleiten, bauscht es auf und zeigt, wie es durch seine Kunst voller und länger wirken könnte.

»Ma, wie willst du es haben?« fragt mich meine Tochter. Wieso meint sie, daß ich ihre Übersetzung nötig habe? Noch ehe ich den

Mund aufmachen kann, erklärt sie bereits, wie ich es mir vorstelle: »Sie möchte lockere Wellen. Wir sollten es lieber nicht zu kurz schneiden, damit es bei der Hochzeit nicht zu kraus wirkt. Es soll auf keinen Fall übertrieben aussehen.«

Sie wendet sich mit lauter Stimme an mich, als wäre ich neuerdings schwerhörig: »Stimmt's, Ma? Nicht zu kraus?«

Ich lächele nur. Ich habe mein amerikanisches Gesicht aufgesetzt, das die Amerikaner für typisch chinesisch halten, weil sie es nicht durchschauen können. Doch innerlich schäme ich mich, weil sie sich offenbar für mich schämt. Denn sie ist meine Tochter, und ich bin stolz auf sie, während sie jedoch ganz und gar nicht stolz auf ihre Mutter ist.

Mr. Rory zupft immer noch an meinen Haaren herum. Er sieht erst mich an, dann meine Tochter, und macht eine Bemerkung, die sie mächtig ärgert: »Unwahrscheinlich, diese Ähnlichkeit!«

Ich lächele wieder, diesmal mit meinem chinesischen Gesicht. Doch meine Tochter kneift die Augen und den Mund ganz schmal zusammen, wie eine Katze, bevor sie zubeißt. Mr. Rory entfernt sich, um uns noch etwas Zeit zum Überlegen zu lassen. Ich höre ihn mit den Fingern schnippen: »Waschen, bitte! Mrs. Jong kommt als nächste!«

So bleibe ich für einen Augenblick mit meiner Tochter allein, mitten in dem geschäftigen Treiben um uns her. Sie schaut stirnrunzelnd in den Spiegel. Dann bemerkt sie meinen Blick.

»Dieselben Wangen«, sagt sie, deutet auf mich und tippt sich ans Gesicht. Sie saugt die Backen nach innen, um hohlwangiger auszusehen, und beugt dann den Kopf neben meinen herunter. Seite an Seite blicken wir uns im Spiegel an.

»Man kann seinen Charakter im Gesicht erkennen«, sage ich unwillkürlich. »Und sogar seine Zukunft.«

»Wie meinst du das?« fragt sie.

Ich bemühe mich, die Rührung zurückzudrängen, die mich plötzlich ergriffen hat. Wie sehr sich unsere Gesichter ähneln! Dieselbe Freude, dieselbe Traurigkeit, dasselbe Glück, dieselben Fehler.

Ich sehe mich selbst und meine Mutter, vor langer Zeit in China, als ich ein kleines Mädchen war.

—

Meine Mutter – deine Großmutter – hatte mir einmal die Zukunft vorausgesagt, wie mein Charakter mir gute und schlechte Lebensumstände bescheren würde. Sie saß an ihrem Frisiertisch vor dem großen Spiegel. Ich stand hinter ihr und hatte das Kinn auf ihre Schulter gestützt. Es war am Tag vor dem neuen Jahr, in dem ich nach dem chinesischen Kalender zehn Jahre alt würde, also ein wichtiger Geburtstag für mich. Vielleicht kritisierte sie mich deshalb nicht zu sehr. Sie sah mein Gesicht im Spiegel an.

»Du bist ein Glückskind«, sagte sie und faßte mir ans Ohr. »Du hast meine Ohren geerbt, mit dicken, fleischigen Ohrläppchen, das bedeutet viele gute Gaben. Manche Leute werden ja so arm geboren, daß sie nie hören können, wenn das Glück sie ruft. Du hast die richtigen Ohren, aber du mußt deine Chancen auch wahrnehmen.«

Sie fuhr mit dem Finger über meinen Nasenrücken: »Du hast auch meine Nase geerbt. Die Nasenlöcher sind nicht zu groß, also wird dir dein Geld nicht davonrinnen. Deine Nase ist gerade und ebenmäßig, ein gutes Zeichen; eine krumme Nase bedeutet für ein Mädchen nur Unheil. Sie wird sich immer nach den falschen Dingen richten, den falschen Leuten folgen und in ihr Unglück laufen.«

Sie tippte erst an mein Kinn und dann an das ihre. »Nicht zu kurz und nicht zu lang. Unser Leben wird gerade lang genug sein, weder vorzeitig beendet, noch so überlang, daß wir den anderen zur Last werden.«

Sie strich mir die Haare aus der Stirn. »Wir gleichen uns wirklich sehr. Deine Stirn ist vielleicht noch etwas breiter, also wirst du noch klüger werden als ich. Deine Haare sind sehr dicht, mit ziemlich tiefem Haaransatz. Das heißt, daß du in der ersten Lebenshälfte einiges durchzumachen haben wirst. Bei mir war es genauso. Aber schau mal, wie mein Haaransatz jetzt aussieht: viel höher! So ein Segen für mein Alter! Später, wenn du erst weißt, was Sorgen sind, werden dir auch die Haare ausgehen.«

Sie ergriff mein Kinn und drehte meinen Kopf hin und her. »Deine Augen sind ehrlich und aufmerksam«, sagte sie. »Sie folgen mir mit der gebührenden Achtung. Sie sind nicht schamhaft niedergeschlagen. Sie wenden sich nicht widerspenstig ab. Du wirst einmal eine gute Ehefrau, Mutter und Schwiegertochter werden.«

Als meine Mutter mir all dies sagte, war ich noch sehr jung. Obgleich sie meinte, daß wir uns so ähnlich seien, wollte ich ihr noch viel ähnlicher werden. Wenn sie erstaunt die Augen aufriß, machte ich es ihr nach. Wenn ihre Mundwinkel sich traurig senkten, wollte ich auch traurig sein.

Ich war meiner Mutter wie aus dem Gesicht geschnitten. Doch bald wurden wir durch die Lebensumstände getrennt. Eine Überschwemmung zwang meine Familie, ohne mich fortzuziehen. In meiner ersten Ehe geriet ich an eine Familie, die mich nicht haben wollte. Dann brach der Krieg über uns herein, und später überquerte ich den Ozean, um in einem freien Land zu leben. Meine Mutter hat nie gesehen, wie mein Gesicht sich veränderte. Wie meine Mundwinkel hinabsanken. Wie mir trotz aller Sorgen die Haare doch nicht ausgingen. Wie meine Augen sich den amerikanischen Lebensumständen anpaßten. Sie hat auch nie den Knick in meiner Nase gesehen, den ich mir in einem vollbesetzten Bus in San Francisco zuzog, als ich gegen eine Stange prallte. Dein Vater und ich waren gerade auf dem Weg zur Kirche, um für all unsere guten Gaben Dank zu sagen, doch wegen meiner Nase mußte ich ein paar davon abziehen.

Es fällt einem nicht leicht, in Amerika sein chinesisches Gesicht zu bewahren. Schon bevor ich überhaupt dort ankam, hatte ich lernen müssen, mein wahres Wesen zu verbergen. Ich ließ es mir gegen Bezahlung von einem Mädchen in Peking beibringen, das in Amerika aufgewachsen war.

»In Amerika«, belehrte sie mich, »darfst du auf keinen Fall sagen, daß du für immer dableiben möchtest. Wenn du aus China kommst, mußt du behaupten, daß du ihre Schulen und ihr Denken bewunderst, und daß du dort viel lernen willst, um es dann den Leuten in China beizubringen.«

»Was soll ich denn sagen, wenn sie mich fragen, was ich lernen will? Wenn mir dann nichts einfällt...«

»Sag einfach, daß du Religion studieren willst«, riet mir das kluge Mädchen. »Amerikaner haben lauter verschiedene Vorstellungen von der Religion, da kann man also gar nichts falsch machen. Du mußt sagen, du seist hergekommen, um mehr über Gott zu erfahren, dann werden sie dich mit Respekt behandeln.«

Für eine weitere Summe gab mir das Mädchen ein Formular, das mit englischen Wörtern ausgefüllt war. Die mußte ich so oft abschreiben, bis ich sie auswendig konnte. Neben das Wort NAME schrieb ich *Lindo Sun*. Neben GEBURTSDATUM kam die Eintragung *11. Mai 1918*. Das Mädchen versicherte mir, das bedeute das gleiche wie drei Monate nach dem chinesischen Neujahrstag. Neben GEBURTSORT hatte *Taiyuan, China* zu stehen. Und neben BERUF schrieb ich *Theologiestudentin*.

Dann gab ich dem Mädchen noch mehr Geld im Austausch für Adressen in San Francisco, von Leuten mit guten Verbindungen. Und schließlich gab sie mir noch ein paar Ratschläge gratis, wie ich meine Lebensumstände ändern sollte. »Als erstes mußt du dich nach einem Ehemann umsehen«, sagte sie. »Am besten einen mit amerikanischer Staatsbürgerschaft.«

Als ich sie erstaunt ansah, fügte sie hinzu: »Natürlich muß er Chinese sein! Staatsbürger sind nicht nur Weiße. Aber falls er keine Staatsbürgerschaft hat, mußt du als nächstbeste Lösung gleich ein Kind bekommen. Ob Junge oder Mädchen, ist egal, das spielt in Amerika keine Rolle. Keins davon wird dort im Alter für dich sorgen, weißt du!«

Darüber lachten wir beide.

»Sei aber vorsichtig«, fuhr sie fort. »Die von der Behörde werden dich fragen, ob du schon Kinder hast oder vorhast, welche zu bekommen. Das mußt du verneinen. Du mußt ein ehrliches Gesicht machen und sagen, daß du nicht verheiratet bist, daß du religiös bist und weißt, daß es unrecht ist, ein Baby zu bekommen.«

Ich muß wohl ziemlich verblüfft ausgesehen haben, denn sie erklärte es mir noch genauer: »Sieh mal, wie kann ein ungeborenes Kind denn wissen, was es darf oder nicht? Und wenn es erst einmal da ist, wird es automatisch amerikanischer Staatsbürger und kann machen, was es will. Es kann auch seine Mutter bitten, dazubleiben, nicht wahr?«

Doch deswegen hatte ich mich gar nicht gewundert, sondern weil sie mir geraten hatte, ein ehrliches Gesicht zu machen. Was sollte ich denn sonst machen, wenn ich die Wahrheit sagte?

Schau, wie ehrlich mein Gesicht immer noch aussieht. Warum habe ich dir diesen Ausdruck nicht vererbt? Warum erzählst du all deinen Freunden, daß ich mit einem langsamen Dampfer aus China gekommen bin? Das ist doch nicht wahr. So arm war ich nicht. Von dem ersparten Geld, das die Familie meines Mannes mir als Abfindung gegeben hatte, konnte ich mir die Flugreise leisten. Und von dem Geld, das ich in den zwölf Jahren als Telefonistin verdiente, hatte ich auch noch einiges zurückgelegt. Es stimmt allerdings, daß ich nicht gerade den schnellsten Flug gebucht hatte. Er dauerte drei Wochen. Das Flugzeug landete überall: in Hongkong, Vietnam, den Philippinen, Hawaii. Bis ich dann endlich hier ankam, hatte ich einiges von meiner ehrlichen Vorfreude eingebüßt.

Warum erzählst du allen, ich hätte deinen Vater im Cathay House kennengelernt, wo ich ein Glücksplätzchen aufbrach und darin die Botschaft vorfand, ich würde einen dunklen, gutaussehenden Fremden heiraten, und als ich aufblickte, stand er direkt vor mir – der Kellner, dein Vater. Was soll dieser dumme Witz? Das ist doch nicht ehrlich. So war es überhaupt nicht! Dein Vater war niemals Kellner, und ich habe nie einen Fuß in dieses Restaurant gesetzt. Am Cathay House verkündete ein Schild »Chinesische Küche«, also gingen sowieso nur Amerikaner hinein. Als es abgerissen wurde, kam ein Mac-Donalds-Lokal an die Stelle, an dem groß und breit auf chinesisch steht: *mai dong lou* – »Weizen«, »Osten«, »Gebäude«. Blanker Unsinn. Warum gefallen dir chinesische Sachen bloß, wenn sie unsinnig sind? Es wird Zeit, daß du meine wahren Lebensumstände kennenlernst, wie ich hier ankam, wie ich heiratete, wie ich mein chinesisches Gesicht verlor, und warum du so bist, wie du bist.

Als ich ankam, wurden mir gar keine Fragen gestellt. Die Leute von der Einwanderungsbehörde sahen sich meine Papiere an, stempelten sie ab und winkten mich durch, das war alles. Dann machte ich mich auf den Weg zu einer der Adressen, die das Mädchen in Peking mir gegeben hatte. Der Bus setzte mich an einer breiten Straße ab, in der Straßenbahnen fuhren. Es war die California Street. Ich ging den Hügel hinauf und kam zu einem hohen Gebäude, Old St. Mary's. Auf dem Schild am Eingang stand unter dem Wort »Kirche« in handgemalten chinesischen Schriftzeichen: »Chinesischer Gottesdienst, um den Geistern den Ewigen Unfrieden zu ersparen, 7.00 bis 8.30 Uhr«. Ich prägte mir die Information ein, für den Fall, daß mich doch noch jemand fragen sollte, welche Kirche ich zur Ausübung meiner Religion besuchte. Dann bemerkte ich ein anderes Schild auf der gegenüberliegenden Straßenseite, an einem niedrigeren Gebäude: »Sparen Sie heute schon für morgen, bei der Bank of America«. Ich dachte mir, daß da wohl die Amerikaner ihren Gottesdienst abhielten. Siehst du, schon damals war ich gar nicht so dumm! Heute sieht die Kirche noch ganz genauso aus, aber wo das kleine Bankgebäude stand, ragt nun ein Wolkenkratzer von fünfzig Stockwerken empor, in dem du und dein zukünftiger Mann arbeiten und auf alle anderen hinabsehen.

Meine Tochter lachte, als ich ihr das erzählte. Ihre Mutter kann manchmal auch ganz gute Witze machen.

Ich ging weiter den Hügel hinauf und kam zu zwei Pagoden, die sich am Straßenrand gegenüberstanden, wie am Eingang eines großen buddhistischen Tempels. Doch als ich genauer hinsah, merkte ich, daß die Pagoden eigentlich nur aus ein paar übereinandergeschachtelten Ziegeldächern bestanden, innen aber völlig hohl waren. Ich wunderte mich darüber, daß sie hier offenbar versuchten, sich den Anschein einer alten Kaiserstadt oder eines kaiserlichen Grabmals zu geben. Doch zu beiden Seiten dieser Pseudo-Pagoden erstreckte sich nur ein Wirrwarr von dunklen, schmutzigen Gassen, in denen es von Menschen wimmelte. Ich fragte mich, warum man eigentlich nur die ärmlichsten und häßlichsten Seiten von China hier wiederfand; warum hatten sie nicht daran gedacht, auch Gärten und Teiche anzulegen? Da und dort stieß man zwar auch auf Nachbildungen berühmter Sehenswürdigkeiten, den Eingang einer großen alten Höhle oder einer chinesischen Oper, doch drinnen war alles immer nur schäbige, billige Kopie.

Bis ich die Adresse gefunden hatte, die das Mädchen aus Peking mir gegeben hatte, erwartete ich mir schon nicht mehr allzuviel. Ich stand schließlich vor einer grünen Mietskaserne. Auf den Außentreppen und Fluren kreischten und johlten ganze Scharen von herumtobenden Kindern. In der Wohnung 402 traf ich auf eine alte Frau, die mir gleich als erstes vorwarf, daß sie schon die ganze Woche lang ihre Zeit damit verschwendet hatte, umsonst auf mich zu warten. Sie schrieb mir schnell ein paar weitere Adressen auf und hielt fordernd die Hand ausgestreckt, als sie mir den Zettel reichte. Ich gab ihr einen Dollar, worauf sie mich anfuhr: *»Syaujye«* – Fräulein – »wir sind hier in Amerika! Mit einem Dollar müßte selbst ein Bettler verhungern!« Als ich ihr noch einen Dollar gab, jammerte sie: »Aii, Sie meinen wohl, daß die Adressen so leicht zu beschaffen sind?« Ich drückte ihr noch einen in die Hand, worauf sie endlich Ruhe gab.

Anhand dieser Adressen fand ich eine billige Wohnung in der Washington Street. Wie alle anderen lag sie über einem kleinen Laden. Die Drei-Dollar-Liste verhalf mir auch zu einem äußerst miesen Job, bei dem ich fünfundsiebzig Cents pro Stunde verdiente. Ich hatte zwar versucht, Arbeit als Verkäuferin zu finden, was aber an meinen mangelnden Englischkenntnissen scheiterte. Ich bewarb mich auch für eine Stellung als chinesische Hosteß, doch da wurde von mir verlangt, an fremden Männern herumzutatschen, und ich durchschaute sofort, daß ich mich damit auf den Status einer viertklassigen Prostituierten in China erniedrigt hätte. Diese Adresse strich ich dick mit schwarzer Tinte aus. Und für die übrigen Jobs mußte man gute Beziehungen zu Leuten aus Kanton, Toischan oder anderen Bezirken von Südchina nachweisen können. Es waren alte Familienbetriebe, vor langer Zeit von Leuten gegründet, die in Amerika ihr Glück gesucht hatten und durch ihre Großenkel noch immer streng darüber wachten, daß ihr Besitz allen Außenseitern verschlossen blieb.

Also hatte meine Mutter damit recht gehabt, daß ich noch einiges durchzustehen haben würde. Die Arbeit in der Plätzchenfabrik fiel mir anfangs sehr schwer. Tag und Nacht warfen die großen schwarzen Maschinen kleine Pfannkuchen auf kreisförmige Fließbandgrills aus. Ich saß mit den anderen Frauen auf hochbeinigen Hockern. Wir mußten die vorbeiziehenden Pfannkuchen vom Grill nehmen, und zwar genau dann, wenn sie gerade die richtige goldbraune Farbe hatten; dann einen Papierstreifen hineinlegen, sie in der Mitte zusammenfalten und die beiden Seiten schnell umklappen, bevor sie hart wurden. Wenn man die Pfannkuchen zu früh vom Grill nahm, verbrannte man sich die Finger an dem heißen, feuchten Teig. Wenn man sie jedoch zu spät erwischte, wurde das Plätzchen schon hart, bevor man es zusammenklappen konnte. Die zerbrochenen Exemplare wanderten in einen Extrabehälter und wurden einem vom Lohn abgezogen, da sie nur noch als Abfallprodukt zu verkaufen waren.

Am ersten Tag verbrannte ich mir sämtliche Finger. Der Job erforderte eine ziemliche Geschicklichkeit und rasche Auffassungsgabe. Wenn man die Handgriffe nicht schnell genug lernte, trug man bald Finger wie aufgesprungene Bratwürstchen davon. Am nächsten Tag brannten mir nur noch die Augen von der Anstrengung, unentwegt den richtigen Moment abzupassen. Und am Tag darauf taten mir die Arme weh, die ich die ganze Zeit krampfhaft ausgestreckt hielt, um ja keinen der Pfannkuchen zu verpassen. Doch am Ende der ersten Woche hatte ich den Bogen raus und brauchte mich nicht mehr so auf die Arbeit zu konzentrieren. Endlich konnte ich mich auch nach den Frauen umsehen, die neben mir am Fließband saßen. Die eine war eine ältere Frau, die immer grimmig aussah und auf kantonesisch vor sich hin brummelte, wenn sie sich ärgerte. Die andere war etwa in meinem Alter. In ihrem Behälter lagen fast keine Fehlexemplare. Doch ich hatte den Verdacht, daß sie sie einfach aufaß, denn sie war ziemlich rundlich.

»Eh, *Syaujye*«, rief sie laut zu mir herüber, um den Maschinenlärm zu übertönen. Ich war froh, daß sie auch Mandarin sprach, obwohl ihr Dialekt reichlich grob klang. »Hättest du je gedacht, daß du eines Tages die Macht haben würdest, anderer Leute Schicksal zu bestimmen?« fragte sie.

Ich verstand nicht, was sie damit meinte. Also nahm sie einen der Papierstreifen und las vor, was darauf geschrieben stand, erst auf englisch: »Wasch deine schmutzige Wäsche nicht in der Öffentlichkeit. Der Schmutz bleibt auch am Sieger hängen.« Dann übersetzte sie es auf chinesisch: »Man soll nicht gleichzeitig streiten und Wäsche waschen. Wenn man gewinnt, werden die Kleider schmutzig.«

Ich hatte noch immer nichts begriffen, und sie las mir noch einen Streifen vor: »Geld ist die Wurzel allen Übels. Sei umsichtig und grab tief danach.« Dann auf chinesisch: »Geld ist ein schlechter Einfluß. Man wird unruhig und raubt Gräber aus.«

»Was ist das für ein Unsinn?« fragte ich sie, während ich die Papierstreifen in die Tasche steckte, um diese klassischen amerikanischen Aussprüche später in Ruhe zu studieren.

»Das sind Glücksbotschaften«, erklärte sie mir. »Die Amerikaner bilden sich ein, daß sie von Chinesen stammen.«

»Aber so etwas sagt bei uns doch keiner!« wunderte ich mich. »Das ergibt doch gar keinen Sinn. Das sind keine Glücksbotschaften, sondern bloß alberne Anweisungen.«

»Nein, Fräulein«, lachte sie. »Es ist bloß unser Pech, daß wir hier sitzen müssen, um sie herzustellen, und das Pech der anderen, daß sie dafür Geld ausgeben!«

So lernte ich An-mei Hsu kennen. Jawohl, deine Tante An-mei, die dir heute so altmodisch vorkommt. An-mei und ich lachen noch heute über diese Pechbotschaften und darüber, wie sie sich später doch als nützlich erwiesen, um mir zu einem Ehemann zu verhelfen.

»Eh, Lindo, komm doch am Sonntag mal mit in unsere Kirche«, forderte An-mei mich eines Tages bei der Arbeit auf. »Ein Freund meines Mannes ist auf der Suche nach einer guten chinesischen Frau. Er ist zwar kein Staatsbürger, aber er weiß bestimmt, wie man einen macht.« So hörte ich zum ersten Mal von Tin Jong, deinem Vater. Es war nicht wie damals bei meiner ersten Heirat, wo alles von vorneherein festgelegt war. Diesmal hatte ich die Wahl, ich konnte mir aussuchen, ob ich deinen Vater heiraten oder es bleiben lassen wollte und nach China zurückkehren.

Als ich ihn zum ersten Mal traf, war ich schockiert. Er war ja aus Kanton! Wie kam An-mei nur auf die Idee, daß ich so jemanden heiraten könnte? Aber sie sagte nur: »Wir sind nicht mehr in China. Du brauchst nicht mehr jemanden aus demselben Dorf zu heiraten. Hier stammen wir alle aus demselben Dorf, auch wenn wir aus verschiedenen Ecken von China kommen.« Siehst du, wie Tante An-mei sich inzwischen verändert hat?

Zuerst waren dein Vater und ich sehr schüchtern und zurückhaltend, da wir uns noch nicht einmal in unseren verschiedenen chinesischen Dialekten unterhalten konnten. Wir nahmen zusammen Englischunterricht, verständigten uns so gut es ging mit diesen neuen Worten und schrieben uns manchmal chinesische Schriftzeichen auf, wenn wir uns nicht anders zu helfen wußten. Wenigstens konnten wir auf dem Papier unsere Schwierigkeiten überbrücken. Aber es ist trotzdem nicht einfach, jemandem seine Heiratsabsichten zu vermitteln, wenn man nicht richtig miteinander reden kann. All die kleinen Winke und Andeutungen – die Neckereien und scherzhaften Zurechtweisungen –, durch die man dem anderen zu verstehen gibt, daß man es ernst meint, waren uns verwehrt. Wir konnten uns nur in den Worten unseres Lehrers unterhalten: Ich sehe Katze. Ich sehe Ratte. Ich sehe Hut.

Trotzdem merkte ich bald, daß dein Vater mich gern mochte. Er spielte mir immer chinesische Pantomimen vor, um mir verständlich zu machen, was er sagen wollte. Er lief eilig hin und her, sprang auf und nieder und raufte sich die Haare, und schon hatte ich begriffen – *mangjile!* –, wie wahnsinnig beschäftigt die Angestellten der Pacific Telephone Company waren, wo er arbeitete. Du hast wohl gar nicht gewußt, daß dein Vater so gut schauspielern konnte? Oder daß er mal so viele Haare hatte?

Später fand ich allerdings heraus, daß seine Arbeit keineswegs so spannend war, wie er es mir vorgemacht hatte. Noch heute, da ich längst mit ihm kantonesisch sprechen kann, frage ich ihn oft, warum er sich keinen besseren Arbeitsplatz sucht. Doch dann tut er so, als wäre alles noch genau wie damals, und gibt vor, kein Wort von dem zu verstehen, was ich sage.

Manchmal frage ich mich, warum ich deinen Vater unbedingt heiraten wollte. Ich glaube, An-mei hatte es mir in den Kopf gesetzt. Sie sagte: »Im Kino sieht man immer, wie Jungen und Mädchen sich in der Schule gegenseitig Zettel zustecken. Das bringt die Dinge erst ins Rollen. So mußt du es auch machen, damit er sich endlich über seine Absichten klar wird. Sonst bist du alt und grau, bis er dahinterkommt.«

An jenem Abend durchsuchten An-mei und ich die Papierstreifen nach dem richtigen Hinweis für deinen Vater. An-mei las laut vor und legte diejenigen zur Seite, die in Frage kamen. »Jedes Mädchen wünscht sich Diamanten. Gib dich nicht mit Freundschaftsangeboten zufrieden.« – »Wenn man schon daran denkt, sollte man sich zur Ehe entschließen.« – »Konfuzius sagt, eine Frau sei tausend Worte wert. Sag deiner Frau, daß sie ihr Quantum aufgebraucht hat.«

Über diese Sprüche lachten wir nur. Aber den richtigen Spruch erkannte ich auf Anhieb, als sie ihn vorlas: »Ein Haus ist kein Heim, wenn die Gattin fehlt.« Da verging mir das Lachen. Ich faltete den Papierstreifen in eines der Plätzchen und legte mein ganzes Herz mit hinein.

Am nächsten Abend griff ich nach der Englischstunde wie zufällig in meine Tasche und tat so verblüfft, als hätte mich eine Maus gebissen: »Was ist denn das?« Ich zog das Glücksplätzchen hervor und gab es deinem Vater. »Eh! Viel zu viele Plätzchen, nimm du's!«

Ich hatte schon bemerkt, daß er nicht zur Verschwendung neigte. Er brach das Plätzchen gleich entzwei und aß es auf, dann schaute er sich den Papierstreifen an.

»Was steht da drauf?« fragte ich in möglichst unbeteiligtem Ton. Als er nicht antwortete, bat ich: »Übersetz es mir doch!«

Wir schlenderten gerade den Portsmouth Square entlang. Der feuchtkalte Abendnebel war schon von der Bucht heraufgezogen, und ich fror in meinem dünnen Mantel. Also hoffte ich, dein Vater würde sich mit dem Heiratsantrag ein bißchen beeilen. Doch er runzelte nur nachdenklich die Stirn: »Ich weiß nicht, was dieses Wort ›Gattin‹ bedeutet. Ich muß erst zu Hause im Lexikon nachsehen. Dann kann ich dir morgen sagen, was es heißt.«

Am nächsten Tag fragte er mich auf englisch: »Lindo, willst du mich gatten?« Ich wies ihn lachend darauf hin, daß er das Wort falsch benutzte. Darauf zitierte er Konfuzius und meinte, wenn seine Worte nicht stimmten, müßten wohl auch seine Absichten falsch sein. Wir lachten und neckten uns den ganzen Tag lang, und so beschlossen wir zu heiraten.

Einen Monat später fand die Trauung statt, in der Ersten Chinesischen Baptistenkirche, wo wir uns kennengelernt hatten. Und neun Monate später bekamen dein Vater und ich unseren kleinen Staatsbürger, deinen Bruder Winston. Ich nannte ihn Winston, weil ich hoffte, er möge später einmal tonnenweise gute Gaben gewinnen, nicht nur Wohlstand, sondern auch Ruhm und Glück. Damals dachte ich mir, daß ich nun endlich alles erreicht hatte, was ich wollte. Ich war so glücklich, daß ich gar nicht merkte, wie arm wir eigentlich waren. Ich sah nur die guten Dinge, die mir zuteil geworden waren. Wie hätte ich auch wissen können, daß Winston schon mit sechzehn bei einem Autounfall ums Leben kommen würde?

Zwei Jahre, nachdem Winston geboren war, bekam ich deinen Bruder Vincent. Den Namen suchte ich mir gezielt im Hinblick darauf aus, daß er einmal viel Geld verdienen möge. Denn inzwischen war ich doch der Ansicht, daß wir davon zu wenig hatten. Dann schlug ich mir die Nase an einer Busstange schief. Und kurz darauf kamst du zur Welt.

Ich weiß nicht, wodurch ich mich veränderte. Vielleicht lag es an der schiefen Nase, die meine Gedanken getrübt hatte. Vielleicht war es auch, weil du mir so ähnlich warst. Jedenfalls war ich fest entschlossen, daß du es einmal besser haben solltest als ich. Deswegen nannte ich dich Waverly, nach der Straße, in der wir wohnten. Ich wollte, daß du denkst, hier gehöre ich hin. Und doch wußte ich schon, als ich dich so nannte, daß du uns verlassen würdest, sobald du erwachsen wärst, und ein Stück von mir mit dir fortnehmen würdest.

—

Mr. Rory bürstet mir die Haare aus. Sie sind ganz weich und rabenschwarz.

»Du siehst fabelhaft aus, Ma!« sagt meine Tochter. »Bei der Hochzeit werden dich alle für meine Schwester halten.«

Ich sehe mein Gesicht im Spiegel an. Er spiegelt nur die glatte Oberfläche wider. Meine Fehler kann ich nicht sehen, aber ich weiß, daß sie da sind. Ich habe sie an meine Tochter vererbt. Die gleichen Wangen, die gleichen Augen, das gleiche Kinn. Ihr Charakter ist durch meine Lebensumstände geprägt. Ich blicke zu ihr hoch und entdecke plötzlich etwas Neues in ihrem Gesicht.

»Ai-ya! Was ist mit deiner Nase passiert?«

Sie schaut in den Spiegel und merkt nichts. »Was meinst du denn? Gar nichts ist damit passiert«, sagt sie. »Die sieht doch genauso aus wie sonst.«

»Aber seit wann ist sie denn schief?« frage ich. Der eine Nasenflügel sitzt eindeutig etwas tiefer.

»Wieso schief? Die sieht doch genauso aus wie deine Nase. Du hast sie mir vererbt.«

»Wie kann das sein? Sie hängt doch an der einen Seite runter. Du mußt sie operieren lassen.«

Meine Tochter achtet nicht auf meine Worte. Sie beugt ihr lächelndes Gesicht zu meiner besorgten Miene herunter, so daß wir uns nebeneinander spiegeln: »Unsere Nase ist doch gar nicht so übel. So sehen wir eben ein bißchen verschlagen aus.«

»Was heißt das, verschlagen?« frage ich sie.

»Das heißt, daß wir zum Schein in eine Richtung schauen und

dann die andere einschlagen. Wir sind Sowohl-als-auch-Typen. Wir meinen zwar, was wir sagen, aber unsere wahren Absichten behalten wir für uns.«

»Und das alles können die Leute uns am Gesicht ablesen?«

Meine Tochter lacht. »Nein, nicht alles. Nur, daß wir eben zwei Gesichter haben.«

»Und das ist gut?«

»Es ist gut, wenn man dadurch erreicht, was man will.«

Ich denke über meine zwei Gesichter nach. Welches ist amerikanisch? Welches chinesisch? Welches ist das bessere? Wenn man das eine zeigt, muß man das andere dafür aufgeben.

Genau das ist mir letztes Jahr passiert, als ich zum ersten Mal seit vierzig Jahren nach China zurückfuhr. Ich hatte meinen Schmuck abgenommen, ich trug keine bunten Sachen. Ich sprach ihre Sprache. Ich bezahlte mit ihrem Geld. Und trotzdem haben sie es gemerkt. Sie haben es mir am Gesicht angesehen, das nicht mehr hundertprozentig chinesisch ist. Sie haben mir überall hohe Ausländerpreise abverlangt.

Also frage ich mich nun: Was habe ich verloren? Was statt dessen gewonnen? Ich werde meine Tochter fragen, wie sie darüber denkt.

Jing-Mei Woo

Ein Paar Fahrkarten

Kaum hat der Zug die Grenze von Hongkong nach Schenzhen passiert, fühle ich mich auf einmal ganz anders. Meine Stirn fängt an zu prickeln, als pulsiere das Blut mir schneller durch die Adern, und in den Knochen spüre ich einen alten, vertrauten Schmerz. Meine Mutter hatte recht, denke ich mir. Ich werde hier auch innerlich zur Chinesin.

»Ist nun mal nicht zu ändern«, sagte meine Mutter, als ich mit fünfzehn gegen alles Chinesische in mir heftig aufbegehrte. Ich ging damals in die Galileo High School in San Francisco, und alle meine amerikanischen Freundinnen waren sich einig, daß ich keinen Deut chinesischer wirkte als sie. Doch meine Mutter hatte an einer renommierten Schule in Schanghai eine Ausbildung als Krankenschwester absolviert und behauptete daher, sich in der Genetik bestens auszukennen. Für sie stand ohne jeden Zweifel fest, ob es mir nun paßte oder nicht: Wenn man als Chinese zur Welt gekommen ist, kann man nur chinesisch fühlen und denken.

»Eines Tages wirst du das auch einsehen«, sagte sie. »Du hat es im Blut, und es wartet nur darauf, herausgelassen zu werden.«

Ich sah mich schon wie ein Werwolf eine unheimliche Verwandlung durchmachen, wenn sich irgendein mutierendes DNA-Teilchen plötzlich selbständig machte und ein ganzes Raster typisch chinesischer Verhaltensmuster freisetzte – all die Dinge, die mir an meiner Mutter besonders peinlich waren: in den Läden mit Verkäufern feilschen, in aller Öffentlichkeit mit dem Zahnstocher zu Werk gehen, mit unbekümmerter Farbenblindheit selbst im Winter Zitronengelb und Babyrosa tragen.

Aber heute wird mir klar, daß ich bisher nie richtig begriffen hatte, was es bedeutet, Chinesin zu sein. Ich bin sechsunddreißig Jahre alt. Meine Mutter ist tot, und ich sitze im Zug nach China, um stellvertretend ihre Träume von der Heimkehr zu erfüllen.

Wir fahren nach Guangzhou, mein zweiundsiebzigjähriger Vater Canning Woo und ich, um seine Tante zu besuchen, die er seit seinem zehnten Lebensjahr nicht mehr gesehen hat. Ich weiß nicht, ob es daran liegt, daß er sich auf seine Tante freut oder weil er endlich wieder in China ist – er sieht so glücklich aus wie ein kleiner Junge, am liebsten möchte ich ihm den Pullover ordentlich zuknöpfen und ihm mütterlich übers Haar streichen. Wir sitzen uns an einem Tischchen gegenüber, auf dem zwei Becher mit kaltem Tee stehen. Zum ersten Mal, soweit ich zurückdenken kann, sehe ich Tränen in seinen Augen, und dabei gibt es an diesem frühen Oktobermorgen draußen nichts weiter zu sehen als gelbe, grüne und braune Felder, einen schmalen Kanal, der die Wege säumt, und drei Leute in blauen Jacken auf einem Ochsenkarren. Ich kann mir nicht helfen – auch ich blicke durch einen Tränenschleier aus dem Fenster, wie auf fast versunkene Erinnerungsbilder.

In weniger als drei Stunden werden wir in Guangzhou ankommen, was laut Reiseführer heutzutage die korrekte Bezeichnung für Kanton ist. Offenbar werden die Namen aller Städte außer Schanghai mittlerweile anders ausgesprochen. Und das ist anscheinend nicht das einzige, was sich in letzter Zeit in China verändert hat. Chungking heißt jetzt Chongquing, und Kweilin heißt Guilin. Die Namen habe ich mir gemerkt, weil wir nach unserem Besuch in Guangzhou nach Schanghai fliegen werden, um dort meine beiden Halbschwestern kennenzulernen.

Das sind die Zwillingsschwestern aus der ersten Ehe meiner Mutter, die sie als Babys am Straßenrand zurücklassen mußte, als sie 1944 auf der Flucht von Kweilin nach Chungking war. Mehr hatte sie mir nie von diesen Töchtern erzählt, so daß sie in meiner Vorstellung immer die Babys geblieben waren, die daumenlutschend am Straßenrand lagen und auf das entfernte Pfeifen der Bomben horchten.

Erst dieses Jahr hatte irgend jemand sie endlich ausfindig gemacht und uns die freudige Nachricht zukommen lassen. Der Brief aus Schanghai war an meine Mutter adressiert. Als ich erfuhr, daß die beiden am Leben waren, stellte ich sie mir spontan als sechsjährige Mädchen vor, wie sie nebeneinander am Tisch saßen und sich beim Briefschreiben abwechselten. Die eine schrieb in runder, sauberer Kinderschrift: *Liebste Mama, wir sind am Leben.* Dann strich sie sich die dünnen Ponyfransen aus der Stirn und reichte den Füller ihrer Schwester, die weiterschrieb: *Komm uns holen. Bitte komm bald.*

Sie konnten ja nicht wissen, daß meine Mutter drei Monate zuvor ganz plötzlich gestorben war, als ein Blutgefäß in ihrem Kopf platzte. Gerade hatte sie noch mit meinem Vater gesprochen und sich über die Mieter von oben beklagt, die sie unter dem Vorwand herauswerfen wollte, daß sie die Wohnung für Verwandte aus China bräuchte. Dann hatte sie sich plötzlich an den Kopf gegriffen und sich mit zusammengepreßten Augen schwankend zum Sofa vorgetastet, vor dem sie lautlos zusammengebrochen war.

Also hatte mein Vater den Brief als erster aufgemacht. Es war ein ziemlich langer Brief. Sie nannten sie tatsächlich Mama. Sie schrieben, daß sie sie immer als ihre eigentliche Mutter verehrt hatten, obwohl sie sie nur von einem gerahmten Foto her kannten. Sie beschrieben ihr Leben, von dem Moment an, da meine Mutter sie verloren hatte, bis zu dem Tag, an dem sie endlich wiedergefunden wurden.

Mein Vater war ganz erschüttert von diesem Brief, durch den ein Teil der Vergangenheit meiner Mutter plötzlich auflebte, den er nie gekannt hatte. Er gab den Brief Tante Lindo, ihrer ältesten Freundin, und bat sie, meinen Schwestern möglichst schonend beizubringen, daß meine Mutter tot war.

Doch statt dessen brachte Tante Lindo den Brief zum Joy Luck Club mit und überlegte zusammen mit Tante Ying und Tante Anmei, wie sie am besten vorgehen sollten; sie waren schon seit langem in die verzweifelte Suchaktion meiner Mutter eingeweiht. Tante Lindo und die anderen weinten über diesen doppelten Verlust, daß sie von ihnen gegangen war, ohne erleben zu dürfen, wie ihr Traum Wirklichkeit geworden war.

Sie schrieben an meine Schwestern in Schanghai: »Liebste Töchter, auch ich habe euch immer im Gedächtnis und im Herzen bewahrt. Nie habe ich die Hoffnung aufgegeben, daß uns einmal das Glück zuteil würde, uns wiederzusehen. Es tut mir nur leid, daß es so lange gedauert hat. Ich möchte euch alles von meinem Leben erzählen, all das, was inzwischen geschehen ist, seit ich euch zum letzten Mal sah. Das sollt ihr erfahren, wenn unsere Familie euch in China besuchen kommt...« Sie unterschrieben den Brief mit ihrem Namen.

Erst danach erzählten sie mir von meinen Schwestern und den beiden Briefen – dem, den sie erhalten, und dem, den sie abgeschickt hatten.

»Aber dann werden sie ja denken, daß sie selbst zu Besuch kommt«, flüsterte ich erschrocken. In meiner Vorstellung sah ich meine Schwestern als zehn- oder elfjährige Mädchen, die sich an den Händen hielten und mit fliegenden Zöpfen auf und ab hüpften vor Aufregung, daß ihre Mutter – *ihre* Mutter – sie besuchen kam, während meine Mutter tot war.

»Wie sollten wir es ihnen denn in dem Brief beibringen, daß sie nicht kommen wird?« verteidigte sich Tante Lindo. »Sie ist ihre Mutter. Sie ist deine Mutter. Du mußt es ihnen sagen. All die Jahre haben sie von ihr geträumt.« Das sah ich ein.

Aber dann fing ich auch an zu träumen, von meiner Mutter, meinen Schwestern und was geschehen würde, wenn ich nach Schanghai kam. So lange hatten sie nun schon auf sie gewartet, nur um sie zum zweiten Mal zu verlieren. Ich stellte mir vor, wie ich meine Schwestern am Flughafen treffen würde, wie sie sich auf den Zehenspitzen hochreckten und ängstlich Ausschau hielten, während wir aus dem Flugzeug stiegen. Ich würde sie sofort an ihren identischen besorgten Mienen erkennen.

»Jyejye, Jyejye« – Schwester, Schwester – »Hier sind wir!« hörte ich mich schon in meinem zögernden Chinesisch rufen.

»Wo ist Mama?« würden sie fragen und sich mit erwartungsvollem Lächeln umschauen. »Hat sie sich versteckt?« Das hätte meiner Mutter ähnlich gesehen, sich für einen Augenblick hinter den anderen zu verbergen und ihre Ungeduld noch ein wenig zu reizen. Dann würde ich den Kopf schütteln und ihnen sagen müssen, daß sie sich nicht versteckt hatte.

»Oh, dann ist das wohl unsere Mama?« würde eine meiner Schwestern eifrig fragen und auf irgendeine kleine Frau zeigen, die hinter einem Berg von Geschenken kaum zu sehen war. Auch das hätte meiner Mutter ähnlich gesehen, Unmengen von Geschenken mitzuschleppen, Leckereien, Süßigkeiten, Spielzeug für die Kinder – selbstverständlich alles im Ausverkauf erworben –, und allen Dank abzuwehren, die Mitbringsel als völlig nebensächlich abzutun, um meine Schwestern dann später nochmal extra auf die eingenähten Etiketten hinzuweisen: »Calvin Klein, 100% Schurwolle.«

Ich stellte mir vor, wie ich zu stottern beginnen würde: »Schwestern, es tut mir leid, ich bin allein gekommen...« Und noch ehe ich es aussprechen könnte, würden sie es mir schon am Gesicht ablesen und in Tränen ausbrechen, sich mit schmerzverzerrten Mienen abwenden und davonstürzen. Und ich würde wieder ins Flugzeug steigen und nach Hause zurückfliegen.

Nachdem ich mir die Szene immer wieder ausgemalt hatte und ihre Verzweiflung in Entsetzen und Wut umschlagen sah, bat ich Tante Lindo, noch einen Brief zu schreiben. Erst wollte sie nicht davon hören.

»Wie soll ich ihnen denn sagen, daß sie tot ist? Das kann ich nicht schreiben!« beharrte sie starrsinnig.

»Aber das ist doch zu grausam, sie in dem Glauben zu belassen, daß sie aus dem Flugzeug steigen wird«, hielt ich ihr vor. »Wenn sie dann bloß mich zu sehen bekommen, müssen sie mich doch hassen!«

»Dich hassen? So ein Unsinn!« brummte sie ärgerlich. »Du bist doch ihre Schwester, ihre einzige Verwandte.«

»Das verstehst du eben nicht«, protestierte ich hilflos.

»Was verstehe ich nicht?«

»Sie werden meinen, daß ich daran schuld bin«, murmelte ich, »und daß sie gestorben ist, weil ich sie nicht genug zu schätzen wußte.«

Tante Lindo sah niedergeschlagen, aber auch merkwürdig zufrieden aus, als hätte ich damit endlich die Wahrheit erkannt. Sie setzte sich eine ganze Stunde lang hin und verfaßte einen zweiseitigen Brief. Als sie ihn mir gab, standen ihr die Tränen in den Augen. Ich begriff, daß sie genau das getan hatte, wovor ich mich fürchtete. Auch wenn sie die Trauerbotschaft auf englisch abgefaßt hätte, hätte ich mich nicht überwinden können, sie zu lesen.

»Danke«, murmelte ich.

Vor dem Zugfenster zieht nun eine graue Betonlandschaft von niedrigen alten Fabrikgebäuden vorbei, und dann sind da immer mehr Gleise, auf denen Züge in entgegengesetzter Richtung fahren. Auf den Bahnsteigen sehe ich Leute in eintöniger westlicher Kleidung stehen, dazwischen einzelne bunte Farbtupfer: kleine Kinder in rosa und gelb und blaßorange. Hier und da sehe ich auch Soldaten in olivgrün und rot und alte Frauen in grauen Jacken und wadenlangen weiten Hosen. Wir sind in Guangzhou angekommen.

Noch ehe der Zug hält, zerren die Mitreisenden ihre Sachen aus den Gepäcknetzen. Ein beängstigender Hagel von schweren Koffern voller Geschenke, halb aufgeplatzten, mit Bindfaden umwickelten Kartons und mit Garnknäueln, Gemüse, Trockenpilzen, Fotoapparaten vollgestopften Plastiktaschen geht über unseren Köpfen nieder. Dann werden wir in der drängelnden Menschenmenge langsam auf die Zollabfertigung zugeschoben, wo wir in einer der Dutzend Schlangen steckenbleiben. Es kommt mir vor, als wollte ich mich in der Stoßzeit in einen Bus in San Francisco quetschen. Aber ich bin doch in China, rufe ich mir ins Bewußtsein, und plötzlich macht mir die Menschenmenge nichts mehr aus. Hier brauche ich mich nicht dran zu stören. Ich fange ebenfalls an zu drängeln.

Ich hole meinen Paß und die Einreiseformulare aus der Tasche. »Woo« steht darin, und darunter: »June May«, geboren in »California, USA«, im Jahr 1951. Ob die Zollbeamten mich überhaupt auf dem Paßfoto erkennen werden? Da trage ich meine halblangen Haare kunstvoll hochgesteckt, außerdem falsche Wimpern, Lidschatten und Lippenstift, und meine Wangen wirken schmaler durch das bräunliche Puderrouge. Aber ich hatte nicht damit gerechnet, daß es hier im Oktober noch so schwül sein könnte. Jetzt hängt mir das Haar schlaff herunter, und auf die Schminke habe ich ganz verzichtet, seit mir in Hongkong die Wimperntusche in schwarzen Ringen um die Augen verlaufen war und das Make-up sich auf der Haut wie eine feuchtklebrige Fettschicht anfühlte. Das einzige, was ich heute auf dem Gesicht trage, sind ein paar glänzende Schweißperlen.

Doch selbst ungeschminkt würde ich nicht als echte Chinesin durchgehen. Mein Kopf ragt über die Menge, auf Augenhöhe mit anderen Touristen. Meine Mutter meinte, ich hätte meine Länge von meinem Großvater geerbt, der aus dem Norden stammte und vielleicht sogar ein paar Mongolen im Stammbaum hatte. »Das hat deine Großmutter mir mal gesagt«, erklärte meine Mutter. »Aber jetzt kann man sie nicht mehr danach fragen. Sie sind alle tot, deine Großeltern, deine Onkel, ihre Frauen und Kinder – im Krieg umgekommen, durch eine Bombe. So viele Generationen auf einmal!«

Sie stellte das so sachlich fest, daß es klang, als hätte sie ihren Kummer darüber längst verwunden. Doch woher wußte sie eigentlich, daß wirklich niemand mehr übrig war?

»Vielleicht hatten sie das Haus ja schon verlassen, bevor die Bombe drauf fiel«, meinte ich.

»Nein«, antwortete meine Mutter. »Unsere ganze Familie ist tot. Nur du und ich sind noch übrig.«

»Aber woher weißt du das denn so genau? Vielleicht ist doch noch jemand davongekommen!«

»Das kann nicht sein«, entgegnete meine Mutter fast ärgerlich. Dann glättete sich ihr Stirnrunzeln, und ihre Miene wirkte auf einmal ganz entrückt und versonnen, als versuchte sie sich daran zu erinnern, wo sie irgendeinen Gegenstand verlegt hatte. »Ich bin nochmal zu unserem Haus zurückgekehrt. Aber da stand gar kein Haus mehr. Da war nur noch Luft. Und vor meinen Füßen gähnte ein tiefes ausgebranntes Loch, in dem vier Stockwerke voller Leben verschwunden waren. Im Garten lagen noch irgendwelche verstreuten Reste, aber nichts von Wert. Der verbogene Metallrahmen von einem Bett, ein Buch, in dem alle Seiten schwarz verkohlt waren, und auch eine heilgebliebene Tasse, die mit Asche gefüllt war. Dann fand ich meine Puppe, mit zerbrochenen Armen und Beinen und versengten Haaren... Als kleines Mädchen hatte ich um diese Puppe geweint, weil sie ganz allein im Schaufenster saß, und meine Mutter hatte sie mir dann gekauft. Es war eine amerikanische Puppe mit hellblonden Haaren und Schlafaugen und drehbaren Armen und Beinen. Als ich heiratete und das Haus meiner Familie verließ, schenkte ich die Puppe meiner jüngsten Nichte, die mir sehr ähnlich war. Sie fing immer an zu weinen, wenn sie die Puppe nicht bei sich hatte. Verstehst du? Wenn sie mit der Puppe im Haus war, dann waren ihre Eltern auch da, und alle anderen ebenfalls. Sie warteten gemeinsam, denn so war das in unserer Familie. Wir hielten zusammen.«

Die Frau im Zollhäuschen sieht sich meine Reisedokumente an, wirft einen flüchtigen Blick auf mein Gesicht und stempelt die Papiere mit zwei schnellen Handbewegungen ab. Dann nickt sie mir mit strenger Miene zu, daß ich weitergehen soll. Kurz darauf stehe ich mit meinem Vater und unzähligen anderen Ankömmlingen auf einem großen, unübersichtlichen Vorplatz. Ich komme mir verloren vor, und mein Vater blickt sich hilflos um.

»Entschuldigung«, wende ich mich an einen Mann, der wie ein Amerikaner aussieht. »Können Sie mir sagen, wo ich hier ein Taxi finde?« Er murmelt irgend etwas, das wie Schwedisch oder Holländisch klingt.

»Syau Yen! Syau Yen!« ertönt plötzlich eine schrille Stimme hinter mir. Eine alte Frau in gelber Strickmütze hält eine Plastiktasche voller eingewickelter kleiner Päckchen hoch. Will sie uns vielleicht etwas verkaufen? Doch mein Vater starrt auf die winzige Person hinunter und späht ihr blinzelnd ins Gesicht. Dann weiten sich seine Augen vor Erstaunen, und er strahlt glücklich wie ein kleiner Junge.

»»Aiyi! Aiyi!« – Tante, Tante! – sagt er leise.

»Syau Yen!« wiederholt meine Großtante zärtlich. Zu komisch, daß sie meinen Vater »kleine Wildgans« nennt! Das war wohl früher sein Kosename, den man kleinen Kindern gibt, damit die Geister sie nicht holen kommen.

Sie halten sich an den Händen fest – sie umarmen sich nicht – und beteuern abwechselnd: »Laß dich anschauen! Du bist ja schon so alt! Nein, wie alt du geworden bist!« Sie weinen beide ungeniert, lachen und weinen gleichzeitig, und ich muß mir auf die Lippen beißen, um mich zu beherrschen. Ich habe Angst, ihre Freude mit ihnen zu teilen; ich muß daran denken, wie anders es morgen bei unserer Ankunft in Schanghai sein wird, wie unbehaglich mir dann zumute sein wird.

Aiyi zeigt freudestrahlend ein Polaroidfoto von meinem Vater vor. Er hatte es klugerweise dem Brief beigelegt, mit dem er unseren Besuch ankündigte. Mein Vater hatte ihr geschrieben, daß er sie vom Hotel aus anrufen würde – daß sie uns schon am Bahnhof abholt, ist eine gelungene Überraschung. Ob meine Schwestern auch am Flughafen sein werden?

Plötzlich fällt mir ein, daß ich ihr Wiedersehen ja auf einem Foto festhalten wollte. Noch ist es nicht zu spät.

»Hier, stellt euch nochmal nebeneinander!« Ich zücke die Polaroidkamera, mache schnell eine Blitzaufnahme und reiche ihnen den Schnappschuß herüber. Aiyi und mein Vater halten das Foto gemeinsam fest und sehen fast ehrfürchtig schweigend zu, wie ihr Bild sich langsam abzeichnet. Aiyi ist nur fünf Jahre älter als mein Vater, also etwa siebenundsiebzig. Doch mit ihren dünnen, schneeweißen Haaren und braun verfärbten Zähnen wirkt sie schon uralt und verschrumpelt wie eine Mumie – und verweist die weitverbreitete Ansicht ins Reich der Fabel, daß Chinesinnen ewig jung bleiben, denke ich im stillen.

Aiyi sieht lächelnd zu mir hoch: »*Jandale!*« Schon so groß! Sie wirft einen Blick in ihre rosa Plastiktasche, als überlege sie, welches der Geschenke für mich überhaupt in Frage käme, wo ich doch schon so erwachsen bin.

Dann packt sie mich mit festem Zangengriff am Ellbogen und dreht mich herum. Ein Mann und eine Frau in den Fünfzigern schütteln meinem Vater gerade die Hand. Alle strahlen um die Wette und rufen: »Ah! Ah!« Es sind Aiyis ältester Sohn und seine Frau. Neben ihnen stehen noch vier andere Leute, die etwa in meinem Alter sind, und ein kleines Mädchen. Sie werden uns eilig vorgestellt, und ich bekomme nur vage mit, daß der eine Aiyis Enkel mit seiner Frau ist und die andere Aiyis Enkelin mit ihrem Mann. Das kleine Mädchen heißt Lili und ist Aiyis Großenkelin.

Aiyi und mein Vater sprechen den Mandarin-Dialekt ihrer Kindheit, der Rest der Familie jedoch nur Kanton-Chinesisch. Ich verstehe nur Mandarin, spreche es aber nicht besonders gut. So plaudern Aiyi und mein Vater ganz ungezwungen auf mandarin über die Leute aus ihrem früheren Dorf. Ab und zu wenden sie sich mit einer Bemerkung auf kantonesisch oder englisch an die übrige Familie.

»Aha, genau wie ich's mir gedacht habe!« sagt mein Vater zu mir. »Er ist im letzten Sommer gestorben.« Das hatte ich auch schon verstanden, aber wer dieser Li Gong ist, um den es da geht, erklärt mir keiner. Ich komme mir vor wie in einer Tagung der Vereinten Nationen, bei der alle Dolmetscher auf einmal durchdrehen.

»Hallo.« Ich beuge mich zu dem kleinen Mädchen hinunter. »Ich heiße Jing-mei.« Doch sie blickt nur schüchtern zur Seite, und ihre Eltern lachen ein wenig geniert. Ich versuche, mich an die paar kantonesischen Brocken zu erinnern, die ich von Freunden in Chinatown aufgeschnappt habe, aber das einzige, was mir einfällt, sind Schimpfworte, Bezeichnungen für die Körperfunktionen und Sprüche wie »schmeckt prima«, »schmeckt scheußlich« oder »die ist potthäßlich«. Also halte ich statt dessen die Kamera hoch und winke Lili näher heran. Sie stellt sich sofort in Pose, den einen Arm graziös in die Hüfte gestützt wie ein Mannequin, wölbt die Brust vor und bleckt strahlend die Zähne. Kaum habe ich abgedrückt, steht sie schon gespannt neben mir und beobachtet kichernd, wie ihr Konterfei auf dem grünlichen Papier erscheint.

Als wir die Taxis herbeiwinken, um ins Hotel zu fahren, hält sie mich schon fest an der Hand und zieht mich eifrig hinter sich her.

Im Taxi schwatzt Aiyi ununterbrochen weiter, so daß ich gar nicht dazu komme, sie auf all die Sehenswürdigkeiten anzusprechen, an denen wir vorbeikommen.

»In deinem Brief hast du geschrieben, daß ihr nur für einen Tag dableiben wollt«, sagt sie vorwurfsvoll zu meinem Vater. »Ein einziger Tag! Wie willst du denn an einem Tag deine ganze Familie treffen? Toischan liegt immerhin mehrere Fahrtstunden von Guangzhou entfernt. Und dann die Idee, uns anzurufen, wenn ihr angekommen seid! So ein Unsinn – wir haben gar kein Telefon!«

Ich überlege erschrocken, ob Tante Lindo meinen Schwestern vielleicht auch geschrieben hat, daß wir sie in Schanghai vom Hotel aus anrufen würden?

»Ich war ganz außer mir«, fährt Aiyi aufgeregt fort, »frag meinen Sohn, was ich nicht alles angestellt habe, um eine Lösung zu finden! Schließlich haben wir beschlossen, uns in Toischan in den Bus zu setzen und euch hier am Bahnhof abzuholen.«

Ich halte den Atem an, wähend der Taxifahrer sich laut hupend zwischen Lastwagen und Bussen hindurchschlängelt. Wir fahren gerade auf einer Hochstraße entlang, die sich wie eine Brücke über einen Stadtteil spannt. Ich blicke auf endlose Reihen von Wohnungen, an deren Balkons überall Wäsche zum Trocknen aushängt. Wir überholen einen Bus, der so vollgestopft ist, daß die Leute sich fast die Gesichter an den Fenstern plattdrükken. Dann rückt die Skyline der Innenstadt ins Blickfeld. Von weitem sieht es aus wie eine amerikanische Großstadt, lauter Wolkenkratzer und Baustellen. Als der Fahrer im dichten Verkehrsgewühl das Tempo drosseln muß, kann ich in all die kleinen, dunklen Läden mit langen Tresen und Regalen sehen. Wir kommen an einem Baugerüst aus Bambusstangen vorbei, die mit

Plastikstreifen zusammengebunden sind, und oben, in schwindelnder Höhe, arbeiten Männer und Frauen ohne Gurte oder Schutzhelme auf den schmalen Plattformen.

Aiyis schrille Stimme dringt wieder an mein Ohr. »Es ist ja so schade, daß ihr euch unser Dorf nicht ansehen könnt, und unser Haus erst! Meine Söhne verdienen gut am Gemüseverkauf auf dem freien Markt und konnten sich leisten, ein großes Haus zu bauen, drei Stockwerke aus neuen Ziegeln, mehr als genug Platz für die ganze Familie! Und jedes Jahr verdienen sie besser. Ihr Amerikaner seid nicht die einzigen, die wissen, wie man zu Geld kommt!«

Das Taxi bremst. Wir sind da. Aber als ich aus dem Fenster blicke, stehen wir vor der glasstrotzenden Fassade eines Luxushotels. »Und das in Rotchina?« wende ich mich verwundert an meinen Vater. »Das kann doch nicht das richtige Hotel sein!« Ich hole hastig die Faltmappe mit dem Reiseplan, den Flugkarten und den Hotelbuchungen hervor. Im Reisebüro hatte ich ausdrücklich preiswerte Übernachtungen bestellt, so um die dreißig bis vierzig Dollar. Das weiß ich genau. Und auf unserem Reiseplan steht: Garden Hotel, Huanshi Dong Lu.

Schon kommt ein Page in Uniform und steifer Kappe herausgeeilt und trägt unsere Koffer in die Halle. Drinnen erstrecken sich schillernde Ladenarkaden und Restaurants, überall Glas und Granit, so weit das Auge reicht. Ich bin allerdings weniger von der Prachtentfaltung überwältigt als kleinkrämerisch wegen der Mehrausgaben besorgt. Aiyi und die anderen werden sich bestimmt denken, daß wir Amerikaner uns anscheinend nirgendwo mehr ohne unseren gewohnten Protz wohl fühlen.

Doch als ich mich an der Rezeption schon innerlich auf ein peinliches Gefeilsche wegen des Buchungsirrtums vorbereite, wird mir nur bestätigt, daß alles in bester Ordnung ist. Die Zimmer sind schon vorausbezahlt, je zu vierunddreißig Dollar. Ich komme mir albern vor; Aiyi und die anderen hingegen scheinen restlos begeistert von dem Luxus ringsum. Lili steht wie angewurzelt vor den buntflimmernden Videospielen in einer der Arkaden.

Die ganze Familie drängt sich im Aufzug zusammen. Der Page

winkt uns zu, auf baldiges Wiedersehen in der achtzehnten Etage. Kaum hat sich die Aufzugtür geschlossen, verstummen wir wie auf Kommando. Als sie wieder aufgleitet, fangen alle auf einmal erleichtert zu reden an. Für Aiyi und die anderen war es bestimmt die längste Aufzugfahrt ihres Lebens.

Unsere Zimmer liegen nebeneinander und gleichen sich wie ein Ei dem anderen. Die Teppiche, Vorhänge und Bettdecken sind in einheitlichem Maulwurfbraun gehalten. In dem Tischchen zwischen den Betten ist ein Farbfernseher mit Fernbedienung installiert. Die Badezimmer haben marmorne Wände und Böden.

Mein Vater kommt zu mir ins Zimmer. »Sie möchten heute abend am liebsten im Hotel bleiben«, sagt er mit einem Schulterzucken. »Auf die Weise macht es am wenigsten Umstände, finden sie, und wir haben dann mehr Zeit zum Reden.«

»Und wie sollen wir es mit dem Abendessen machen?« frage ich ihn. Ich hatte mich schon so lange auf unser erstes echtes chinesisches Essen gefreut, ein richtiges Bankett mit allen Schikanen – die Suppe in einer ausgehöhlten Wintermelone serviert, das Hühnchen im Lehmmantel gebacken, Peking-Ente vom Feinsten...

Mein Vater blättert in dem Heft mit den Bestellungen für den Zimmerservice. Er deutet auf eins der Menüs: »Das wollen sie haben.«

Na gut, dann werden wir eben heute abend mit der Familie auf unseren Zimmern essen, und zwar Hamburger, Pommes frites und gedeckten Apfelkuchen.

Aiyi und ihre Familie machen einen Bummel durch die Hotelläden, während wir uns ein wenig ausruhen. Nach der heißen Zugfahrt möchte ich jetzt nur noch unter die Dusche und in leichtere Kleidung schlüpfen.

Im Bad liegen kleine Shampoo-Päckchen, deren Inhalt genau wie Hoisin-Soße aussieht. Endlich mal was Chinesisches, denke ich, während ich es mir in die feuchten Haare rubbele.

In der Dusche fällt mir plötzlich auf, daß ich seit Tagen zum ersten Mal wieder allein bin. Doch statt Erleichterung macht sich merkwürdigerweise nur ein Gefühl von Verlorenheit bemerkbar. Ich muß daran denken, wie meine Mutter sagte, daß meine chinesischen Veranlagungen eines Tages unweigerlich hervorkommen würden. Was hatte sie eigentlich damit gemeint?

Als meine Mutter gestorben war, habe ich über viele Fragen nachgegrübelt, auf die ich keine Antwort wußte, als wollte ich meine Trauer dadurch absichtlich vertiefen, um auch ganz sicher zu sein, daß es mir nah genug ging.

Doch wenn ich mir heute dieselben Fragen stelle, ist es, weil ich sie wirklich gern beantwortet hätte. Wie hieß das Gericht aus Schweinefleisch, mit der seltsamen Sägemehl-Konsistenz, das sie manchmal zubereitete? Wie hießen die Onkel, die in Schanghai gestorben sind? Was hat sie all die Jahre wohl für Träume gehabt, wenn sie an ihre Töchter dachte? Dachte sie auch an die beiden, wenn sie sich über mich ärgerte? Hatte sie sich dann gewünscht, daß sie ich wären? Hatte sie es bereut, daß sie bloß mich hatte?

~

Um ein Uhr morgens werde ich von einem Klopfgeräusch am Fenster wach. Ich bin am Boden sitzend eingenickt, an eins der Betten gelehnt. Die anderen sind auf den Betten und auf dem Teppich eingeschlafen. Aiyi sitzt gähnend im Sessel, und mein Vater steht am Fenster und klopft mit den Fingern gegen die Scheibe. Zuletzt hatte ich noch mitbekommen, wie er ihr von seinem Leben erzählte, von all den Jahren, seit er sie nicht mehr gesehen hatte. Wie er an die Yengching-Universität gegangen war und dann bei einer Zeitung gearbeitet hatte, in Chungking, wo er später meine Mutter traf, eine junge Witwe. Und wie sie dann zusammen nach Schanghai gereist waren und das Haus ihrer Familie aufgesucht hatten, das jedoch dem Erdboden gleichgemacht war. Von da aus ging es weiter nach Kanton, nach Hongkong, nach Haiphong und schließlich nach San Francisco. »Suyuan hat mir nie erzählt, daß sie die ganze Zeit versucht hat, ihre Töchter ausfindig zu machen«, sagt er nun mit leiser

Stimme. »Ich habe natürlich nie von mir aus davon angefangen, weil ich dachte, sie schämte sich, daß sie sie zurückgelassen hatte.«

»Wo hat sie sie eigentlich zurückgelassen? Und wer hat sie dann gefunden?« will Aiyi wissen.

Ich bin plötzlich wieder hellwach, obwohl ich die Geschichte schon zum Teil von ihren Freundinnen gehört habe.

»Das war, als die Japaner Kweilin eroberten«, sagt mein Vater.

»Die Japaner in Kweilin? Aber die sind doch da nie hingekommen!« widerspricht Aiyi. »Das kann nicht sein!«

»Ja, so stand es in den Zeitungen. Ich war ja damals selbst bei einem Nachrichtenbüro beschäftigt. Die Kuomintang schrieben uns immer vor, was wir veröffentlichen durften und was nicht. Aber wir hatten trotzdem erfahren, daß die Japaner in die Kwangsi-Provinz vorgedrungen waren. Wir wußten aus zuverlässiger Quelle, daß sie bereits die Bahnstrecke zwischen Wuchang und Kanton eingenommen hatten. Und daß sie im Eiltempo auf die Provinzhauptstadt zumarschierten.«

Aiyi sieht ganz verblüfft drein. »Aber wenn das sonst keiner wußte, wie konnte Suyuan denn wissen, daß die Japaner im Anmarsch waren?«

»Ein Kuomintang-Offizier hatte sie heimlich vorgewarnt«, erklärt mein Vater. »Suyuans Mann war auch Offizier, und es war klar, daß die Offiziere und ihre Familien als erste umgebracht würden. Also packte sie schnell ein paar Sachen zusammen und floh noch in derselben Nacht mit ihren beiden Töchtern aus der Stadt. Die Babys waren noch kein Jahr alt.«

»Wie hat sie's nur übers Herz bringen können, sie dann zurückzulassen!« seufzt Aiyi. »Zwillingsschwestern! So ein Glück haben wir in unserer Familie noch nie gehabt.« Darauf gähnt sie wieder.

»Wie hießen die Mädchen eigentlich?« fragt sie meinen Vater. Ich horche gespannt auf. Ich hatte vorgehabt, sie einfach »Schwestern« zu nennen, wie es in China üblich ist. Aber ich wüßte doch gern, wie man ihre Namen ausspricht.

»Sie tragen den Familiennamen ihres Vaters, Wang. Und mit Vornamen heißen sie Chwun Yu und Chwun Hwa.«

»Was bedeutet das?« frage ich nach.

»Ah.« Mein Vater malt die Schriftzeichen mit dem Finger auf die Fensterscheibe. »Die eine heißt ›Frühlingsregen‹, die andere ›Frühlingsblume‹«, erklärt er auf englisch. »Sie wurden nämlich im Frühling geboren, und da der Regen vor den Blumen kommt, kann man so die Reihenfolge der Zwillinge erkennen. Schön, nicht? Deine Mutter war sehr poetisch.«

Ich nicke stumm. Aiyi nickt auch – der Kopf ist ihr auf die Brust hinabgesunken, und sie fängt leise an zu schnarchen.

»Und was bedeutet der Name meiner Mutter?« flüstere ich.

»Suyuan«, sagt er und malt noch mehr unsichtbare Schriftzeichen auf das Glas. In ihrer Schreibweise heißt das ›langersehnter Wunsch‹; ein recht ausgefallener Name, nicht so alltäglich wie Blumennamen. Schau, das erste Schriftzeichen bedeutet in etwa ›Für immer nie Vergessen‹. Aber man kann ›Suyuan‹ auch noch anders schreiben. Es klingt genau gleich, bedeutet jedoch das Gegenteil.« Er tupft die Zeichen mit leichten Fingerstrichen an die Scheibe. »Der erste Teil sieht genauso aus: ›Nie vergessen‹. Aber zusammen mit dem zweiten Teil bedeutet es dann ›langgehegter Groll‹. Deine Mutter war sauer, als ich ihr sagte, daß sie eigentlich Groll heißt!«

Mein Vater sieht mit feuchtglänzenden Augen zu mir herüber. »Ganz schön schlau von mir, was?«

Ich nicke wieder und wünsche, daß ich ihn irgendwie trösten könnte. »Und mein Name?« frage ich ihn. »Was bedeutet Jingmei?«

»Dein Name ist auch was Besonderes«, antwortet er. Langsam frage ich mich, ob es irgendeinen chinesischen Namen gibt, der nicht was Besonderes ist. »Das Wort *Jing* bedeutet soviel wie pure Essenz, nicht nur gut, sondern von hervorragender Qualität. *Jing* ist das, was übrigbleibt, wenn zum Beispiel von Gold, Reis oder Salz alle Unreinheiten ausgewaschen sind – der unverfälschte, reine Stoff. Und *mei* heißt einfach Schwesterchen, wie in dem Kosenamen *meimei*.«

Ich denke darüber nach. Es war der langgehegte Wunsch meiner Mutter, daß ich als jüngere Schwester die Essenz der beiden anderen sein sollte. Wie enttäuscht muß sie gewesen sein, denke ich mir, und der alte Kummer steigt wieder hoch. Aiyi bewegt sich im Schlaf, ihr Kopf rollt zurück, und sie öffnet den Mund, als ob sie mir antworten wolle. Sie schnarcht auf und rutscht tiefer in ihren Sessel.

»Warum hat sie denn die Babys am Straßenrand verlassen?« Ich möchte es unbedingt wissen, weil ich mich selbst so verlassen fühle.

»Das habe ich mich auch lange gefragt«, sagt mein Vater. »Aber nun, da ich den Brief von ihren Töchtern gelesen und mit Tante Lindo und den anderen darüber geredet habe, ist es mir klar: Sie hat nichts Schändliches getan. Ganz und gar nicht.«

»Wie ist das denn damals eigentlich ausgegangen?«

»Deine Mutter war auf der Flucht«, beginnt mein Vater.

»Nein, erzähl es mir bitte auf chinesisch! Ich kann es gut genug verstehen«, unterbreche ich ihn schnell.

Und er fängt noch einmal von vorn an, während er aus dem Fenster in die Nacht hinausblickt.

~

Nach ihrer Flucht aus Kweilin war deine Mutter mehrere Tage zu Fuß unterwegs und versuchte, zu einer der Hauptstraßen durchzukommen. Sie hatte vor, dort einen Lastwagen oder irgendein Gefährt anzuhalten, das sie bis Chungking mitnehmen könnte, wo ihr Mann stationiert war.

Sie hatte genug Geld und Juwelen in ihr Kleiderfutter eingenäht, um die Fahrt zu bezahlen. Wenn ich Glück habe, dachte sie, muß ich vielleicht nicht mal die schweren Goldarmreifen und den Jadering dafür hergeben. Das war der Schmuck, den sie von ihrer Mutter hatte.

Am dritten Tag war es ihr noch immer nicht gelungen, mitgenommen zu werden – die Straßen waren voll von Flüchtlingen, und die Fahrer hatten Angst anzuhalten. Und statt einer Mitfahrgelegenheit bekam deine Mutter nur Bauchschmerzen vom einsetzenden Durchfall.

Ihre Schultern schmerzten von der Last der Babys in den Trageschlingen. An den Händen bekam sie Blasen vom Koffertragen. Als die Blasen blutig aufgerieben waren, mußte sie die beiden Lederkoffer fallen lassen und behielt nur den Proviant und ein paar Kleider zurück. Später konnte sie dann auch die Bündel voll Mehl und Reis nicht mehr tragen. Sie lief noch viele, viele Meilen und sang dabei ihren kleinen Töchtern Wiegenlieder vor, bis sie sich vor Schmerzen und Fieber kaum noch aufrecht halten konnte.

Schließlich war sie so entkräftet, daß sie die Babys nicht weitertragen konnte. Sie sank am Straßenrand zu Boden. Sie wußte, daß sie keine Chance mehr hatte und entweder durch Krankheit, Hunger und Durst umkommen würde oder durch die Japaner, die sie schon dicht auf ihren Fersen wähnte.

Sie nahm die Babys aus den Trageschlingen und setzte sie neben sich an den Straßenrand. »Ihr seid ja so lieb, so ruhig!« Die Kleinen streckten ihr glucksend die Ärmchen entgegen und wollten wieder hochgenommen werden. Da wurde ihr klar, daß sie es nicht ertragen konnte, sie neben sich sterben zu sehen.

Als eine Familie mit drei kleinen Kindern auf einem Karren an ihr vorbeizog, flehte sie sie an, ihre Babys mitzunehmen. Aber sie starrten nur ausdruckslos an ihr vorbei.

Dann sah sie wieder einen Flüchtling näherkommen und rief ihm die gleiche Bitte zu, doch als er sich zu ihr umwandte, mußte sie schaudernd die Augen abwenden – sie sagte, er habe ausgesehen wie der leibhaftige Tod.

Sie wartete ab, bis niemand mehr in der Nähe war, dann riß sie ihr Kleiderfutter auf und stopfte dem einen Baby das Geld unter das Hemd und dem anderen die Juwelen. Sie zog die Fotos ihrer Eltern und ihr Hochzeitsfoto aus der Tasche und schrieb die Namen der Babys auf die Rückseiten, und dazu die Botschaft: »Bitte sorgen Sie mit dem Geld und den Wertsachen gut für meine Kinder. Bringen Sie sie sobald es geht nach Schanghai, Weichung Lu 9. Die Li-Familie wird es Ihnen reichlich lohnen. Li Suyuan und Wang Fuchi.«

Sie streichelte ihren Töchtern über die Wange und ermahnte sie, nicht zu weinen, sie würde nur etwas zu essen holen und gleich zurückkommen. Dann wankte sie weinend davon, ohne einen Blick zurückzuwerfen. Sie klammerte sich verzweifelt an diese letzte Hoffnung, daß irgendeine mitleidige Menschenseele ihre Töchter finden und bei sich aufnehmen möge. Sie erlaubte sich nicht, an eine andere Möglichkeit zu denken.

Sie erinnerte sich nicht mehr, wie lange oder in welche Richtung sie gegangen war, bis sie ohnmächtig zusammenbrach. Als sie wieder zu sich kam, lag sie mit anderen stöhnenden Kranken auf der holprigen Ladefläche eines Lastwagens. Sie fing an zu schreien, im Glauben, sie befände sich nun auf dem Weg zur buddhistischen Hölle. Doch da beugte sich das lächelnde Gesicht einer Missionarsfrau über sie und redete beruhigend in einer fremden Sprache auf sie ein. Obgleich sie die Worte nicht verstand, begriff sie, daß sie durch einen Zufall gerettet worden war und daß es zu spät war, umzukehren und auch ihre Töchter zu retten.

Als sie in Chungking ankam, erfuhr sie durch andere Offiziere, daß ihr Mann zwei Wochen zuvor gefallen war. Wie sie mir später erzählte, lachte sie im Fieberwahn, als sie das hörte. So einen weiten Weg zurückgelegt und so viel aufgegeben zu haben, nur um am Ende vor dem Nichts zu stehen.

Ich lernte sie im Krankenhaus kennen. Sie lag völlig ausgemergelt auf einer Pritsche und konnte sich vor Schwäche kaum rühren. Ich war dorthin gekommen, weil mir ein fallender Schuttbrocken den Zeh abgerissen hatte. Sie lag da und murmelte wie im Selbstgespräch vor sich hin.

»Sieh dieses Kleid«, hörte ich sie sagen, und tatsächlich war ihr Kleid für die Kriegszeit höchst ungewöhnlich – aus Seidensatin, dessen Kostbarkeit sogar unter dem Schmutz noch durchschimmerte.

»Sieh dieses Gesicht«, fuhr sie fort, und sah mich mit fieberglänzenden Augen an. Ihre Wangen waren eingefallen, die Haut fahl vom Straßenstaub. »Siehst du meine törichte Hoffnung?«

»Ich dachte, ich hätte sonst alles verloren«, flüsterte sie. »Und ich fragte mich schon, was wird das nächste sein, Kleid oder Hoffnung?«

»Doch sieh mal, was jetzt passiert«, lachte sie plötzlich freudig, als wären ihre Gebete erhört worden. Sie griff sich ins Haar und zog ganze Büschel davon heraus, so mühelos, wie man sprießende Weizenhalme aus feuchtem Boden zieht.

Eine alte Bauersfrau hatte die Kinder gefunden. »Wie hätte ich da widerstehen können?« hat sie deinen Schwestern später erzählt. Sie saßen noch ganz brav an der Stelle, wo deine Mutter sie zurückgelassen hatte, wie zwei kleine Elfenköniginnen, die auf ihre Kutsche warten.

Die alte Frau, Mei Ching, und ihr Mann, Mei Han, wohnten in einer der verborgenen Höhlen nahe bei Kweilin, in denen manche Leute sogar noch nach Kriegsende weiter versteckt blieben. Die Meis wagten sich alle paar Tage aus ihrer Höhle hervor, um die liegengelassenen Vorräte aufzusammeln, und manchmal auch irgendwelche Dinge, um die es einfach zu schade war. Einmal war es ein fein bemalter Satz Reisschalen, ein andermal ein Schemel mit Samtpolster und zwei neue Hochzeitsdecken; und dann deine Schwestern.

Als fromme Moslems waren sie überzeugt, daß die Zwillingsbabys doppeltes Glück bedeuteten, was sich am Abend auch prompt bestätigte, als sie entdeckten, wie kostbar die Babys wirklich waren. Solche Ringe und Armreifen hatten sie überhaupt noch nie gesehen. Sie bewunderten die Fotos und begriffen nur, daß die Kinder aus einer guten Familie stammten; die Botschaft auf der Rückseite konnten sie nicht lesen. Erst viele Monate später traf Mei Ching auf jemanden, der sie ihr vorlesen konnte. Mittlerweile hatte sie die kleinen Mädchen schon wie eigene Kinder ins Herz geschlossen.

1952, als die Zwillinge acht Jahre alt waren, starb Mei Han, und Mei Ching beschloß, daß es nun an der Zeit war, ihre Familie ausfindig zu machen.

Sie zeigte ihnen die Fotos und erklärte, daß sie eigentlich aus einer vornehmen Familie stammten und daß sie nun ihre Mutter und ihre Großeltern kennenlernen sollten. Mei Ching erzählte ihnen auch von der versprochenen Belohnung, die sie aber auf keinen Fall annehmen wollte; dazu hatte sie die beiden Mädchen viel zu lieb. Sie wollte nur, daß die Kinder alles haben sollten, was ihnen zustand – ein besseres Leben, ein schönes Haus und eine gediegene Ausbildung. Vielleicht würde die Familie ihr ja erlauben, als ihre Amah bei ihnen zu bleiben. Sie war sich dessen sogar ziemlich sicher.

Als sie die Adresse Weichang Lu 9, im früheren französischen Verwaltungsbezirk der Stadt, schließlich ausfindig gemacht hatte, war das Haus natürlich längst weg. An seiner Stelle stand ein neues Fabrikgebäude, und von den Arbeitern wußte keiner, was aus der Familie geworden war, die damals in dem niedergebrannten Haus gewohnt hatte.

Und natürlich konnte Mei Ching auch nicht wissen, daß deine Mutter und ich schon 1945 dahin zurückgekehrt waren, in der Hoffnung, ihre Familie und ihre Töchter wiederzufinden.

Wir blieben noch bis 1947 in China. Wir reisten in viele verschiedene Städte – erst zurück nach Kweilin, dann nach Changscha, und sogar weit in den Süden bis nach Kunming. Sie hat niemals aufgehört, überall nach den Zwillingen Ausschau zu halten. Später kamen wir dann nach Hongkong, und als wir uns 1949 schließlich nach Amerika einschifften, hat sie selbst auf dem Boot noch nach ihnen gesucht. Doch seit wir in Amerika angekommen waren, sprach sie nie wieder von ihnen. Ich dachte, sie hätte sie endlich in ihrem Herzen begraben.

Sobald es möglich war, Briefe nach China zu schicken, schrieb sie an alle alten Freunde in Schanghai und Kweilin. Ich wußte nichts davon. Das hat Tante Lindo mir erst neulich erzählt. Doch inzwischen hatten die Straßennamen sich geändert, und manche Freunde waren gestorben, andere fortgezogen. Es dauerte Jahre, bis sich ein erster Kontakt ergab. Als sie schließlich die Adresse einer alten Schulfreundin herausfand und sie bat, ihre Töchter zu suchen, schrieb diese zurück, daß es völlig unmöglich sei, man könnte ebensogut eine Nadel am Meeresgrund suchen. Woher sie denn wüßte, daß ihre Töchter in Schanghai und nicht irgendwo sonst in China lebten? Natürlich war sie zu taktvoll, um zu fragen, woher meine Mutter überhaupt wußte, daß sie noch am Leben waren.

Also machte die Schulfreundin sich gar nicht erst die Mühe, Nachforschungen anzustellen. Babys zu suchen, die in den Kriegswirren verlorengegangen waren, hatte doch sowieso keinen Zweck und war ihrer Meinung nach die reine Zeitverschwendung.

Deine Mutter gab es jedoch nicht auf; Jahr für Jahr schrieb sie immer wieder an alle möglichen Leute. Und letztes Jahr hatte sie dann wohl den Einfall, selber nach China zu reisen, um sie wiederzufinden. Ich weiß noch, wie sie zu mir sagte: »Laß uns hinfahren, Canning, ehe es zu spät ist und wir dazu zu alt sind.« Und ich antwortete darauf nur, daß wir sowieso schon zu alt seien – es sei bereits zu spät.

Ich dachte nämlich, daß sie nur eine Urlaubsreise machen wollte! Ich hatte ja keine Ahnung, daß sie vorhatte, ihre Töchter zu suchen. Als ich ihr sagte, daß es schon zu spät sei, muß ich sie dadurch erst auf den furchtbaren Gedanken gebracht haben, daß ihre Töchter vielleicht tot wären. Und diese Befürchtung ließ sie nicht mehr los, sondern wuchs immer mehr, bis deine Mutter schließlich daran starb.

Vielleicht war es ihr Geist, der die Schulfreundin aus Schanghai anleitete, ihre Töchter zu finden. Denn nachdem deine Mutter gestorben war, sah die Frau deine Schwestern zufällig im Kaufhaus Nummer Eins in der Nanjing-Dong-Straße. Sie glaubte zu träumen, als sie diese beiden genau gleich aussehenden Frauen die Treppe herunterkommen sah. Irgend etwas in ihren Gesichtern hat sie sofort an deine Mutter erinnert.

Sie lief schnell zu ihnen hin und rief ihre Namen, die ihnen anfangs allerdings nichts sagten, da Mei Ching ihnen natürlich andere gegeben hatte. Aber die Freundin deiner Mutter ließ nicht locker: »Sind Sie nicht Wang Chwun Yu und Wang Chwun Hwa?« fragte sie nochmal nach, und da wurden sie auf einmal ganz aufgeregt, weil sie sich an die Namen auf der Rückseite eines alten Fotos erinnerten – das Foto eines jungen Mannes und seiner Frau, die sie immer noch als ihre ersten Eltern verehrten, in dem Glauben, daß sie längst gestorben waren und als Geister immer noch durch die Welt irrten und ihre Kinder suchten.

—

Als wir im Flughafen stehen, bin ich völlig erschöpft. In der letzten Nacht habe ich kaum ein Auge zugetan. Aiyi war mir um drei Uhr morgens in mein Zimmer gefolgt und hatte sofort ein gewaltiges Schnarchkonzert angestimmt, kaum daß sie sich hingelegt hatte. Ich lag wach und dachte über die Geschichte meiner Mutter nach, voller Bestürzung, wie wenig ich bisher über sie gewußt hatte, und voller Trauer, daß meine Schwestern und ich sie für immer verloren hatten.

Eben haben wir uns händeschüttelnd und winkend von allen verabschiedet – wie unterschiedlich die Abschiede auf dieser Welt doch sein können! Man winkt sich fröhlich zu, obwohl man weiß, daß man sich nie wiedersehen wird. Andere verläßt man ohne einen Blick zurück am Straßenrand, und hofft inständig, sie einmal wiederzusehen. Und meine Mutter hatte ich in der Geschichte meines Vaters gerade erst richtig kennengelernt, als ich sie auch schon wieder zurücklassen mußte, ohne eine Chance, ihr näherzukommen.

Aiyi lächelt mir zu, während wir darauf warten, daß unser Flug aufgerufen wird. Wie alt sie schon ist! Ich lege einen Arm um sie und den anderen um Lili. Sie scheinen fast gleich groß. Und dann ist es soweit. Als wir uns winkend entfernen, habe ich das Gefühl, von einer Beerdigung zur nächsten zu gehen. In der Hand halte ich die Flugkarten nach Schanghai. In zwei Stunden werden wir dort sein.

Das Flugzeug hebt ab. Ich schließe die Augen. Wie soll ich ihnen denn in meinem gebrochenem Chinesisch von dem Leben meiner Mutter erzählen? Wo soll ich anfangen?

»Wach auf, wir sind da«, sagt mein Vater. Das Herz klopft mir bis zum Hals. Am Fenster flitzt schon die Rollbahn vorbei. Draußen ist alles grau. Ich steige die Treppe hinab und gehe über den Asphalt auf die Ankunftshalle zu. Wenn doch meine Mutter nur lange genug hätte leben können, um jetzt an meiner Stelle zu sein! Ich bin so nervös, daß ich kaum den Boden unter den Füßen spüre.

Jemand ruft: »Sie ist da!« Und dann sehe ich sie schon. Ihre kurzen Haare. Ihre kleine Gestalt. Und denselben Ausdruck im Gesicht. Sie hält den Handrücken gegen den Mund gepreßt und weint vor Aufregung.

Genauso hat meine Mutter damals ausgesehen, als ich mit fünf Jahren einmal den ganzen Nachmittag lang verschwunden war und sie schon überzeugt war, daß mir etwas zugestoßen sein mußte. Als ich dann verschlafen unter meinem Bett vorkroch, lachte und weinte sie gleichzeitig und biß sich in den Handrücken, um sich zu vergewissern, daß sie nicht träumte.

Und nun sehe ich sie wieder, verdoppelt, winkend, mit dem Foto wedelnd, das ich in den Brief gelegt hatte. Kaum habe ich die Sperre passiert, laufen wir aufeinander zu und fallen uns in die Arme; alle Vorbehalte, alle Zweifel sind vergessen.

»Mama, Mama«, flüstern wir alle drei, als wäre sie bei uns.

Meine Schwestern blicken mich staunend an: »Meimei *jandale!*« bemerkt die eine stolz zu der anderen – »Die kleine Schwester ist groß geworden!« Ich wundere mich, daß auf den zweiten Blick kaum noch eine Ähnlichkeit mit unserer Mutter in ihren Gesichtern zu sehen ist, obgleich sie mir doch so vertraut erscheinen. Und nun erkenne ich auch, was den chinesischen Teil meines Wesens ausmacht. Es ist ja so offensichtlich – meine Familie! Wir haben sie im Blut. Nach all den Jahren kann ich es endlich zulassen.

Meine Schwestern und ich halten uns fest umarmt, lachen und wischen uns gegenseitig die Tränen vom Gesicht. Der Blitz der Polaroidkamera zuckt auf, und mein Vater reicht mir das Foto. Wir beugen die Köpfe darüber und warten gespannt auf das Bild.

Allmählich treten die Farben auf der grünlichen Beschichtung hervor; unsere Umrisse werden gleichzeitig dunkler und schärfer. Keine von uns sagt etwas, doch wir merken es alle drei: Zusammen sehen wir wie unsere Mutter aus. Ihre Augen, ihr Mund, ihr überraschter Ausdruck, endlich ihren langersehnten Wunsch in Erfüllung gehen zu sehen.

Danksagung

Die Verfasserin möchte ihrer Schriftstellergruppe für die freundliche Anteilnahme und Kritik danken, die sie beim Schreiben dieses Buches begleitet hat. Mein besonderer Dank gilt auch Louis DeMattei, Robert Foothorap, Gretchen Schields, Amy Hempel, Jennifer Barth und meiner Familie in China und Amerika. Und tausend Blumen jedem der drei Menschen, die ich das Glück und die Freude hatte kennenzulernen: meine Herausgeberin Faith Sale, für ihren Glauben an dieses Buch; meiner Agentin Sandra Dijkstra, die meine Rettung war; und meiner Lehrerin Molly Giles, für ihre Ermutigung und geduldige Anleitung.

Amy Tan

Die Mondfrau

Illustriert von Gretchen Schields
Aus dem Amerikanischen von Sabine Lohmann
32 Seiten · Gebunden

Alljährlich im Herbst erscheint am Tai-See die Mondfrau, um jedem Menschen einen Wunsch zu erfüllen. Doch die kleine Ying-ying weiß nicht, was sie sich wünschen soll: Sie will so vieles, und alles erscheint ihr gleich begehrenswert. Bis sie im Trubel des Herbstfestes ihre Eltern aus den Augen verliert. Von da an kennt sie nur mehr einen Wunsch: wiedergefunden zu werden.
Mit DIE MONDFRAU, einer Adaption der gleichnamigen Geschichte aus ihrem Roman TÖCHTER DES HIMMELS, hat Amy Tan eine bezaubernde Erzählung für jung und alt geschrieben: eine anrührende, kleine weise Geschichte, exotisch und magisch und doch nur allzuvertraut, wunderbar illustriert von der renommierten Zeichnerin Gretchen Schields.

Goldmann Verlag

Amy Tan

Die Frau des Feuergottes

Roman

Aus dem Amerikanischen von Sabine Lohmann

480 Seiten · Gebunden

Fast vier Jahrzehnte lang hat Winnie Louie ihrer Tochter Pearl die ganze Wahrheit über ihr Leben verschwiegen. Doch dann sieht sie sich eines Tages gezwungen, den Mantel des Schweigens zu lüften. Zaghaft beginnt sie Pearl zu erzählen – vom Zauber und Schrecken ihrer Jugend im vorrevolutionären China, von der grausamen Enttäuschung erster Liebe, von den Wirren des Krieges und vom Küchen- und Feuergott und seiner Frau. Unmerklich beginnen ihre Worte eine Brücke über die Kluft zu schlagen, die sich über die Jahre zwischen ihr und Pearl gebildet hat. Und mit einemmal eröffnet sich eine neue Welt der Gemeinsamkeit und Verbundenheit zwischen Mutter und Tochter.

Wie in ihrem sensationellen Romandebüt »Töchter des Himmels« erzählt Amy Tan wieder von chinesischen Müttern und ihren »amerikanischen« Töchtern, von den Geheimnissen der »alten« Welt und den Verlockungen der neuen, von Geistern und der Magie des Himmels und von dem kleinen Glück der Erde, das so schwer zu finden ist.

Goldmann Verlag